Hannah e Emil

BELINDA CASTLES

Hannah e Emil

Uma História Irresistível, de Grande Amor e Coragem em Tempos de Desespero

Tradução:
Martha Argel e Claudia Barcellos

JANGADA

Título do original: *Hannah & Emil*.

Copyright © 2012 Belinda Castles.
Publicado mediante acordo com Allen & Unwin.
Copyright da edição brasileira © 2014 Editora Pensamento-Cultrix Ltda.

Texto de acordo com as novas regras ortográficas da língua portuguesa.

1ª edição 2014.

Todos os direitos reservados. Nenhuma parte desta obra pode ser reproduzida ou usada de qualquer forma ou por qualquer meio, eletrônico ou mecânico, inclusive fotocópias, gravações ou sistema de armazenamento em banco de dados, sem permissão por escrito, exceto nos casos de trechos curtos citados em resenhas críticas ou artigos de revistas.

A Editora Jangada não se responsabiliza por eventuais mudanças ocorridas nos endereços convencionais ou eletrônicos citados neste livro.

Esta é uma obra de ficção. Todos os personagens, organizações e acontecimentos retratados neste romance são produtos da imaginação do autor e usados de modo fictício.

Editor: Adilson Silva Ramachandra
Editora de texto: Denise de C. Rocha Delela
Coordenação editorial: Roseli de S. Ferraz
Preparação de originais: Alessandra Miranda de Sá
Produção editorial: Indiara Faria Kayo
Editoração eletrônica: Join Bureau
Revisão: Wagner Giannella Filho e Vivian Miwa Matsushita

CIP-Brasil Catalogação na Publicação
Sindicato Nacional dos Editores de Livros, RJ

C339h

Castles, Belinda
  Hannah e Emil: uma história irresistível, de grande amor e coragem em tempos de desespero / Belinda Castles; tradução Martha Argel e Claudia Barcellos. – 1. ed. – São Paulo: Jangada, 2014.
  376 p.: il.; 23cm.

  Tradução de: Hannah & Emil
  ISBN 978-85-64850-67-5

  1. Ficção americana. I. Argel, Martha. II. Barcellos, Claudia. III. Título.

14-11686
CDD: 828.99343
CDU: 821.111(436)-3

Jangada é um selo editorial da Pensamento-Cultrix Ltda.

Direitos de tradução para o Brasil adquiridos com exclusividade pela
EDITORA PENSAMENTO-CULTRIX LTDA., que se reserva a
propriedade literária desta tradução.
Rua Dr. Mário Vicente, 368 – 04270-000 – São Paulo, SP
Fone: (11) 2066-9000 – Fax: (11) 2066-9008
http://www.editorajangada.com.br
E-mail: atendimento@editorajangada.com.br
Foi feito o depósito legal.

Nota da autora

Embora este livro seja baseado nos acontecimentos da vida de meus avós, deve ser considerado ficção. Os principais episódios narrados no livro aconteceram de fato, mas quase todos os detalhes foram imaginados, e alguns dos elementos da narrativa foram propositalmente alterados para atender aos objetivos da autora. Nenhum dos personagens do livro, além dos protagonistas, pretende se parecer com indivíduos específicos.

Para meu pai e todos os descendentes
de Heinz e Fay,
em memória

Prólogo

Flora
Sydney, 2005

Era pleno verão, e fazia dias que Flora enfrentava o ar denso e úmido, sonhando com uma mudança no clima. Sua gravidez, bem no início, ainda era quase imperceptível, e às vezes ela se via ajoelhada no chão da Biblioteca da Alfândega com a cabeça encostada no metal frio das prateleiras, esperando que a tontura e a exaustão passassem. Nem o ar-condicionado parecia aliviar o peso que pairava no ar.

Quando seu dia de trabalho terminou, ela desceu as escadas, dirigindo-se ao enorme saguão de entrada, onde havia uma maquete da cidade sob o chão de vidro. Havia começado a pegar mais tarde o trem para casa a fim de ter tempo para estudar o modelo, que ocupava a extensão equivalente à de uma sala de estar grande. Andou sobre o local da maquete onde os trilhos da Estação Central se abriam em leque, e por todo o centro da cidade, até o cais circular e o prédio da Alfândega. Estou ali dentro, pensou. Ali está uma Flora pequenina, parada no térreo daquele prédio, olhando para baixo de seus pés, para uma Alfândega menor ainda, imaginando uma Flora ainda menor. Mas era como o conceito de infinito – estranho demais para imaginar.

Talvez ela devesse ter sido arquiteta. Teria adorado fazer aqueles prédios em miniatura, segurar nas mãos as pequenas formas da estrutura imaginada e formatar cada detalhe: dar ao telhado o ângulo correto com o polegar e o indicador, moldar as arvorezinhas que seriam colocadas ao redor. Depois, colocar tudo no mundo das pessoas, deixando aquilo crescer em formas milhares de vezes maiores. Mas ela sentia a própria contribuição naquele processo cada vez que punha o livro exato nas mãos de um visitante. Com cada um, ela remetia à cidade cada visitante, que o levava para casa, para sua vida, sentava-se em um lugar tranquilo, abria-o e ele próprio entrava em um quarto, numa casa, em um mundo que nunca havia conhecido.

Suas lembranças a acompanharam enquanto caminhava pelas ruas e através dos pequenos prédios. Havia chegado à Estação Central, vindo do aeroporto, apenas com uma mochila, e seu encantamento espalhava-se e crescia ao chegar ao saguão ruidoso de pé-direito alto. *Estou na Austrália*, pensou. *Que tipo de vida vou ter aqui?*

Lá estava o local, ao lado de Kings Cross, onde encontrara um quartinho. Da janela, por trás das árvores, podia avistar os mais altos contornos curvos e reluzentes da Opera House, aparecendo acima das copas.

A Flora que imaginava, miniatura dela mesma, desceu as escadas frias, recendendo a umidade, de Cross até Woolloomooloo, a cidade erguendo-se a partir do Domain à sua frente. Primeiro ela tinha ido a uma cafeteria no túnel sombrio e ventoso da Kent Street, onde preparara cafés e contara gorjetas, e, nos momentos mais calmos, abrira o jornal no balcão para olhar a seção de empregos. Formara-se em biblioteconomia. Com certeza toda cidade precisava de uma bibliotecária. Depois de meses, encontrara um anúncio nas páginas do *Sydney Morning Herald*, acenando para ela como uma bandeira ao vento. Estavam mudando a biblioteca municipal para o prédio da Alfândega, e precisavam de funcionários novos.

E assim começou sua nova rotina, sua nova vida. Juntava-se à multidão da manhã nos trens sob a cidade, emergindo no cais e desaparecendo no prédio ao qual se destinava, como todo mundo. Emergia dele mais tarde, ao final do dia, cansada, mas leve, como parte do grande movimento da cidade.

A coisa mais incrível daquela maquete a seus pés era que sempre estava mudando. Um prédio fora erguido em Darling Harbour e, assim que ficara pronto, vieram os funcionários e inseriram na maquete sua replicazinha. A cidade mudava enquanto Flora dormia.

Dois anos naquele lugar. Viera da Inglaterra só para conhecê-lo, por causa da história da família. Ela era, afinal de contas, metade australiana. E amara o céu sem fim, a brisa salgada do porto e as superfícies espelhadas dos edifícios da cidade. A leveza de não conhecer ninguém de fato, de não estar em casa. Era tanta liberdade que chegava a sentir certa vertigem. Mas agora havia David e esse novo ser dentro dela. Olhou para além do contorno dos prédios, para os trilhos que partiam da Estação Central, e imaginou-se em um dos trens em miniatura, levando de volta para casa, em Newtown, aquele pontinho que carregava dentro de si.

A luz no saguão se atenuou, e ela se virou para trás, olhando para a rua. As pessoas passavam correndo, ligeiramente inclinadas para a frente. Devia estar chovendo. Andou sobre o extremo norte da maquete, em meio ao vazio onde estaria o porto, se o modelo não terminasse ali, e saiu pela porta em direção ao porto de verdade. Ficou encharcada de imediato enquanto atravessava a rua entre os ônibus que iam para o cais; as balsas, apenas uma mancha amarelada e esverdeada no ar cinzento além da estação.

Flora entrou em casa sabendo de imediato que David ainda não havia chegado. Sentiu-se grata por isso. Gostava de estar na casa vazia, antes de alguém voltar, só o tempo suficiente para uma xícara de chá, uma pausa do som de vozes, e então estaria pronta para companhia e calor humano.

Largou a bolsa no horrível sofá de vinil que emitia ruídos quando alguém se sentava e foi pegar a chaleira. Havia um bilhete na bancada da cozinha. *Apanhei uma encomenda para você. É enorme! Está no quarto de hóspedes. Não tente levantar sozinha. Tenho um jantar idiota hoje à noite. Vou chegar tarde.*

Devia ser a última caixa de livros e álbuns de fotos que chegara da Inglaterra. Sua mãe estava de mudança da casa linda e bagunçada em que vivia no campo para um apartamento. *Se todas as minhas coisas estão aqui*, pensou Flora, *então este deve ser meu lar*. Imaginou o apartamento novo da mãe como um lugar deprimente num condomínio sem graça e se sentiu um tanto perdida. Percorreu o corredor escuro com a caneca quente e entrou no aposento onde guardavam as pastas de contas e documentos, a caixa de ferramentas de David e a prancha dele de *bodyboard*, bem como os livros dela que não cabiam na estante da sala. Sobre a cama de solteiro havia um pacote do tamanho de uma mala, embrulhado em papel pardo e amarrado com barbante, parecendo ter vindo de outra época. Flora pegou a tesoura na gaveta da escrivaninha e começou a cortar até expor um pedaço de couro marrom. Era *mesmo* uma mala.

Sentou-se na cama, ao lado do pacote aberto, e tocou o couro, deixando a mão repousar ali por um momento. De repente era pequena de novo, uns oito anos talvez, deitada entre os lençóis de flanela listrados, com aroma de limpeza, olhando para a velha mala marrom perto do travesseiro. Sobre ela havia uma luminária e um livro – Irmãos Grimm ou Hans Christian Andersen, ou algum antigo livro inglês sobre fadas. Sua avó, Hannah, lia para ela e acabara de pousá-lo ali, a página marcada para a sequência na noite seguinte. Era hora de dormir no apartamento da avó, em Londres. Aquela era a mala de Hannah.

O lar, suas lembranças, tudo que a fazia ser quem era, invadiram aquela sua nova vida. Hannah havia morrido alguns anos antes de Flora deixar a Inglaterra. Todos tinham ficado aliviados no final. A demência devorara o corpo e a mente da avó. Ela perguntava coisas estranhas que ninguém podia sequer imaginar como responder. Agora, com aquele quadrado de couro sob os dedos, Flora se lembrava do passado: as visitas a Hannah em Hampstead, as visitas de ambas ao Museu Britânico, os passeios em um táxi preto clássico, sentada no assento dobrável, virada para trás. E também brincar com as bonecas Babushka ou ler contos de fada enquanto Hannah sentava-se à escrivaninha perto da janela em meio a seus dicionários.

– Sabe, Flora, a tradução é uma forma de escrita. Você está criando algo novo – ela havia lhe contado.

Hannah ainda viajava naquela época, mas a mala que ficava no saguão, sempre de prontidão, era mais nova, mais moderna. Aquela coisa velha com um fecho solto havia sido relegada ao quarto de hóspedes para servir de criado-mudo.

Ela desamarrou o barbante e rasgou o papel. A mala encheu o pequeno aposento com o cheiro de couro mofado, e ela abriu a janela, deixando entrar o ar noturno, quente e úmido, com os odores de ozônio e asfalto vindos do beco. O fecho estava amarrado com mais um barbante. Ela o cortou e abriu com cuidado a mala, que deixou escapar um sopro com aroma de papel velho, tinta e tabaco não usado. Sua nova sensibilidade olfativa era impressionante.

Dentro da mala havia uma profusão de papéis soltos e amassados, fotografias, uma pilha de cadernetas pretas e um saco plástico que continha um paletó masculino de *tweed* com reforços nos cotovelos. Por cima de tudo havia um envelope com o nome dela. Dentro, um bilhete do pai de Flora. *Hannah deixou esta mala para você, acabou de chegar do advogado dela. Parece que passou meses na alfândega. Não sei bem para que serve, mas talvez você tenha algum interesse.*

Sob o saco plástico havia uma caixa de madeira entalhada. Flora abriu a tampa e achou um prato verde esmaltado com flores pintadas à mão por uma criança; rolando dentro dele, um lindo e diminuto globo terrestre. Sob ambos, duas medalhas, uma chave velha, uma bússola e uma fita cassete. No fundo da caixa, um livro infantil alemão: Grimm. Ela segurou o globo por um momento e o girou. Era do tamanho de uma laranja, mas pesava o mesmo que uma folha de papelão. Na base dele viu as iniciais SL; não eram de nenhum parente de Flora.

Olhando para o amontoado de quinquilharias da mala, Flora teve uma visão da avó no apartamento em Hampstead, revirando o conteúdo da mala no meio da noite, os cabelos encaracolados, brancos e desgrenhados, à procura de objetos, fotografias, pondo de lado alguns papéis, tomada pela necessidade de achar alguma coisa que se perdera em sua memória, de colocar as mãos em algo, algum ícone que a trouxesse de volta.

Flora pegou uma fotografia avulsa. Dois meninos de cabelos escuros com sorrisos travessos abraçavam as pernas de Hannah no convés de um navio: o pai de Flora e tio Ben, indo para a Inglaterra pela primeira vez. Tinham nascido na Austrália durante a guerra e ambos moravam ali. Mais duas fotos. Hannah em uma delas, tão jovem, pequena, cabelos escuros encaracolados, de pé ao lado do avô alemão de Flora, Emil. Estavam em uma daquelas estradas vicinais da infância inglesa de Flora, um túnel de árvores, um caminho iluminado. Se a foto fosse colorida, seria um corredor verde e brilhante. Sobre os ombros de Emil estava sentado um garoto magro e loiro, sem camisa, com um pedaço de pano amarrado no pescoço como uma capa. Uma das mãos de Emil segurava o menino e também um cigarro. Na outra foto, Hannah fora substituída por uma mulher alta e loira, parecida com o garoto. Ninguém sorria, exceto o menino.

Ela começou a juntar os papéis, alisando sobre a cama as folhas amassadas. Ergueu uma delas e viu que havia algo estranho. Se a segurasse longe o bastante para não conseguir mais distinguir as palavras, notava um padrão esquisito nas letras da página. Não em todas as folhas – talvez em uma a cada três ou quatro –, havia um espaço que não deveria estar ali. Quando olhou mais de perto, percebeu que eram espaços em meio a frases do tamanho de uma palavra. E, quando leu as frases, notou que Hannah havia registrado suas memórias. Ouviu a voz da avó no instante em que começou a ler, e, ainda assim, a cada poucas páginas, havia aquele hiato em frases que, exceto por isso, eram perfeitamente estruturadas. Enquanto folheava mais e mais a papelada, percebeu que podiam ser agrupadas e ordenadas, e notou com espanto que as lacunas eram falhas na memória linguística de Hannah, marcando o começo do esquecimento das palavras. Teria ela percebido por si mesma? Teria ela escrito mais rápido, correndo contra a multiplicação dos espaços vazios?

Mas, quando Flora começou a ler as páginas, parou de notar os espaços, pois passou a inserir as palavras adequadas enquanto lia, sem grande esforço. Achou fragmentos da infância de Hannah no West End com seus irmãos, das viagens da avó para Paris e Berlim, da viagem de navio para a Austrália. Os momentos de uma vida, recuperados da escuridão. Flora colocou uma almofada entre as costas e a parede fria, e começou a empilhar os papéis. Dali a pouco foi até a cozinha, pegou uma tigela de cereais e a levou para o quarto de hóspedes, a mente ainda trabalhando na ordenação das páginas. Quando a escrita à máquina começou a ficar embaçada, pegou uma caderneta da pilha e começou a examiná-la. Também podiam ser organizadas. Eram diários, percebeu – a fonte de material para muitas das páginas datilografadas.

Tarde da noite, a chuva batendo na janela como se alguém no beco ao lado esvaziasse um sem-fim de baldes contra ela, Flora já havia organizado as páginas em duas pilhas. Uma delas havia posto em ordem: a parte inicial do diário de Hannah. A outra ainda era um quebra-cabeça no qual tinha que trabalhar. Deixou as duas pilhas sobre a tampa da mala aberta a seu lado, incapaz de continuar naquela noite. Deitou na cama estreita e fechou os olhos. Sua mente, deslizando para o sono, tentava ir em busca de alguma coisa. *As coisas da caixa de madeira*, pensou. *As medalhas, a bússola...* Mas o pensamento que tentava agarrar evaporou, e uma lembrança tomou seu lugar.

Quando Hannah já era bem idosa, sentara-se com Flora à mesa redonda no canto da sala de estar. Estavam cercadas pelas pilhas de papel que a avó de algum modo continuava acumulando por ali e que jamais eram guardadas. Hannah lia para ela algo em um dicionário de russo.

– Eu sabia tudo isso – disse a Flora. – Onde foi parar?

Hannah falava como se estivesse perdida nas camadas do tempo; como se todos os seus mortos estivessem ali na sala com ela, e fosse com eles que conversava.

Por um instante, já quase adormecida, Flora estava com Hannah de novo à mesa. Viu seu rosto: dentes faltando, lábios se juntando sobre as gengivas. Ela havia parado de tingir de vermelho os cabelos encaracolados, e eles estavam brancos e revoltos, como os de Einstein. Ela se debruçava sobre o dicionário. Seu dedo, retorcido pela artrite, a unha roída, apontava para a escrita cirílica enquanto lia as palavras em voz alta. Quando os lábios começaram a pronunciá-las, todos aqueles sons suaves e baixos saindo de sua velha boca, Hannah transformou-se numa anciã russa.

Ela olhou para Flora.

– Você tem a testa dele – anunciou.

– De quem? – perguntou Flora, franzindo o cenho, pensando que ela diria que era de seu pai, como todos sempre faziam.

– Ah, sim. Aí está, bem quando você a franze. A testa de Emil. Você conhece meu amigo Emil? Você é muito parecida com ele.

Flora tinha vinte anos naquela época. Sabia que a mente de Hannah começava a falhar, mas mesmo assim sentiu uma pontada dentro de si, olhando para o rosto da avó. Ela não me reconhece. Como pode não me reconhecer? Teve que controlar a vontade de gritar: "Sou Flora, sua neta. Hannah, sou *eu*".

Quando Flora acordou, havia uma xícara de chá fumegante sobre o criado-mudo. Podia ouvir, no chuveiro, David cantando desafinado. O menino na fotografia, o loirinho nos ombros de Emil. Ele não se parecia só com a mulher. Procurou na mala, que David colocara no chão enquanto ela dormia, e achou o retrato ainda no alto da pilha. Sim. Ele tinha mesmo o nariz longo de Emil, além de algo semelhante no olhar.

Saiu da cama e abaixou-se junto à mala, banhada por uma nesga de luz matinal. Pegou a caixa de madeira e colocou seu conteúdo no tapete perto dela, junto com o paletó. Examinou os bolsos e descobriu a fonte do cheiro de tabaco. Ergueu o pacote até o rosto, abriu a aba só um pouco e inspirou. Meio pacote de tabaco. Um pacote que Emil nunca acabara; que não tivera tempo de acabar. Guardou o pacote de novo no bolso, pousou o paletó sobre o colo, colocou o prato verde em cima e, sobre eles, a fita cassete, a chave, as medalhas e a bússola. Girou o pequeno globo terrestre na palma da mão. Não era a única, então, a amar pequenas coisas. Aquela era a coisinha mais perfeita e primorosa, sua pequenez fazendo-a se lembrar do que de fato era um globo terrestre: uma miniatura fascinante, intrincada, do mundo repleto de pessoas, e lugares, e vida. E trazia-lhe um novo conhecimento de si mesma, dos antigos precedentes de seus hábitos e amores, que lhe arrepiava a pele.

O pensamento que perdera na noite passada retornou, completo. O tabaco, usado pela metade, aqueles poucos objetos silenciosos. De alguma maneira, cada momento da vida deles talvez estivesse ali, nas mãos dela, em seu colo. Não apenas nas páginas de Hannah, mas naquelas medalhas que tilintavam sobre o prato esmaltado, naquele globo terrestre com suas cores desbotadas.

Colocou o globo de volta no prato e pegou a chave, perguntando-se como aquele objeto a achara, como pudera segui-la através do mundo. O trânsito se intensificava do lado de fora da janela, a luminosidade se alterava, um homem gritou na rua, o dia começava. Pôs a chave no prato de estanho com um pequeno clique. Juntou as medalhas e a bússola nas mãos abertas, e a luz, entrando pela janela, derramou-se sobre elas. Por um momento pareciam emanar luz própria, além de calor.

Então a luz se moveu, e os objetos em suas mãos eram de novo coisas velhas e gastas, relíquias. Qualquer vida neles era uma existência que imaginara.

Parte 1

Emil
Duisburg, 1902

No verão, não importava que Emil estivesse descalço. A sola dos pés dele era escura e dura como couro. Seu amigo Thomas deixara os sapatos em casa, num saco de papel atrás da privada do banheiro externo, e assim não havia diferença entre eles.

Ao longo do rio Reno, curso abaixo, na orla dos campos, dezenas de homens construíam uma fábrica imensa. Navios atracavam no píer, e os trabalhadores descarregavam, praguejando, tábuas, vigas de aço, engradados de parafusos, ferramentas e máquinas, enquanto um guindaste balançava paletas de tijolos transferidos dos barcos para o cais. Os garotos estavam perto do universo de funcionamento das coisas, do metal e das máquinas, e Emil, atento, observava tudo. Ele e Thomas corriam ao redor do operador de guindaste enquanto o homem olhava para cima, para a corda no cabrestante, e depois para os tijolos equilibrados, secando a testa com o dorso da mão, em seguida girando a manivela suavemente e conduzindo a carga. Os meninos pulavam e corriam em círculos, com gritos de incentivo aos trabalhadores, mas o tempo todo Emil prestava atenção ao movimento de tijolos, rolos de arame, moldes, tubos, tábuas de madeira, para ver o que iria acontecer com eles, para ver que propósito teriam naquele mundo.

Um dia eles assistiram, sem acreditar, a uma carga inteira de tijolos cair no rio. Havia acontecido devagar o bastante para se observar em detalhes e se lembrar depois: a paleta inclinara-se um pouco para a esquerda, e o operador do guindaste corrigira em excesso a direção dela. Os tijolos escorregaram sem haver como detê-los, centenas deles caindo na água em um segundo. Os meninos vaiaram e empurraram uns aos outros, apontando para o operador, um homem chamado Dieter. O contramestre desceu a passos largos do escritório no alto de um barranco próximo ao rio e parou diante dele. O chefe deu uma bofetada na orelha de Dieter e gritou com o operador. O corpo de Dieter se curvou para a frente, e ele segurou a cabeça entre as mãos. O sangue corria de uma delas, escorrendo por entre os dedos. Os meninos correram para casa.

No dia seguinte, havia outro homem trabalhando no guindaste, sua cabeça parecendo a de um buldogue. Os dois se mantiveram a distância, na trilha ao longo do rio, avaliando o tamanho impressionante do substituto de Dieter. Emil aproximou-se do homem, que carregava peças de máquinas em um carrinho para levá-las à fábrica.

– Volte aqui! – Thomas chamou-o, a voz dele ressoando às suas costas. Mas a curiosidade de Emil forçou-o a seguir em frente.

– Desculpe, senhor.

O homem não parou o carregamento. O suor escurecia sua camiseta.

– Quando Dieter vai voltar? Ele agora está trabalhando dentro da fábrica?

Por fim, o homem parou e rosnou, um grunhido que partiu de sua garganta. Emil ficou paralisado e sentiu Thomas puxando-o pela camisa. Ele se recompôs, e ambos correram de volta pela trilha, um empurrando o outro, ofegantes e gargalhando.

Enquanto o prédio crescia, as fileiras de tijolos bloqueando mais e mais a porção de céu, descobriram que sempre havia algum local sem vigilância no canteiro de obras. Carregaram nos braços montes de tijolos, empilhados até o queixo, para um lugar oculto atrás de uma pequena colina, e construíram um esconderijo com paredes altas o bastante para que ficassem de pé lá dentro da casinha sem serem vistos. Espiavam por cima dos tijolos e passavam horas assistindo aos operários para além da elevação de terra, pequenos se vistos dali, equilibrando-se como artistas de circo enquanto circulavam apressados por vigas de aço, para cima e para baixo em longas escadas, com cargas de tijolos sobre os ombros, como se não pesassem nada.

Fazia calor todos os dias, e a grama ficava cada vez mais seca e áspera sob os pés. Emil acordava todas as manhãs desejando que o verão tivesse acabado, que a chuva tivesse estragado seus dias de glória, mas o céu continuava azul, de novo e de novo. A pele dos homens reluzia, avermelhada, enquanto trabalhavam, como a de seu pai quando voltava para casa, depois de passar o dia indo de uma porta de fábrica a outra, à procura de trabalho. As lembranças que Emil tinha do inverno pareciam distantes – deslizando no tobogã de Thomas pelo rio congelado, seu pai puxando os dois, caindo, rindo, caindo de novo, para a diversão dos garotos.

Sentado na grama, à sombra densa do esconderijo, ele se apoiou com cuidado na parede; não tinham cimento para lhe dar resistência. E então falou o que havia pensado durante toda a manhã:

– Mamãe disse que não vou poder ir à escola este ano.

Thomas voltou-se de seu orifício de espionagem e deu um soco no braço dele.

– Claro que pode. Você tem que ir para a escola.

Emil deu de ombros e pegou uma folha de grama.

– Ela não pode comprar sapatos para mim. O par que papai comprou no inverno está muito apertado agora.

– Você não precisa de sapatos; só precisa de lápis e uma sacola. Minha mãe me levou para comprar a minha na semana passada.

– Espere até o ano que vem, e a gente começa juntos. Peça para sua mãe.

– Ela vai me bater. Escute, Emil, pode ficar com os meus sapatos. Eu arrumo outro par.

Emil ficou em silêncio por um instante. O pai sempre lhe dizia que, se tivesse uma boa educação, nunca precisaria procurar emprego. Mas a mãe não ia mudar de ideia quanto aos sapatos. Os pais dele gritavam na cozinha enquanto ele tentava dormir.

– O que você vai dizer para a sua mãe?

– Vou dizer que perdi. Eu perco *tudo*.

Emil saiu do esconderijo e deitou-se em um monte de terra. Os homens faziam a pausa do almoço. Estavam sentados no píer, curvados sobre as marmitas. O estômago dele roncava. Se Thomas não tivesse trazido nada da despensa dele, teria que ir para casa pegar um pão e correr o risco de a mãe convocá-lo para alguma tarefa. Ou podiam seguir ao longo do rio, passando pelas fábricas, até as moitas carregadas de frutinhos, embora eles lhe dessem dor de barriga.

Thomas o imitou e deitou-se de bruços na grama ao lado dele, segurando o queixo com a mão.

– Diga para a sua mãe que você achou os sapatos.

– Ela vai dizer que roubei. Vou dizer que ficaram pequenos para você, por isso você me deu.

Thomas assentiu. Estava decidido.

Ficaram deitados, meio adormecidos, o sol batendo na nuca. Por ser verão, o cabelo de Emil havia sido rapado para evitar piolhos. Os cachos de Thomas roçavam a gola de sua camisa, pretos contra o algodão claro da camisa. Emil começou a suar, deitado ali na grama.

– Levante, vamos nadar – disse.

– Os homens ainda estão lá?

– Não, eles voltaram para o trabalho. Vamos.

Eles correram para a trilha que margeava o rio, um dizendo ao outro para fazer silêncio, mas de qualquer modo o som dos martelos no aço e de homens gritando entre si era muito mais alto do que o que eles faziam. Chegaram ao píer e jogaram as roupas para trás, na margem, nus e rindo. Deitando-se nas tábuas quentes para se manterem fora do campo de visão, deslizaram para a água, descendo pelos degraus para dentro do rio, arrepiando-se com o frio. Seguravam-se nas estacas do píer enquanto a correnteza puxava rio abaixo as pernas de ambos.

– Veja, estou nadando! – Thomas gritou, erguendo um braço no ar e engolindo água.

Emil tinha visto pessoas nadando no lago aos domingos, enfiando a cabeça embaixo d'água com ele perto o bastante para ver o movimento dela através da água escura. Elas empurravam a água para longe de si e batiam as pernas como rãs. Ele praticou chutes de rã algumas vezes. Suave, fácil, com as pernas se aquecendo na água fria. Afastou um dos braços da estaca, empurrou a água com a mão, para fora e para longe, e fez de novo o mesmo movimento.

– O que está fazendo?

Emil sorriu para o amigo e soltou a estaca. A água o puxou para baixo imediatamente. Lutou para voltar à superfície e viu que já estava a muitos metros de Thomas e do píer. Agitou os braços, jogando água para os lados, esquecido dos movimentos que havia praticado.

– Emil! – gritou Thomas. – EMIL!

Empurre a água, disse para si mesmo, e começou a fazer isso. Não adiantou; sua cabeça continuava afundando. Bateu na água com mais força, mas suas pernas não estavam na posição correta. Forçou-se a esperar por meio segundo, o rio puxando-o enquanto tentava coordenar os membros. Ouviu gritos lá em cima, de Thomas e agora também dos homens. Sua cabeça ficou acima da água, e ele tentou de novo, empurrando mais forte para um lado, de modo que seguia em frente com a correnteza. Parou por um décimo de segundo para respirar mais fundo e começou a afundar, então se apressou em repetir os movimentos, e outra vez. Podia manter a cabeça na superfície, mas estava sendo levado pela água. A voz de Thomas foi sumindo atrás dele, como uma recordação quando começa a se desvanecer.

A margem estava a poucos metros de distância. Já podia ver cada folha de grama, a trilha. Quando precisasse, estaria perto o suficiente para alcançá-las. Um movimento no canto de seus olhos chamou sua atenção. Era Thomas, correndo pela trilha, três homens atrás dele, chamando-o, o rosto afogueado. Ele lhes deu as costas, concentrado em seus movimentos na água. Corriam apressados; ele devia estar indo bem rápido.

Um dos homens deslizava para dentro d'água, logo à sua frente. Outro homem, na margem, segurou o braço do primeiro, enquanto este estendeu o braço e agarrou a mão de Emil. O garoto afundou por um momento, a água enchendo seu nariz e sua boca com gosto de petróleo. Ele ficou furioso, tentando se soltar da mão do homem, mas este era forte demais, os braços grossos e rijos. Ele segurou Emil contra seu peito quente, a respiração dele alta no ouvido do menino.

– Garoto idiota! – disse, agarrando-o com força demais. – Seu estúpido, menino tolo! Seu pai vai esfolá-lo vivo!

Então dois homens o seguraram e o puxaram para a margem. Deitaram-no na trilha de costas. O rosto de Thomas estava acima do dele. O menino o sacudia.

– O que você fez? O que você fez? Estava indo embora. Quase não conseguimos alcançar você.

A cabeça de Thomas e seu peito magro acima dele eram silhuetas escuras contra o céu luminoso.

Emil tossiu um pouco de água e sorriu.

– Você me viu nadando, Thomas? Eu nadei. Nadei muito rápido! Vocês estavam correndo, eu vi vocês, mas não podiam correr tão depressa quanto eu nadava.

Uma manhã, por fim, o céu amanheceu cinzento. O pai de Emil estava de pé ao lado do sofá que servia de cama para as crianças, sacudindo de leve seu ombro, e à janela atrás dele o verão havia chegado ao fim. O pai sorria e tinha se barbeado. Cheirava a sabonete e havia pequenos círculos coloridos nas suas bochechas.

– É um grande dia para nós, garoto! Escola, escola, escola! Você está a caminho dela agora.

Havia um livro na mão dele. Ele o colocou com gentileza sobre o peito de Emil. O menino o pegou. A capa era lisa. Olhou as letras nela, adoráveis símbolos arredondados que não lhe significavam nada. Dentro do livro havia gravuras: uma garotinha de capa carregando uma cesta, duas crianças numa floresta sombria.

– São os Irmãos Grimm. Histórias maravilhosas, *liebling*. Logo você vai poder ler todas elas.

Emil amou o objeto na mesma hora, seu cheiro e as páginas enrugadas, as belas ilustrações a traço.

O pai colocou a mão no bolso do casaco, tirou um cone cheio de doces e o colocou sobre o livro.

– Como conseguiu o dinheiro, papai? – sussurrou Emil.

– Estou trabalhando, não se lembra?

– Mas você nem começou ainda.

– Começo esta manhã! É um grande dia para nós dois. Vou levá-lo para a escola e depois vou trabalhar. E, quando você vier para casa jantar, sua mãe talvez tenha presunto na mesa!

– Posso ir um dia e ver você colocar o metal no molde?

– Claro, quando eu já estiver lá por algum tempo.

O pai o abraçou, o rosto liso e macio onde antes havia a barba. Seu semblante parecia tão rosado e nu, além de jovem.

Da cozinha vieram os aromas de café e aveia. A mudança de estação não parecia tão ruim quando estavam todos juntos, com esses cheiros bons, o pai feliz. Emil esticou o pé para fora, chutando a irmã embaixo das cobertas. Ela resmungou, mas não acordou. O pai riu.

– Princesa Greta – cochichou no ouvido de Emil. – *Essa* é sua irmã!

Depois do café da manhã, despediram-se da mãe, que estava à mesa, debruçada sobre o novo livro de Emil, e de Greta, que brincava sob a mesa com os soldadinhos de chumbo do irmão. Ele beijou a mãe perto da orelha. Por um momento, desejou que pudesse ficar para brincar com a irmã. A mãe deu-lhe um abraço rápido e apertado, empurrou-o com delicadeza em direção à porta e voltou para o livro. Os pés dele pareciam grandes e pesados dentro dos sapatos enquanto descia as escadas. Brilhavam muito – o pai os havia polido na noite anterior – e não tinham buracos. As botas que usara no último inverno deixavam a neve derretida penetrar e encharcar as meias, e ele tivera queimaduras de frio, por isso a mãe não havia permitido mais que saísse do apartamento enquanto nevasse. Ele ficava sentado em casa enquanto lá embaixo os garotos da rua faziam guerra de neve, gritavam e riam até escurecer.

Ele e o pai se juntaram ao fluxo de homens que caminhavam rumo ao trabalho, mulheres indo ao mercado com cestas nos braços, crianças com o cabelo molhado e repartido ao meio, meias bem esticadas até em cima. Sem aviso, ele foi erguido no ar, sobre a cabeça do pai, para cima dos ombros dele.

– Você vai começar as aulas como um rei, homenzinho. Não vai caminhando.

Lá de cima, ele podia enxergar através das janelas das casas e ver as mulheres limpando, um velho fumando na cadeira de balanço, um casal com roupas íntimas se beijando perto da pia. O pai tamborilava uma música nos tornozelos dele, e Emil sorria para quem passava, o menino mais alto de toda a Duisburg. Seu pai saudava com a cabeça as pessoas que conhecia.

– Não posso parar; meu garoto vai começar na escola hoje.

Então, quando os conhecidos se distanciavam, o pai contava a Emil alguma história sobre aquelas pessoas que viviam nas ruas vizinhas ao apartamento deles.

— *Frau* Bern parece melhor desde a operação. Manning talvez pague as cervejas uma vez ou outra agora, se ela o mantiver de bom humor. Ah, aí está o pobre Gunther. Ele machucou a mão na fundição e agora não pode trabalhar. Não quer se filiar ao sindicato, é muito orgulhoso.

Emil ouviu as crianças gritando quando se aproximaram do portão da escola. O pai colocou-o no chão e pôs a mão no ombro dele.

— Estou orgulhoso de você, Emil. Esse é o começo de grandes feitos.

Deu uma piscada e foi embora, correndo rua abaixo. Devia estar atrasado. Isso acontecia muitas vezes. Sempre havia alguém para uma conversa, uma fofoca ou para deixar o tempo passar. A mãe de Emil ria dele por causa disso.

Thomas já estava no pátio da escola, mostrando seu novo estilingue para outros meninos. Um homem alto e magro, em roupas escuras, aproximou-se do grupo e esticou a mão. Emil viu Thomas entregando-lhe o estilingue, a cabeça baixa, o cabelo numa massa revolta cobrindo o rosto. Emil correu até ele, passando pelo professor, que olhava o pátio com tranquilidade, como se fosse seu belo jardim. Os outros garotos tinham a mão nos ombros de Thomas.

— Ele vai devolver para você no fim do dia — disse Emil. — Ele *tem* que devolver.

O sinal tocou, como no começo do turno na fábrica lá embaixo perto do rio, e os meninos olharam ao redor, sem saber o que fazer. As crianças mais velhas aglomeravam-se rumo às portas da escola, e eles se juntaram a elas, espremendo-se para dentro do prédio com os demais. Um professor apontava para os mais jovens e acenava-lhes, chamando-os para a sala que estava atrás dele. Ele pegou Emil pela manga e o puxou para dentro de uma sala clara com janelas altas e cheiro de cera de assoalho. Diante dele havia fileiras de carteiras alinhadas, que os outros meninos iam ocupando depressa.

— Sentem-se, garotos — disse o professor. — *Herr* Walter estará aqui em um instante.

Emil e Thomas foram os últimos a entrar, e restavam poucas carteiras vazias na frente da sala. Sentaram-se e esperaram enquanto ao redor deles os meninos cochichavam e riam. O burburinho na classe foi desaparecendo, e o professor entrou.

— Ah, não... — murmurou Thomas.

Era o homem que havia tirado o estilingue dele: alto, magro e tão empertigado quanto um lápis novo.

Herr Walter relanceou o olhar para Thomas, o semblante ameno, atraente, a boca numa expressão condescendente. Mas então algo em Emil, sentado ao lado do amigo, chamou-lhe a atenção. O professou o olhou por um instante, intrigado.

– Você – disse por fim, enquanto cadeiras se arrastavam e alguém se coçava com uma régua por cima do calção com um ruído alto. – Eu *conheço* você. Seu pai é o socialista, Klaus Becker. Um agitador. Venha, fique diante da sala. Vou apresentá-lo.

Emil se levantou da cadeira, hesitante, e se aproximou do professor, o coração batendo forte. Sentia os olhos de Thomas em suas costas. Não sabia se era bom ou ruim ser apresentado à classe, mas começava a desejar que o professor não o tivesse reconhecido. Perguntava-se sobre aquela palavra, *agitador*, querendo que seu pai estivesse ali para perguntar o que queria dizer.

– Aqui, no quadro-negro.

O professor tirou um ponteiro de uma estante sob o quadro-negro e o apontou para Emil, tocando-o de leve no pescoço, a madeira fria de encontro à sua pele.

– Diga à classe o seu nome, criança.

– Emil Becker – ele falou baixinho, olhando para as fileiras de meninos que o encaravam sem sorrir.

Conhecia alguns deles, mas não havia nenhum traço de reconhecimento em suas expressões. Até mesmo Thomas parecia neutro, como se não fossem dele os sapatos que Emil calçava, um deles agora fazendo uma bolha em seu calcanhar.

– Este garoto, Emil Becker, é um garoto socialista, de uma família socialista. – A voz de *Herr* Walter era paciente e gentil. – Eles não são como nós, crianças. Sobretudo, este garoto não acredita em Deus, nosso querido Pai. Agora, temos que ser educados com o menino, porque somos cristãos. Ele precisa aprender a ler e escrever, como todos vocês. Mas nunca será nada na vida. Sua existência nesta terra será infeliz e mal orientada. Não é culpa dele, mas da família em que nasceu. Olhem para este menino, crianças. Se vocês nunca duvidarem de que Deus está vendo tudo e que vê os pecados de vocês, olhem para este pobre garoto cheio de piolhos, com buracos nas roupas e pecado no coração, e ele vai lembrá-los de que vocês nunca devem se afastar de Deus. Pode sentar, Becker. Vamos fazer o que pudermos por você.

Emil não entendia o que havia acontecido. Voltou para a carteira como em um sonho, a face ardendo, tudo ao redor realçado e ofuscante. Olhou as próprias roupas. *Herr* Walter tinha razão. A bainha dos shorts estava puída e havia um buraco em seu pulôver. Encostou um dedo nele, devagar, discretamente. Cabia dentro, certinho.

O professor continuava a falar. Explicava alguma coisa no mesmo tom compreensivo com que falara sobre Emil. A aula tinha começado, e ele apontava letras do alfabeto na lousa com o mesmo ponteiro com que lhe tocara o pescoço. Emil lançou um olhar a Thomas. O rosto do amigo ocultava-se por sob o cabelo, uma cortina que o escondia. Durante toda a aula, na qual o professor escreveu a giz na lousa e usou o mesmo tom constante de voz, Thomas manteve-se sob a cortina, e Emil sentiu um desconforto crescente na barriga.

Depois de uma hora, durante a qual não conseguiu entender nada, o sinal fez todos pularem no assento, e o professor abriu a porta com um sorriso.

– Hora de brincar, crianças. Não se sujem no jardim. Temos que nos distinguir dos animais.

Os meninos se apertaram pela porta estreita, tagarelando, arriscando encontrões e beliscões. Thomas estava à frente na massa de garotos. Um pequeno espaço vazio rodeava Emil enquanto seguiam pelo corredor rumo à porta de entrada. Ninguém o tocou, embora ao redor dele houvesse empurrões e esbarrões. Chegando ao pátio, ele continuou andando para o portão. Ninguém falou com ele nem o deteve. Não conseguia mais ver Thomas. Do lado de fora do portão, as ruas estavam quase vazias. O sol ardia em meio às nuvens, e sua camisa colou-se às costas por baixo do pulôver. Ele fixou o olhar na rua e andou depressa. Quando chegou ao seu prédio de apartamentos, olhou para cima e seguiu pela rua, rumando para a ponte e atravessando o rio. Afastando-se da cidade, passou pela fábrica em construção e foi para o esconderijo.

De algum modo, o lugar parecia diferente em relação ao dia anterior, quando Thomas estava ali, mas ele não conseguia saber o que havia mudado. A fábrica era alta, a estrutura de sustentação do telhado já fora construída, e a altíssima face sem olhos da parede era intimidante. Ele se deitou no chão, enrodilhado, a um canto. Uma lebre o assustou ao passar correndo pela entrada. Acalmou-se de novo e caiu no sono de imediato. Acordou com o som de uma campainha, vindo da fábrica, e olhou pelo orifício na parede. A enorme sombra da fábrica se estendia pelos campos atrás dela. Os homens jorravam de dentro da estrutura, começando a percorrer a trilha, passando pelas outras fábricas de volta à cidade. Para ele e Thomas, aquele sempre era o sinal para irem embora para casa jantar. Mas não conseguiam resistir. Antes de partir, esperavam que o contramestre trancasse sua cabine na frente da construção e fosse embora, e então esgueiravam-se para dentro da fábrica. Ainda não havia portas no prédio principal. Emil foi para lá, por puro hábito: tomou a trilha para o píer, subiu o barranco do rio, passando pelo escritório do contramestre, e passou pela abertura vazia da porta, entrando no espaço caótico e vasto da fábrica semiconstruída.

Era vertiginoso estar num recinto tão grande, dentro de um edifício. Mas, então, ele erguia os olhos para além das vigas de aço tão altas, e lá estava o céu. Havia pilhas de tijolos, madeira, feixes de aço e engradados de maquinário empilhados por todo canto, os conteúdos esparramando-se pelo chão. Olhou para as máquinas como se fossem criaturas. Aprendera com o pai sobre a eletricidade e o fluxo do sangue no corpo, e eles pareciam ser a mesma coisa – uma força que se movia através das coisas, trazendo-as à vida.

Apesar da quantidade de equipamentos amontoados por todo o lugar, havia espaço para correr até cair de cansaço. Ele e Thomas disparavam para cima e para baixo pelo salão, esquivando-se do andaime que se erguia a um lado, onde a plataforma para os escritórios começava a tomar forma, encostada à parede, bem no alto, um tipo de palco elevado a partir do qual era possível ver tudo que acontecia no chão. Naquele dia, ele percorreu de um lado a outro toda a extensão do edifício, aspirando os odores poeirentos de tijolos e aço. Depois de algum tempo, viu que, na poeira do chão de pedra, havia pequenas pegadas de um pé descalço entre as grandes pegadas das botas. Perguntou-se quais crianças que ele não vira teriam andado por ali.

Os pés o levaram para fora de novo. A fábrica era um pouco assustadora agora que não tinha um amigo com ele para preencher o ambiente de ruídos e movimentos. Notou como o prédio era grande em comparação com ele mesmo. Seriam necessários uns cinquenta meninos, um no ombro do outro, para alcançar o alto.

A mãe estava na frente do prédio de apartamentos quando ele chegou em casa.

– Thomas trouxe sua sacola – ela disse, abraçando-o de encontro ao peito. – Onde esteve? O que papai vai dizer? No seu primeiro dia de escola!

Ele se esquivou do abraço e subiu as escadas para o apartamento. Sua irmã Greta dormia no sofá. Parecia gorducha e quentinha embaixo da coberta. Suas bochechas eram macias e rosadas. Deitou-se junto dela, cheirou sua pele e fechou os olhos. A mãe ia de um lado para outro na cozinha. Ele sentiu o cheiro da comida. Era verdade, ela tinha comprado presunto. O aroma era incrível. Ficou com água na boca; não havia comido nada o dia todo. Ouviu a porta se abrir e sussurros no corredor – a voz de seu pai.

– Não! – disse ele, surpreso.

Por fim, entraram de novo, e a porta se fechou. Ele não conseguia abrir os olhos; não queria olhar para o rosto do pai.

– Emil – disse seu pai, baixinho, perto dele. – Conte-me o que o professor falou a você.

Emil fez que não com a cabeça. Greta já não estava ali. O travesseiro dele estava úmido onde seus olhos haviam encostado. O pai acariciou a cabeça do filho, a mão passando sobre o cabelo que começava a despontar, a pele dos dedos calejada.

– Por que tenho que ir para a escola? – choramingou Emil. Queria que sua voz fosse mais forte e grossa.

– Porque sua educação é a coisa mais importante do mundo. Ela vale mais do que ouro. Aquele professor é um idiota, mas ele tem algo de que você precisa. Ele tem conhecimento. É só disso que você precisa dele. Mostre-lhe. Você é pobre, mas é forte e inteligente. Qualquer menino pode ser aquele que mudará o mundo. Eu daria tudo para voltar atrás, ter sua idade de novo, e ter essa chance. Você vai ser um menino bom e esperto. Sei que vai.

Emil ficou calado, os olhos fechados.

– Sente o cheiro do presunto? – perguntou o pai.

Emil assentiu com a cabeça. O pai o beijou.

– Mamãe vai colocá-lo na mesa em um minuto. Vamos ter um banquete. E, por sorte, conheço esse tal Walter. A casa dele não fica longe. Podemos ir lá depois do jantar e jogar esterco de cavalo na janela dele. O que você acha?

Emil fez que sim com a cabeça, encostado no peito do pai. Alguma coisa mudara e ficara mais leve. Imaginou o movimento do braço, o arremesso do monte contra a janela, o professor com seu roupão abrindo-a para ver o que era, olhando para a rua. Emil era um menino inteligente, o pai lhe dissera. Quando ouvisse a janela abrindo, já teria outra mão cheia, pronta para o próximo arremesso.

Hannah
Londres, 1915

Minha lembrança mais antiga é claríssima. A infância está ao meu redor, diante dos meus olhos, acontecendo agora. Moro outra vez naquele aposento. Meus irmãos estão comigo. Além de mamãe e papai. Vamos todos viver para sempre.

Fazia um ano que a guerra tinha começado. Eu tinha oito anos. Na gaveta da escrivaninha de meu pai, no quartinho em que mantinha rolos de tecido, meu irmão Geoffrey achou um revólver. Tirei-o das mãos dele, sentindo o peso frio em minha mão. Geoffrey agarrou-o de volta e o apontou para mim.

– Morra, alemã saqueadora – sussurrou friamente.

– *Você* é o alemão – retruquei. – Devolva.

E ele me deu a arma. Eu era a mais velha e podia ser ameaçadora, se quisesse. Apontei a arma para a cabeça dele e a movi um pouco de um lado para o outro, como se meu irmão fosse um alemão que houvesse visto na trincheira, e eu tivesse de fazer a mira. Era pesada, excitante de segurar, seu potencial e poder parecendo pesar em minhas mãos.

– Bang!

Ele se jogou contra os rolos de pano apoiados na parede, agarrando o peito. Virou a cabeça e colocou a língua para fora, do lado da boca.

Ouvi as tábuas do piso do corredor estalarem, e então o irmãozinho mais novo me chamando:

– Hannah, Hannah! Onde está escondida?

Coloquei a arma de volta na gaveta vazia e encostei um dedo na boca. Geoffrey abriu a porta e Benjamin olhou para nós dois, pequeno e carrancudo, sentindo-se excluído.

A arma não era a única coisa que nos lembrava de que havia uma guerra do outro lado do canal. Um desfile de uniformes cáqui passara marchando diante da loja de papai, na rua Tottenham Court. Havia casacos vermelhos antes da guerra: charmosos, mas menos comoventes. Conseguia imaginar a lama das trincheiras nas jaquetas cáqui que nunca terminavam de passar lá fora, como se tivessem marchado por todo o caminho, da França até Londres, de alguma maneira o vasto número delas ultrapassando o obstáculo do Canal da Mancha.

Quando um soldado saiu da multidão na rua e veio sozinho até a sombra da loja, onde eu me encontrava sentada na banqueta alta por trás do balcão, levantei o olhar das moedas que empilhava na bancada de madeira e o examinei, das botas ao estranho chapéu, a aba presa em um dos lados com um broche. Eu costumava olhar fixamente para as pessoas quando criança. É possível que nunca tenha perdido o hábito por completo. Pessoas são tão interessantes! Além disso, queria ser escritora. A gente precisa ter certeza de como é o rosto de alguém se quisermos descrevê-lo depois. E para isso é necessário um olhar fixo. O soldado não sorriu. Parecia também estar acostumado a olhar fixamente. Lá fora, a banda passava agora bem diante da loja, com seus instrumentos de sopro e tambores, e a multidão aplaudia. Mas o som chegava abafado aqui, enquanto olhava as mãos do homem em busca de algum sinal de que pudesse ter estrangulado um alemão. Se o silêncio se prolongasse demais, eu com certeza perguntaria a respeito.

– Bom, querida – ele disse, enfim, com um sotaque estranho, quase inglês, mas também com um toque estrangeiro. Tinha pele bem escura, mas não era indiano. Os indianos eram mais escuros ainda e falavam cadenciadamente, quase cantando. Alguns meses antes, um oficial indiano havia estado bem ali, onde aquele homem estava, e papai conversara bastante com ele. Tinha sido fascinante. Esse homem agora, no entanto, havia dito: – Tem umas duas onças para nós?

Saltei da banqueta, o choque do impacto subindo por meus pés, e dei as costas para ele, esticando-me para a prateleira no alto a fim de pegar o pote de tabaco. Coloquei-o no balcão, subi de novo na banqueta, destampei o pote e medi o tabaco frio e úmido num quadrado de papel, com cuidado para não deixar cair nada, sentindo seu aroma. Cheirava como as roupas de papai, mas mais concentrado, sem a mistura de sabão para barba e café.

Ele se inclinou para a frente, colocando o tabaco em sua lata, o rosto tão perto do meu que senti o cheiro de colônia e brilhantina, e vi onde os pelos loiros irrompiam pela pele rosada.

– Tem cheiro de paraíso – ele disse, os olhos fechados.

Foi como se houvesse tido a consideração de posicionar ali seu rosto de soldado, para que pudesse dar uma olhada longa e detalhada. Havia gotículas de suor nas têmporas, fios brancos nas espessas sobrancelhas das quais os pelos brotavam em todas as direções, linhas roxas em seu nariz inchado de homem velho, rugas profundas nos cantos dos olhos, sulcos na testa. Mas, ainda assim, de certa maneira, a cabeça era a de um menino crescido.

Os degraus atrás de mim rangeram, e o soldado se endireitou. Papai entrou, a barriga redonda esbarrando em mim ao passar.

– Senhor! Temos qualquer coisa de que precisar. Basta pedir. O que estiver procurando. Qualquer coisa mesmo. Minha Hannah o ajudou?

– O senhor tem aí uma boa garota. Não há nenhuma dúvida.

Prestei atenção às vogais. Elas eram arrastadas, planas, longas, e as consoantes, suaves. Observei seus olhos e a língua enquanto pronunciava os sons.

– Ah! – disse papai, analisando o soldado. – Australiano! Seja bem-vindo! Bem-vindo a Londres. Muito frio para você, suponho.

– Não mais frio do que uma vala lamacenta.

Ele me olhou por um momento, depois o olhar se desviou para papai. Mais, pensei, fale mais! Era um desses momentos em que uma janela para a idade adulta se abria com um golpe de vento e depois se fechava de novo com outro golpe.

– Desculpe – murmurou. – Esqueci onde estou.

– Tudo bem. Fique tranquilo. Aproveite a estadia em Londres. Estamos felizes em ter vocês aqui conosco.

Mais tarde, no banheiro, com Geoffrey batendo à porta, eu praticava os sons no espelho, modelando minha boca de um jeito que nunca fizera, esticando os lábios ao pronunciar as palavras, fazendo minha voz sussurrada ondular com as frases.

– Tem cheiro de paraíso. Não mais frio do que uma vala lamacenta – falei, caprichando nas vogais.

– HANNAH! – Geoffrey já quase berrava. – Olhe o que vou fazer no chão!

Abri a porta, imitando sua expressão de agonia, e um instante depois o deixei entrar.

Eu dormia com minha mãe naqueles dias. Quando a sirene do ataque de zepelim soava, durante a qual eu era capaz de continuar dormindo se estivesse sozinha, era sempre a primeira a ser tirada da cama. Mamãe não dormia, pelo menos era o que me parecia. Mães não dormiam como outras pessoas. Ficavam deitadas, mas acordadas, observando você sonhar, porque assim poderiam tirá-lo de baixo das cobertas quentinhas no instante em que a sirene tocasse. Nos momentos mais silenciosos, em que o som da sirene ia sumindo, antes de recomeçar, dava para ouvir o ronco de papai através da parede e do assoalho. Meus irmãos tentavam acordá-lo.

– Papai. *Papai!*

Eu juntava a coberta e os travesseiros, de modo que pudesse carregá-los, e, depois que mamãe se juntava a nós, todos descíamos tropeçando pela escada estreita em espiral até a loja, tentando não derrubar com nossas cargas, ao passar, os potes de doces das prateleiras, para em seguida correr pela rua Tottenham Court com os demais vultos escuros e seus robustos fardos de roupas de cama, passando diante de outras lojas rumo à estação Goodge do metrô, situada na esquina. A iluminação de rua ficava apagada, e as criaturas acolchoadas iam abrindo caminho por instinto, aos esbarrões e encontrões, até a entrada, murmurando *Com licença, Pode passar, Desculpe, meu pé* em diversas línguas. Fazia frio do lado de fora à noite, mesmo com um casaco sobre o pijama, mas o ar em torno das pessoas que se moviam era denso e cálido, e dava para saber, pelo cheiro, que havia circulado no interior de corpos vivos. O que mais amava eram as luzes dos holofotes traçando caminhos no céu. Eu caminhava olhando para cima, esperando ter a chance de entrever um zepelim, enquanto mamãe me empurrava para a entrada do metrô, pressionando minha cabeça contra o casaco de lã áspera que cobria seus quadris macios.

À luz mortiça da escada sem fim vi Boris, da minha classe, com os pais e a irmãs, logo abaixo de nós. Eu o reconheci pela forma dos óculos e pelos cabelos despenteados. Ele era russo, mas não era nessa língua que falávamos. Papai tinha me ensinado muito pouco de sua língua; muito do que eu sabia havia ouvido de dentro das cortinas que rodeavam minha cama, durante conversas dele com mamãe, tarde da noite, quando falava de parentes na Rússia e o que vinham enfrentando: escassez, greves, o preço da comida. E o inglês era incrivelmente chato, uma língua para ser usada na escola, mas não aqui embaixo, nos túneis, de noite. Poderíamos ter falado iídiche, mas nunca diante de papai. Ele a chamava de língua morta do Velho Mundo. Odiava qualquer coisa que fosse antiquada, que fosse ligada à superstição. Mamãe não teria se importado tanto. Com frequência, inventava nomes carinhosos em iídiche, embora não quando papai estivesse por perto. Tinha um repertório infinito de palavras, tantas que muitas vezes eu tinha de lhe perguntar do que havia acabado de me chamar. Passarinha. Flor da primavera. Docinho.

Ao brincar, usávamos uma língua que sentíamos ter inventado. Ou, se sabíamos não termos sido os inventores, sentíamos estar próximos de seu surgimento. Alguém em nossa escola, a St. John's, a usara ao falar de nós, chamando-nos de judeuzinhos. Estava bem claro o que os garotos diziam. Chamavam todo mundo de judeuzinhos. No parquinho, ouvíamos isso e outros fragmentos de conversas e insultos, e percebemos depressa que era um truque simples. Era só determinar como dizer determinada palavra quando escrita de trás para a frente, se necessário com algumas adaptações de pronúncia. *Soninem* para meninos e por aí vai. Mamãe odiava; dizia que falávamos como os garotos que vendiam frutas na rua, ou como peixeiros.

– Io Sirob.

Alcancei-o, segurando minha trouxa, enquanto descíamos na penumbra em meio à multidão, sussurros ecoando no ar, vindos de muito mais abaixo. Adorava os ataques noturnos.

Ele não tinha percebido antes que era eu por trás da pilha de roupas de cama. Eu era uma garotinha pequena, mesmo para os meus oito anos. E Boris não precisava carregar as roupas de cama. A mãe dele fazia tudo. Conversamos o mais rápido possível, em parte para nos exibir, em parte para deixar ainda mais obscuro o que dizíamos. Não podia perder a chance de irritar meus irmãos, que vinham logo atrás, mantendo-se grudados em nós até alcançarmos a plataforma. Trocamos palavras sem sentido até o cérebro de ambos cansar, depois fomos forçados a sussurrar em inglês.

– Acha que tem mesmo uma bomba? – Boris perguntou. – Mamãe diz que é uma perda de tempo tudo isso.

– *Nunca* vi uma. Mas imagine se voltarmos e as ruas estiverem destruídas, e tivermos que viver no metrô para sempre, como ratos...

Na plataforma, meus pais tentavam arranjar um espaço onde pudessem apoiar os travesseiros de encontro às paredes abauladas e azulejadas do túnel.

– Venha, Hannah – meu pai chamou. – Venham, meninos. Querem que esmaguem o crânio de vocês?

Enquanto nos acomodávamos, o chão estremeceu e os sussurros cessaram por um momento. Todos olharam para o teto. Teria sido uma bomba, finalmente? Ou apenas a água protestando em alguma tubulação muito antiga?

Fui forçada a dividir a cama improvisada com mamãe, mas dei um jeito de garantir que estaria também ao lado de Boris. Minha mãe trouxera uma coberta a mais para estender sob nós, mas era bem fina, e o chão de pedra, frio e duro. Precisava mudar de posição o tempo todo para aliviar a dor nos ossos. Cochichava bobagens com Boris em nossa própria língua, e ele respondia murmurando em iídiche, sonolento, esquecendo-se de usar a linguagem secreta. Os corpos no chão estavam em silêncio. Alguns retardatários chegaram à plataforma, pedindo desculpas ao pisarem em mãos e pés, gerando em resposta alguns palavrões saborosos, e depois um *shh* ríspido, provavelmente da mãe de alguém. As crianças espalhadas pela plataforma riam. Boris estremecia contra meu corpo também trêmulo.

Por onde andaria Boris? Às vezes, fantasio avistá-lo na face de algum velho de chapéu preto que caminha vacilante pelo parque e espio o rosto abaixo da aba, o coração disparado, mas nunca é ele. A gente não espera que as pessoas sobrevivam a todas as coisas pelas quais passam. Pelo que sei, a gripe espanhola acabou com ele antes que terminasse a escola. Imagine, porém, se ainda estivesse vivo e morando em Londres. O que diríamos um ao outro? Nossa, mas você envelheceu!

De volta ao metrô daquela guerra ocorrida em outro século. As luzes ficavam sempre acesas na plataforma, e eu precisava cobrir a cabeça para dormir. Minha mãe estava em silêncio a meu lado, deitada de costas, os olhos abertos com certeza. Meu pai roncava, como os outros pais. Os meninos se estapeavam do outro lado dele, sem dizer nada, como se fosse o bastante para que não tivessem culpa alguma do que faziam.

– Boris – sussurrei, o canto da coberta formando uma cabaninha sobre nossas cabeças. Ele cheirava a sabonete de lavanda; o aroma preenchia o pequeno abrigo. O pai de Boris era dono de uma farmácia. – E se bombardeassem os canos de água, o túnel inundasse e a gente morresse?

Perguntei em inglês, uma vez que desejava transmitir algo bem próximo a meus reais pensamentos.

– Eu salvaria você.

Mas na verdade não faria isso. Estava quase dormindo, cruzando o limiar, deixando-me para trás.

– E se houvesse tanta água que enchesse aqui até o teto e todos os corpos subissem pela escada até a rua? O que aconteceria, Boris?

Silêncio.

Nos fins de semana, eu estava livre para fazer o que quisesse. Papai declarara ultrapassado o Sabá judaico antes do meu nascimento, e a loja abria todos os sábados desde que nos mudáramos, vindos do País de Gales. Ninguém dizia nada, porque, em Londres, sábado era o dia de fazer negócios. Quando os ricos rumavam para oeste em suas carruagens e carros a motor, para comprar camisas novas ou móveis para as casas da cidade, ou quando mandavam as criadas atrás de lençóis, você seria um tolo se fechasse as portas, dizia meu pai. Também gostavam de levar presentes, e papai ficava muito feliz em receber o dinheiro deles em qualquer dia da semana. Eu lembrava vagamente como eram intermináveis os sábados na vila de onde viéramos, no Vale do Rhondda, onde a família de mamãe se concentrara. Ficava olhando meus livros ilustrados em um canto da cozinha, enquanto minha mãe cozinhava o dia inteiro. Refeições infindáveis, sentada com as costas retas, ouvindo mulheres idosas que escutavam mal e falavam alto demais. Às vezes me pediam que mostrasse meus livros para minha avó materna, um corvo vestido de luto que recendia a remédios. Estava morta agora, mas tinha desaparecido de nossas vidas antes disso. Alguma coisa a ver com meu pai, a quem a família de minha mãe nunca aprovou. Londres foi a última gota.

Os meninos costumavam desaparecer juntos no sábado de manhã, antes que alguém pudesse protestar, correndo pela rua e pulando as grades do St. John's para jogar futebol com outros garotos. O West End tinha encantos diferentes para mim. Para uma criança curiosa, que queria saber tudo sobre o mundo, estava tudo ali, a partir do momento em que deixava o degrau gasto da frente da loja e pisava na calçada da rua Tottenham Court.

Naquele sábado, minha mãe, em geral quieta e um pouco arredia, estava de péssimo humor por causa de Benjamin, o caçula, atrapalhado e sempre à mercê das sugestões perversas de Geoffrey, que tinha coberto de lama suas roupas de passeio ao saltar nas poças que havia dentro da vala. As roupas fediam, pois havia esterco de cavalo na lama, e minha mãe estava no tanque, em nosso pequeno pátio, resmungando em galês. Benjamin estava sentado à mesa da cozinha vestido com ceroulas, um ar sombrio de fúria no rosto. Seus soldadinhos de chumbo espalhavam-se pela mesa e pelo chão, as tropas derrubadas por uma mão pequena e gorducha. Fazia tempo que Geoffrey havia desistido da brincadeira e saído com um amigo, que atirara pedras na janela lá de baixo, da calçada, para chamar a atenção dele. Era assim que os meninos se comunicavam, eu sabia, por meios primitivos.

Coloquei o chapéu e emergi de trás das cortinas que encobriam minha cama, pronta para sair e me aventurar nas ruas com aquela ventania.

– Você faz *tudo* que ele diz, não faz, Benjamin?

Benjamin, que tinha quatro anos então, olhou feio para mim por baixo dos cachos escuros. As roupas dele não secariam até a hora do chá, e aí seria tarde demais para fazer qualquer coisa, o sábado inteiro tendo sido desperdiçado.

– Odeio você – ele disse baixinho. – E odeio a mamãe.

Nós nos dizíamos essas coisas o tempo todo. Que terríveis as crianças podem ser às vezes.

– Guarde isso para Geoffrey – falei, arrumando o chapéu de palha sobre as tranças longas e escuras. – É ele quem sempre mete você em encrencas.

Ele me olhou pensativo.

– Posso ir com você, por favor?

– Mas você não tem nada para vestir.

– As roupas da escola.

– Mamãe vai querer lavá-las também.

– Ela ainda não trouxe as roupas sujas aqui para baixo.

– A gente vai ter que passar pelo papai.

– Ele não vai se importar.

– Ah, então tudo bem. Mas não me incomode. Nem se comporte como um bebê.

– Obrigado, Hannah. Obrigado, obrigado. – Ele pulou da cadeira e começou a se vestir. – Vou mostrar onde Geoffrey guarda os doces dele.

Ri. Com apenas oito anos, e já implacável.

– Acha que não sei? E sei também onde você guarda os seus. Portanto, cuidado!

Indo para o Museu Britânico, seguimos para a rua Great Russell pela Tottenham Court, barulhenta com seus cavalos, automóveis, vendedores de frutas e meninos vendendo jornais aos gritos. Londres recendia a animais, fumaça de carvão e castanhas assadas, não a comida de imigrantes como cheira agora. Benjamin insistiu para segurar minha mão. Torcia para não encontrar Boris nem ninguém da escola. Tinha planejado dar uma olhada em lojas como Schoolbred e Pritchard, mas Benjamin ia só ficar choramingando, e todo o glamour dos manequins com suas cinturas finas e chapéus de redinha evaporaria. E o museu sempre valia a caminhada.

Benjamin *tinha* que ver as múmias antes de poder ser persuadido a visitar qualquer outra sala. Não adiantava discutir. A covinha no queixo dele ficava mais funda quando eu hesitava: era um aviso. Ele ainda não estava crescido o suficiente a ponto de não poder ter um ataque de birra em público, e era melhor não chamar atenção. Imagine se algum adulto bem-intencionado nos mandasse de volta para casa e avisasse mamãe. Não que me incomodasse ver as múmias. A gente nunca fica velho demais para perder o interesse por elas, embora não sentisse o mesmo fascínio que Benjamin, o rosto grudado no vidro diante de uma múmia de gato, a boca aberta. Esperei o máximo que pude.

– Vamos, Benjamin – falei por fim. – É minha vez agora.

Caminhei depressa pelo piso de madeira, prestando atenção ao lindo som que os saltos do sapato novo faziam a cada passo. O truque, no Museu Britânico, era não olhar as mesmas coisas em todas as visitas, por mais que você as adorasse. Estava tomada por um desejo de aventura, de novidade, que mantinha meus pés em movimento. Não podia parar para ver pedras preciosas ou porcelanas. Propositalmente, passei por portas que nunca notara antes. Para além de uma centena de vitrines com estátuas e espadas, era atraída pelo caminho adiante, sempre para outra porta, outro corredor vazio, distante da multidão do sábado, através dos grandes salões. Entrevi salas com tesouros embrulhados, caixas de papelão. Embalavam as peças para guardá-las, por conta dos ataques aéreos, e assim entreguei-me a uma espécie de corrida, para ver as coisas antes que se fossem. Entrei numa sala escura e soube que era para lá que devia ter sido atraída. Virei-me para apressar Benjamin. Atrás de mim, havia um corredor vazio. *Benjamin*, pensei. Por que você tem que... Mas não importava; dali a pouco, voltaria pelo mesmo caminho. Ele não devia estar longe.

As vitrines estavam iluminadas e sob o vidro havia rolos de pergaminho e livros enormes com capas de couro ou de madeira, abertos em alguma página escolhida com cuidado. Homens solitários, na maior parte bem velhos, estavam extasiados à luz de certos mostruários, como vultos no palco no início de uma cena emergindo da escuridão. Para mim, o modo como os atores faziam aquilo era assustador; nunca consegui me acostumar com o fato de que tinham estado ali, nas trevas, sem que eu soubesse.

Coloquei um dedo no vidro à minha frente e me ergui na ponta dos pés. Diante de mim, havia um livro enorme em latim, manuscrito à tinta. Imaginei a mão que escrevera aquelas páginas amareladas e ásperas. O tinteiro. A vela que o iluminava. Encerrei-me no halo de luz ao redor da caixa e de seu miraculoso conteúdo como se houvesse deixado Londres e aquela era moderna. Sentia o vidro frio encostado em meu nariz e pálpebras. Segui as palavras, movendo os lábios em silêncio, maravilhada por estar falando latim, mesmo sem entender nada. Tinha a impressão de que poderia esticar a mão através do vidro e tocar a página, conhecê-la pelo tato. E, se pudesse tocar o papel uma única vez, talvez ele me passasse algo, transmitisse alguma mágica.

Vi a mim mesma escrevendo nele, meus dedos correndo pelas palavras. Minha mente projetou-se adiante e pude sentir a tinta no papel. Vi num lampejo que todas as pessoas que criaram esses objetos estavam unidas por um fio tênue. Eram parte de um grupo especial, como monges ou soldados. De pé ali, sob aquela luz, vi-me como uma delas, tocada pelo brilho do que quer que os tivesse tocado enquanto sentavam-se às respectivas escrivaninhas, com a tinta, o pergaminho e sua luz débil. O conhecimento pareceu, de súbito, uma nuvem de pó dourada que havia me atraído para aquele salão e me puxado para dentro dele.

Uma mão pesada pousou em meu ombro e soltei um gritinho.

– Está tudo bem, minha querida. Temos algo para você.

Virei e vi um guarda uniformizado, um homenzinho gorducho não mais alto do que papai. Meu coração disparou por um instante. Achei que talvez fosse ganhar um suvenir especial, que minha conexão com aqueles objetos estivesse tão evidente e radiante que seria presenteada com um prêmio especial. Mas então Benjamin saiu de trás do guarda, o gorducho e encardido ícone de minhas responsabilidades.

– Obrigada – suspirei. – Já ia voltar para buscá-lo. Vamos, Benjamin. – Puxei-o pela mãozinha gorducha. – Se formos agora, poderemos pegar o show de variedades no Oxford!

– Tudo bem. Mas você acha que mamãe vai ficar brava? E vai ser comigo ou com você?

– Com você. Eu vou sair de novo se ela falar demais. Mas mamãe vai ficar brava do mesmo jeito, não importa se voltarmos agora ou na hora do jantar. Vamos, estão apresentando um novo show. Boris me disse que é o máximo. Tem uma música engraçada que ensinam para a plateia. E menestréis!

Em Tottenham Court, cruzamos a rua bem antes da loja do papai, e tomei o cuidado de ficarmos escondidos em meio à multidão que fazia compras aos sábados, longe do meio-fio. Os casacos compridos e as sacolas de compras formavam uma parede móvel, embora sólida, ao redor. Sentia-me opulenta em meio à multidão de sábado, como se estivesse em uma toalha de piquenique sobre a grama, com almofadas, e olhando para as árvores acima.

Na rua movimentada, cercada por adultos com seus objetivos e mistérios, sentia-me confortável, protegida e ansiosa com as possibilidades. Como regra não me sentia à vontade na companhia de crianças, exceto por Boris e meus irmãos. As crianças eram, e provavelmente ainda são, insensíveis e voláveis, e ficam entediadas quando o assunto é intelectual. Entre adultos podia me esconder, se quisesse, ouvir e aprender os segredos de ser mais velho. Ou, se estivesse entre os amigos do meu pai, quando bebiam cerveja na loja depois de fechar, recitaria poesias ou Shakespeare para me deliciar, tendo o cuidado de não sorrir, com a aprovação deles.

– Ela tem o dom da palavra! – papai exclamava, batendo palmas. – Vai ser uma autora! Ah, se eu tivesse tido a educação dessas crianças... Acham que eu estaria vendendo tabaco para sobreviver? Minha Hannah, você vai deixar seu papai orgulhoso!

E os homens ficavam de pé e erguiam os copos em brindes estrangeiros, soltando nuvens grossas e pungentes de fumaça de charuto. Desejava crescer ali, naquele instante, por completo, só para provar que papai estava certo. Ah, sentia uma pressa terrível em ser a pessoa maravilhosa e talentosa da minha imaginação.

Estávamos perto da loja do papai. Vi por uma fenda momentânea, por entre a multidão, o senhor Poppy, o barbeiro cuja loja dava fundos com a nossa, saindo pela porta lateral, a barriga imensa coberta por um avental branco, enquanto conversava com um cliente que esfregava a nuca com a mão. Benjamin diminuiu o passo, puxando minha mão.

– A gente pode ir para casa agora e comer? Estou morrendo de fome.

– Não! Jamais conseguiremos sair de novo e vamos levar bronca da mamãe sem nem ter visto o show. Se voltar para casa, não vou esperar você.

– Mas, *Hannah*...

Não podíamos fazer uma cena ali, tão perto de casa.

– Escute, tenho um pouco de dinheiro. Podemos comprar um saco de bolinhos do Mintz e entrar escondidos pelos fundos do Oxford sem pagar.

– Caramba, Hannah. Eu adoro bolo.

– É vulgar dizer *caramba*.

– Papai diz que não devemos dizer que as coisas são vulgares. É esnobe.

– Não diga caramba e não vou ter que dizer vulgar.

Puxei Benjamin através da multidão cerrada, passando pelo torvelinho de corpos ao redor da entrada do metrô como água escoando pelo ralo da pia, e seguimos em direção à rua Oxford. Ele pôs o pé para fora da calçada, diante de um automóvel – senti seu braço se retesar quando desceu para a rua e o puxei de volta com força. O automóvel rugiu, passando a um metro de nós. Lá dentro, os adultos iam sombrios, semiocultos pelos reflexos do prédio e da minha própria face no vidro. Vi que eu estava com a testa franzida, como eles, espelhando o leve mau humor da idade adulta.

Emil
Península de Gallipoli, maio de 1915

Agora, ali no abrigo subterrâneo, era difícil imaginar o próprio corpo de volta ao princípio, embora tivesse sido aquela pessoa, jovem e alerta, apenas um mês antes. Diante dele, Thomas estava estendido em seu leito baixo, de atravessado na trincheira, tremendo e pálido, introspectivo. Estavam deitados perto um do outro, lado a lado. Se Emil esticasse a mão, poderia tocá-lo. Não sabia se o amigo estava doente ou só assustado, mas de qualquer modo tinham ordens para sair naquela noite. Fechou os olhos e tentou recordar. Não sabia por que fazia aquilo, exceto que talvez aquela fosse uma versão de si mesmo à qual quisesse retornar. Talvez ainda estivesse próximo o suficiente.

Entre o mar Egeu, naquele momento uma planície metálica, e o céu do amanhecer não existia uma linha divisória. Os navios ficaram suspensos por alguns instantes num globo cinzento, depois houve luz suficiente para ver que jaziam em uma superfície plana, que os destróieres menores estavam à frente deles, vindo adiante, rumo à enseada. Durante toda a noite, ele e Thomas tinham ficado deitados sobre o rochedo, no escuro, até que um foguete iluminou o céu e as armas começaram a soar. O barulho era pior do que o das fábricas e dos moinhos. Não haviam dormido, à espera, e as lanchas longas e robustas lançadas pelos destróieres através da água cinzenta não pareciam muito reais. Observou a água e os homens, os projéteis explodindo acima dos barcos, agitando a superfície líquida em pequenos ciclones. Entre um projétil e outro, ouvia o matraquear dos rifles dos turcos nas ravinas lá embaixo, como tiros em uma caixa de charutos. Os barcos estavam perto o suficiente para se ver os remos pequeninos e os homenzinhos pulando na água.

Ele procurou os homens, um a um, e passou a atirar neles com seu rifle Mauser. As figuras na água começaram a tombar, e não podia ter certeza de se sob os tiros dele ou de outros. Eram tantos, que imaginou ter visto os sobreviventes em meio aos cadáveres rosados, que boiavam e se chocavam ao sabor das ondas. Algo surgiu dentro dele, esvaziando-o dos sentimentos habituais: cansaço, piedade. Durante a hora que se seguiu, o corpo que carregava e disparava a arma, como se fosse parte do mecanismo incansável do próprio rifle, avançou um número suficiente de homens para a praia, e ele os viu sumirem por entre as ravinas. Perguntou-se quando alcançariam o topo e se tinham matado o bastante para evitar que tomassem o alto do penhasco.

Enquanto recarregava, parou um instante e olhou para Thomas. Era difícil acreditar que estavam ali. Cada célula de Emil estava desperta, os pulmões cheios de pólvora, o sol começando a lhe queimar a nuca. Sentiu medo em algum momento, mas havia descoberto que seria capaz. Era um soldado. Podia continuar e continuar, se necessário. Atiraria neles mesmo que se aproximassem e pudesse ver os rostos. O que lhe mandassem fazer, faria. Seu corpo estava pronto, retesado.

Ao anoitecer, era difícil saber onde os britânicos estavam, mas recebeu ordens para descansar por algumas horas. Comeu seu pão com gordura de carneiro no abrigo que dividia com Thomas. Era revestido com sacos de areia, e tinham construído um telhado de toras de pinheiro e cavado no chão fossos longos e rasos, que encheram com folhas de pinheiro para dormir. Estavam deitados nas trincheiras, de frente um para o outro, a terra tremendo com o fogo dos morteiros, o lampião na prateleira bruxuleante. O som era mais incrível quando não se estava fisicamente envolvido nos disparos, quando seu corpo estava longe e as armas existiam apenas lá fora.

– Me conte o que Uta deixou você fazer. Não quero morrer sem saber – Thomas gritou, mas era pela leitura labial e longa familiaridade que Emil conseguia entendê-lo. Soube pelo sorriso, antes que o amigo abrisse a boca, o que estava prestes a dizer.

– Prometi que não ia contar para ninguém.

– Deixe disso. Sou eu.

– Não, Thomas, descanse.

Apagou o lampião e ambos viraram de costas um para o outro. Não conseguia sequer pensar em dormir de novo. Fora apenas por educação que havia se virado, para dar privacidade ao amigo durante a noite. Alisou um pedaço do chão com a mão e pensou de novo em Uta, que vivia no prédio do outro lado da rua de onde os pais moravam. No dia em que lhe contara ter sido convocado, havia esperado na rua enquanto ela vinha devagar, cansada pelo trabalho sobre a máquina de costura na fábrica de luvas. Ela estava muito longe para que ele visse seu rosto, mas os passos dela se apressaram quando o vira em meio às sombras do prédio. Não havia ninguém no apartamento. Os pais dela visitavam parentes. Quando ele lhe contou, sentado na cama de solteiro do quarto dela, rodeado de bonecas, ela o deixara colocar a mão sob sua saia e tocar a estreita faixa de pele entre as meias e o corpete. A pele estava fria pela caminhada para casa, e os dedos dele, quentes por terem estado nos bolsos. Havia tentado antes, mas daquela vez a mão dela não deteve a dele até que estivesse ali, em sua coxa.

Não queria estar deitado ali daquele jeito; seu corpo seria impelido a ir lá para fora, para pegar de novo a arma. Ergueu o relógio diante do rosto e esperou que o fogo de alguma explosão lá em cima iluminasse o mostrador. Uma hora até que voltassem à ativa.

Não demorou para que perdessem aquela posição. Aquele abrigo, no qual ficara olhando Thomas, que tremia em silêncio, ficara para trás. Já não estava deitado, impaciente, esperando para pegar a arma. Estendeu a mão e colocou-a no ombro de Thomas. Não conseguia fazê-lo parar de tremer.

Nos momentos de calmaria, encostado à parede de toras de pinheiro, os olhos fechados, a face ao sol, quando qualquer um deles poderia ficar louco com a lembrança do que tinham visto e do que seus dedos haviam tocado, Emil começou a escrever cartas mentais para o pai. Dois meses desde que os britânicos e seus aliados tinham chegado ali, e não havia escrito nenhuma carta de verdade, embora ao redor, naquele momento, os turcos estivessem debruçados sobre pedaços de papel, fumando e franzindo a testa. Não conseguiria fazer aquilo. Era um gesto do qual não seria capaz, uma hipocrisia: deixar que lessem uma carta, que vissem sua letra, acreditando que aquelas eram as palavras do menino que conheciam. Porém, sentia a mesma necessidade de contar que todos tinham.

Querido pai, escreveu em sua mente, Thomas não queria sair naquela noite. Havia chegado à conclusão de que Deus não veria com bons olhos suas habilidades com um rifle. As chances são ruins, disse ele, levando em conta sua taxa de acertos. Ficaria mais feliz indo lá fora com uma faca?, perguntei a ele diversas vezes. Deus ficaria mais feliz, ele me respondeu. Talvez você fique surpreso, pai, por ele ter dito isso. O que posso dizer é que aqueles que acreditavam em Deus quando chegaram aqui agora não têm tanta certeza de sua existência, e aqueles que estavam hesitantes o veem em todas as coisas. Bom, eu disse a Thomas: hoje à noite você tem um rifle Mauser e, se não quisermos que nos executem por deserção, é melhor assumirmos nossos postos. Segui pela trincheira até o meu e lá fomos nós. Sobrevivi a outra ação. Quando me aproximei de Thomas ao final, ele jazia à beira da trincheira. Parecia não haver nada de errado com ele, como se dormisse depois de uma noite árdua. Mas o amanhecer não o acordou. Eu me sentei ao lado dele e peguei sua mão. Ainda estava quente, e vi que o rosto dele não estava inteiro, mas àquela altura já tinha visto coisas piores. Pensei: quando a mão dele ficar fria, nunca mais vai esquentar de novo, então era melhor que eu ficasse por ali.

Você me ensinou que um homem deve agir ao ver uma injustiça; que é isso o que um homem faz; que em cada momento a história pode ser construída. Pai, se pensamentos fossem traição, teriam me fuzilado muitas e muitas vezes. Mas posso lhe dizer agora, já que aqui não há ninguém além de nós, que a única maneira de agir nesse lugar é morrer ou correr, e um homem morto não faz nada por ninguém.

Os alemães bebiam na trincheira durante uma trégua para recolher mortos e feridos. Emil encheu sua caneca improvisada de uma lata e passou adiante a garrafa de conhaque. Um dos oficiais alemães, Stemmer, fazia uma piada sobre os australianos. Ele os havia chamado de tatus: cascudos por cima, carne mole por baixo. Disse que gostava de ver a cara deles, sentir como eram moles apesar dos músculos. Emil jogava cartas na trincheira dos oficiais entre uma ação e outra para ouvir o idioma alemão, mas, se era isso que tinha de escutar, preferiria estar entre os turcos e não entender quase nada.

A noite caía sobre as ravinas, as sombras das irregularidades do terreno espalhando-se pelas colinas. Das frestas à penumbra vinham os homens, aqueles que saíam à noite, mais e mais deles. Turcos, britânicos, australianos e neozelandeses. Um alemão, sempre o mesmo, com um rosto que ele conhecia do passado, mas não conseguia identificar. Emergiam das fendas da terra, expondo as feridas de modo obsceno. Piscou os olhos e os espantou, sabendo que voltariam. Sempre voltavam àquela hora, quando as sombras se espalhavam das ravinas.

Um acesso de riso selvagem veio da praia lá embaixo. Às vezes, nas noites quentes, quando ninguém gemia e as armas estavam em silêncio, não pareciam ser soldados. Dava para sentir o cheiro do fogo. Assavam carne à beira do mar, comiam e conversavam. Fazia dias que ele estava deitado no abrigo subterrâneo, com uma febre transmitida pela picada dos mosquitos, esperando por quinino. Daria qualquer coisa para nadar no oceano, na água que devia estar morna, e depois poderia se sentar na praia, as roupas grudadas na pele salgada, comendo e conversando com os outros homens sobre algo que não fosse matança nem cigarros, ou especulando quando o correio finalmente viria.

Talvez, quando os mortos tivessem sido removidos e enterrados, parassem de vir até ele ao escurecer. Na trincheira turca, vizinha à dos alemães, podia ouvir os soldados que estavam fora de serviço murmurando suas preces. Ficou pensando se os grupos de resgate encontrariam o corpo de Thomas, se rezariam por ele.

Lembrou-se de uma noite cálida à beira do Reno. Ele e Thomas jogavam cartas à luz de uma pequena fogueira. Tinham roubado bebidas que haviam sido descarregadas do lado de fora do clube dos pais dele, e estavam largados sobre a grama úmida, gemendo, as estrelas girando. A cabeça de Thomas repousava imóvel na superfície do campo. Ele vinha se tornando meio que um galã na cidade. Sua irmã Greta perguntava por ele nas cartas que mandava para a frente de batalha. Ele ainda não lhe respondera.

Deixou-se imaginar, por um instante, a cabeça leve, que nunca tinha saído da Alemanha, que pudera apenas terminar os estudos e trabalhar como engenheiro eletricista para se casar com Uta. Não havia enterro em valas, nem rostos para cobrir com cal. Sentiu um movimento perto de si na escuridão que caía. Era o capitão Hass, gentil por trás das linhas, de fala mansa, e ainda assim Emil o vira atirar em um turco apto ao combate por voltar com feridos em meio a um ataque. O capitão o olhou de cima a baixo.

– Você foi declarado em boa forma, não foi, Becker? Pode sair para combate esta noite.

– Sim, senhor.

– Em meia hora.

Havia um rumor de que os alemães eram um prêmio para os australianos que estavam na praia. Parece que não sabiam bem se os alemães estavam mesmo ali, ou quantos eram, mas, se achassem um, não teriam interesse em fazê-lo prisioneiro. Dizia-se que fora prometida aos australianos uma folga extra a quem quer que levasse de volta a cabeça de um alemão empalada em uma estaca.

Em meia hora, se quisesse, podia pôr um fim a qualquer sensação em seu corpo: os piolhos correndo para cima e para baixo na nuca, entrando por entre os fios de cabelo e dentro da camisa; a lama seca que formava uma crosta ao redor dos pés; a trilha eletrizante de medo que percorria suas costas; a fome, que nos escassos momentos de sono o fazia sonhar com bolos de canela do Konditorei, na Unterstrasse; o som das armas que matraqueava no cérebro e tornava cada pensamento um suplício; a lembrança de Thomas caído na lama, à beira da trincheira. Depois, enquanto o corpo de Emil permanecesse ali entre os turcos, ou fosse desmembrado como um troféu pelos australianos, alguma outra parte dele viajaria para os campos às margens do Reno, longe das fábricas e da cidade, onde tudo o que se ouvia eram os pássaros e o vento agitando as folhas; lebres correndo nos campos, mais do que caberiam em uma mochila.

Mas não era esse o plano quando teve de emergir do delírio na barraca médica. Esticou as pernas, agitou-as de leve e seguiu pelo túnel para esperar com os turcos. Os insetos revoavam em nuvens e atacavam sem parar. Podia ouvi-los no silêncio do cessar-fogo, além de vozes de homens conversando. Um conhecido, Faisal, deu-lhe um cigarro, e conversaram um pouco no idioma turco que ele aprendera com os homens nos intervalos das batalhas. Um grupo voltou à trincheira depois de enterrar os corpos, em silêncio. Ele assumiu sua posição. *Será que posso mesmo fazer isso?*, perguntou a si mesmo.

A metralhadora entrou em ação em algum ponto da trincheira, e ele subiu para a extremidade, pronto para o combate. Ficou pensando em como a dor seria ruim. E agora os turcos corriam, avançando, e ele ia junto, atirando, alguns tombando. A voz deles na noite, as palavras e inflexões estranhas ajudavam-no a crer que nada daquele mundo fosse real. Deixou que o rifle deslizasse para o chão. Esperou pelo lampejo de um morteiro e olhou para baixo. Mirou – este é meu joelho, e estes são meus dedos do pé, não aqueles; aguarde a escuridão; *agora, vamos* – e atirou.

Voltou a si na escuridão. A perna estava apoiada em outra que não se movia e estava rígida. Deus falava com ele. Perguntava-lhe como consertar uma Howitzer que tinha parado de atirar. *Rápido! Estão avançando com os rifles... Como você a conserta?* Não, Deus não. Era seu pai. Ele sempre havia desejado aprender o que pudesse da educação de Emil; queria somá-la ao próprio conhecimento sobre maquinários, e Emil adorava explicar a ele os menores detalhes de como funcionava uma máquina e como consertá-la quando ela falhasse. Sua voz soou nítida na escuridão, como se estivessem sentados frente a frente na mesa da cozinha.

– Ah, sim, nunca teria imaginado que fosse tão simples assim.

Mas Emil não podia responder agora. A garganta estava muito seca. As trevas eram como um veludo sobre seus olhos. E a perna rígida não se movia.

O turco que arrastou Emil pelo lamaçal esburacado até a barraca médica não tinha tempo para gentilezas. O fogo havia cessado, mas o campo aberto nunca era seguro. O turco deixou a perna de Emil se arrastar e sacudir pelo caminho. Cada impacto enviava uma onda de choque por todo o seu corpo. A dor era *terrível*. Então era assim, precisamente, que era a dor. Ela obscurecia os pensamentos. O dia chegava. Podia sentir o cheiro da vala comum em algum lugar por perto, os corpos em decomposição apesar da cal. O mundo era o rosto retorcido do turco recortado contra o céu escuro que ia clareando, a respiração entrecortada, o latejar cadenciado da dor. O turco o deitou em uma depressão rasa. Através de uma touceira seca de grama, viu o homem correr agachado, ziguezagueando como uma lebre, de toca em toca, de volta à linha de combate. Já era quase manhã. *Fique abaixado*, pensou. Perdeu-o de vista e logo depois seu capacete ressurgiu. Ouviu vozes em alemão. Mentalmente, falou: estou respirando; por favor, não joguem cal em meu rosto.

Puseram-no em uma maca e o carregaram para trás da barraca médica, onde havia uma fila de homens que gemiam ou jaziam imóveis e mudos na escuridão. O oficial médico iluminou os olhos dele com uma lanterna, procurando algo no interior de sua cabeça, e aplicou uma injeção em seu braço. Os outros que estavam nas macas se ergueram e se juntaram ao redor dele. Todos eles espiavam; os turcos também queriam ver o que havia por trás dos olhos de Emil. Balançaram a cabeça, ignorando os próprios ferimentos: braços que terminavam no cotovelo, rostos queimados com olhos e bocas rosados. Então se sentiu tragado de volta ao coração verde da Europa, para longe dos penhascos selvagens da costa, rumo a um lugar onde a superfície era imóvel e havia mulheres.

Os turcos na longa fileira de camas tinham rostos e membros acinzentados, alguns deles com gangrena e fétidos. Gemiam dia e noite, embora recebessem visitas, esposas com quadris que chamavam a atenção. Tinham sido resgatados apenas até Constantinopla. Ele se perguntava se, afinal, seu ferimento o levaria mesmo de volta à Europa.

Calem-se ou morram, disse em silêncio a eles. Do próprio corpo erguia-se o odor acre e constante de sangue envelhecido, intrigando-o. Não sangrava mais, e o curativo era trocado com regularidade.

De manhã cedo, fachos de luz que entravam pelas janelas altas, iluminando as camas ao longo da parede em frente, faziam-nos parecer abençoados em suas mutilações, como se estivessem a ponto de serem levados para um lugar melhor. Sons da cidade – mascates, crianças –, aromas da comida de vendedores de rua e cheiro de café adentravam o local. Ele queria ir lá fora para ver. O intrincado mistério dos palácios, becos e bazares, o chamado para a oração.

A freira era uma mulher de pele escura, a face vincada de uma aldeã, além de muito forte. Erguia os homens da cama, muitas vezes sem nenhuma ajuda, se bem que muitos deles fossem magros, parecendo não pesar nada. Ele podia sentir as saliências das próprias costelas quando ela esfregava a esponja sobre elas. A freira sorria quando Emil usava seu turco rudimentar para pedir cigarros e água.

No turno da noite, havia uma enfermeira austríaca, que ele soubera ter dezenove anos, um a mais que ele. Emil dormia sempre que podia durante o dia para poder conversar com ela. Não sabia se era bonita. O cabelo nas têmporas era de um castanho comum, desaparecendo sob a touca, e as feições eram regulares. Não podia acrescentar nada mais, mas ela tinha quadris e seios, e parecia macia. Sua pele era clara. Limpa. Era uma garota silenciosa em meio aos soldados turcos, de olhos baixos como as mulheres turcas, mas, quando tinha algum momento livre, sentava-se em uma cadeira de madeira ao lado da cama dele e respondia a suas perguntas. Ele tentava não se coçar ao se lembrar dos piolhos.

Que tipo de escola você frequentou? Você tem irmãos e irmãs? Que autores você lê? Por que decidiu ser enfermeira? Conte como são as casas na sua rua. Quem são seus amigos? Uma vez teve a coragem de pedir:

– Descreva o quarto da sua casa – e achou que então ela lhe daria as costas e nunca mais lhe responderia.

Ela fez uma pausa por um instante, como fazia com qualquer pergunta, e depois lhe contou com o tom de voz suave de sempre. Dividia um quarto com a irmã no apartamento dos pais, numa vila nos Alpes. Tinham camas em paredes opostas. Entre elas, havia uma janela que dava para a praça da cidade. Por cima dos telhados viam-se as montanhas. Quando a guerra começara, um ano antes, a praça enchera-se de pessoas que cantavam, e ela e a irmã debruçavam-se para fora e ficavam ouvindo a cantoria até tarde da noite. Uma vez quase caíra, de tanto que se debruçara para fora. A irmã a puxara de volta quando ela escorregara, segurando-a pela trança. Emil fechou os olhos. Podia ver a cena. As pessoas na praça, a jovem com os olhos bem abertos, distraída, e a irmã mais sensível, alerta, agarrando a trança grossa e longa. Ele também havia cantado ao partirem. Com Thomas.

Mas, quando perguntou sobre as refeições na casa dela, ela também contou:
– Não há quase nada para comer. Pão velho. Sopa de ervilhas, que tem de durar vários dias. Nada de café. Quase nada de leite. Um bebê do vizinho morreu.

Franzia a testa enquanto falava, um sulco aparecendo acima do nariz. As freiras turcas os deixavam em paz na maior parte do tempo, a menos que houvesse uma emergência, uma nova leva de feridos, a hora do banho de um homem queimado. Quando ele ouvia os gritos de um queimado, e sabia que a enfermeira, chamada para longe dele, iria ampará-lo, seu coração chamava por ela, e desejava que ter de responder às perguntas dele fosse suficiente para mantê-la ao lado de sua cama.

Depois de algum tempo, foi transferido para longe dela, para uma casa grande nos arredores da cidade que fora transformada em dormitório para pacientes em recuperação. Não teve a chance de dizer adeus e ficou surpreso com a angústia que sentia enquanto sacolejava na carroceria aberta de um caminhão, as pernas doendo com os solavancos, as muletas a seu lado. Ali estavam as ruas de Constantinopla que tanto o haviam chamado. Vislumbrou um pátio sombreado, repleto de trepadeiras floridas nas paredes de azulejo, uma refeição em família tendo lugar em uma mesa comprida. Uma jovem mulher servia, inclinada sobre a mesa. Ela ergueu o olhar e o viu quando o caminhão passou pela rua estreita. Ele se demorou ao fitá-la, e os olhos dela eram muito mais bonitos que os da enfermeira, mas o que o tocara na jovem austríaca fora o fato de ser tão comum. Poderia ter visto uma centena de moças como ela em qualquer dia da semana em Duisburg.

Na casa, havia um jardim malcuidado que ele podia percorrer manquitolando. Jogos de cartas, uma abundância repentina de bebidas, conversas sujas, até mesmo sussurros sobre uma revolta – deserção, para usar a palavra certa. *Podíamos apenas... não voltar.* Olhares carregados de anseio para as colinas que desciam até o mar. Ele evitava aquelas conversas. Eram pensamentos contagiantes. Havia homens embarcando para casa ou de volta ao combate, e alguns recém-chegados com padecimentos terríveis; um ex-professor ensinava francês aos homens, frases obscuras e infalíveis para enfeitiçar qualquer mulher, fazendo-a fraquejar e ceder. Apostavam os cigarros mandados de casa em corridas de baratas. Emil sabia escolher bem. Nunca ficava sem cigarros e com frequência conseguia comprar bebidas e chocolate. Mas sabia que este era apenas um breve interlúdio de irrealidade. E logo recebeu uma carta, felicitando-o pela promoção imediata e lhe dando instruções para o transporte até a Palestina.

Hannah
Londres, 1917

A senhorita Taylor tinha cabelos loiros cacheados e dentes brancos como leite, e estava sempre tão aprumada diante da classe que parecia ter estudado para ser bailarina. Em sua presença, eu sempre me sentava um pouco mais ereta, andava com mais cuidado. Ela havia acabado de perguntar aos alunos qual a capital da Suíça. Não havia nenhuma mão erguida. Fazia calor, e os garotos balançavam as cadeiras para trás, enquanto as meninas com penteados da moda e sapatos bonitos trocavam bilhetinhos, achando-se espertas, pensando que não eram observadas. Imbecilizadas, pensei – não que elas pudessem saber o que aquilo significava.

– Fale, Hannah – Boris sussurrou na cadeira ao lado. – Você sabe.

Não olhei para ele. Berna! Uma parte do meu cérebro gritou: Berna! Mas a outra parte prevaleceu: Não fale nada, foi o que ela me ordenou. Não é digno de você. A senhorita Taylor lançou um olhar ao redor da classe, os olhos azuis redondos recaindo sobre cada aluno antes de chegar a mim, até que no final ela arqueou com suavidade a sobrancelha bem desenhada.

– Hannah, querida?

– Eu sei, mas outra pessoa pode responder. Não tem problema.

Faith, uma das meninas vaidosas, gemeu algo atrás de mim. Conhecia bem os gemidos dela.

– Mas estou perguntando a você, Hannah.

Foi então que o alarme de ataque soou, começando baixinho e aumentando até ficar ensurdecedor. Não estávamos acostumados a ataques diurnos. A senhorita Taylor piscou os olhos e, com severidade, falou:

– Depressa, crianças, debaixo das carteiras, como praticamos.

Quando a atenção da senhorita Taylor se desviou de mim, senti como se eu houvesse sido lançada em uma sombra gélida, mas ergui-me, obediente, peguei o atlas Phillips que compartilhava com Boris e afastei a cadeira da carteira. Juntamos nossas carteiras em meio ao barulho de outras crianças fazendo a mesma coisa e nos agachamos sob nosso abrigo, segurando o atlas sobre a cabeça como se corrêssemos para casa pela praça Fitzroy, na chuva, protegendo-nos com um jornal. Boris tremia. Se a escola tivesse sido atingida e nos achassem sob os escombros mais tarde, teriam nos encontrado preservados entre os destroços – vinte crianças de dez anos e uma adulta, agachadas, cabeças abaixadas, como se o que não víssemos não pudesse nos machucar. Ou talvez concluíssem que rezávamos por misericórdia.

Os outros cochichavam no ouvido do vizinho, mãos na cabeça, fazendo caretas. Quando vi que a senhorita Taylor estava sob a mesa dela, olhando para o chão e murmurando, afastei-me de Boris e estiquei a cabeça para fora da carteira para poder ver através da janela. Mas não havia nada lá. Voltei para junto de Boris, cujos olhos se fechavam com força. Também cerrei os meus por um momento e imaginei o que via: o formato alongado de caneta-tinteiro do zepelim alemão, sua figura escura deslizando sobre tetos. Não sabia que àquela altura haviam decidido nos atacar com os aviões Gotha, e que os impressionantes zepelins já eram coisa do passado.

Abri meus olhos para espiar a senhorita Taylor. Hoje faço a mesma coisa com as comissárias de bordo quando há turbulência no avião: *Será perigoso? Será que devo ficar com medo?* Naquele caso, parecia que sim. Ela rezava, tentando fingir que não o fazia. Tinha as mãos entrelaçadas, apoiadas no colo, e os lábios se moviam. Torci para que, se de fato existisse algum Deus, apesar das negativas de papai, ele fosse bondoso o bastante para atender à senhorita Taylor. Tinha certeza de que ela rezaria por nós, ou ao menos por mim, e assim me considerei a salvo. Era suficientemente filha do meu pai para decidir que rezar por mim mesma já era demais.

* * *

Quando chegamos da escola, a loja estava vazia. Penetramos no ambiente fresco proporcionado pela sombra, o aroma de tabaco e canela nos envolvendo, o sininho da porta soando atrás de nós. Havia um espaço vazio atrás do balcão, onde em geral veríamos papai sorrindo com seu colete preto, consultando o relógio de corrente dourada e dizendo:

– Ah, crianças, achei que o homem do saco tinha pegado vocês. Por que demoraram tanto para andar menos de cem metros?

Na escada estreita ouvimos mamãe gritando em iídiche no apartamento.

– O que ela está dizendo? – Geoffrey sussurrou.

– Que ela não pode suportar isso nem mais um minuto.

– Suportar o quê?

– Não sei.

– Histeria não vai resolver nada – papai dizia em inglês quando entramos no apartamento.

E então:

– *Tishe, deti.* – Silêncio, crianças.

Durante o jantar, mamãe ficou apertando um lenço e não comeu nada. Parecia pálida; o cabelo havia se soltado do coque. De repente, percebi que ela era linda. Não conseguia parar de observá-la. Os cílios dela sempre tinham sido tão longos, a pele tão branca? Ela parecia, de algum modo, ser de outro mundo, essa mulher que eu tantas vezes ignorava enquanto ia e vinha da cozinha, ou se debruçava no tanque no pátio. Agora, a blusa branca, as proeminentes maçãs de seu rosto, pareciam tocadas pela luminosidade. Um fantasma em nossa mesa, enquanto os demais eram barulhentos, fedidos, afogueados, cheios de vida. Papai envolveu com a mão quadrada e morena a mão dela, que ela retraiu. Os meninos arregalaram os olhos um para o outro por cima dos pratos, e Benjamin não pôde segurar o riso. Eu desejava, não pela primeira vez, que meus dois irmãos tão infantis pudessem ser trocados por um mais velho, que estivesse na guerra e viesse para casa a fim de gastar seu salário levando-me para um chá na Lyons Corner House ou na Selfridges.

Enquanto tirávamos a mesa, ouvimos uma batida seca à porta. Só podia ser a senhora Reznik, do andar de cima; só ela tinha a chave para a passagem lateral, no beco, junto à nossa escada, nos fundos da loja.

– Entre! – papai gritou.

Ela enfiou a cabeça pela porta como um rato, o rosto longo contorcendo-se ao sentir o cheiro da comida.

– Senhora Reznik. – Papai ficou de pé à cabeceira da mesa. – Quer jantar? Sobrou bastante coisa.

– Não, não. Acabei de jantar.

– Mas, senhora Reznik! Está insultando a comida da minha esposa.

– Ah, não. Está bem, só um pouquinho.

Logo ela já estava à mesa, junto a mim, puxando para trás a cadeira da qual eu acabava de sair, acomodando nela o corpo de louva-deus, à espera de um prato limpo. Ela tinha dinheiro – eu havia visto xelins e coroas dentro de uma lata de biscoitos prateada que ela guardava no alto da escada, no sótão. Mas ela não gastava dinheiro com comida para si mesma, e era a pessoa mais magra que eu já havia visto, embora fosse vigorosa e ágil, mesmo sendo muito mais velha que papai e mamãe. Se eu tivesse tanto dinheiro assim, gastaria a maior parte em chocolates e bolos no mercado negro – as rações que se danassem.

Trouxe a cadeira extra que ficava ao lado da cama, por trás da cortina, e nos sentamos, esperando que ela acabasse de comer. Ela se curvou sobre o prato, uma pessoa magra que jamais poderia ficar plenamente aquecida ou satisfeita, os longos braços recolhendo a comida em colheradas incansáveis, como uma máquina. O *borscht* desapareceu rápido e, enquanto limpava o prato com o pão, pudemos observar detidamente seu bigode vermelho, tão absorta estava no ato de comer.

– Vai precisar de Hannah esta noite? – perguntou meu pai por fim.

Eles falavam em inglês. Papai sempre falava em inglês com a senhora Reznik. Para mim, dois russos falando em inglês parecia uma encenação feita para os outros. Não conseguia entender por que se davam esse trabalho, mas meu interesse pelas boas maneiras sempre havia deixado a desejar.

– Bem – ela arrotou de leve, a mão diante da boca. Benjamin começou a rir, e lhe dei um chute. Mamãe e papai exibiam a melhor expressão de boa educação, sorrisos fixos, olhos um pouco arregalados, embora mamãe ficasse olhando de tempos em tempos para a janela, que tremia solta no caixilho cada vez que passava uma carroça ou um ônibus. – Se não for incômodo... Só uma carta breve. Tenho carne em lata e pêssegos, e a família do meu primo está passando fome.

– A situação não melhorou? – perguntou meu pai. – Faz algum tempo que não recebemos cartas. Os pacotes têm chegado?

– Acho que alguns, sim. Mas não há sequer leite suficiente para o bebê.

– Temos um pouco de leite em pó – mamãe disse baixinho, a primeira coisa que falara desde que tínhamos chegado da escola. Papai lançou-me um olhar que tecnicamente era imparcial, mas, dado naquele exato momento, era secreto, sugestivo. Por um instante, amei-o ferozmente.

– Sim, sim – ele concordou, fazendo-me conter um sorriso. – Mande nosso leite quando estiver preparando o pacote. As crianças tomam leite na escola.

– Jamais. Não posso levar o leite das crianças, senhor Jacob.

– Imagine, pode levar sim. Eles estão gordinhos. Veja minha pequena Hannah, como está forte! O bebê tem que tomar leite.

Mamãe já estava junto ao armário, procurando a caixa. Ela derrubou um saco de aveia, que se esparramou pelo chão.

– Ah, minha nossa!

Eu a olhei, imaginando se não iria chorar.

– Ah, senhora Jacob. Veja o que eu a fiz fazer.

– Não foi nada – papai respondeu. – Hannah, leve o leite lá pra cima para a senhora Reznik. Nós limparemos aqui. Meninos, venham. Ajudem a mamãe.

Ele ficou de pé e tirou a caixa das mãos da mamãe, que se manteve de costas para o aposento enquanto se abaixava para pegar a pazinha e a vassoura sob a pia. A mão dele estava sobre o ombro dela. *O que havia de errado com ela?* Era só aveia. De qualquer modo, nenhum de nós gostava mesmo. Nunca havia açúcar suficiente para torná-la saborosa. Papai nos deixava pegar suco em pó na loja, mas ficava pegajoso e enjoativo.

Aproximei-me do meu pai e peguei a caixa.

– Isso mesmo, pequena Hannah. Vá ajudar a senhora Reznik. Volte para a hora da oração. – Ele me deu uma piscadela.

Não retribuí o gesto, mas era difícil não sorrir. A senhora Reznik ficaria escandalizada se fôssemos descarados demais. Papai havia deixado bem claro que não haveria orações naquela casa.

Segui a senhora Reznik escada acima. Ao contrário da mamãe, que apesar da fragilidade atual tinha certa reserva de carne nos fundilhos e nos braços, ela não tinha nada no traseiro. Papai chamava mamãe de *zaftig* quando lhe sussurrava junto do aparador da cozinha. Literalmente: *saborosa*. A senhora Reznik era o completo oposto disso. Pensei: *unzafitg*? Ela subia devagar, falando sem parar, por isso podia ficar olhando quanto quisesse.

– Bem, Hannah, a carta desta noite é difícil. Direi a Gregor que não sei o que mais vou poder mandar. Minha saúde está ruim, não tenho forças para me arrastar ao West End procurando o que enviar. Estão querendo que me peguem comprando no mercado negro? Meu Deus, a prisão. Pode imaginar isso, Hannah?

Por fim, chegamos ao apartamento dela, e a senhora Reznik destrancou a porta enquanto eu esperava, impaciente. Depois de séculos, ela me deixou entrar.

O momento em que ela abria a porta nunca perdia seu fascínio. O apartamento dela era igual ao nosso, mas de igual não tinha nada. A planta era a mesma, mas ali só morava a senhora Reznik, desde que o marido, também comerciante, voltara para a Rússia a fim de se tornar um bolchevique. A senhora Reznik tinha um quarto só para dormir e outro extra, com uma escrivaninha, onde antes o senhor Reznik fazia sua contabilidade. Em vez de uma cama e um guarda-roupa enfiados na sala, por trás de uma cortina, como em nosso apartamento, a porta da frente dava acesso a uma sala de estar de verdade. Davam-se passos largos entre a lareira e o sofá, ou da porta à janela com vista para a rua Tottenham Court. Em nosso apartamento, se os movimentos fossem mapeados, éramos como ratos seguindo por estreitos corredores entre mesas, cadeiras, camas, roupa suja, rolos de tecido do segundo negócio de papai, cabideiros, caixas de tabaco e de doces. Nesse aposento onde eu estava, havia apenas um sofá, um abajur simples, uma pequena mesa de jantar com duas cadeiras, um tapete bonito e uma estante encostada na parede repleta de livros. A senhora Reznik não podia lê-los, o que me torturava. E pensar que tudo aquilo, o espaço silencioso e amplo para ler e aquela estante de livros, era desperdiçado com uma analfabeta. A senhora Reznik me contara que seu marido às vezes aceitava livros como pagamento, e agora ela não tinha o que fazer com eles, que o dinheiro teria sido muito mais útil. Ela os emprestava para mim, e eu lia tudo, o que quer que fosse: suspense barato, panfletos políticos, um dicionário de francês. Eu os devorava como comida, à luz tênue, antes que mamãe acordasse pela manhã.

Os livros eram parte do meu pagamento por ajudá-la com as cartas, e ela era tão mesquinha que se agarrava a eles por um instante ao entregá-los. Eu tinha de dar um puxão para tirar o volume da mão dela. Mas, para mim, a parte mais importante do pagamento era ter permissão para ficar algum tempo ali, naquele apartamento, com espaço, ordem e conforto, onde havia um jogo de chá de porcelana de borda dourada na bandeja que ficava sobre um aparador, ao lado do gramofone coberto de poeira. Toda vez que entrava naquele lugar, separado do meu apartamento apenas pelo piso fino, a visita era um lembrete, uma constatação. Sim, era assim que minha vida seria, era como pareceria aos outros. Teria meu próprio apartamento com livros, um sofá e um gramofone, sem marido nem garotinhos malvados criando confusão e barulho. Tomaria chá na mais fina porcelana enquanto escreveria poesia numa escrivaninha à janela. Dramaturgos, artistas e atores viriam me visitar, iríamos todos juntos ao teatro, usando luvas com botões e belos chapéus, e só visitaria meus irmãos, em seus prédios decrépitos de apartamento, com sua filharada numerosa e mal-educada, quando estivessem *famintos*. Levaria pão para a esposa deles e doces para as terríveis crianças, e só porque meu coração era mole demais. Todo mundo diria isso.

– Venha, Hannah. Na mesa. Aqui estão o papel e o lápis. Tome cuidado para não quebrá-lo, não tenho mais.

Sabia que no aparador havia um grosso maço de papel em branco e um copo repleto de lindos lápis pretos apontados, porque havia olhado lá uma vez, quando a senhora Reznik estava no sótão pegando sua lata de dinheiro. Aquilo havia liberado dentro de mim mais uma fonte de tortura: a imagem vívida, duradoura, do belo papel cor de creme e os lápis perfeitamente apontados. Quem poderia dizer quantos tesouros mais jaziam escondidos em armários e caixas sob as camas? Perguntei a mamãe, depois disso, como a senhora Reznik teria conseguido aqueles tesouros, e ela respondeu, misteriosamente, que a mulher tinha contatos. Quando lhe perguntei o que aquilo significava, papai respondeu:

– É que ela conhece pessoas que lhe fazem favores porque ela já fez favores a eles.

Gostei de como aquela resposta havia soado, quase tanto quanto gostava do apartamento amplo e vazio. Imagine viver num mundo onde havia uma moeda secreta, além de cupons e dinheiro, que eram coisas que qualquer um poderia obter.

– O marido dela fez favores demais – disse papai. – Está mais seguro na Rússia, com os bolcheviques.

A razão pela qual eu estava ali, pela qual conseguia acesso ocasional àquele lugar quieto, miraculoso, era que eu lia as cartas que a senhora Reznik recebia da Rússia e as respondia para ela. Por sorte, os parentes dela escreviam em iídiche, porque eu não sabia o alfabeto cirílico, embora presumisse, sem pensar muito, que em algum momento ele chegaria a meu acervo de conhecimento.

Até chegarmos àquele acordo, não sabia que era possível alguém com mais de, digamos, sete anos não ser capaz de ler nem de escrever. Alguns dos meninos mais burros da minha classe ainda lutavam para isso, mas tinha imaginado que até para eles prevaleceria o instinto de compreender e produzir linguagem na forma escrita. Era como falar. Simplesmente acontecia com os humanos em algum estágio de seu desenvolvimento. Como podia alguém ser capaz de manter uma conversação perfeitamente coerente e não ser capaz de *ler*? E assim meu lápis pairou acima do papel em branco, de boa qualidade, adorável, pronto para transformar a mistura de russo e inglês daquela mulher, com exclamações ocasionais em iídiche, em algo que seu primo pudesse entender.

Como sempre, ela segurou meu pulso entre seus dedos ossudos e frios, e olhou fixo para mim com os olhos grandes como pires.

– Por favor, escreva: *Querido Gregor...*

Libertei minha mão e escrevi a história da saúde debilitada da senhora Reznik, que era como começávamos cada carta, antes de passar para os detalhes sobre os preços da carne de boi e das frutas, e exaltar as virtudes dos meus pais, que tinham fornecido o leite. Mantive breve essa passagem. Sabia que era dirigida a mim, incluída apenas para que eu a retransmitisse a eles. Esperei, com o lápis pronto, que continuasse. Ela reclamou sobre os repentinos ataques diurnos e afirmou que não iria mais se abrigar na estação de metrô porque tinha ouvido de um amigo do marido, em Shoreditch, que havia ocorrido saques no East End recentemente. E, ao mesmo tempo que procurava as palavras em iídiche, eu tinha que ficar corrigindo a gramática de sua linguagem fragmentada, enquanto a senhora Reznik falava e falava, sem me dar sequer um instante para pensar, exceto nas pausas ocasionais para tossir, depois das quais ficava olhando de perto minha letra, enrugando o nariz.

Que coragem, pensei, se essa mulher fizer algum comentário sobre minha escrita. Mas eu tinha, de fato, uma letra cursiva horrorosa, feia o bastante para até mesmo uma analfabeta torcer o nariz. Tenho o caderno de anotações à minha frente agora, e vejo, descrito com garranchos, a caneta pressionada com tanta força que o papel ameaçava se romper, que bruxa fascinante e terrivelmente velha a senhora Reznik me parecia. Ainda a enxergo em outras como ela. Estrangeiras velhas, magras e famintas, vigorosas apesar de tudo, recusando-se a se tornar menos ameaçadoras, as faces marcadas por longas memórias, o corpo envergado sob cargas das quais nunca se desfaziam. Quem, senão uma criança teimosa e impaciente, poderia condená-las por isso?

A senhora Reznik ficou calada por um segundo ou dois, durante os quais esfreguei meu pulso dolorido, antes de continuar:

– Gregor, se você mandar a menina para mim, ajudo você e Nina. Tenho um pouco de dinheiro – ela olhou de soslaio para mim –, e tomarei conta dela como se fosse minha. Ela vai comer bem, frequentará uma boa escola e, quando for grande, há bons jovens aqui que não te deixarão cair em desgraça. Rezo para que a guerra acabe logo e você a mande para mim em Londres. Então ela vai ser inteligente e se sair bem, e vai trazê-lo para cá. Você pode fazer o que quiser em Londres se trabalhar duro.

Sacudi a mão e pisquei algumas vezes. A senhora Reznik tinha falado mais rápido do que de costume, e precisei usar toda a minha concentração para estruturar as sentenças em iídiche no cérebro, tão depressa quanto ela falava, correndo o lápis pelo papel sem perder o fluxo. Parei, esperando para ver se havia mais. Depois de um instante, ergui os olhos. A senhora Reznik estava com o olhar fixo na parede. Espere só até eu contar para mamãe por que ela escondia todo o dinheiro e mandava latas de carne para a Rússia enquanto ela mesma passava fome e escondia papel e lápis em armários secretos. Ela se reclinou na cadeira e cerrou os olhos brevemente. Notei um leve pulsar na pele enrugada sob o olho esquerdo.

– Vamos, Hannah – ela disse, recompondo-se. – Tem algum livro que você não leu?

– Ah, tem sim.

– Venha e escolha. Vou pegar seus seis *pence*.

Decidi que ia arriscar um braço, como diziam os garotos vendedores de rua.

– Mamãe disse que não devo pegar os seis *pence*, senhora Reznik.

– Ela acha que eu não tenho dinheiro?

– Ela falou apenas que a comida é pouca e que é melhor para a senhora usar o dinheiro com a família do seu primo do que dar para mim, porque vou gastar em shows ou andando de ônibus.

A senhora Reznik riu, um som áspero, curto, que só identifiquei como risada porque senti que talvez tivesse dito algo que certo tipo de pessoa poderia interpretar como sendo divertido.

– Você vai levar o dinheiro. Diga a sua mãe que eu pago todas as minhas contas.

Era uma tarde quente. O fim de semana parecia distante. Eu me arrastava pela calçada, meus irmãos no meu encalço, irritada e pronta para atacar diante de qualquer contrariedade. Benjamin dançava em meu caminho.

– Hannah, li no quadro-negro. Eu li meu nome em voz alta.

– Conte ao papai – disse Geoffrey. – Você vai ganhar um doce.

– De verdade? – perguntou Benjamin, ainda olhando para mim.

– Sim, de verdade – assegurei-lhe.

– Nós todos vamos ganhar?

– Não, só você – respondeu Geoffrey. – Ele dá um doce quando a gente começa a ler.

Não sentíamos falta de doces, tendo a loja e um pai indulgente, mas Benjamin estava prestes a vivenciar uma experiência especial. Lembrei o dia em que corri da escola para casa, os meninos ainda pequenos e grudados aos pés da mamãe sob a mesa, e contei a papai, como Benjamin nos contara, que havia lido meu nome no quadro-negro. Papai aplaudiu, me fez ficar de pé à cabeceira da mesa, onde ele estivera examinando os livros-caixa, e foi verificar a despensa.

– Feche os olhos – ordenou.

Ouvi mamãe sussurrar:

– É o tipo errado de doce.

– Pssssiuu – replicou meu pai. – É a doçura que importa. – E então, mais alto, disse para mim: – Que palavra você leu?

– Hannah – respondi, orgulhosa.

– Você consegue ver, agora, por trás dos olhos, seu nome no quadro-negro?

Fiz que sim com a cabeça.

– Abra a boca agora, bem aberta.

Coloquei a língua para fora e senti o chocolate. Fechei os lábios sobre ele e deixei que o doce se dissolvesse.

– Ainda vê seu nome?

Fiz que sim, minha boca abarrotada com o cacau, o leite e o açúcar se dissolvendo. Senti sua respiração em meu cabelo.

– O conhecimento é doce – cochichou ele.

Benjamin ainda me puxava pela mão enquanto andávamos pela rua. Olhei seu rosto maravilhado e senti uma pontada de inveja. Então uma sirene invadiu o espaço sombreado entre os prédios, e pensei: Ah, Deus, e agora? Nós nos entreolhamos. A rua estava vazia de pessoas, de tráfego. O barulho aumentou. Cobrimos os ouvidos com as mãos e tentamos falar.

– Temos que ir para o metrô – Geoffrey gritava.

– Está a quilômetros de distância – repliquei.

De repente, uma onda de ar quente saiu por uma porta, uma mão caiu sobre meu ombro e fomos puxados da rua para dentro de uma padaria na qual eu nunca prestara atenção antes. Não era ali que comprávamos pão. Mamãe fazia questão de sempre ir ao mesmo local, embora papai dissesse não se importar com onde se comprava pão.

– Pão é *pão*, Maria. É tudo a mesma coisa. Vá onde o cheiro é bom.

Uma mulher com mãos rechonchudas e muitas joias disse, enquanto as pessoas da loja, por volta de uma dúzia, nos olhavam:

– Vocês são os filhos do tabaqueiro. – Ela falava devagar, como se não ouvíssemos bem ou fôssemos tontos. – Esperem aqui até soar a sirene avisando que está tudo bem. Depois, vou com vocês e explico tudo a seu pai.

O padeiro deu um pãozinho doce a cada um de nós, e nos sentamos no chão a um canto, enquanto os clientes reclamavam da ousadia dos alemães agora, com aqueles ataques diurnos. Devorei grandes bocados do pão doce, enquanto os meninos faziam o mesmo, Benjamin enfiando o dele na boca tão rápido que tive certeza de que teria enjoo. Houve um movimento na terra em algum lugar próximo, tão perto como nunca havia sentido, e as pessoas na loja se calaram, enquanto a sirene de um carro de bombeiros ficava mais e mais forte. Dali a pouco, ele passou veloz pela janela fechada por tábuas, um lampejo vermelho entrevisto no alto, onde a madeira não chegava.

– Minha nossa! – murmurou a mulher que nos puxara para dentro.

– Um pouco perto demais para o meu gosto – disse o padeiro, e voltaram a falar mais baixinho que antes, especulando sobre o que teria sido atingido.

– Espero que não tenha sido o metrô – comentou um homem. – Teríamos de ir à rua Warren. Que grande mer...

Fiquei zonza entre os pés das pessoas, com pelo menos um par deles cheirando mal. Notara agora que havia terminado de comer, e apoiei minha cabeça na parede, tentando não respirar pelo nariz. Geoffrey começou a chacoalhar meu ombro, a sirene que indica o fim do perigo soava, e a mulher insistia em nos levar até a loja, embora fosse logo à frente, virando a esquina, e fizéssemos aquele caminho sozinhos todo dia.

Uma vez mais a loja estava vazia, quando papai devia estar nos esperando. Ao entrarmos correndo no apartamento, encontramos os dois calados, contemplando um pedaço de metal longo e curvo, de extremidades irregulares, sobre a mesa. Mamãe deu um salto e nos abraçou com força.

– Onde estavam, crianças terríveis?

Os botões da blusa apertavam minha bochecha. Então escapei dos braços dela para poder olhar melhor o que estava sobre a mesa. Não havia mais nada nela. As xícaras de chá de sempre, os livros e os montinhos de moedas a serem separadas tinham sido retirados de lá como se o pedaço de metal estivesse sendo exibido.

Geoffrey estava assombrado.

– É um projétil antiaéreo? – Ele chegou mais perto. – Pode ser parte de uma bomba alemã.

– Posso tocar? – perguntou Benjamin.

– Deus do céu, não! – falou minha mãe.

– Onde encontraram isso? – perguntei a papai, os olhos fixos nas extremidades mortíferas, permitindo-me imaginar, brevemente, aquela peça cravada na cabeça de Geoffrey.

– No degrau da entrada – ele respondeu. – Sua mãe já fez as malas de vocês. Vocês vão para o campo.

Quando chegamos à plataforma do metrô, vimos que todos os adultos da área tinham conspirado para mandar embora as crianças. Ao redor, pais berravam instruções, como se as crianças já estivessem no trem indo para longe deles.

– Não coma seu sanduíche até ter mudado de trem. Tome conta de sua prima.

Mamãe estava pálida e silenciosa. Sua estranha luminosidade ficara mais intensa recentemente, enquanto a silhueta dela parecia ir sumindo dentro da luz, reduzida a um núcleo de preocupação. Ela segurava com força a mão de Benjamin, sem parecer perceber que ele reclamava e fazia caretas. Quando me passou minha nova mala marrom, que meu pai comprara especialmente para aquela viagem, vi que as veias na mão ossuda dela estavam salientes.

Papai se abaixou para me abraçar. A lã do paletó dele raspou minha face.

– Hannah, você é uma mocinha forte e inteligente. Esses meninos agora dependem do seu cérebro, entendeu? – Ele se endireitou e me olhou nos olhos.

A mão da mamãe estava fria quando a segurei. Era uma mulher pequena e gorducha. Precisou se inclinar só um pouco para me beijar na testa, embora eu também fosse pequena. Meu coração falhou por um instante, como se eu fosse outra criança, e não a garota que sabia ser: destemida e incansável.

Papai enfiou em minha mão uma nota de uma libra, lisa de tanto ser manipulada. Só havia tocado em cédulas de papel na loja, quando as colocava com cuidado na registradora e contava o troco.

– Fundo de emergência – ele sussurrou. Passei o polegar sobre ela dentro do bolso.

Uma lufada de ar quente soprou na plataforma, e a locomotiva despontou na estação. Por toda a plataforma, mães abraçavam os filhos. Havia tido alguns acessos violentos de birra diante da ideia de ser mandada para o campo, mas, agora que estávamos ali com as malas, parados na plataforma, estava ansiosa para partir. As portas rangeram, pesadas, quando as crianças embarcaram. Desejei estar junto com aqueles que se moviam, não com os velhos e vagarosos que tinham ficado para trás. Era a primeira vez que ficaria longe de meus pais, e senti que, de algum modo, minha vida até então fora vivida como uma preparação para aquele momento.

Os meninos se agarraram à minha mãe enquanto eu entrava no trem com a mala, virando-me para lançar a papai um adeus corajoso, olhando à procura de lugares vazios de frente um para o outro. Sentei-me e vi minha família pela janela; meu pai barrigudo, de colete, empurrando os meninos da plataforma para o vagão. Seu olhar encontrou o meu, e ele acenou com a cabeça quando o trem começou a se mover e os garotos se sentaram. Na última olhada que lancei a meus pais, pareciam pequenos e velhos, parados bem perto um do outro. Enquanto o trem ganhava velocidade, vi aquela cena repetida ao longo da plataforma: incontáveis grupinhos de gente velha, com roupas escuras, observando o trem repleto com suas crianças acelerar, afastando-se deles. Nosso vagão chegou ao túnel com um golpe de ar. Havia começado minha primeira viagem sem meus pais.

Trocamos de trem na rua Baker. Este estava mais lotado e havia mais adultos, alguns deles gordos e de alguma maneira apertados nos assentos, todos juntos, homens e mulheres. Abrimos caminho por entre eles para poder passar. Um grupo começou a cantar a música que depois seria muito associada à guerra, *It's a Long Way to Tipperary*, no instante em que o trem saiu, como se o movimento fosse um sinal. Passaram entre si uma garrafa de bolso, de homem para mulher, de mulher para homem, sem sequer limparem a boca do recipiente antes de tomar. Era como entrar com papai no clube dos operários, na travessa atrás da rua Charlotte: um ambiente abafado e com cheiro de cigarro, além de risadas meio histéricas.

Ainda procurávamos lugar para sentar quando o trem saiu da estação, desequilibrando-nos. Só haviam sobrado lugares separados. Achei um pequeno espaço ao lado do amplo traseiro de uma mulher e me sentei, relutante. A carne mole do quadril dela se apertou contra meu corpo na mesma hora. Os meninos sentaram-se de frente um para o outro, algumas fileiras adiante, ao lado de dois homens da Força Aérea que fumavam sem parar. Observei-os por um longo tempo, mas pareciam nunca enfiar a mão no bolso para pegar cigarros, nem mesmo acendê-los. Geoffrey e Benjamin olhavam-nos sem disfarçar, depois se entreolhavam. Não podiam crer na sorte que haviam tido. Minha vizinha comeu um sanduíche de ovo. Os militares, no entanto, despenteavam esporadicamente o cabelo dos meninos e faziam aparecer moedas de trás das orelhas deles. Um condutor percorreu o vagão, fechando as cortinas de blecaute e acendendo as luzes do teto. Chegávamos ao final do túnel, deixando Londres para trás, ou pelo menos seu centro denso e familiar.

Fechei os olhos. Não devo dormir, disse a mim mesma. Precisava contar as estações. O grupo de passageiros havia começado a cantar a música tão patriótica *Keep the Home Fires Burning*. Benjamin ria, uma bufada seguida de um guincho agudo. Tentei imaginar a paisagem rural para além das cortinas e lembrei-me vagamente do Vale do Rhondda, dos meus primeiros anos em Gales. As crianças maiores amontoando-nos, a mim e a meus irmãos, num carrinho velho de bebê e empurrando-o pela encosta de uma colina, até que todos fôssemos lançados para fora, uns por cima dos outros, rindo. A caminhada com mamãe até a escola na vila vizinha, atravessando um campo salpicado com cocô de ovelhas. O mundo silencioso e branco certa manhã, a neve acumulando-se alta na janela, telhados e árvores com uma camada espessa de glacê colocado por algum cozinheiro enorme de braços rechonchudos.

Deixei a cabeça pender por um tempo, no limiar do sono, tentando não cair sobre a mulher de quadris macios. Emergindo da letargia, forcei-me a abrir os olhos. O vagão estava escuro e parecia mais fresco, mais espaçoso. Muita gente tinha descido, e os meninos agora estavam sentados do lado oposto a mim, segurando a cortina para um lado, as cabeças de fios encaracolados grudadas de encontro ao vidro. Afastei um cantinho da minha cortina, e grandes explosões e chuvas de fogos iluminaram árvores, casas de fazenda, sebes e um ônibus em um campo cujas janelas enfileiradas refletiam a luminosidade. A face dos garotos também lampejava, amarelada, para depois voltar à penumbra.

– É Noite de Guy Fawkes? – perguntou Benjamin ao irmão, sonolento.

– São bombas jogadas pelos alemães – respondeu Geoffrey.

– Pensei que só bombardeassem Londres – falei baixinho. O labirinto de ruas que deixávamos para trás, os edifícios robustos, parecia muito mais seguro do que aqueles campos abertos.

– As bombas estão cheias de fogos de artifício? – Benjamin queria saber. – Adoro eles!

Benjamin só ouvira falar, mas nunca tinha visto com os próprios olhos a Noite de Guy Fawkes, data comemorativa que celebrava o fracasso de um atentado ao parlamento londrino pela facção católica à qual pertencia Guy Fawkes. Lembrei-me da cena da multidão, em Regent's Park, antes da guerra, a roda de fogos sibilante, os estampidos ao redor da efígie de Guy. A recordação era antiga, e restavam apenas fragmentos dela. Mais antiga ainda agora. Mas ainda estava lá, pequenos fragmentos brilhantes de memória.

Já não tínhamos Guy Fawkes. Todos deviam ficar em casa depois do escurecer, as cortinas de blecaute fechadas, não importava que noite do ano fosse, mas não faziam isso na cidade; eu ouvia as pessoas sob nossa janela cantando e brigando. Sons estranhos que, às vezes, não dava para se reconhecer como totalmente humanos. Só podíamos sair se houvesse um ataque, para ir ao metrô. Eram as únicas vezes em que se podia respirar o ar noturno. Tinha um sabor diferente: mais frio, cortante, temperado com um traço de coisas de adultos. Eles falavam uns com os outros de maneira diferente, como se não pudéssemos ouvi-los.

O trem reduziu a velocidade. Os últimos passageiros, vultos corpulentos, indistintos, tirando malas de cima dos bagageiros, levantaram-se e saíram arrastando os pés em direção às portas. Sabia que precisávamos ir até a última parada, que aquele era o final da viagem.

Saltei na plataforma com minha mala, coloquei-a no chão e virei-me para ajudar Benjamin a descer. Geoffrey saltou para junto de nós, uma silhueta escura e ágil, já um homenzinho aos oito anos. Olhamos ao redor procurando as pessoas que nos esperavam. Grupos de vultos negros pairavam na plataforma, criando pontos de vazio contra o céu estrelado.

Fomos caminhando, num trio compacto, rumo ao prédio da estação. Ali, longe das edificações, fazia frio, mesmo sendo verão. Os grupos de sombras murmuravam nomes à medida que passávamos.

– Watson?

– Miles?

– Webster?

Quando estávamos quase no fim da plataforma, Geoffrey disse:

– E se não estiverem aqui?

– Psiu – respondi. Achei ter ouvido nosso nome na escuridão.

– Jacob? – uma voz de mulher falou. – Vocês são as crianças Jacob?

Uma face surgiu. Meus olhos haviam se ajustado à escuridão. Ela se debruçou sobre nós, mais velha que mamãe, com um queixo forte e um sorriso gentil.

Ergui minha mala para que ela a pegasse e deixei os braços penderem ao lado do corpo, de tão doloridos. Os garotos se aconchegaram ao redor da mulher, procurando a nova mãe. Ela passou um braço ao redor do ombro de Benjamin, que era sempre irresistível – rechonchudo, doce – para quem não o conhecia, e nos conduziu pela sala de espera vazia, em seus tijolos o mesmo cheiro que se sente ao passar por um mictório no parque. Saímos para a rua fria e negra.

Seguíamos em silêncio atrás da mulher, a senhora Walton-Jones, rumo ao nada. Poderiam ser dez horas ou meia-noite. Não havia nenhuma fenda de cortina ou farol de carro que rompessem o blecaute. Ao redor, pessoas murmuravam enquanto caminhavam pela rua, as vozes emergindo da escuridão perto de nós. Aproximamo-nos do grupo que seguia logo à frente, o suficiente para distinguir duas crianças sendo conduzidas por um homem, talvez um vigário, o colarinho claro visível acima do pulôver. Todo o entusiasmo daquela movimentação havia se esvaído do meu corpo. Com certeza seria melhor ficar soterrada sob um quarteirão de apartamentos em Londres do que nesta terra inóspita. Concentrei-me no longo cilindro escuro das costas da senhora Walton-Jones e tentei ficar o mais perto possível dela sem pisar em seus calcanhares, assim não cairia em nenhuma vala nem ficaria perdida na noite, entre coisas que farfalhavam, até de manhã.

O nascer do dia me encontrou ajoelhada em cima da cômoda, apoiada à janela gelada, o nariz grudado no vidro. Havia um odor de terra. Tudo ali tinha aquele cheiro. Pela primeira vez em meus dez anos, eu havia dormido sozinha em um quarto. O silêncio, quando abri os olhos, a ausência de suspiros e corpos se movendo. Acordei quando ainda estava escuro, e desde então permaneci desperta, olhando o céu clarear sobre os campos. Onde estariam os meninos? Como funcionava a casa? Havia duas escadas, uma que subia do saguão de entrada lá embaixo, parava à minha porta no meio do caminho e depois continuava até um sótão *de verdade*, e outra que saía da cozinha e devia levar a todos os outros quartos. Em algum lugar existia um dono da casa, que eu ainda não tinha visto.

Recortadas contra o céu pálido, havia fileiras de árvores e arbustos com seus topos cortados, todos da mesma altura, de modo que podia ver, para além do jardim com seu emaranhado de rosas e um canteiro pedregoso de ervas, os campos e o telhado de uma capela rua abaixo. Fiquei olhando para a vegetação decapitada, esperando compreender o porquê daquilo; foi quando ouvi uma vibração grave e, sobre os campos, perigosamente baixo, passaram voando três daqueles aparelhos incrivelmente desajeitados: bombardeiros biplanos. Meu coração parou quando entrevi os capacetes dos pilotos dentro dos esqueletos de aviões. Passaram muito baixo, a barriga deles quase raspando as sebes. Depois, desapareceram em um campo, mas pude ouvir os motores engasgando quando pousaram fora do campo de visão. Era uma daquelas coisas que a gente testemunha sozinho e tem dificuldade em acreditar. Mas era aquela a razão pela qual as sebes tinham sido podadas. Descobrira por quê.

Ainda era cedo e, assim, sentei-me no banco da penteadeira e escrevi em meu diário. Em geral, era forçada a escrever sob as cobertas, ou sentada em um banco na praça Bedford, onde os meninos jamais pensariam em me procurar. Havia galinhas em algum lugar, talvez no terreno lá embaixo, e, por fim, os sons de panelas e pratos batendo na cozinha, mas entre aquelas paredes, minhas paredes, não havia nada, apenas o som da caneta e o rangido do couro quando eu me mexia no banco.

Afinal, ouvi o tropel dos meninos na escada, um baque súbito na porta, a risadinha travessa de Benjamin, e guardei depressa o caderno e a caneta na gaveta destinada a maquiagens e grampos.

– Venha – disse Geoffrey. O rosto dele, no patamar mal iluminado, estava alegre e esperançoso, sem sua costumeira expressão levemente severa, crítica. – Ela está cozinhando para um batalhão lá embaixo.

Benjamin me puxou pela mão e descemos correndo a escada em espiral até a entrada, indo depois para a cozinha ampla e ensolarada, com seu grande fogão e a longa mesa de jantar de carvalho. Em uma das cabeceiras estava a figura mítica conhecida como senhor Walton-Jones, a cabeça de ovo aparecendo brevemente por cima do jornal, com um sorrisinho, levemente ruborizada. Sentei-me à mesa clara e encerada, de frente para o fogão, para poder observar melhor a senhora Walton-Jones, agora que ela estava iluminada pela luz do dia. Aquele queixo quadrado estava lá, mas, quando ela se virou para me oferecer ovos, tinha olhos bonitos e suaves, e sua face nem era tão masculina, a despeito do cabelo curto, dos ombros largos e da maneira brusca e pesada de ir de um lado para o outro, colocando lenha no fogo, mexendo os ovos. Tudo que ela fazia era rápido e decidido, ao contrário dos movimentos oníricos de mamãe pela cozinha.

– A escola da vila é bem adequada – dizia ela ao alinhar pratos em cima do aparador. – Nossos filhos estudaram lá, e tenho certeza de que por enquanto será suficiente.

Ela colocou os pratos diante de nós, torradas grossas com um grande monte de ovos, cremosos e suculentos, por cima. Inacreditável. Não havia rações ali no campo? Porém, eu tinha ouvido as galinhas. O tesouro verdadeiro, no entanto, estava no prato do senhor Walton-Jones: uma pilha de bacon, ao menos quatro fatias espessas. Ficamos olhando para elas. Ele começou a comer e então ergueu os olhos, percebendo nosso olhar fixo.

– Meu Deus! Estou comendo bacon bem na frente de vocês. Devem estar me achando uma espécie de pagão. – Seu garfo e faca pairaram acima do prato. Ele olhou para a esposa, que estava ocupada enchendo a pia de água.

– Não – respondi. – Na verdade, comemos bacon. Quando há o suficiente para dividirmos.

– Ah, nossa, que moderno! – respondeu a senhora Walton-Jones, fechando a torneira. – Têm certeza?

Fizemos que sim, os garotos com certo excesso de entusiasmo. Lancei um olhar enviesado para eles. Ela prosseguiu:

– Bom, temos muito por aqui. O fazendeiro é bem generoso. Ele matou um porco no mês passado e todos temos comido presunto como se fosse sair de moda. – Ela olhou para mim, segurando uma frigideira cheia de bacon cru. – Tem certeza absoluta de que não tem problema, querida? Não gostaria de arranjar encrenca com os seus pais.

– Não tem problema, de verdade. – Tentei olhar para o rosto dela e não para a carne na frigideira. Frite-o!, uma voz interna ordenava. Frite-o já! Não conseguia me lembrar da última vez que tínhamos comido bacon, e, estritamente falando, embora papai permitisse que o comêssemos em um pão com ovo no Harry Hendy's Big Corner Café, mamãe na verdade teria ficado horrorizada. Sabíamos qual seria o gosto do bacon na frigideira, porém. Exatamente igual ao aroma salgado, defumado, que enchia a cozinha.

O olhar do senhor Walton-Jones ergueu-se do bacon que enfiava na boca, faca e garfo a postos sobre a fatia seguinte.

– Vocês falam muito bem, crianças.

– Senhor...?

– Bem, é só que... – Ele olhou para a esposa. – Não nos deram a entender que tinham chegado do exterior fazia pouco? Refugiados?

– Bom, sim – respondeu a esposa. – Mas não parece ser o caso. Vocês *são* judeus russos, crianças? Foi o que nos disseram.

Fiquei olhando para ela. Nunca em minha vida eu ouvira a palavra *judeu* sendo usada por um gentio sem soar como um insulto.

– Papai nasceu na Rússia, assim como a mãe da minha mãe. E eles dois são... judeus. Nascemos no Vale do Rhondda, em Gales. Somos britânicos.

O senhor Walton-Jones continuou com o café da manhã. A esposa virou-se e pousou a frigideira com força sobre o fogão, onde ela começou de imediato a chiar.

– Sim, mas voltando ao assunto da escola. Hannah, se as coisas se prolongarem por algum tempo, precisaremos falar com seus pais sobre uma escola de moças adequada. Você poderia pegar o trem para Uxbridge de manhã, com Peter.

Se eu ainda estiver aqui quando chegar a hora de ir para o ensino médio, pensei, olhando através da janela para a triste folhagem decepada, com certeza vou querer fugir. Tinham coisas que nem um quarto tranquilo compensava. *Vocês* são *judeus russos, crianças?* Francamente.

A escola ficava no final da estrada que ia em direção aos campos, a partir da casa dos Walton-Jones; era o edifício que eu confundira com uma capela. Os meninos se distraíam com abelhas e joaninhas no que restava da sebe. Benjamin queria que o levássemos de cavalinho, mas um grupo de crianças vinha logo atrás de nós, e recusei. Quando as crianças nos alcançaram, vi que havia mais atrás delas. Olhavam-nos fixamente enquanto passavam, como se fossem vacas, e nós, a única diversão do dia deles. Fiquei imaginando se não seriam um pouco lentas. O uniforme parecia ser opcional, uns usavam shorts cinzentos ou túnicas pregueadas, e alguns meninos vestiam uma versão em miniatura do que os pais usariam nos campos: calças e camisas de um marrom apagado, e as meninas em vestidos de verão floridos, feitos em casa. De repente, senti-me pouco à vontade em minha jardineira engomada e chapéu-palheta, o uniforme do St. John's.

Seguimos as outras crianças até o pátio da escola e esperamos, junto à porta, que o professor, o senhor Bailey, aparecesse diante de nós. Minha primeira impressão foi de que era um homem velho; havia registrado o passo hesitante de um adulto alto passando por nós enquanto esperávamos. Mas depois vi, surpresa, que ele era muito jovem, quase como um de nós, um irmão mais velho, talvez, com sua pele lisa e testa sem rugas. Notei em seu perfil um olho grande e triste, em uma face ainda suave ao longo do queixo e das maçãs do rosto, e percebi que caminhava com uma bengala. Em Londres, homens jovens que se moviam como velhos significavam uma única coisa. Seu olhar encontrou o meu, percebendo meus irmãos atrás de mim – um pequeno grupo calado em meio aos demais, que gritavam e se empurravam, sem perceber que ele chegara.

– Devem ser as crianças que vieram da cidade – disse, a voz alta apenas o suficiente para que pudéssemos ouvi-lo, enquanto os demais continuavam seu empurra-empurra. – Hannah? Geoffrey? Benjamin?

Ele nos deu seu sorriso triste, debruçando-se em nossa direção, e senti um aperto no coração. Um dos olhos não se mexia como o outro. É de vidro!, disse a mim mesma, sem querer apertando o cotovelo do casaco de Geoffrey, um vazio de horror instalando-se em meu estômago. Controlei-me.

– Professor – perguntei no que me parecia ser uma voz discreta –, o senhor foi ferido na França?

Bom, devo ter falado mais alto do que imaginara, porque os alunos ficaram em silêncio às minhas costas. O professor deu uma tossidela.

– Egito. Você é muito observadora. – Seu sotaque era do West Country. Uma fala de dicção clara, mas com pronúncia suave. Era a figura mais romântica que já havia encontrado. – Vamos entrar, crianças?

– *Hannah!* – sussurrou Geoffrey, desvencilhando o braço com um safanão. Por trás, alguém me deu um piparote na orelha.

Retesei-me, mas me recusei a olhar.

– Que foi? Eu estava certa, não estava?

– Você não pode perguntar essas coisas às pessoas.

– Como sabe disso?

– Mamãe me disse.

– Bom, então por que foi que ela não disse isso para mim?

– Ela disse. Disse para todos nós. Você não estava prestando atenção.

– Mas como íamos saber que ele esteve no Egito se eu não perguntasse? De qualquer maneira, ele não se importou. Os adultos gostam de um pouco de coragem. Pergunte ao papai.

Estávamos dentro, agora, empurrados por um mar de crianças. Penduramos nossas sacolas ao lado da porta, como os outros. Havia uma única classe no edifício escuro, que cheirava sobretudo a serragem, com um leve aroma de esterco para completar, proveniente dos campos e soprado através das janelas. O professor indicou uma carteira vazia a um lado da sala, onde estavam as crianças mais velhas. Benjamin foi acomodado a uma mesa comunitária nos fundos, e logo rabiscava com giz de cera em um jornal. Ele sorria para uma garotinha de cachos loiros. Geoffrey olhava ao redor, do outro lado da sala, onde estava sentado junto a um enorme garoto de fazenda com um pulôver tricotado à mão. Meu irmão exibia uma cara feia. O garoto maior havia beliscado seu braço. Geoffrey se debruçou para fora da carteira, afastando-se dele. Imaginei a mim mesma erguendo-me da cadeira, atravessando toda a sala diante da classe e do professor atônitos, e dando um tapa no gigante simplório; seu grande maxilar começaria a tremer, como um buldogue manso. Eu colocaria as mãos nos quadris e diria, devagar: Imagino que também tenha sido você quem deu um peteleco na minha orelha, não foi, seu bruto?

Forcei-me a desviar os olhos de Geoffrey para fixá-los no professor, que agora se apresentava, desalentado, como senhor Bailey, dirigindo-se às crianças vindas da cidade.

Ah, aquele foi um dos dias mais longos da minha vida. Meus sapatos se arrastando nas tábuas do piso, o lento recitar do alfabeto pelos menorzinhos, uma música que as crianças cantavam em casa e que teve início assim que o senhor Bailey bateu palmas uma única vez, dizendo:

– Estão prontas, crianças?

Eu não sabia a letra, claro, por isso fiquei olhando para uma fileira de vidros de geleia repletos de flores de malvas-rosa no peitoril da janela, atrás do senhor Bailey. Fiquei pensando quem as teria colhido. Elas tremulavam na brisa, as pétalas se descolorindo quando as sombras das nuvens passavam pelo pátio da escola, enquanto as crianças cantavam.

Os sóis do verão brilham sobre terra e mar;
A luz alegre espalha-se, abundante e livre;
Tudo se rejubila nos raios suaves;
Dez mil vozes da Terra unem-se em salmos de louvor...

Arrisquei olhar o rosto do senhor Bailey. Ele mirava a porta por sobre nossas cabeças. Seu lábio inferior enrugou-se no meio, brevemente. Ele demorou um instante depois que terminaram de cantar, até nos dizer para juntarmos nossas coisas e que nos veria de novo na manhã seguinte bem cedo. Parecia ter que se policiar para falar as coisas banais e otimistas que os adultos falam às crianças o tempo todo para incentivá-las, para que continuem sem raciocinar e sendo obedientes. Eu teria gostado de me sentar em algum lugar com o professor e fazer perguntas sobre ele próprio e sua vida por horas a fio. Saberia a história dos seus problemas, e ele se sentiria melhor por ter conversado comigo sobre aquilo. Se pelo menos eu não fosse uma criança... escrevi mais tarde. Por que a infância tinha que durar tanto tempo? Havia lido tantos livros sobre todo tipo de assunto. Entenderia a história dele também. Havia me preparado para coisas assim.

* * *

Nosso segundo dia no campo foi um pouco mais interessante. O garoto bobão que havia beliscado Geoffrey e que tinha sobrancelhas pálidas e um nome do Velho Testamento, como Jonas ou Noé, ficou esperando por nós ao virarmos a rua a caminho da escola. O primeiro sinal que tivemos dele foi a pedra afiada que atingiu Geoffrey atrás da cabeça. Meu irmão gritou e se curvou para a frente, a mão na nuca. Então, o garoto gordo passou correndo por nós, rindo, a carne branca e mole da barriga aparecendo na porção em que a camisa não fora enfiada dentro da calça. Estiquei o pé sem pensar direito, e ele se chocou com violência contra minha perna, tropeçou e caiu de cabeça na lama da estrada, o resto do considerável corpo indo atrás.

Infelizmente para ele, a estrada tinha sulcos profundos e rígidos, feitos pelos veículos das fazendas, e, quando ele se sentou, surpreso e sem jeito, vimos que o sangue escorria de um corte na testa e que havia pedrinhas incrustadas nas bochechas como se fossem enormes sardas.

– O que aconteceu? – Geoffrey me perguntou enquanto olhávamos para o garoto na lama, a rua enchendo-se de crianças. – Eu não toquei nele.

– Estiquei a perna para ele tropeçar – sussurrei.

– Hannah! Você é um terror! – exclamou Benjamin.

– Psiu, Ben – sussurrou Geoffrey.

Mas era tarde demais. Lá vinha o senhor Bailey, ganhando velocidade enquanto apoiava a bengala no chão, impulsionando-se em nossa direção, e as crianças se afastando para deixá-lo passar. Jonas/Noé apontou um dedo para mim.

– Ela! A menina da cidade fez isso.

Por todo aquele dia sentei-me em uma pequena carteira ao lado do senhor Bailey, longe das outras crianças, mal podendo acreditar que aquilo era considerado uma punição. Estava do lado em que ficava o olho de vidro, e tive a liberdade, durante todo o dia – enquanto ele falava com a classe, corrigia livros de exercício na mesa, olhava tristonho para os campos lá fora –, de observar a forma como o olho postiço ficava imóvel no rosto enquanto à sua volta os músculos se contraíam na testa e no maxilar, o outro olho realizando os movimentos sutis de tecido verdadeiro, vivo.

Na hora de voltar para casa, porém, a senhora Walton-Jones veio nos buscar. Alguma mensagem lhe fora transmitida, e ela irrompeu na sala assim que o sinal soou, a mão estendida para segurar a minha.

– Obrigada, senhor Bailey – ela disse bem alto. – Eu assumo daqui em diante.

Meus irmãos se juntaram ao redor enquanto ela me puxava para fora. No pátio, as crianças faziam hora, esperando para ver o que aconteceria. Ela se abaixou na direção dos meus pés, como se fosse afivelar o sapato para mim, e me deu um tapa na perna. Nunca havia me acontecido nada assim antes. Mal havia doído, mas achei escandalosa a intimidade daquele gesto. Tire a mão DA MINHA PERNA, quis gritar. Contive-me, mas só o suficiente para perguntar, enquanto ela se endireitava em toda a sua altura:

– O que acha que está fazendo?

Uma vez mais oferecíamos um espetáculo para as crianças da vila.

– Quando meus filhos se comportavam mal, apanhavam. Com vocês não vai ser diferente. E deixe aquele garoto em paz. Não é culpa dele, pobrezinho.

– Mas, senhora Walton-Jones, ele jogou uma pedra em Geoffrey! Ela o acertou bem na cabeça!

– O menino caiu de cara! – disse Benjamin às costas dela. – Bam!

Ele bateu as mãos uma na outra. Geoffrey me olhava, envergonhado, por baixo dos espessos cachos negros.

Ela pegou minha mão e a de Benjamin, Geoffrey vindo logo atrás de mim, e nos levou através do pátio até o portão, a plateia se dispersando diante dos passos decididos dela.

– Ele não é muito certo das ideias, sabe? Nenhum deles é, os Shipman. – Ela baixou a voz. – Dificuldades no parto. Dano cerebral. Ela devia ter parado no primeiro.

Era como se eu houvesse penetrado uma novela vitoriana. Perdoei de imediato o tapa na perna, só por conta daquele fragmento dramático de fofoca. Ela pareceu esquecer por completo meu mau comportamento, já tendo sido feita justiça. E ninguém mais atirou pedras na cabeça dos meninos.

Certa manhã, acordei depois de um sonho com a mudança da guarda e senti o aroma de carne assada. Meu estômago se contraiu de fome. Vesti-me depressa e desci correndo a escada, indo até a cozinha. Só o senhor Walton-Jones estava lá, lendo o jornal do dia anterior com um bule de chá e uma caneca diante de si, à mesa. Fiquei parada à porta, pensando em voltar para o quarto até que a senhora Walton-Jones se levantasse, mas ele tinha baixado o jornal e me olhava com uma expressão levemente intrigada.

– Bom dia... Hannah?

– Bom dia, senhor Walton-Jones. Que cheiro é este? Achei que estivessem assando algo.

– Ah, algo desagradável. Receio que tenha havido incêndio no aeródromo. Um bombardeiro chegou com a cauda em chamas e caiu em meio aos cavalos. O piloto e vários cavalos morreram.

– Quer dizer que esse cheiro é de cavalos... assados? – *E de um piloto também*, pensei, mas não disse. Vinha testando o valor da minha capacidade bastante ocasional de deixar um pensamento passar sem expressá-lo em palavras.

– Digamos que seja isso. – Ele ergueu de novo o jornal.

Na escola, estávamos em silêncio quando nos sentamos em nossas carteiras, mas Tessa Donald, uma menina que eu desbancara com facilidade do posto de melhor da escola, em todas as matérias, e que me odiava com uma intensidade que eu achava natural, e até reconfortante, ergueu a mão logo após a chamada.

– Oh, senhor Bailey. – Ele pousou seu olhar triste sobre a garota. – Meu pai disse que os cavalos feridos vão ser abatidos agora de manhã.

Esperei, deliciada, que ele colocasse aquela garotinha horrível no devido lugar, mas a expressão dele não mudou. Ela raramente mudava. Eram só variações de tristeza.

– Sim, é claro. – Ele suspirou. – É preciso acabar com o sofrimento deles. Isso deveria ter sido feito na hora, mas tiveram que buscar o senhor Emery nos campos para que usasse seu rifle.

Benjamin começou a chorar do outro lado da sala. Sabia que era ele, pois fazia muito ruído enquanto chorava e, se continuasse, ia ficar com soluço, mas não me virei. Esperava para ver se havia algo mais, algo que tivesse deixado passar.

– Vamos, Benjamin. Não há outra maneira. Não existem casas de repouso para cavalos, sabe?

Em minha mente se formou de imediato uma imagem daquilo que ele havia conjurado: uma casa de repouso com cavalos deitados nas camas, a cabeça em travesseiros, xícaras de chá em bandejas diante deles, outros cavalos sentados em poltronas em uma biblioteca, os cascos segurando livros no colo. O que esse homem saberia sobre casas de repouso?, perguntei-me. Que ferimentos teria visto? O que poderia acontecer ao corpo de um homem e ainda assim permitir que ele sobrevivesse? Imaginei vultos na cama com buracos de balas de canhão onde deveriam estar as entranhas, metade da cabeça faltando, nenhum deles com mãos.

Então me lembrei do que aconteceria com os cavalos restantes e apertei meu lápis com força. Mas não comentei nada. Já estávamos famosos por nossa ignorância quanto a assuntos práticos. E até o senhor Bailey estava do lado deles. Ele podia ter demonstrado ao menos um pouco de piedade.

A sala de aula estava em silêncio, exceto pela voz baixa do senhor Bailey por cima do ombro de algum aluno aqui e ali, e uma mosca zumbindo perto da janela, debatendo-se contra o vidro, embora o senhor Bailey estivesse distraído demais para perceber e libertá-la. Quando os tiros soaram – *pam, pam, pam* –, meu lápis imobilizou-se sobre a página, e todos erguemos os olhos para ele. Ele olhava para fora, através da janela, e, embora houvesse estremecido com o som, encontrava-se perdido em algum transe que não se desfez.

Logo soou o sinal do almoço, e pegamos nossos sanduíches nas sacolas penduradas nos ganchos perto da porta, saindo para a rua. Não me lembro de ter havido nenhum aviso para que saíssemos em peso daquela forma.

Mais adiante, na estrada entre as sebes, as pessoas passavam em direção ao aeródromo. Talvez tivesse sido o movimento o que nos atraiu. Quando passamos na frente da casa, a senhora Walton-Jones saía do jardim de rosas para a rua, e seguiu ao nosso lado, limpando as mãos no avental.

– Horrível, horrível! Eleanor está totalmente transtornada. Nunca quiseram o aeródromo junto ao campo deles. Os pobres cavalos ficam aterrorizados cada vez que um avião passa baixo demais. Mas todos têm que fazer sua parte, suponho. Perderam metade dos cavalos de uma só vez. Sem falar no choque de ver o pobre garoto sendo arrastado oara fora de um avião em chamas, bem na frente da janela da cozinha.

Enxerguei o Guy dos velhos tempos, no Regent's Park, seu vulto negro envolto pelo fogo. Chegamos ao aeródromo, e lá estava o avião semidestruído na pista de pouso, homens ao redor dele, olhando-o gravemente, o corpo e as asas enegrecidos, o metal retorcido onde a cauda deveria estar. O início da procissão seguiu por uma trilha entre o campo do aeródromo, cercado com arame farpado, e o pasto dos cavalos. Chegamos a uma passagem na sebe, um quebra-corpo, e depois aos cavalos amontoados no meio do campo. Quando pulamos a cerca e ficamos ao redor do monte, o cheiro daqueles que tinham sido queimados era penetrante, e havia pernas e cabeças negras e empoeiradas, além de crinas queimadas. Outros pareciam perfeitos, as pelagens reluzentes, os músculos arqueados e lisos. As pessoas do vilarejo, talvez umas cinquenta, incluindo as crianças, juntaram-se em um círculo. Um cavalo tinha metade do focinho faltando e por baixo se viam os músculos retorcidos, um diagrama de anatomia. Procurei ao redor pelo senhor Bailey, mas ele não parecia ter vindo.

Talvez aquilo não acontecesse mais hoje em dia, uma reunião assim por conta de um evento como aquele. Os pais cobririam os olhos dos filhos, fariam com que ficassem em casa. Mas a guerra tinha vindo para a Inglaterra, e seria impensável não observar como ela era. Ninguém estava assustado, nem mesmo os pequenos. Eu via todos os contornos de flancos, patas e mandíbulas, e não conseguia saber qual delas pertencia a qual cavalo. A mão de Benjamin deslizou para a minha. As pessoas olhavam, em silêncio, enquanto mais gente chegava às nossas costas. As moscas zumbiam, e um murmúrio ergueu-se da multidão.

— Tom levou vinte anos para construir tudo. Foi-se em um dia.

As crianças cochichavam entre si sobre os olhos dos cavalos. Alguns estavam faltando. Outros olhavam fixamente para nós. Ninguém mencionou o piloto queimado ou perguntou em que ponto ele havia morrido.

O cheiro ficou forte demais depois de algum tempo, e começamos todos a nos afastar, de volta para a escola. Passamos por um homem que carregava uma lata de gasolina, indo na direção oposta. Na rua, pude sentir de novo o aroma de flores e do capim, e havia aves e mamangavas. Geoffrey e eu caminhávamos em silêncio entre as pessoas da vila, Benjamin entre nós, segurando nossas mãos.

Emil
Munique, 1918

Os corpos dos homens eram um horror. Todos iguais: magros, azulados, marcados por costelas proeminentes, postados em longas fileiras que sumiam nas sombras. Acima deles, lâmpadas de querosene pendiam de grandes ganchos de carne; o galpão onde passavam pelo processo de eliminação de piolhos tinha sido, no passado, um matadouro. Havia ao menos cinquenta homens ali, nus, esperando que os enfermeiros aparecessem trazendo o saco enorme de pó num carrinho que rangia, e arrastando pelo piso de pedra uma pá pesada. Emil ouviu o ranger das rodas atrás de si e cobriu os olhos e a boca; em seguida, ouviu um baque surdo, no instante em que o pó atingiu-lhe a cabeça e os ombros e lhe cobriu o peito e as pernas. Arrastou-se atrás de uma multidão de homens, a pele repleta de sensações: o frio cortante do velho armazém em novembro, o calor do pó, e foi até a toalha áspera e os pacotes de roupas empilhados junto à parede.

Ali estava Müller, espanando o pó do corpo e vestindo uma camisa. Ele se virou ao ouvir o som da voz de Emil e abriu os braços, sorrindo.

– Que tal estou?

As roupas civis que vestira eram pequenas demais para ele, e buracos abriam-se no peito entre os botões, enquanto os punhos encardidos balançavam ao redor dos antebraços. As calças roçavam o alto das meias, e a copa do chapéu estava esgarçada. Sempre fora um homem de aparência ligeiramente estranha, magro como um poste, cabeça quase esquelética, os olhos grandes emanando um permanente olhar faminto. Mas ria com frequência. E era boca-suja.

Emil pegou o pacote mais próximo, e os dedos frios lutaram para desamarrar o barbante.

– Você parece pronto para as senhoritas de Munique, amigo.

– Ahá! Esperemos que *elas* estejam prontas para mim! E quanto a você, Becker? Parece estar com sede. Sei que notou a cervejaria pela qual passamos ao entrar na cidade.

– Talvez devêssemos levar os homens para o embarque nos trens. Alguns estão loucos para voltar pra casa. – Mas Emil sorria.

Havia sentido certa eletricidade nas ruas. Brados e bandeiras. Grupos de homens parados nas esquinas, assentindo em aprovação enquanto os soldados passavam. E havia as notícias da fuga de Ludwig, o rei da Bavária, deposto pelos revolucionários. Tudo isso deixava uma sensação no ar, e ele queria se incorporar a ela, penetrar nas multidões em movimento, seguir com elas, ser carregado rumo a um novo futuro que ignorasse o passado.

– Nenhum deles está com saudade suficiente para nos abandonar depois que os trouxemos de volta à Alemanha, sãos e salvos. Eles nos devem uma rodada ou duas. As mamãezinhas dos soldados podem esperar até amanhã para tê-los de volta.

Perceberam que a fronteira estava perto quando encontraram uma fila de centenas de homens, esfarrapados e separados de suas unidades; alguns pareciam ter se escondido nas montanhas, sabe-se lá por quanto tempo desde o início da guerra. Não era da conta dele. Seu pelotão, formado por remanescentes de outros pelotões, havia sido expulso do trem durante a desmobilização, e ele só precisava colocar os homens em outro trem, de preferência do lado alemão da fronteira. Emil e Müller guiaram os treze soldados até onde estavam alguns homens com cavalos, postados ao redor de uma fogueira que soltava uma fumaça negra; eles comiam e passavam entre si uma garrafa de rum.

– O que é isto? – perguntou a Müller, que deu de ombros. Os homens também não responderam.

A próxima colina já era alemã. Para além dela, uma cidade alemã, que ele tinha esperança de que fosse Munique. Alguém, em algum lugar, lhe daria roupas marrons, ou azuis, ou pretas, e ele faria uma fogueira e atiraria nela o uniforme cinza, dizendo algumas palavras em memória da família de piolhos que havia viajado com ele de volta para casa. De volta e a tempo para o Natal.

Começou a correr, ultrapassando o fluxo estagnado de soldados a pé, alguns apoiados em cavalos, além de pequenas fogueiras ao longo do caminho, afastando o frio do fim de tarde, com homens jogando cartas e apostando medalhas, cigarros e dinheiro que não compraria nada na Alemanha. Müller vinha logo atrás, e Emil ouviu-o rindo, ofegante. Corriam sem medo de serem alvejados, como crianças.

A multidão se espremia diante de duas longas tendas militares que ladeavam a estrada. Sentados às mesas que havia do lado de fora, quatro oficiais checavam documentos à luz de lanternas. Gritos de protesto partiam dos homens que aguardavam; havia um empurra-empurra. Emil espremeu-se por uma brecha e chegou à mesa menos apinhada.

– Só estão vocês aqui para processar os documentos?

O homem ergueu os olhos, assentindo em um gesto esperançoso, em busca de um pouco de compreensão.

– Só vocês para toda essa gente?

– Só nós. Não esperávamos que tantos homens chegassem sem terem sido devidamente dispensados.

Emil saiu do meio da multidão e se dirigiu para onde estava Müller.

– Parece que não há muitos deles – disse Müller.

– Pois é. Uma loucura.

Ele se apressou até o primeiro grupo de soldados. Eles ergueram os olhos, ansiosos por notícias.

– Vamos passar! – E indicou as construções com um gesto de mão. – Movam-se!

Havia dois caminhões em meio às centenas de homens. Os motores entraram em ação, homens demais subindo a bordo, bradando e assoviando. Um motorista buzinou para dispersar quem estava diante do veículo. Comprimiram-se de encontro às tendas quando a procissão avançou pela estrada.

Emil correu até um grupo montado a cavalo.

– Vamos. Sigam em frente. Todos atravessando antes de escurecer. Permaneçam na estrada para Munique. Chegaremos todos juntos. Vamos, vamos. Eles não podem atirar em todos nós.

Vestiram-se no barracão de combate aos piolhos. Limpos, com frio, voltaram à condição rotineira de caminhar para se manter aquecidos.
– Tem razão. Eles podem nos pagar uma cerveja hoje. Com sorte, poderemos também evitar cair no sono.
– Não ficou impressionado com nossas acomodações?
Emil riu. Perto dali, em um antigo cercado onde no passado os animais se enfileiravam para ter a garganta cortada, cerca de uma centena de finos colchões de palha haviam sido estendidos no chão de pedra. Podia-se ver a própria respiração naquele recinto, que talvez ficasse um pouco mais quente quando repleto de homens adormecidos. Como havia dito Müller assim que puseram as mochilas no chão e esconderam as armas sob os colchões, o lugar era mais frio do que uma poça numa trincheira.

Fazia mais de uma hora que todos bebiam com afinco, amontoados em um clube social – um recinto apertado, aquecido pelo calor do excesso de corpos, e onde dez mesas se espremiam com pão nos pratos e canecas altas cheias de cerveja espessa, fabricada no porão, tudo de graça para os soldados. O proprietário encontrava-se atrás de um pequeno balcão, usando um avental encerado, como se trabalhasse num curtume, e enchia os copos em uma torneira.
– Deus o abençoe! – ele dizia a cada um ao entregar os copos, cheios e sem espuma. – Bem-vindo à Alemanha! Devemos muito a você.
A bebida que ele servia era chocha, com melancólicas manchas brancas na superfície escura, mas agia depressa. Já se ouviam uma cantoria e discussões acerca dos conselhos de trabalhadores, e o carrancudo Schumacher, calado a um canto, como se estivessem naquilo por tempo demais.
Emil ergueu o copo e tentou virar de uma vez toda a cerveja, mas bebeu apenas um terço dela antes de ter vontade de vomitar. Ficou sentado, olhando o movimento do salão, a profusão de cores, um tanto entorpecido e com

a cabeça anuviada, feliz por trocar o costumeiro estado de alerta por essa prostração sem foco determinado. Na volta, caminhando pelo calçamento escorregadio de pedras, provavelmente passaria mal, e na manhã seguinte não se lembraria de nada; tomaria um trem para cruzar a Alemanha rumo a Duisburg, e tudo estaria acabado, se tivesse algum juízo.

Havia, no entanto, Schumacher. Agitado. E Emil, portanto, deveria ficar em alerta de novo, à espera de problemas. Schumacher sentou-se na cadeira à frente dele, deixando-se cair com força demais. Os pés arrastaram-se alguns centímetros pelo chão antes de ele conseguir se equilibrar, apoiando-se na mesa até ela parar de balançar.

– Vamos para Berlim! – gritou.

– Mas você é de Frankfurt – rebateu Müller, jovialmente, com uma ponta de cautela que Emil percebeu com certo atraso, como um eco.

– Perdemos toda a agitação que houve aqui. – Ele apontou um dedo diante do rosto de Müller, indicando Emil com a cabeça. – Ele sabe o que quero dizer. Disseram que estão planejando mais demonstrações. Lá é o lugar. Quero dar minha opinião sobre quem vai governar o país. – Sua voz falhou ao dizer as últimas palavras.

– Ninguém pode impedi-lo de ir aonde quiser – Emil falou baixinho.

– Aqueles filhos da mãe em Berlim! Precisamos ir até lá e deixar as coisas bem claras para eles. – Schumacher ergueu o copo, derramando um pouco na mesa antes de ficar de pé, cambaleando em direção ao balcão.

Müller estudou Emil.

– Não está pensando em ir, está, Becker?

– Com ele, não.

– Você é um oficial. Haverá recompensas para nós, apesar de tudo, se formos espertos. Podemos ser o que escolhermos agora. Você não arriscaria tudo isso.

Sempre o brilho nos olhos, como se estivesse brincando.

– Schumacher está certo – disse Emil. – Arriscamos nosso pescoço pela glória daqueles velhos gordos. Há tantos de nós, milhões. Nunca teremos uma chance como esta de novo. Vamos voltar para a vida que tínhamos e ficar quietos. E eles que venham e nos peguem a qualquer momento que desejarem.

Mais tarde, desconhecidos escoraram Schumacher em cima de uma mesa. Ele tentava cantar, mas o que saía parecia mais um gemido. Seria insuportável para quem estivesse sóbrio. Um homem perto da porta passou mal e devolveu o conteúdo do estômago no próprio colo, quando poderia facilmente ter saído dali. Em seguida, ergueu o copo e continuou bebendo. Emil mal via aquelas pessoas, apenas vultos, gestos. Uma mulher entrou. *Ah, não*, ele pensou. Braços estenderam-se enquanto ela passava entre as mesas em direção ao balcão. Movia-se depressa, afastando mãos desajeitadas, sua rota aproximando-a da mesa dele. *Não vamos machucar você*, teve vontade de dizer. *Não vou permitir*. Demorou demais. Ela já tinha passado. Ele apoiou a cabeça nos braços, sobre a mesa, e fechou os olhos.

A plataforma em Duisburg estava silenciosa. Alguns trabalhadores e uma babá com um grupo de crianças pequenas. Chegava tarde em casa se comparado a alguns, e cedo se comparado a outros, encalhado em meio ao mar de soldados provenientes de frentes opostas e que convergiam para a Alemanha. O olhar se demorou sobre as crianças, talvez por tempo demais. Flocos de neve apareceram no ar do fim de tarde. A babá reuniu os pequenos, e todos percorreram a plataforma na direção dele. As pontas das orelhas estavam congeladas. Não recebera chapéu no pacote de roupas. Olhou para as crianças de novo. Pareceu-lhe que sentiam frio, e o chão coberto com neve derretida era escorregadio sob os pés delas. Observou-as enquanto se aproximavam dele com seus cachecóis coloridos e gorros de tricô enterrados até as orelhas. Eram dois meninos e uma menina, um pouco mais velha mas não muito mais alta, de uns onze anos talvez. Ele já não conseguia precisar a idade das crianças. Um dos meninos fazia perguntas à irmã. Ela exibiu uma expressão de falso cansaço, mas as faces estavam coradas e sorria com frequência.

A babá saudou-o com a cabeça ao passar por ele, dizendo algo às crianças. Estas se viraram quando chegaram à escada, a garota sorrindo, os meninos saudando-o solenemente. Como sabiam? Que sinal o identificava? Estava em casa agora. O que quer que fosse, tinha esperança de que logo desapareceria. Respondeu à saudação e seguiu o grupo pela escadaria escura. Do lado de fora da estação, a neve se aninhou em sua barba e nos lábios rachados. Sentia-se velho ao olhar Königstrasse sob a neve. Não havia mudado nada. Deixou o abrigo da estação e cruzou a praça, a neve caindo com mais força, acumulando-se nos ombros do sobretudo. Já estava escuro, e seu pai logo deixaria o escritório. Durante a infância, a menos que estivesse doente e a mãe o confinasse ao leito, todas as tardes Emil esperava na rua, sob a janela do escritório do pai, para caminhar com ele de volta ao apartamento.

Chegando ao prédio do sindicato, ficou parado sobre o calçamento de pedras, ergueu o olhar para a janela iluminada no primeiro andar e viu a silhueta do pai, um pouco mais gordo, um pouco mais arqueado que antes. Parecia uma tartaruga: as costas arredondadas, a cabeça projetada para baixo, resignada. Por um instante, não o reconheceu. Arrumava sua mesa, abrindo e fechando uma gaveta, e depois pegou o chapéu no cabide. Os movimentos que ele conhecia, de cuja execução tinha plena certeza. Após alguns instantes, o pai desapareceu, a luz se apagou, e o coração dele bateu forte como quando era menino, aguardando os poucos instantes que o pai levava para sair pela porta da rua.

Ele viu Emil de imediato; deteve-se na soleira à penumbra para olhar aquela silhueta banhada pela luz da rua, sob a neve que caía. Esperou um instante, a mão subindo até o peito, depois cruzou a rua sem checar o tráfego, andando às pressas apesar do corpo rotundo. Ali estava ele, seu pai, o rosto ainda o mesmo, embora um pouco mais flácido, e o corpo também mais envelhecido. Ele passou os braços ao redor de Emil, que tirou as mãos dos bolsos e devolveu o abraço. O pai agora era meia cabeça mais baixo que ele, mas o aroma era o mesmo de sempre. Tabaco, cerveja, lã. Os homens na frente de batalha também tinham esses cheiros, mas sempre havia junto o odor forte de suor velho, sangue, gasolina, excremento. Ele mesmo cheirava a pó contra piolhos. Desejou que o pai não achasse isso repulsivo.

Continuou abraçando-o por mais alguns instantes, absorvendo a sensação de que era ele mesmo, de que fora remetido de volta aos dias em que era um garotinho e podia abraçar o pai sempre que quisesse, sentindo a barba que lhe despontava no rosto ao fim da tarde. Emil ouviu palavras ditas em sussurros tão baixos que poderia tê-las imaginado. É o meu menino. É meu menino que voltou. Por fim, endireitou-se e apertou a mão do pai. Saíram andando rumo à ponte que cruzava o Reno e levava ao bairro deles.

O pai se manteve calado por um instante, e a voz saiu áspera quando ele falou:

— É maravilhoso que tenha voltado hoje para casa, Emil. Haverá um desfile de boas-vindas para os soldados amanhã à noite. Achava que você iria perdê-lo.

Emil olhou através da escuridão para o rosto do pai.

— Vamos ver. Não sei. Pretendia não vestir o uniforme de novo.

O pai o olhou de soslaio, mas não comentou nada.

— Como está mamãe?

— Ela tem estado uma pilha de nervos desde que os soldados começaram a retornar. Supersticiosa, você sabe. É melhor dormir bem esta noite. Logo ela vai convidar a rua toda para vir vê-lo. — Emil riu. Era verdade. Ela faria isso. — Mas, escute, tenho boas notícias para você. Na semana passada, tive notícias de Manfred, de Hamburgo. Ele concordou em aceitá-lo para que termine seu curso. Mandei a ele o histórico da Politécnica. Está tudo acertado. Você vai ser um engenheiro eletricista formado! Incrível.

Emil não disse nada. Cruzaram a longa ponte, a neve deixando branco o ar noturno e desaparecendo no rio largo e escuro. Saía vapor da boca de ambos.

— Não gostou? Era seu sonho. Um título, uma profissão.

— Estava pensando em ir para Berlim, ver como posso ajudar na revolução. As coisas ainda não estão bem.

— Exatamente o que ouvi dizer! Todos eles se tornaram comunistas por lá. É tão difícil assim colocar as armas de lado? Ter voltado para casa, *essa* sim foi a revolução. Você pode ajudar nos conselhos de trabalhadores daqui, colaborar na organização das coisas. Vai ser muito útil com sua experiência militar. Quando todo mundo estiver em casa, vai ficar tudo bem, e você vai poder ir para Hamburgo.

— Os conselhos de trabalhadores são muito bons, mas o que mudou? As mesmas pessoas continuam no comando. Eles podem nos mandar para a guerra de novo amanhã. É claro que eu seria um cadáver mais qualificado, com um pouco mais de dinheiro no bolso.

Viraram na rua onde moravam. Emil caminhara depressa demais, e o pai arfava um pouco. Diminuiu o passo, permitindo ao homem mais velho recuperar o fôlego.

O pai deu uma palmada nas costas dele, respirando pesado.

– Meu menino, vamos comemorar sua volta. Deixe a revolução para amanhã. Sua mãe não vai acreditar que está aqui.

Emil ficou calado. Enquanto percorria a longa rua, acalmou-se, tranquilizando-se o bastante por dentro para sentir uma pequena centelha de vergonha. O pai tinha razão. Podia esperar até o dia seguinte. Diante do prédio de apartamentos, inalou fundo o ar frio. A mãe estava lá, e também Greta. Uma refeição, por mais pobre que fosse – embora o pai fosse muito bom ao negociar no mercado negro, como se notava por sua barriga; aquela seria evidência suficiente para a polícia, se quisesse criar caso.

As coxas doíam ao subirem a escada. Era ele quem não conseguia acompanhar o pai, que gritava chamando quem estivesse no apartamento para que viessem ver o que ele tinha trazido para casa. Emil ouviu a mãe gritando lá de cima:

– Klaus? *Emil!*

Lá estavam as faces das duas, da mãe e de Greta, debruçando-se no corrimão da escada, tentando ver na escuridão, Greta reconhecendo-o e soltando um grito. Não fosse por elas, e pela barriga que roncava, desabaria na sala e dormiria sobre o tapete durante dias.

Na noite seguinte, Greta pendurou-se no braço dele, sentada a seu lado no sofá. Ela lhe contou que a mãe tinha chorado no quarto depois que Emil adormecera naquele mesmo sofá onde estavam agora. E que, depois do café da manhã, havia tirado uma das tábuas do piso da cozinha e pegado um pouco de dinheiro para comprar um chapéu novo que usaria no desfile. Greta, magra e alta, a beleza roubada da mãe de ambos, saíra com ela para fazer compras e adquirira meias novas de um amigo do pai que escondia coisas assim em um local secreto nos fundos de sua loja. Ele percebeu que não teria como evitar o desfile.

Barbeou-se no banheiro de uso comum, no corredor, e olhou no espelho para o próprio corpo, que podia ver até a cintura. Examinou-se com atenção.

Não pôde perceber nenhum dano, salvo o fato de estar magro, e ainda assim muito menos do que os homens no barracão de combate aos piolhos ou do que alguns civis que ele vira. Seu corpo tinha vinte e dois anos, e isso era tudo o que demonstrava. Ensaiou um sorriso, mas se deteve. Não pareceu lhe cair bem. Seus dentes eram um tanto assustadores, e havia algo sem vida no olhar. Mas o corpo e o rosto estavam mais ou menos intactos, a pele do peito era lisa, os ferimentos à bala na perna e no ombro não eram visíveis e a gangrena no pé estava quase curada e já não cheirava mal. Não conseguia ainda assimilar a própria solidez ali, de pé no banheiro de casa. Por quase um ano, desde a última ida ao hospital, tivera apenas vislumbres de seu rosto: um fragmento de maxilar na lasca de espelho que os homens passavam de mão em mão para se barbear. Agora podia ver a cabeça, o cabelo ondulado, ambos os ombros de uma só vez, os braços musculosos, o peito. Embora liso, havia ali mais pelos do que quando se fora. *Veja só isso*, pensou. Não havia nem sinal deles antes.

Uma batida à porta ressoou pelo corredor, e ele saiu do banheiro vestindo a camisa. Era Karl, irmão de Thomas, diante da porta do apartamento, recém-barbeado, o uniforme engomado e cheirando a sabão, o cabelo alisado com óleo e repartido ao meio sob o capacete. Retornara da frente na semana anterior. Emil fitou-o por um momento. Era tão parecido com Thomas, e ao mesmo tempo tão diferente, com cabelos mais claros e as feições de Thomas reordenadas com diferenças diminutas, de modo que não era nem de perto tão atraente quanto o irmão. Incrível o que alguns milímetros podiam fazer com um rosto. Por sua vez, Karl também examinou-lhe a face, como se buscasse as mesmas coisas, de maneira diferente – teria ele alguma experiência semelhante à de Thomas, alguma indicação do que o irmão poderia ter sido agora?

Antes que Emil pudesse falar, sua mãe saiu para o corredor e puxou Karl para a cozinha.

– Meu menino. – Ela segurou o rosto dele entre as mãos. – Sua mãe tem estado tão preocupada. Por que vocês nunca escrevem? Assim vocês nos matam!

Emil fechou a porta do apartamento atrás de si, imaginando por onde andaria Greta, e viu que ela também estava na cozinha, os olhos fixos em Karl.

– Greta – saudou Karl.

Emil examinou o rosto da irmã. Ela sempre irradiara luz quando Thomas chegava ali, desde os primeiros dias. Também vasculhava o rosto de Karl em busca dele. *Você está comprometida, Greta*, pensou ele. Havia um homem mais velho, um ferramenteiro manco devido à poliomielite, que não fora mandado para a guerra. Ele percebeu as recordações invadindo-a e tentou imaginar o que aconteceria.

O pai de Emil saiu do quarto, viu Karl e o envolveu em um longo abraço. Era um homem dado a abraços, sentimental, muitas vezes com um carinho excessivo por aqueles que o rodeavam. Emil viu que tinha os olhos úmidos quando o abraço terminou. *Não*, teve vontade de dizer. *Não somos os garotos que partiram para a guerra*. E aquele não era Thomas. Mas não foi necessário. Em dado momento, durante o jantar, ele erguera os olhos da sopa e vira que todos o olhavam, avaliando-o. Terminava a segunda tigela, erguendo-a e sorvendo até a última gota com grande ruído. Preparava-se para lambê-la quando por acaso havia olhado para eles. Soube que tinham visto nele aquela cobiça animal. Deixara a tigela ainda com grossas estrias de sopa, suficientes para sustentar um homem faminto por uma hora a mais, e depois havia caminhado pelas ruas até estar cansado demais para pensar no que quer que fosse.

Caminharam todos juntos até a praça, Emil entre os pais, a mãe segurando-lhe firme o cotovelo enquanto deslizavam um pouco na neve que derretia sob os pés. Karl e Greta caminhavam à frente, ela com as mãos nos bolsos do casaco, as dele ao lado do corpo, como se marchasse. A pele pálida dela reluzia no frio sob as luzes da rua. Greta era algo miraculoso de se ver. Apesar de magra, tinha uma vitalidade vigorosa, abundante. Os movimentos possuíam uma energia com a qual já não tinha familiaridade. Murmuravam algo entre os longos silêncios. Ela buscava saber mais sobre a falta que Thomas fazia na família, como se pudesse assim preencher o vazio que ele deixara e, dessa maneira, chegar mais perto de tocá-lo.

Na praça, afastou-se da família na companhia de Karl, e ambos entraram em formação com os demais soldados. O desfile foi caótico. Muitos não tinham chapéus nem casacos, e soldados de diferentes companhias estavam misturados, as patentes embaralhadas. Havia uma enorme multidão, apesar da neve derretida sobre o calçamento e do frio cortante do ar. Uma banda tocou *Deutschland über Alles*, que se tornaria o refrão da *Canção da Alemanha*, e Emil ficou em posição de sentido. Os rostos brancos na multidão cantavam. Foi incapaz de diferenciá-los. Eram apenas olhos, narizes e buracos por onde vozes saíam. Ele abriu a própria boca, mas não emitiu nenhum som.

Depois do desfile, estava com Karl, fumando, quando alguém o segurou pelo cotovelo. Ficou paralisado, pronto para reagir com violência: rápido, eficiente o bastante para garantir que não haveria retaliação. Mas virou-se, e era apenas uma garota da idade dele, o rosto familiar.

Ela sorriu, exibindo dentes brancos e regulares.

– Emil? – ela o olhou nos olhos.

Karl, ao lado dele, comentou:

– Olá, Uta! Como está?

– Karl. Ah, Karl, fiquei tão triste ao saber de Thomas. – Ela estendeu a mão e ele a apertou, assentindo com a cabeça, depois voltou a enfiar as mãos nos bolsos.

– Vejo você depois, Emil – disse ele, e desapareceu na multidão.

Emil ficou em silêncio por um instante. Só então se deu conta de que era sua namorada de antes. O que havia de diferente nela? O cabelo? Por que não a tinha reconhecido? Adiantou-se um passo e a tomou nos braços.

– É você – falou. Ela era tão quente, tão macia por baixo do casaco. Seu perfume era incrível. As mãos enluvadas estavam erguidas, os dedos segurando-lhe o pescoço. Ele a conduziu para longe da praça e das pessoas, o braço envolvendo-lhe os ombros. Em um beco frio onde mal podia ouvir a multidão, ele a abraçou e sussurrou:

– Leve-me até algum lugar tranquilo.

– Aqui é tranquilo. Conte-me como tem passado, Emil. Você não me escreveu. Achei... achei que talvez tivesse me esquecido.

Ele percebeu o embargo na voz dela. Apertou-a com mais força contra si.

– Uta, Uta, psiu. Há algum lugar mais quente? Quero abraçá-la como fazia antes.

– Bem, como você não escrevia... surgiu outra pessoa.

– Por favor. Estou aqui agora. Deixe-me ficar perto de você.

– Tenho um apartamento com minha irmã – ela murmurou por entre os cabelos dele. – Ela está no desfile. Podemos ir até lá.

Enquanto corriam no escuro pelas ruas estreitas, passando por um casal que caminhava de faces coladas e um marinheiro urinando na neve, bêbado, uma das mãos apoiadas na parede, ele sabia que a puxava. Estava forçando-a a fazer aquilo. Jamais teria feito isso antes. Já não era uma boa companhia, tinha certeza. Ela precisava dar uma corridinha de tempos em tempos para acompanhá-lo, apertando o passo. Ele sabia, mas não podia se controlar nem diminuir o ritmo.

.

Ele abriu os olhos, o brocado desbotado do sofá sob a face. Quando os olhos se ajustaram à escuridão, viu que havia neve acumulada sobre o parapeito. O calor que saía da boca aquecia-lhe a face. Afastou o cobertor que cobria a cabeça e esticou a mão para o chão, os dedos encontrando poeira e o metal de sua Luger. O apartamento estava em silêncio, salvo pelos roncos do pai, o som do despertar aos domingos na infância ou quando o pai estava desempregado. Estava vestido sob o cobertor, ainda com o uniforme, mas por ora serviria. Ninguém notaria àquela hora, desde que usasse um casaco civil. Guardou a arma no bolso da calça, tirou o casaco do pai das costas de uma cadeira, cruzou a sala e destrancou a porta sem fazer barulho, fechando-a devagar, com paciência. Estava ainda mais frio no corredor, onde não havia corpos para trocar o ar frio por hálito adormecido.

Naquelas poucas manhãs desde a chegada à Alemanha, acordava com uma fúria que ia aos poucos aumentando. Só a notara após voltar para casa, agora que não havia mais nada a ser resolvido, que não havia mais a necessidade de conduzir o pelotão a salvo de volta para casa nem qualquer outra preocupação. A irritação o importunava como se alguém o cutucasse na testa enquanto tentava dormir. Seu corpo recordava o som das armas, o chacoalhar dos ossos, a graxa escorregadia nas mãos e o cheiro de pólvora queimada. Hoje, a fúria o havia ameaçado, mas partira sem criar caso. Ele tinha algo para fazer. Seu corpo estava satisfeito por ter um propósito e se mover em prol de uma ação.

Na rua, sob as luzes, os homens se arrastavam pela neve, golas erguidas, chapéus enfiados até os olhos, deixando exposto ao mundo o mínimo possível das faces. Iam rumo à estação e às fábricas ao longo do rio, as que ainda funcionavam. As fábricas de munição estavam fechadas, mas algumas vinham sendo readaptadas. Seguiu os homens ao longo do rio, e eles foram sendo engolidos, em grupinhos, pelas grandes edificações. Por trás das fábricas, uma luz azul indistinta ia surgindo por sobre os campos. Tudo o que podia ouvir era um corvo, além da própria respiração. As armas estavam silenciosas. As fábricas ainda não tinham começado o dia. Ele andava depressa; queria chegar antes do amanhecer ao lugar que conhecia e estar de volta em casa para vestir roupas comuns antes que clareasse. Sempre havia sido o melhor lugar, quando ele e Thomas eram crianças, e naquela época tinham apenas estilingues.

A Luger roçava sua perna através do bolso. Um rifle teria sido melhor, mas não pudera levá-lo para casa; era grande demais. Na colina além dos campos, uma luz brilhou na janela de uma casa de fazenda. Agachou-se por trás da cerca viva que margeava um terreno arado e fixou o olhar nos sulcos, deixando os olhos se ajustarem às linhas de sombra, esperando algum movimento. Deu a si um instante para saborear o fato de estar sozinho. Ninguém podia vê-lo, ninguém tinha sua cabeça na mira. Na noite anterior, antes de voltar para casa, ela estava lá. Ela sempre estaria lá agora, se ele pedisse, um corpo quente, todas as noites. Dispensara na hora o outro sujeito.

– Vou ser engenheiro eletricista – ele havia sussurrado, como se isso oficializasse tudo, e ela enfiara o rosto no espaço entre o pescoço e o maxilar dele. Sentiu um vazio dentro de si quase de imediato. Nunca tivera tempo para ser apenas ele mesmo, sozinho. Sempre o som de homens respirando enquanto ele dormia e quando acordava. E agora aquela garota estaria com ele, e não haveria liberdade nem na escuridão. Quem sabe se ele se afastasse discretamente ela não poderia tocar a vida com o homem com quem estivera antes do retorno dele?

Engatilhou a pistola. Seus olhos fitavam o campo. Devia vigiar uma grande extensão de uma só vez, mas estar pronto para um movimento rápido. Tinha aprendido com Thomas a fazer isso, ali naquele campo, e pudera praticar muito desde então. Seria apenas uma lebre, só uma lebre.

Não demorou muito até que uma súbita linha negra disparasse através do campo, trinta metros à frente dele. Emil amava esses animais, que corriam porque gostavam. Observou a velocidade da lebre para entendê-la, senti-la.

De qualquer modo, estava longe demais para ter certeza da mira da Luger. Provavelmente, o tiro apenas alertaria as demais lebres dentro do raio de audição para ficarem longe daquele campo pelo resto do dia.

Esperou, respirando fundo; pelo canto do olho, outro movimento rápido saindo dos arbustos, mais perto. Seu braço estava erguido, a mão à frente da lebre, e ele se deteve, dando o tiro. Não ouviu o estampido e aguardou mais um pouco. Ali estava, nenhum movimento. Manteve os olhos no ponto do campo onde vira a lebre pela última vez para não perdê-la entre os sulcos. Caminhou devagar. No dia seguinte, seria véspera de Natal. A mãe queria que as irmãs dela viessem porque ele estava em casa. Agora ela teria carne para lhes oferecer. O apartamento ficaria o dia todo repleto do cheiro do cozido. A lebre jazia sobre uma elevação branca, como se dormisse. O ferimento da bala era um círculo vermelho no ombro. Pegou pelas orelhas cálidas, a pelagem macia nos dedos frios. As ancas batiam de leve contra o joelho dele enquanto levava o animal para casa.

Às nove da manhã, hora de trabalho, Emil estava no Tiergarten com um milhão de homens espremidos em cada metro quadrado do parque, em um mar que se estendia até o Portão de Brandemburgo, a um quilômetro de distância, fora do campo de visão em meio à névoa. Seu mundo era uma ilha de homens em uma tigela vazia dentro da neblina. Um milhão de vozes rugia *A Internacional*. Seu corpo vibrava como um diapasão, a própria voz no centro do som. As células do seu corpo foram devolvidas a ele. Sentiu o algodão puído da camisa de encontro à pele. Era um ser vivo, feito de músculos, órgãos e força. Quando havia tantos juntos, todas as vozes transformadas em um grande instrumento, não havia como nada dar errado. Sua boca se abria contra a névoa. O mundo estava mudando.

Tinha um panfleto na mão. Ele dizia: *Sua liberdade está em jogo! Seu futuro está em jogo! O destino da Revolução está em jogo!* Era ali que ele devia estar; ali, no mar de homens. Nunca mais seria forçado a ir para a guerra. Nunca mais lutaria para proteger os interesses de porcos ricos para quem os trabalhadores eram bucha de canhão. No fim das contas, ter sobrevivido fora algo valioso. Seu olhar encontrou o de outros na multidão, e eles sorriram um para o outro com total sinceridade, como se fossem irmãos voltando vitoriosos da guerra. Carregavam bandeiras vermelhas e rifles. A pistola estava em seu bolso. Que força poderia derrotá-los agora? Ele atirava melhor do que qualquer um deles. Antes de ser abatido, derrubaria uns dez. E todos aqueles homens fariam o mesmo.

Pela hora do almoço, tinha conseguido alcançar a praça do lado de fora da central de polícia, onde esperou com a multidão por algum comunicado da liderança que estava lá dentro. Soldados, marinheiros e trabalhadores lotavam a praça sob as janelas.

– Nós bastamos! – um grupo gritava.

Ele se juntou a eles:

– Nós bastamos!

Mas ninguém saía na sacada. Ele bateu os pés gelados no chão, fumando um dos últimos cigarros para enganar a fome. Não queria sair pelas ruas atrás de um café. Poderia perder o momento em que saíssem para a varanda e anunciassem a mudança no governo. A névoa tornou-se azul-escura. Ninguém comera desde o café da manhã, e nenhuma notícia vinha dos líderes que estavam no edifício. Até que, ao final do primeiro dia, a multidão minguando, não podia mais aguentar sem comida, e a perna que fora machucada estava dura de frio. Juntou-se às levas que se dispersavam para fora da cidade e voltou ao albergue. Entreouviu dois homens atrás de si:

– Vão tomar a decisão durante a noite, e receberemos ordens pela manhã – disse um deles.

– Tarde demais para mim. Que desperdício... um dia de pagamento perdido. Vou voltar ao trabalho amanhã e dizer que estava doente.

Emil trazia a arma no bolso. No dia seguinte, acordaria cedo e esperaria perto do Reichstag. Estaria pronto quando chamassem. Sabia que, no momento em que acontecesse, seu corpo entraria em ação. Não havia lugar para o medo quando o momento chegava.

A cada dia havia menos gente na rua, à medida que os capacetes redondos e os rifles dos *Freikorps*, as milícias paramilitares formadas pelos veteranos de guerra, multiplicavam-se ao redor das praças e do Tiergarten, os uniformes cinzentos se aglomerando sob o Portão de Brandemburgo e do lado de fora das gráficas e sedes dos jornais ocupados. Estava feliz por não ter se refugiado em alguma delas. Seu instinto lhe dissera para ficar em campo aberto, e ele o obedecera. Deviam estar famintos no interior daqueles prédios; ninguém mais podia entrar com comida, pois as tropas do governo estavam por toda a parte. A comida já era escassa do lado de fora. Perambulou por grupos do operariado e de homens que debatiam nas ruas. Ninguém podia ser persuadido a lutar contra os soldados. Esses homens faziam o trabalho de um governo socialista. Todos tinham irmãos ou um primo fardado. Havia tantos deles agora, e cada vez menos dos que se autodenominavam revolucionários.

Depois de uma semana, viu-se reduzido aos últimos marcos, e com frequência sentia-se zonzo por falta de comida. Não havia nada para comer em lugar algum, mesmo que tivesse dinheiro. Às vezes, tinha a sorte de topar com uma distribuição de sopão antes que acabasse. Uma mulher da idade de sua mãe colocou um pão em sua mão quando ele passou por uma porta, e ele o guardou no bolso, fazendo-o durar um dia inteiro. Perdia-se com frequência. As ruas pareciam iguais com os grupos de trabalhadores por ali, as mãos sempre enfiadas nos bolsos, cabeças curvadas uma na direção da outra, uma linha de *Freikorps* agora em ambos os lados de cada rua. Estava em uma praça que lhe pareceu familiar. Sim, havia passado por aquela gráfica no primeiro dia; reconheceu a porta preta e alta. As ruas de repente pareceram quietas, estranhamente quietas. Sentiu algo que o fez se lembrar da frente de batalha. Uma mudança no ar que fazia você se jogar ao chão, o tipo de silêncio que precede o estrondo. Forçou-se a continuar de pé. *Estou em uma rua de Berlim. Isto não é o front. Fique calmo.*

Naquele instante, quase foi derrubado por um caminhão. O veículo freou com violência diante do edifício, e da caçamba saíram soldados, quatro deles fazendo descer por uma rampa um morteiro com rodas. Ele brilhava, novo em folha, como se nunca houvesse sido usado e tivesse sido guardado durante toda a guerra só para ser utilizado ali. Eles o posicionaram sobre o calçamento e de imediato começaram a atirar contra o edifício. O ruído na praça foi atordoante, ecoando entre as paredes ao redor, e então deu lugar a gritos e ao som de botas nas pedras da rua, quando as pessoas ali remanescentes se espalharam pelo local. Emil estava imóvel, atrás do caminhão e dos soldados, vendo pedaços pulverizados de alvenaria caírem na rua. Um soldado ergueu um megafone até a boca.

– Vocês têm dez minutos para se entregarem às forças do governo. O edifício está cercado.

Fez-se silêncio na praça e no edifício, exceto pelo som de panelas em uma cozinha, e, depois de um momento, a voz de uma mulher chamando os filhos para comer. Quatro soldados tinham os rifles apontados para a porta preta. Algo branco se agitou acima da linha de visão de Emil, uma folha de papel do tipo usado em jornais, mas sem nada impresso, amarrada a uma vassoura. Viu um par de mãos pálidas segurando o cabo à janela.

A porta preta se abriu devagar, e sete homens saíram, as mãos na cabeça, alinhando-se diante do edifício. Pareciam tão cansados e magros quanto os soldados nas trincheiras. Quando pareceu não haver mais ninguém, e estavam todos enfileirados, os casacos escuros contrastando com o estuque amarelo-claro e uma trilha de hera espalhando-se por trás deles, subindo até o telhado, um dos soldados atirou, e, de imediato, antes que qualquer um deles caísse, todos atiravam. Um homem teve tempo de começar a correr, mas foi atingido nas costas. Todos jaziam na frente do prédio. Alguém gritou atrás de Emil. A multidão fugia correndo pelas ruas; não havia mais ninguém ali a não ser ele, os soldados e os homens caídos. Recuou para as sombras da via mais próxima. Será que se importavam por terem sido vistos por ele? Atirariam nele se o notassem, ou seria exatamente o que queriam? Que ele estivesse ali, bem atrás deles, enquanto atiravam? Seria aquilo tudo especialmente para ele?, ficou se perguntando, entorpecido, apoiado à parede. Ainda olhava para os homens enquanto os soldados alemães empurravam a arma de volta rampa acima. Uma mancha de sangue espalhava-se sob um dos corpos estendidos no calçamento da bela praça berlinense.

No albergue, pegou sua sacola e saiu sem uma única palavra. Outros homens do dormitório faziam o mesmo. Não se olhavam nos olhos. No trem, ficou observando pela janela enquanto a cidade se transformava em uma floresta impenetrável. Tentou dormir e de imediato a viu: a pilha de homens. Era como um soldado novo nos primeiros dias de batalha, com lama até os joelhos, piolhos rastejando por dentro da gola, o som de armas matraqueando na cabeça, tudo em um corpo que aprendera a não apresentar resistência a nada.

Hannah
Hampstead, 1924

Eu estava de pé na plataforma de madeira, em meu traje de banho de lã, acima da superfície espelhada do lago, que refletia o céu do amanhecer. Nuvens, um carvalho e eu – pequena, de quadris largos, os curtos cabelos encaracolados – flanqueada por meus irmãos. Geoffrey agora era muito mais alto que eu, e Benjamin estava quase lá. Eu acabara de fazer dezessete anos, e eles tinham quinze e treze. A garota que eu via na água estava imóvel, braços esticados para cima, preparando o corpo para um mergulho suave, deslizante. Por dentro dessa garota, engrenagens giravam sem parar. Nunca reduziam o ritmo, as rodinhas que me faziam seguir sempre em frente, mesmo quando meu corpo parecia imóvel.

Mas as mãos deles tocaram minhas costas, empurrando, e eram fortes agora, e eu caía, os braços se agitando no líquido frio, batendo na água com deselegância. Quando voltei à superfície, a água ainda se agitava ao redor, a pele ardendo com o impacto, e eles despencavam sobre mim, os joelhos flexionados de encontro ao peito em um abraço, sorrisos sublimes. Espirraram água para todos os lados, e a superfície do lago, negra e tranquila até momentos antes, de novo se convulsionou.

Assim que Geoffrey emergiu, empurrei sua cabeça para baixo. Ele ressurgiu e me afundou, e sob a água as bolhinhas se grudavam ao nosso peito e aos braços, plantas aquáticas ondulando sob nós, e minhas pernas pedalando enquanto esperava que ele parasse. Nadei para longe dos meninos, cujos ruídos e gritos logo atrairiam mamãe. Do lado oposto do lago, descansei a cabeça nas mãos, sobre a borda, e senti o calor da manhã de verão em meus ombros. Por trás de um pequeno amontoado de árvores que mantinha a privacidade desta parte do lago, os gramados de Hampstead Heath estendiam-se colina abaixo na direção do centro de Londres. Sempre tive a impressão de que, ao virmos para cá, tínhamos nos mudado para o campo, mas um campo civilizado, em que era possível pegar o metrô para onde se quisesse.

Fiquei apreciando o dia, tentando retê-lo em minhas mãos como se fosse uma pedra preciosa cuja luz mudasse ao ser movida. Era meu último dia no Camden – eu era uma jovem mulher agora e conseguiria um emprego no Partido Trabalhista ou nos sindicatos –, e minha professora, a senhorita Garnett, tinha prometido me levar à livraria de poesia de Harold Monro, em Bloomsbury, logo após meu exame de francês. Em seguida, tomaríamos chá. Ela estava convencida de que eu tinha tudo para ser poeta, e planejava dar-me algo que pudesse me inspirar agora que eu partiria para o mundo.

– Hannah-Geoffrey-Benjamin! – Mamãe havia surgido perto das portas francesas, chamando nossos nomes como se fossem uma única palavra, algo muito irritante. O *señor* Hernandez, dono da escola de espanhol, que passava naquele momento realizando sua corrida diária, descalço, as botas na mão, ergueu os olhos ao som da voz dela. Era horrível quando ela saía para o gramado gritando para que entrássemos.

O *señor* Hernandez ergueu a mão quando me viu à beira do lago.

– *Hola*, Hannah! Como está?

Sorri. Adorava o *señor* Hernandez, assim como adorava todos os personagens regulares que frequentavam o gramado. Ele era como um daqueles flamingos que agora se veem no parque, com pernas que parecem varetas e joelhos redondos. E ainda havia aquele seu hábito adorável de carregar as botas, como se fossem muito preciosas, mas não tanto quanto sentir a grama sob os pés. Ergui o braço.

– *Muy bien, señor* Hernandez.

Ele se embrenhou entre as árvores, rumo ao gramado aberto, e eu me virei e nadei de volta para casa, onde mamãe estava parada diante das portas francesas, os braços carregados de toalhas.

* * *

Creio que a senhorita Garnett não se encontrou comigo naquele dia, afinal. Não há nada sobre isso em meu diário, apenas que depois da aula eu estava em minha cama, triste, quando meu pai bateu à porta. Cobri os olhos com o braço para não haver nenhuma dúvida quanto ao meu humor. E então papai estava ali dentro, olhando para mim. Afastei o braço do rosto, bem devagar, para ter certeza de que minha contrariedade era evidente.

– O que está fazendo? – Ele tirou o relógio de ouro do bolso do colete negro, fingindo olhar as horas, embora estivesse claro que sabia e que na verdade estivera olhando o relógio de parede até perder a paciência e irromper em meu quarto.

– Vamos, Hannah. Se sairmos agora, eles ainda vão estar falando.

– Precisamos ir hoje?

– Como assim? Sim, é claro que vamos hoje. É sexta-feira, a noite em que sempre vamos lá. É mesmo minha Hannah essa que está perguntando?

– Tudo bem, papai. Dê-me um minuto. Vou pentear o cabelo.

– Quem se importa com seu cabelo? Venha, vamos.

Havia um cristão em cima da caixa de sabão. Mesmo de longe, através da multidão de homens que fumavam, eu sabia pela barba e pelo tipo especial de devoção.

– Ah, não.

– Talvez o cavalheiro termine logo. E veja quem está esperando.

Por trás do cristão havia uma mulher miúda, todas as dimensões reduzidas em proporções perfeitas a partir de um ser humano de tamanho normal, vestida em um longo vestido preto que lhe dava um ar vitoriano. Os olhos estavam baixos e ainda assim ela conseguia transmitir uma intensidade inquietante que fazia a pele dos meus braços, expostos até os cotovelos, com as mangas do suéter da escola arregaçadas, se arrepiar em solidariedade.

– Ah, uma sufragista! – sussurrei.

Aquelas mulheres eram fascinantes com seu fervor. Da mesma maneira que eu imaginava serem os puritanos. Não eram como essas mulheres grandes e barulhentas que agora se veem por aí, com cabelos encaracolados e volumosos, portando cartazes e gritando demais. Concordo com elas, claro. Mas elas gritam demais.

– Viu só, Hannah? Sempre vale a viagem, não é mesmo? – Ele colocou a mão em minhas costas e me conduziu para a frente da pequena multidão. Os homens, em mangas de camisa e coletes de lã, abriram caminho para que eu passasse. O cristão *devia* estar chegando ao fim, pensei. Mas então, cada vez que se aproximava um momento em que ele poderia se retirar, o homem se animava de novo, lembrando-se de mais uma razão pela qual estávamos todos condenados à danação, o rosto ficando mais vermelho, os punhos cerrados ao lado do corpo. Entrei em uma espécie de transe enquanto esperava, escutando o canto das aves e as vozes das crianças, o som das pessoas atrás de mim oscilando o peso do corpo entre um pé e outro.

A luz estava acabando, embora o crepúsculo de junho fosse longo.

– Sim, um discurso muito interessante, senhor. Agora deixe a dama falar também.

Aquele era papai. Ouviram-se murmúrios de aprovação atrás de nós. A mulher de preto ergueu depressa os olhos, primeiro para papai, depois para mim. Sustentei seu olhar por alguns segundos, mas logo olhei de novo para o cristão. Parecia não ser muito fraternal hostilizar uma sufragista. O cristão falou mais alto e com mais fervor, a saliva juntando-se nos cantos da boca barbada, falando para algum ponto acima de nossas cabeças. Devia ter feito um acordo com Deus: se gritasse conosco por tempo suficiente, poderia ter a própria salvação garantida. Ouviram-se mais pedidos para que descesse dali. Depois de instantes, ele pareceu cair em si e perceber onde estava – no Hyde Park, diante de uma plateia hostil. Interrompeu-se no meio de uma frase, desceu da caixa, pegou-a e saiu andando pela alameda, entre os visitantes que caminhavam.

A sufragista se adiantou, ainda olhando para o chão. Não tinha uma caixa sobre a qual se postar, e a multidão se aproximou, como uma pessoa que inclina a cabeça na direção de alguém que fala baixo. Olhei para trás. Além dos trabalhadores com seus coletes, havia alguns estudantes universitários e um motorneiro de bonde em seu uniforme escuro com botões de latão polidos. Um mendigo mantinha-se perto do grupo, um vazio abrindo-se a seu redor.

A mulher passou os olhos pela multidão e decidiu que eu seria sua plateia. Não havia mais mulheres. Ela era mais velha do que parecia a distância, teria ao menos uns trinta anos. Uma solteirona, pensei; ofertei-lhe um sorriso e acenei com a cabeça, encorajando-a. Não, corrigi a mim mesma, uma mulher independente. Como eu serei.

A sufragista começou a falar, mas só dava para saber porque seus lábios se moviam. A brisa nas folhas de verão era suficiente para abafar sua voz.

– Fale mais alto, querida – soou uma voz. – Não é um encontro de mamães.

Papai se virou e olhou feio para o homem.

Quando falou de novo, a voz estava muito mais clara. Tinha um tom forte, agora que havia ousado usá-lo. No geral, já tinha ouvido aquilo e também lido nos panfletos que papai me trazia. A mulher falou dos tempos de guerra, do trabalho pesado que as mulheres haviam feito nas fábricas de munição, de como tinham conduzido as carroças pelas ruas ao nascer do sol para fazer as entregas de leite no lugar dos maridos, como tinham trabalhado nos campos para produzir o alimento da nação. Porém, haviam sido postas de lado, sem nenhuma consideração, depois do retorno dos homens. Algumas tiveram de recorrer à prostituição para sobreviver. Um homem junto a meu ombro soltou um assovio penetrante, tirando a concentração da mulher e me fazendo dar um pulo de susto. Ela desviou o olhar de mim, enrubescendo um pouco.

– E ainda não é permitido o voto a mulheres com menos de trinta anos – ela continuou. – Como se, depois de tudo o que fizemos, fôssemos apenas crianças.

Então, ela fixou o olhar em mim de forma muito aberta, e retribuí sua confiança com um aceno decidido de cabeça.

Ela não falou mais do que dez minutos, intimidada pela reação ao cristão, talvez. Alguns dos homens, incluindo papai, soltaram gritos de aprovação e aplaudiram, mas um bom número vaiou. Eu aplaudi até que minhas mãos começassem a arder. A mulher olhou para o chão, sem saber bem quanto tempo permanecer, e de repente atravessou a multidão a um passo de mim e sumiu no fim de tarde.

Ficamos para mais um orador, um mineiro de Derbyshire que os homens adoravam, mas eu havia perdido a concentração. Meu mau humor de antes tinha desaparecido. Mulheres bem-vestidas, com seus carrinhos de bebê ou namorados, passeavam pelo local, espiando por baixo dos chapéus para ver quem estava olhando. Era maravilhoso: a presença de homens a meu redor, o odor do dia de trabalho, misterioso e adorável, papai a meu ombro, sempre por perto, separando-me da multidão, e ainda assim dando-me permissão para estar ali. Se tivesse o poder de recuperar um momento, talvez fosse aquele.

– E então, Hannah, pusemos um ponto-final na preocupação da sua mãe? – disse papai, enquanto a luz se esvaía e os homens começavam a dispersar. – Hora do jantar, creio.

Em nosso caminho através do parque, rumo à estação de metrô, as luzes baças da beira do lago Serpentine piscavam por trás das árvores.

– Democracia, Hannah – continuou ele. – Assim é que é. As pessoas falam diretamente umas com as outras. Aqui, com a polícia passando ao lado! E, sabe, minha Hannah, você está pronta agora. Está pronta para assumir a tribuna!

– Acha mesmo, papai?

– Sim, o que está esperando? Pode praticar em casa, para mim e sua mãe. Sobre o que você falava depois da última reunião do partido? Controle de natalidade? Um tópico excelente. Já basta de crianças pobres correndo pelas ruas, numerosas demais para as mães conseguirem alimentá-las. Comece a estudar hoje!

Controle de natalidade! Será que eu conseguiria? Meu pai dizia que sim, então, por que não? Tinha voltado para casa depois da reunião toda furiosa, citando trechos inteiros do discurso do orador, inflamada pela certeza de que a vida das mulheres devia ser melhorada. Bom, podia fazer aquilo de novo, e não importava que não tivesse nenhuma experiência de vida que pudesse levar à necessidade de controle de natalidade.

Caminhei de mãos dadas com papai. Ah, ele sabia ser um pai maravilhoso. Sempre seria um estrangeiro, com sua forma anacrônica de aparar o bigode, como se fosse uma traição mudá-lo depois de trinta anos na Inglaterra. Rugia cada palavra, onde quer que estivesse, de modo que nenhuma conversa com ele era de fato particular. Senti uma pontada de amor por ele, caminhando no parque naquele longo entardecer de verão. Ele não tinha simpatia pelo Partido Trabalhista, mas, se aquele era meu treinamento para uma vida de opiniões e debates, então ele o permitiria. Não me importava quem me visse, uma jovem crescida, segurando a mão dele. Estávamos ali, no centro verdejante de Londres, no coração da Inglaterra. Fui inundada com a emoção do novo e do desconhecido. Meu pai, ainda um estrangeiro de olhos arregalados, estava certo. Qualquer um poderia falar aqui. *Eu* poderia falar.

Naquele mesmo verão, acabei sendo obrigada a um toque de recolher, que ignorei. As reuniões da Juventude Trabalhista iam até tarde. Os jovens socialistas eram tagarelas de primeira classe, e, assim, lá estava eu, equilibrando-me lentamente ao longo de um muro de pedra à última luz do pôr do sol, os sapatos em uma das mãos, a outra agarrando os tijolos cobertos de hera da casa. Quando cheguei à janela de nossos inquilinos, os Gask, fui forçada a parar. Coisinhas farfalhavam entre as folhas escuras. Encolhi-me com cuidado para não cair para trás na grama úmida e avancei, meus pés lado a lado, pelo parapeito. As casinhas geminadas tinham níveis diferentes; o escritório dos Gask estava junto a meu quarto, embora a sala deles estivesse no andar de cima. Para chegar com segurança do outro lado, tinha que passar por uma grande extensão de vidro que dava direto para o escritório deles. Os Gask eram do tipo que ainda consideravam a inexistência de blecautes como a máxima expressão da liberdade, e nunca fechavam as cortinas que podiam ficar abertas. Torcia para que nenhum deles tivesse algum prazo final urgente que os mantivesse à escrivaninha naquela noite.

 A janela era alta e, enquanto me arrastava ao longo do parapeito, apoiando-me nela de leve, estiquei-me o máximo que meu corpo pequeno permitia para conseguir me segurar na parte de cima do caixilho. Meu coração batia forte. O aposento estava escuro, exceto pela luz que vinha do corredor, mas temia ser encontrada naquela situação por nossos maravilhosos vizinhos, esticada como uma borboleta num alfinete, enquanto seguia, a passos largos e cuidadosos, rumo à minha própria janela. Apressando-me um pouco, pisei em falso por um instante e me endireitei, fazendo uma pausa. Olhei direto para dentro do escritório dos Gask, onde sabia haver uma escrivaninha pequena, preta. Estava arranhada e velha, e era meio manquitola. Sobre ela, ficava uma reluzente máquina de escrever preta. Com frequência, ouvia do meu quarto o fascinante matraquear das teclas de bordas prateadas, na casa ao lado, quando ia dormir à noite e quando despertava pela manhã. Pude entrever a máquina de escrever e a escrivaninha, uma sombra irregular em cima de uma superfície plana, quando meus olhos se ajustaram à penumbra. Em seguida, pude vê-las muito bem – o cômodo se iluminava. A porta ao lado da escrivaninha moveu-se em minha direção, e dei dois passos longos e temerários rumo à minha própria janela.

Consegui, mas não pude evitar me demorar à beira da janela do escritório, espreitando o interior, uma estranha criatura noturna saída do parque, agarrada ao caixilho. A senhora Gask, em um ousado conjunto esportivo com um lenço de seda ao redor do cabelo curto e atado à nuca exposta, sentou-se à máquina de escrever e ligou um abajur brilhante de cromo. Olhou por um instante, com olhos míopes, para uma folha de papel e depois começou a datilografar depressa, com dois dedos, detendo-se a cada tanto para ler o que havia escrito, assentir com a cabeça e continuar. Guardei a imagem na memória – uma mulher adulta datilografando à luz de um abajur tarde da noite – e então dei o último passo até minha janela.

No trinco da janela, havia uma lixa de unhas. Introduzi-a com suavidade entre os caixilhos e abri a trava, a janela deslizando imediatamente para baixo, uns dois centímetros, com um *tunc*. Ergui com cuidado a lâmina de baixo e passei por ela, direto para a cama, que rangeu de leve. A janela emitiu um ruído quando a fechei, e me enfiei apressada sob as cobertas, tentando silenciar a respiração, bem quando mamãe abriu a porta.

– Hannah?

Concentrei-me em cada suspiro, deixando o ar entrar e sair aos poucos, devagar e silenciosamente, como alguém adormecido, embora meu coração batesse apressado, a testa úmida de encontro ao travesseiro.

Depois da reunião da semana seguinte, quando descia da janela para a cama, a perna esticada, minha mãe abriu a porta e me flagrou equilibrando-me sobre o colchão, ruborizada à luz do corredor.

– Hannah! Fizemos um acordo. Dez horas! Não é *seguro*. Quantas crianças precisam ser assassinadas para você voltar para casa ao escurecer?

Permaneci de pé na cama, dessa vez sendo a mais alta das duas.

– Mas eu *não* sou uma criança. E não posso simplesmente sair no meio da reunião. Fui eleita secretária seccional e vou fazer meu trabalho.

– Não, Hannah. Você vai estar em casa às dez ou não vai nem mais sair de casa.

– Como ousa?! Vou falar com papai sobre isso.

(Eu era jovem. É tudo que posso dizer em minha defesa.) Mamãe fechou a porta, deixando-me de pé na cama, no escuro, a janela aberta para a noite de verão. *Onde está papai?*, esbravejei em silêncio. Estaria escutando na sala de estar, com o jornal no colo? Ele nunca pediria que eu abrisse mão do meu cargo. Depois de semanas de campanha, havia conseguido destituir o já idoso e totalmente ineficiente secretário de filiações, e não podia abandonar minhas funções agora. Era onde eu devia estar. Era o que deveria fazer.

Passaram-se horas antes que eu dormisse. Desisti de acreditar que conseguiria. Não poderia, ao menos antes de arrancar papai da cama, exigindo que ele declarasse a própria posição. Ele! Tinha sido ele quem, na semana anterior, me acompanhara ao Speakers Corner, carregando para mim um caixote da loja e silenciando qualquer um que ousasse interromper enquanto eu fazia minha primeira tentativa de discurso político, um tanto panfletária, abordando, como ele sugerira, o controle de natalidade. Porém, no fim, acabei caindo no sono, minha luz de leitura ainda iluminando o livro aberto sobre o estômago.

A próxima coisa que vi foi a luz do dia em meus olhos, além de um toque suave no ombro. Mamãe saiu do quarto e, de passagem, apagou a luz de leitura. Quando ela chegou à porta, a violência estava plenamente desperta em mim.

– É porque você não tem nenhuma espécie de vida intelectual, não é? É por isso que está me torturando.

Mamãe estendeu a mão atrás de si para puxar a maçaneta. Hesitou por um breve instante e se foi, a maçaneta voltando à posição natural, a lingueta se encaixando com um clique suave em sua fenda.

No jantar, na noite seguinte, eu mastigava a carne devagar, sem dizer nada, enquanto os meninos falavam entusiasmados sobre um novo jogador de futebol cujas façanhas haviam arrebatado o coração de garotos e homens em todo o país. Esperei que papai falasse. Ele e mamãe ficaram calados durante toda a refeição, embora os garotos não tivessem notado. Estavam alucinados com o novo herói. Geoffrey, de alguma maneira, tinha conseguido uma prensa manual algum tempo antes e imprimia um pasquim semanal que trazia em particular fofocas sobre as pessoas que moravam em nossa rua. Embora as descrições que fizesse fossem um tanto veladas, eram fáceis de reconhecer, e papai lhe recomendou que nunca deixasse nenhuma cópia circular entre nossos vizinhos. As situações que descrevia eram um pouco cruéis, mas bem engraçadas. Ele guardava dinheiro sob uma das tábuas do assoalho, sabe Deus com qual objetivo. Depois de devorar a comida, ele carregou Benjamin para o andar de cima para que o ajudasse a escrever um número especial, que seria intitulado "O mais hábil e modesto jogador que a Inglaterra já viu" ou algo assim. Empurrei minha cadeira para trás.

– Você não, Hannah – meu pai disse.

Afundei-me de volta na cadeira, suspirando, enquanto ouvia os meninos arrastando a prensa pelo assoalho lá em cima. Era um dos dias mais longos do ano. Do lado de fora da janela, o carvalho era verde-escuro, e vinham vozes do gramado.

Pois bem, pensei. Vamos resolver isto. Vou fazer papai entender.

Mamãe empilhou os pratos sem olhar para mim e os levou para a cozinha, deixando-me sozinha com ele à mesa.

– Você vai voltar para casa depois das reuniões, às nove da noite.

– O quê? Não, pai, não. Elas nunca terminam antes das dez. Como posso fazer isso?

– Então você sai mais cedo.

– Vou perder meu cargo. Trabalhei tanto...

– Primeiro sua segurança, Hannah! Esse precioso Partido Trabalhista precisa do sangue de jovenzinhas, agora?

– Você enlouqueceu. Aconteceu só um assassinato... em Stepney, veja bem. E toda a Londres perdeu a cabeça.

– Ela era como você, uma moça andando sozinha pela cidade e pensando: o que pode me acontecer? E então estava morta. Você não deve ser teimosa. Não é agradável, Hannah.

– Agradável? E eu ligo para isso? Pai, francamente.
– Há uma solução. Você sabe.
– Não.

Não queria olhar para ele. Mamãe estava na cozinha, lavando os pratos. Eu ouvia o tilintar e a água caindo nos intervalos da discussão.

– Hannah, é muito simples. Eu espero por você do lado de fora. Você termina quando quiser. Vou estar lá. Não importa se for onze horas, meia-noite. Posso ficar com frio, é verdade. E entediado. Minha filha ocupada se transformando em uma bolchevique. Mas sua mãe vai poder dormir à noite. Eu vou poder dormir à noite.

– Não posso, pai. *Não posso*. Não preciso da proteção de um homem.

– Isso não é porque você é uma mulher. É porque você é uma criança. Minha responsabilidade. Minha filha.

– Pai!

– Então esteja em casa às nove. Isso é tudo. Estamos combinados.

O som de mamãe à pia tinha parado, embora ela não houvesse saído da cozinha.

– Está feliz, mãe? – gritei, enquanto saía pisando duro da sala de jantar e ia para o meu quarto.

Quando voltei do trabalho no dia seguinte, todo mundo tinha saído. Abri a porta do meu quarto e fiquei olhando. A cama havia sido afastada da janela para acomodar uma mesa. Era a pequena escrivaninha dos Gask, na qual milhares de palavras tinham sido produzidas para jornais. Atravessei o quarto correndo e pousei as mãos em sua superfície, marcada e arranhada como se cada história escrita sobre ela fosse o resultado de uma batalha violenta. Se não tivesse minhas mãos ali, sobre a superfície fria; se não pudesse ver a luz que entrava pela janela, refletindo-se em sua tinta preta e brilhante, não acreditaria. Seria algum truque dos meus pais para atenuar minha fúria? Senti uma pontada aguda nas costas.

Tirei um caderno com capa de couro macia de sob o travesseiro e uma caneta-tinteiro da estante, sabendo na mesma hora que era uma má ideia, e coloquei-os com cuidado no centro da escrivaninha, sob a grande janela de caixilho branco que se abria para as árvores do gramado e o céu de verão. Uma escrivaninha de escritora, ali no meu quarto.

Na rua, o motor de um automóvel roncou por um segundo ou dois, antes de ser desligado. A senhora Gask estava lá fora, acenando para o motorista. Desci correndo a escada e saí para a rua pela porta da frente. A senhora Gask estava parada ao lado de um furgão que tinha as portas de trás abertas.

– Senhora Gask, sua mesa. Está no meu quarto! – exclamei.

Ela se virou e tomou minhas mãos entre as dela.

– Sim, Hannah querida. É um presente de William e meu.

– Mas vocês não precisam mais dela? Não estão... desistindo do jornalismo, não é?

– Ah, Hannah. Veja só este rostinho! Não iríamos desapontar você. Estamos indo para Paris por algum tempo, e a outros lugares também. O *Daily News* quer histórias do continente, notícias de tempos de paz, vindas de nossos vizinhos, esse tipo de coisa.

– É o presente mais maravilhoso que já ganhei. E a senhora e o senhor Gask vão desfrutar tanto! Estou quase sendo comida viva de inveja.

– Um dia será você, querida Hannah. Você é uma jovem muito mais inteligente do que eu era. Sabe, meu francês é horrível, apesar de tudo que você tentou me ensinar.

Pensei que fosse chorar, ali mesmo na rua, com o homem da mudança assistindo.

– Vou sentir sua falta, senhora Gask. Nunca vamos ter inquilinos tão bons quanto vocês.

– E nós nunca teremos senhorios tão amáveis quanto vocês. Que delícia você é, querida Hannah. Que jovenzinha inteligente e determinada. Adeus e boa sorte.

A senhora Gask me estendeu a mão para que eu a apertasse. Estendi a mão brevemente e corri para dentro, antes que passasse vergonha. No meu quarto, a escrivaninha estava como eu a deixara, em sua posição perfeita sob a janela. As páginas do diário batiam umas nas outras ao sabor da brisa.

115

* * *

Na manhã seguinte, quando minha mãe veio me acordar, gemi sob as cobertas.

– O que aconteceu, pequena?

– Não me sinto bem.

Mamãe colocou as costas da mão sobre minha testa. Seus longos dedos pálidos, sempre frescos.

– Céus. Você está queimando. Fique na cama. Vou lhe trazer um chá.

Quando ela se foi, tirei a bolsa de água quente de sob as cobertas e a joguei embaixo da cama.

Enquanto tomava meu chá, Geoffrey apareceu à porta com seu uniforme escolar, sorrindo.

– O que você tem, supostamente?

– Gripe espanhola. Vá para a escola.

– Quer comprar uma cópia do *Heath Herald* para ler enquanto está de cama? Edição especial.

– Não gosto de futebol.

– Há um artigo razoavelmente devastador sobre o que anda acontecendo no número doze.

– Ah, tudo bem, então. Tem dois *pence* na penteadeira.

Ele pegou a moeda, deixando um fino boletim de notícias em seu lugar.

– Geoffrey?

– Sim.

– Onde está Benjamin?

– Brincando no gramado.

– Ah.

Olhei para ele, fazendo um esforço para fixar seu rosto na memória, não a versão de cara amarrada, mas a aparência de quando brincava no gramado, correndo e sorrindo, o cabelo cacheado jogado para trás com o vento. Ou, agora, aquela expressão de sombria satisfação de quando acabava de efetuar uma venda. Quando ele saiu, coloquei de lado a imagem e pensei em como seria minha manhã.

Depois de uma eternidade, a casa ficou em silêncio. Papai saiu cedo para visitar suas lojas, que agora eram três. Mamãe chamou Benjamin, e os garotos foram os próximos a sair, depois das reclamações e discussões de sempre com a mamãe quanto a pentear o cabelo e escovar os dentes. Houve certa comoção quando Benjamin achou que poderia ter torcido o tornozelo depois de escorregar pelo corrimão, mas ele ficou bem depois que a mamãe o fez ficar sentado, com gelo sobre o local por algum tempo. Uma vez ele tinha chegado a quebrar o braço escorregando pelo corrimão, mas não abandonava o hábito. Quis sair para vê-lo, mas pareceria estranho, pois, em teoria, eu estava de cama. Por fim, minha mãe entrou em silêncio com a cesta no braço, dizendo-me que iria atravessar o gramado para ir ao mercado em Golders Green, e perguntou se havia algo em especial que eu gostaria que ela trouxesse.

– Não, obrigada, mãe – respondi baixinho quando ela beijou minha testa. Não consegui encará-la quando se foi, nem para me lembrar mais tarde.

Escutei por um instante o silêncio da casa. Quando a gente prestava atenção, nunca era tão silencioso quanto parecia. Havia a água gorgolejando no sistema de aquecimento, o tique-taque forte do relógio na sala, um mestre-escola gritando com uma turma de alunos que praticavam *cross-country* nos gramados. Vamos lá, Hannah, disse a mim mesma. Afastei as cobertas, sob as quais estava totalmente vestida, e tirei de sob a cama minha mala marrom de couro. Estava pesada. Sobre ela havia a edição do dia anterior de *Ham and High*. Tinha um endereço circulado em vermelho. Uma senhora Windsor, em Willow Road. Abri a mala, coloquei o *Ham and High* e o *Heath Herald* de Geoffrey sobre as roupas e a fechei de novo.

Fiquei diante da escrivaninha por um momento, a mala na mão, as nuvens altas movendo-se por cima do lago, e me debrucei para a frente, pousando a cabeça na superfície fresca. Vá, Hannah. A mala estava pesada. Batia em minhas pernas na escada. À porta, pousei minha chave sobre a cômoda e saí.

Enquanto carregava a mala pela rua vazia, sob as nuvens que passavam velozes, o esforço aquecendo-me apesar da brisa gelada, deveria me sentir triste, não deveria? Não era uma jovem totalmente desalmada. Mas não é esse o sentimento de que me lembro enquanto me afastava da casa adorável, que abrigava todo o mundo que eu amava. Senti uma onda pura e doce de energia por estar em movimento, por estar ganhando o mundo, por estar em meu caminho.

Parte 2

Emil
Mar do Norte, 1929

Era estranho viajar como passageiro a bordo daquele navio a vapor deserto. Sem um turno para o qual se preparar, com tantas horas diante de si para matar até Bremen, vagando pelo navio como um velho rico privado dos cabarés e garçonetes bonitas, de roupa de cama fresca e confortável.

Emil estava sentado em um banco que trouxera da cabine até o convés de primeira classe, um pouco escorregadio por causa dos respingos – o único móvel no convés amplo e reluzente que se estendia rumo à proa e à popa. Seu corpo estava frio sob o casaco, mas o rosto se aquecia ao sol matinal, que lançava um cobertor prateado sobre o mar, enquanto navegavam para leste, rumo à Alemanha. Uma silhueta escura surgiu recortada pelo resplendor, rodeando a proa e aumentando de tamanho à medida que se aproximava pelo caminho reluzente. Havia algo familiar na forma como andava, um leve oscilar do corpo após cada impacto. Um homem arredondado, bamboleando na direção dele. Seu caminhar emanava satisfação. Era Meier, um jovem engenheiro que tinha conhecido na Irlanda, onde trabalhara para a Siemens no projeto hidrelétrico de Ardnacrusha. Ao ver o jeito de andar, a barriga e o rosto redondos, e o sorriso de lábios grossos, foi transportado de volta àquele lugar, anterior aos anos de embarque, às semanas solitárias, ao caos grosseiro das licenças em terra. Naquela época, seu casamento com Ava era recente. Levava a lembrança da bela esposa de cabelos brilhantes através do mar como uma medalha no bolso, bem como o segredo de como a descobrira em um baile em Düsseldorf, convencendo-a, uma semana depois, a se casar com ele. E a Irlanda, que maravilha! Aquela luz banhando-lhe a pele depois da viagem noturna, o amanhecer no porto de Dún Laoghaire, a viagem até Dublin e as ruas repletas de músicos, mendigos e padres... Mas mesmo a Irlanda era agora apenas um lugar no vasto mundo, somente mais um entre os vários que havia visto.

Ficou de pé, estendendo a mão.

– Meier!

– Ah, Becker. É mesmo *você*! Vi seu nome na lista de passageiros quando embarquei na Inglaterra, mas não acreditei. Está com boa aparência.

– Você também, Meier. Onde esteve todo esse tempo? Ficou na Irlanda?

– Sim. Assisti ao início das operações e às luzes se acendendo nas cidades. Foi uma verdadeira maravilha. E agora, desde agosto, trabalho nos navios. É uma vida mais tranquila do que aquela a que estávamos acostumados, Becker.

– Até chegar a um porto. Mas você tem razão. Nunca li tanto em minha vida.

– Você sempre foi um intelectual. Deixe-me adivinhar. Kant? Nietzsche?

– O sujeito que me antecedeu por aqui deixou uma pilha de mistérios policiais em várias línguas. Agora estou apto a cometer o crime perfeito em Paris, Berlim ou Londres.

Meier debruçou-se sobre o balaústre, a face rosada no sol de outono, o cabelo já rarefeito agitando-se ao vento. Tirou uma garrafinha do bolso do sobretudo e a ofereceu a Emil, que tomou um gole.

– Uísque irlandês. Leva-me de volta ao passado – disse Emil.

– O que mais um homem poderia beber? Nunca mais poderei saborear *schnapps*. Não aquece do mesmo jeito. Sabe, Becker, estou me lembrando da última vez em que o vi, seu bandido. Não foi naquela noite...?

Emil sorriu para o mar. Sabia a que Meier se referia. Naquela noite, ambos haviam atravessado o acampamento dos trabalhadores, por entre as enormes barracas de onde emanavam sons de homens dormindo e falando, até chegarem à obra. Ele e Meier tinham percorrido os andaimes, rumando para os grandes tubos instalados sobre a barragem, sentando-se a cavalo neles e bebendo uísque por talvez uma hora. Aquele homem à sua frente falava sobre as garotas irlandesas, dando a descrição detalhada e exata de como diferiam das alemãs. Lembrava-se de que o entusiasmo de Meier parecia não estar baseado em experiências reais. Então, o garoto deixara a garrafa cair. Ela havia despencado pela escuridão sob eles por longos segundos antes de se estilhaçar na margem rochosa lá embaixo. Os cães de guarda começaram a latir, e os dois homens saíram apressados ao longo dos tubos escorregadios, pernas afastadas e braços abertos, enroscando-se em parafusos e rindo, descoordenados, com um medo súbito de cair – a garrafa levara um bom tempo para chegar ao fundo. Depois correram, furtivos, pelo acampamento, o peito ardendo, até o alojamento dos engenheiros. As correntes dos cães tilintavam atrás deles; os pastores-alemães estavam doidos por uma presa.

Emil atravessara em um trem os campos verdejantes de Dún Laoghaire no dia seguinte. Tinha recebido uma oferta de emprego na Finlândia, para construir uma hidrelétrica menor, e desde então estivera testando equipamentos em navios. Nunca soube no que dera aquela noite, mas ali estava Meier, parecendo intacto. Ambos um pouco mais velhos e mais sábios. Sentiu uma pontada de nostalgia, pela juventude e pela estupidez. Parecia-lhe que, agora, já não era mais capaz de fazer aquele tipo de coisa.

– Quase me dei mal por causa daquilo – Meier sorriu. – Você! Você foi o cabeça de tudo! E depois foi embora, livre e impune.

– Não causamos mal nenhum. Eles puniram você?

– Não puderam provar que fui eu. E, como você já não estava mais lá, depois de uns dias esqueceram de tudo. Mas, sabe, eu faria aquilo de novo. Nunca vou esquecer.

– Não – Emil riu. – Eu também não.

– Estou me lembrando – disse Meier, oferecendo outro gole. – Você tinha um bebê...

– Sim, Hans. Tem três anos agora. Vou vê-lo amanhã.

Meier bateu-lhe no ombro.

– Isso mesmo! Um garoto! E sua linda mulher, está bem?

– Acho que sim. Faz vários meses que não a vejo. Nem sempre é fácil saber pelas cartas.

– Isso é verdade. Mas vão lhe fazer uma bonita recepção quando chegar. Você é sortudo por ter uma família à espera. Eu estou voltando para fazer um treinamento. Depois, retorno para o mar.

– Você ainda é jovem. Nunca encontrou uma garota irlandesa?

– Garotas irlandesas não querem ir para a Alemanha. Elas preferem os Estados Unidos. Sei bem disso. Já perguntei a várias.

– Passe sua licença conosco. Pode ficar no meu apartamento. Não é bom voltar para casa sem ter nada para fazer.

Meier tomou um trago da bebida.

– Está tudo bem, Emil. Não ficarei por muito tempo na Alemanha. Descobri que gosto do mar.

Emil sentiu o uísque queimar o peito. No bolso do casaco, tinha uma foto antiga do garoto. Não era muito mais que um bebê, sentado no colo da mãe para o retrato. Emil os havia levado a um estúdio em sua penúltima visita. Tinha custado uma fortuna, mas era bem pago e bem alimentado, e gostava de gastar o dinheiro com eles.

A distância, avistou a linha verde-escura da praia. Por suas entranhas espalhou-se certo medo. De que não reconhecesse a esposa. De que o garoto o olhasse como se fosse um estranho, depois do longo período de separação. E a cidade poderia ter mudado demais para ser reconhecida. O pai havia escrito que não estava preocupado com aqueles nazistas. Ou com os comunistas com suas "bombinhas". Cada vez que detalhava alguma coisa com a qual não estava preocupado, Emil sentia seu nervosismo exalar do papel.

Comparado com Meier, ele era um homem de sorte. No geral, sentia-se aquecido por dentro, uma calidez que vinha do horizonte verde, atraindo-o para si, guiando-o através daquela passagem na costa para o Elba, rumo ao sul, pelo país adentro, em direção à terra ainda não congelada pelo inverno, até sua cidade, sua esposa e seu filho, que se jogariam nos braços dele e se pendurariam em seu pescoço, tagarelando, até que as imensas lacunas criadas na cabeça dele pelo vento marinho fossem totalmente banidas para longe.

Uma foca emitiu um ruído, trazendo-o para a penumbra após a confusão luminosa dos sonhos. Os olhos agora estavam abertos, o coração batendo acelerado. A mão da esposa apertava-lhe o antebraço. Ouviu outra vez, não uma foca, mas Hans. Era seu garoto, que fazia aquele som animal no quarto escuro. Sentou-se. Ava já riscava um fósforo para acender a lanterna de querosene.

– Papai – o menino arquejou de seu catre, ao lado de Ava.

Ela conseguiu acender o fósforo na terceira tentativa e a chama iluminou a face de Hans, suada, branca e assustada. A chama estremeceu quando ela a encostou no queimador da lâmpada. Emil contornou a cama em um instante e ergueu o garoto do leito. Era mais pesado do que parecia, e ardia, apesar do quarto estar frio. Emil sentou-se na cama, segurando o ombro de Hans com uma das mãos e afastando os cobertores com a outra. Olhou para a esposa, que estava encostada a ele, afastando dos olhos do garoto a longa franja, beijando-lhe a testa e murmurando palavras carinhosas. De novo, aquela tosse de cachorro.

– O que é isto? – Emil perguntou a ela.

– Crupe. É uma maldição do inverno. Começou cedo este ano.

– O que podemos fazer por ele?

– Vou ferver água. Ele precisa de vapor. Vai ficar bem.

Como pode saber?, ele pensou, observando-a seguir a passos firmes para a cozinha. *Como você sabe o que fazer?* Ele pousou a mão de leve nas costelas ofegantes do garoto, sentindo a respiração dele arranhar o interior do peito.

– Sentado – sussurrou Hans.

– O quê?

– Coloque-o mais sentado – disse Ava da cozinha, onde enchia a chaleira para colocar no fogão. – Isso o ajuda a respirar. E, por favor, distraia-o. Ele não deve chorar.

Emil olhou o rosto do garoto sob o círculo bruxuleante de luz, o corpinho dele quente de encontro ao braço do pai. Outro acesso de tosse, mas mais fraca. Suas pálpebras estavam pesadas.

– Ainda não tivemos chance de conversar sobre minhas viagens, não é, garoto? Você está sempre tão ocupado com seus desenhos e sua bola. De qualquer modo, talvez se interesse em saber que atravessei o oceano Atlântico no maior navio já construído na Alemanha. As ondas eram altas como três homens empilhados. Por baixo de nós, havia tubarões e águas-vivas. Por toda a volta, especialmente depois do crepúsculo, havia navios piratas.

O garoto deu um sorriso sonolento.

– Gosto de piratas. Eles têm espadas. E chapéus pretos.

– Exatamente. Eu os vi através de meu telescópio, e eles olhavam para nós com os telescópios *deles*, querendo ter certeza de que não estávamos atrás do tesouro que carregavam. Quando me viram olhando, brandiram as espadas no ar.

– É sério, papai? Vocês estavam atrás dos tesouros deles?

– Claro que sim. Todo mundo quer o tesouro de um pirata. É o tesouro mais valioso de todos. Mas infelizmente eu não tinha uma espada.

O garoto tossiu. O som foi quase o de uma tosse normal.

– O que você fez? – perguntou ele.

– Fiquei olhando para eles através do telescópio. Se chegassem perto demais, daria um tiro de advertência com meu mosquete.

– O que é um mosquete?

– O tipo de arma que você precisa para dar um tiro de advertência aos piratas.

– Onde você a conseguiu?

– É um equipamento padrão.

Ava apareceu à porta com uma bacia de água fervendo e uma toalha postada no braço.

– Venha, Hans.

Ela colocou a bacia no chão com cuidado. O garoto desceu do colo de Emil e ajoelhou-se diante da água, respirando o vapor e tossindo um pouco. Ava estendeu a toalha por sobre sua cabeça.

– Não se abaixe demais – ela disse com suavidade. – Senão vai queimar o nariz.

– A tosse parece melhor – disse Emil, quando ela se sentou a seu lado.

Ela assentiu com a cabeça.

– Passa rápido. Desde que ele não entre em pânico. Ele aprendeu o que tem de fazer.

– Ainda assim, vou sair e trazer o médico.

– Não, não. O médico cobra uma fortuna se for despertado.

– Não tem importância – ele sussurrou. – Tenho dinheiro. Vou agora.

Ela colocou a mão sobre a dele.

– Não, Emil. Veja, ele está bem. Passa rápido.

O garoto de pijama ajoelhava-se em silêncio sob a tenda improvisada. Seus ombros eram ossudos. Viam-se os nós da coluna. Depois de um instante, ele se endireitou, baixou a toalha para o pescoço, respirou fundo o ar da sala e depois voltou a cobrir a cabeça. O quarto estava em silêncio, exceto pelo som dele respirando o vapor. Sua sombra arqueada tremulava na parede.

– Venha para a cama agora, Hans – disse Ava depois de alguns minutos. Ela ficou em pé, pegou a toalha, beijou o garoto e depois ergueu a bacia e levou as coisas para a cozinha. Hans começou a apanhar os cobertores do chão. Emil se levantou, curvou-se e os tomou dele.

– Venha para a cama grande. Você dorme com a mamãe. Eu fico na sua cama.

Hans examinou-o, os braços envolvendo os cobertores, e riu.

– Você é grande demais!

– Posso me encolher. Aprendemos isso no navio. Para nos esconder dos piratas.

O garoto riu, tossiu um pouco e subiu na cama grande.

– Mostre como é!

Emil enrodilhou-se no catre, fazendo-se pequeno, e puxou as cobertas sobre a cabeça, espiando por uma abertura. O espaço fechado cheirava ao menino: sabão, mel, bolo, terra. Hans sorria, a coberta acomodada por baixo dos braços.

– O que é isso? – disse Ava à porta. Ela se deitou ao lado do garoto e debruçou por cima dele para apagar a luz. Seu cabelo caiu sobre a face dele, ocultando-o no último instante antes da escuridão.

O catre era minúsculo e rangia quando Emil tentava se acomodar. Tinha que manter as pernas encolhidas junto ao peito para caber ali, e não queria se mexer muito por medo de acordá-los. Ficou ouvindo cada respiração no escuro, até que os membros tiveram câimbras devido à imobilidade forçada. Hans começou a ressonar suavemente, um assovio e um leve chiado cadenciados. Emil esticou as pernas alguns centímetros, as molas da cama gemendo, depois se fez imóvel de novo. Ficou nisso até de manhã, prestando atenção à respiração de Hans, ousando mover-se apenas ocasionalmente. Quando a escuridão na janela começou a se dissipar, e Ava se agitou, ele deslizou para a escuridão, ainda atento ao som da respiração do garoto.

Emil precisava de botas novas e levou Hans junto para comprá-las. O menino escolheu para ele o par mais caro, e o pai não teve coragem de dizer não. Caminhando de volta para casa, Hans apertando contra o peito o pacote com as botas, perguntou-se o que Ava diria. Ou melhor, ele sabia. Ela não diria nada, mas a contagem das moedas para a cerveja diária dele seria um pouquinho mais lenta e o pão do café da manhã seria um pouco mais duro, requentado até acabar, o mofo removido com pequenos orifícios. Não importava que ele tivesse um emprego. Ela via aqueles que não tinham e temia que fosse contagioso. Mas fazia meses que ele não via o menino, e eram botas muito boas. Durariam mais tempo do que as mais baratas, de modo que fora uma compra sensata.

O tempo estava ameno ali em comparação com o Mar do Norte. Cada amanhecer havia sido de um nevoeiro azul, a buzina do navio perdida em um universo sem contornos. Caminhando pelo convés antes que a escuridão se dissipasse, sentia que os próprios contornos também se tornavam indistintos. O garoto estava abrigado com cachecol e luvas, embora Emil se sentisse aquecido com seu suéter, quase com calor. Mas estivera carregando Hans nos ombros, e o menino era magro mas denso, toda a energia latente no corpinho vigoroso. Agora, o menino ia se livrando das peças de roupa, enquanto se esforçava com bravura para carregar o pacote volumoso.

Diante do edifício de apartamentos, Emil deteve-se por um segundo, mas Hans jogou-se contra a porta e galgou as escadas. Lá dentro, sentiu o cheiro de salsichas sendo cozidas, o que fez seu estômago roncar.

– Mamãe! – ele ouviu lá em cima. – Veja as botas do papai!

Depois, o ruído do papel grosso sendo rasgado pelo menino, que abria o pacote. O murmúrio de Ava. Nunca dava para saber o que ela dizia a ele. O garoto sempre recitava: *Estou feliz!* ou *Você está dormindo!* (toda manhã). Em resposta, lá vinha o murmúrio contínuo da esposa. Ele se perguntava se as palavras eram importantes ou se eram apenas sons aconchegantes que ela emitia por instinto, outra versão das respostas que dava à ocasional exuberância dele quando bebia ou estava feliz. *Psiu, Emil, não tão alto*; *Por favor, querido. O garoto está cansado. Deixe-o tranquilo.*

Ouviu outro murmúrio de Ava, mas dessa vez, em seguida, uma brusquidão audível, as palavras claras:

– Já basta, Hans. Vá brincar no quarto, agora.

Um protesto soou enquanto Emil se aproximava do segundo andar.

– Mas, mamãe, as botas!

Ouviu o baque delas – uma, duas vezes – atingindo o piso de madeira lá em cima e uma porta batendo. Hans tinha sido castigado e estava indignado. Até onde Emil sabia, nunca havia acontecido algo assim. O garoto era mimado por todos os que o conheciam.

Ela esperava por ele no patamar de cima, estendendo-lhe um cartão, a luz da cozinha se espalhando ao redor dela. As botas jaziam ao lado da porta, desajeitadas, como os pés de um aleijado. Dentro do apartamento, seu campeão arremessava sem parar uma bola de futebol contra a parede.

O braço dela, esticado em sua direção, estava rígido. Ele pegou o cartão. A ira preenchia o aposento. O cartão, ele viu, era um telegrama. Ergueu-o para a luz que saía de trás dela.

Herr Becker, devido ao cancelamento de encomendas, a companhia reduzirá as viagens de teste daqui por diante. Os testes das missões restantes serão conduzidos pelo engenheiro-chefe. Por favor, compareça ao escritório em Düsseldorf assim que possível para os procedimentos de demissão. Muito obrigado por seus serviços. Herr Faber. Departamento Pessoal.

Ele apanhou as botas e entrou no aposento, colocando-as na pequena mesa quadrada que ocupava quase todo o espaço da cozinha.

– Você devia ter se filiado ao Partido Nazista – ela sussurrou, como se tivesse guardado as palavras, esperando o momento certo de usá-las.

– Em nome de Deus, do que está falando?

– Eles ainda têm empregos. Conseguem trabalho para quem é membro.

– Você perdeu o juízo. Lamento muito pelo emprego. Meu pai vai conseguir algo para mim nas fábricas, por ora. Pelo menos estarei aqui, com você e Hans.

— Se entrar no partido, não vai mais ficar sem trabalho. Não temos como sobreviver se estiver desempregado. Não temos economias. O marido de Johanna estava sem trabalho, e eles lhe deram um cargo importante e permanente no partido.

— Como um capanga de aluguel, Ava. O marido de Johanna vai perseguir judeus nesse cargo permanente. É isso que está me pedindo para fazer para colocar o pão na mesa?

— Psiu — ela disse, indicando a parede com a cabeça. — Ela vai ouvir você. Ela tem contatos.

— Por Deus! Ao inferno com os contatos dela.

Ava cobriu os ouvidos com as mãos e fechou os olhos. O som repetitivo da bola contra a parede do quarto cessara. Ele baixou a voz, o dedo em riste para a mulher.

— Não acredite nessa imundície deles. Eu a proíbo.

Ela baixou os olhos. Ele não reconhecia a si mesmo agindo daquela maneira. Mas ela tinha de compreender. Não era estúpida como Johanna, uma camponesa ignorante que se persignava quando cruzava na rua com o professor judeu. Ele passara tanto tempo longe nos últimos anos, desde que Hans nascera... Olhou para o rosto da esposa. Ela tirara as mãos dos ouvidos, e os braços pendiam ao longo do corpo. Ainda era tão linda, o cabelo tão claro, a pele branca e firme nas faces, olhos redondos, cinzentos e insondáveis. Quis lhe perguntar: *E você, o que pensa dos judeus?*

Mas era loucura da parte dele. Ela estava assustada com a ideia de não ter dinheiro, apenas isso. Mas ele sabia como encontrar trabalho. Nunca tinha ficado desempregado — nunca, nem mesmo em tempos difíceis.

Depois de alguns instantes, ela foi ver o menino, e começaram os murmúrios. Precisava ir ao escritório do pai. O pai sempre sabia onde estavam os empregos. Em sua cabeça, ele tinha um mapa de todas as fábricas, com pequenos alfinetes vermelhos apontando cada trabalhador necessário. Sem dúvida, depois da crise estadunidense, estava mais fácil manter o mapa na mente, sobretudo porque ele não incluía em seu inventário os empregos nazistas. Emil precisava ver o pai, mas ao mesmo tempo não se sentia exatamente ansioso para lhe contar a novidade. Ele ficaria preocupado, e não era função dele se preocupar com um homem já crescido e com uma família para sustentar. Quando estava na escada, ouviu um uivo vindo lá de cima. Tinha saído sem se despedir. Hans berrava. Ava sofreria um bocado para aquietá-lo de novo.

Acordou ao meio-dia com o despertador, sem saber, por alguns segundos, por que dormia se a claridade já entrava pelas frestas da janela. O corpo quase transpirava sob a pilha de pesados cobertores, embora sentisse no rosto o ar frio do aposento. A cama de Hans estava vazia, e o apartamento, silencioso.

Então, se lembrou: trabalhava no turno da tarde. Ava tinha deixado pão, queijo, salsicha e uma maçã para ele sobre a mesa. Devia estar na casa da irmã, em Krefeld, com o garoto. Eles tomavam o trem para lá às terças-feiras. Depois de se lavar no banheiro do corredor, verificou as horas e pegou sua sacola. As botas cheiravam a graxa de sapato quando as calçou, e notou as marcas dos dedos sujos de Hans na maçaneta.

Era uma caminhada e tanto até a fábrica; poderia ter tomado o bonde, mas não se importava em caminhar. Havia combinado de ir a pé, e Ava guardava os tostões economizados em um jarro de vidro na despensa, entre a aveia e o açúcar, para o dia em que também este emprego desaparecesse. A caminhada o levava para longe da rua principal, até pouco tempo dominada por mulheres durante o dia. Agora, homens que conhecera ainda garotos na escola ficavam por ali, carregando seus cartazes, gritando entre si, às vezes acertando um golpe na cabeça de algum concorrente durante uma disputa territorial. Afastou-se de tudo isso, ao longo das margens do rio amarronzado e gelado, margeado por fábricas e armazéns, os campos da infância sendo invadidos à medida que a cidade crescia. Muitos dos edifícios estavam mudos agora, as fachadas acinzentadas fazendo-o recordar, em silêncio, dos tempos de diligência e agitação, de entregas a cada hora, homens gritando, o rugido e o ritmo das máquinas.

Conhecia desde a infância a fábrica em que trabalhava. Ele a vira sendo construída no verão anterior ao ingresso na escola. Sentia a presença de Thomas assim que penetrava na sombra do edifício. Em seu corpo, não na mente. Ela estava bem ali, a lembrança do amigo de infância, no espaço encerrado entre as paredes, nas margens do rio e no pequeno espaço atrás do edifício, onde ainda persistia uma estreita faixa de pasto e a pequena colina atrás da qual haviam construído um esconderijo.

A fábrica produzia ferramentas – martelos, chaves de fenda, chaves de boca –, além de porcas e parafusos. Era um emprego. O pai havia lhe dito que não precisava aceitá-lo, mas ele não podia ser exigente. Supervisionava o turno, checava as máquinas, verificava a chegada e a saída dos homens. O trabalho deixava sua mente livre para digerir o que havia visto desde que voltara para casa. Enquanto milhares de peças diminutas de metal passavam diante de seus olhos, os dedos dos operários separando, empurrando, os corpos se movendo ao redor das máquinas em sincronia, ele via homens marchando com camisas pardas e bandeiras, gritando.

Estava livre para deixar a memória passear pelos dias no mar e pelos países do mundo. Lembrou-se de Freetown. Nas ruas, havia mulheres com vestidos de cores vivas e dentes deslumbrantes. Crianças correndo pelos becos, nos mercados, o ar denso com o cheiro de fumaça, comida, corpos e temperos. E na Irlanda todos se moviam devagar, como se fossem tão velhos quanto o tempo e seus olhos já houvessem visto tudo. Quer dizer, os adultos. As crianças, ao contrário, eram tão rápidas e perversas como todas as crianças. Roubavam dos canteiros de obras. Aprendiam palavrões em alemão e os gritavam sem parar.

Havia uma garçonete no *pub* local quando trabalhava em Shannon. Ela tinha pele branca e fartos cabelos negros, e olhava para você como se o tivesse visto mil vezes antes. Mesmo que fosse estrangeiro ou o chefão por ali. E daí?

Voltou a atenção para os homens e para as máquinas. Um som, ou antes a interrupção de um som, trouxe-o de volta ao amplo espaço abaixo da parede de vidro do longo escritório da gerência logo acima. Costumava haver um fluxo de vozes que em geral não distinguia do ritmo das máquinas, mas os homens tinham parado de conversar e olhavam para cima, para o escritório, tentando não deixar evidente que faziam isso. Porém, quando cinquenta homens olham para cima, você não pode evitar de seguir o olhar deles. Por trás do vidro, havia homens uniformizados, uma fileira de quatro policiais, observando-os com o gerente e seu assistente. Emil, assim como os operários, ergueu os olhos sem mover a cabeça. Visto de cima, poderia estar inspecionando a esteira, como seria seu dever. Fixou a atenção no policial na extremidade da fileira, o mais próximo dele. O homem olhava direto para Emil e ergueu a mão. Deus, aquele gesto. Era ele, Thomas. Mas não era, claro. Era seu irmão, Karl, agora tão parecido com ele e com o pai deles. Estivera trabalhando em algum outro lugar. Hanover? Seu pai não tinha comentado que ele havia voltado, nem que era policial. Emil cumprimentou-o com um breve abaixar do queixo.

Um operário, Bern, parado perto de Emil, perguntou:
— Conhece?

Emil olhou para Bern. Sabia que era um comunista. Havia algo na marca do tabaco e em sua expressão de desprezo.

— Não. — Emil fez uma pausa. — Mas costumava conhecer. Bem, o irmão dele, na verdade.

— Ele conhece você, disso tenho certeza. Está vigiando você desde que entrou aqui.

— Volte ao trabalho.

Bern hesitou, não o tempo suficiente para que fosse um desafio aberto, e voltou para a esteira arrastando os pés.

O que importava quem conhecia quem? Eram poucas as pessoas naquela cidade sobre quem não soubesse alguma coisa. Olhou para os operários. Vários deles desviaram os olhos depressa.

No final do turno, ele levou o cartão com os nomes dos homens ao escritório para entregá-lo ao gerente. O assistente estava diante de sua escrivaninha, em uma pequena antessala, vestindo o casaco. Olhou para Emil por um instante, saudou-o com a cabeça e depois se lançou escada abaixo, as botas fazendo ruído nas treliças de aço. Emil bateu à porta e esperou. *Herr* Peters estava ao telefone, falando em repentes ásperos, baixos e alarmados. O telefone foi desligado, e Emil ouviu:

— Entre!

Emil postou-se diante da escrivaninha e olhou através do vidro, enquanto o novo turno começava lá embaixo, os homens mais descansados, sorrindo depois de um dia de liberdade: pequenos serviços para a esposa, sono, sexo, cerveja. Os ombros ainda não estavam enrijecidos pelos movimentos repetitivos e pela exaustão.

Peters observou-o por um instante. Ele parecia quase idoso, cansado e sem dúvida irritado pelo telefonema ou pelo trabalho. Emil sabia, por seu pai, que Peters costumava dar aulas de engenharia em Düsseldorf, mas perdera o emprego depois de algum tipo de desgraça, revelada ou totalmente criada por um nazista que trabalhava na administração politécnica.

– Sim?

– Ah, perdão, *Herr* Peters. A lista de presença do meu turno.

– Chame-me de colega – murmurou ele ao pegar o cartão, introduzindo-o em um fichário sobre a mesa. – Pertenço ao sindicato, assim como você. Suponho que esteja imaginando o porquê da visita da polícia.

Emil deu de ombros, as mãos nos bolsos. Lá embaixo, na fábrica, seu substituto para o turno da noite, um jovem de não mais que vinte e dois anos, tentava manter os olhos abertos, escorado na parede, a boca se abrindo e fechando sozinha. Depois, engolia em seco, e a boca se abria de novo.

– Estão todos agitados com as últimas eleições. Acham que vai haver mais greves.

– Por que estão preocupados com uma greve aqui?

– Eles dizem que, quando os homens estão lá fora, eles se metem em brigas. Dizem que temos comunistas aqui.

– Existem comunistas por todo canto. E nazistas. Disseram algo sobre nazistas metidos em brigas?

– Não.

Emil vinha observando a fábrica. Então, arriscou encarar o gerente com atenção. Peters devia estar ciente de que Emil conhecia sua história. O pai de Emil era conhecido pelo assombroso arsenal de informações sobre tudo que acontecia e por seu gosto por uma fofoca.

Peters sustentou o olhar dele por um instante, antes de virar a cabeça para a fábrica lá embaixo.

– Vamos perder um turno – disse. – Mas não se preocupe. Aquele bobalhão lá embaixo será o primeiro a ir embora. Veja, lá está ele, cochilando no trabalho de novo. E lá estão os homens dele, rindo e relaxados.

Emil viu que os homens conversavam, prestando menos atenção do que deviam às peças na esteira. Só os operadores de máquinas estavam atentos à tarefa de não perder um dedo ou um olho. A irritação aflorou. Era o representante deles no sindicato. Não queria se expor por nenhum homem preguiçoso. Lembrou a si mesmo de que os operários não escolhiam seu contramestre.

Peters estendeu a mão. Emil apressou-se em aceitá-la, apertando-a com firmeza ao se despedir, mas a reteve um pouco mais do que o usual. Uma vez mais, ambos se olharam nos olhos.

Naqueles dias, alguma coisa nele procurava por uma centelha. Uma ignição. Em cada encontro, em cada face e toque da mão, percebia o significado de uma dezena de pequenos gestos. Armazenou a informação com cuidado para o dia em que pudesse precisar dela.

Ao longo do rio escuro, as fábricas estavam quietas, exceto por uma ou outra que tinham o turno da noite. A chama de um fósforo aqueceu-lhe o rosto por um breve momento ao acender um cigarro. Uma coruja se fez ouvir do outro lado do largo rio. Havia barulho de remos na água, vozes, risadas – alguma escapada ilícita. Ele não iria para casa. Juntaria-se à guarda no comício de um sindicato social-democrata e de livre comércio na cervejaria. Sempre frequentara esses encontros quando estava na cidade, mas agora algo mais era necessário. Na semana anterior, em Düsseldorf, um representante do sindicato de comércio se ferira quando um camisa-parda – como eram chamados os membros das SA, as tropas de assalto – havia atirado uma cadeira nele, antes que abrisse a boca para falar. Ouvira do pai que os policiais não intervinham quando o problema partia da tropa de choque. A polícia ainda aparecia nos comícios, mas cada vez menos. Acima dos sons do rio, ouviu outro tipo de ruído. Sabia o que era – a voz de uma multidão cantando. O som lhe arrepiava a pele. Conhecia as palavras que cantavam, mesmo que fossem indistintas. *Abram caminho para os batalhões pardos. Abram caminho para as tropas de choque! Milhões já buscam esperança na suástica. O dia de liberdade e pão está nascendo.*

Isso vai passar, seu pai lhe dissera. Os trabalhadores se mantinham firmes; não seriam enganados por fanáticos. Mas não havia passado. Você devia ficar deitado de costas, em uma cratera cheia de gás, com uma máscara no rosto e uma faca na mão, esperando alguém cair em cima de você. Quando uma sombra cruzasse a cratera, você tinha de esticar a mão para acertá-la com a lâmina, ou ela acertaria você com a dela. Era preciso estar pronto a cada segundo.

Ele tinha uma faca. O cabo estava lá, liso, no bolso. A lâmina na bainha sempre estava afiada. Ele a amolava de noite, quando todos dormiam, longos silêncios sombrios entre cada raspada, tentando não incomodar a esposa e o filho, torcendo para que não aparecessem e o encontrassem daquele jeito, um desconhecido à mesa, afiando uma faca. Percorreu as ruas afastando-se do rio, rumo ao som das vozes. A polícia devia se preocupar menos com as greves. Era a cantoria que sempre terminava em derramamento de sangue.

Quando chegou à cervejaria, boa parte da multidão estava dentro do edifício, e a cantoria já dera lugar a um vozerio ruidoso. Juntou-se a homens e mulheres que entravam pelas portas duplas. Estava quente e abafado lá dentro, e ele se viu em meio a corpos que se acotovelavam para chegar às fileiras de assentos de madeira. As longas mesas haviam sido empilhadas de encontro às paredes. Havia risos e gritaria, e, de cada duas camisas, uma era parda. Seu olhar cruzou com o de um deles, a cabeça quase calva por completo, olhos brilhantes, um sorriso de expectativa e um leve oscilar do corpo embriagado. Eram numerosos demais na cidade para que fossem todos dali. Tinham sido trazidos de fora, nos caminhões que possuíam. Tentou ver os oradores por entre as cabeças, entrevendo um movimento além da cortina lateral, a um canto do palco. Era o secretário da sucursal local do SPD, o Partido Social-Democrata, olhando para a multidão. O suor fazia a luz refletir em sua testa. Emil abriu caminho até os degraus na lateral do palco. Um ou outro dos presentes resistiu e o empurrou com cotovelos e punhos, mas a maioria cedeu passagem.

Por trás da cortina, havia um grupinho de homens reunidos. Conhecia todos eles; eram seu pai e os colegas. Pareciam envelhecidos, embora nenhum tivesse mais que os 55 de seu pai, encolhidos e aglomerados como crianças que de repente haviam sido abandonadas em um lugar estranho. Martin, amigo de seu pai desde a infância de ambos, em Dülken, foi quem avistou Emil primeiro. Os ombros do homem relaxaram, aliviados, como se a chegada daquele rapaz, que ele conhecia desde bebê, garantisse que tudo ficaria bem.

O pai de Emil virou-se, sorriu, apertou-lhe a mão e lhe deu um tapa no ombro.

– Sabia que viria. Disse a eles que não deviam se preocupar. Bando de velhotas! – Ele se voltou para os outros, que observavam Emil das sombras. – Não disse, rapazes? – Eles concordaram com a cabeça, desconfiados. – Emil é nosso.

– Mas, pai – Emil sussurrou, para não ser ouvido pelos demais –, onde estão os outros da Reichsbanner?[1] O pessoal da segurança? Onde estão os demais?

– Bom, no fim iam ser apenas o filho de Martin, o de Helmut e você, além de alguns policiais, mas parece que ninguém mais veio.

– Vi a polícia quando entrei. Vou falar com eles.

– Não, os policiais concordaram em ficar, mas não vão subir no palco. Não querem provocar os camisas-pardas dando a impressão de que tomaram partido.

– Pai, não vá lá. Eles são centenas. É uma cilada.

– Ah, não – ele suspirou. – Precisamos ir. Agora ainda mais. Sabe... – ele sorriu, tomando fôlego –, não seremos intimidados. – Os olhos dele brilhavam sob uma película de água.

Ah, Deus, pensou Emil. Observou os demais. Com certeza prefeririam estar em qualquer outro lugar que não fosse aquele. Eram representantes eleitos, não soldados. Durante a guerra, eram todos velhos demais para comparecer, enquanto os homens na plateia, na maioria, eram jovens demais.

– Quem vai falar hoje?

Deram de ombros, olhando para Klaus.

– Decidimos que só eu, Emil – respondeu o pai. – Devemos demonstrar o apoio do sindicato dos metalúrgicos ao SPD. Garantir às pessoas que não precisam ter medo de votar de acordo com sua consciência.

Emil lançou um olhar feio para os outros homens.

– Vão mandá-lo lá sozinho? Então vamos pedir logo uma arma de algum desses bandidos. Vocês mesmos podem atirar no meu pai e poupar trabalho.

– Calma, Emil... – O pai colocou a mão no ombro dele.

---

[1] A Reichsbanner Schwarz-Rot-Gold ("Bandeira Negra-Vermelha-Dourada do Reich") foi uma organização paramilitar instituída durante a República de Weimar em 1924. Começou como uma instituição multipartidária, mas tornou-se depois um ramo do Partido Social-Democrata (SPD), destinado a defender o regime democrático contra extremistas da direita e da esquerda, e a inculcar na população o respeito pela república. [N. das T.]

Um representante do partido estufou um pouco o peito.

– Estaremos todos lá no palco com ele...

– Vou falar também, Emil – Martin o interrompeu. – Você está certo. Não podemos deixá-lo falar sozinho.

Emil recordou-se do momento, naquela manhã, em que tirou a sacola do gancho da porta na cozinha iluminada. Tinha pensado em sua Luger, sob a tábua do assoalho, embaixo do catre de Hans. *Não*, dissera a si mesmo. Não se podia recuar quando se usava uma pistola. Com uma faca, havia escolhas, graus de dano. Virou-se e olhou para além da cortina, em direção ao recinto conturbado. As fileiras da frente estavam tomadas por camisas-pardas de peito largo, olhando para as cadeiras vazias no palco. Tinham colocado os mais robustos na frente para intimidar os oradores. Enquanto vinha para a cervejaria, tinha visto montes de sujeitos franzinos que a SA devia ter pegado nas ruas uma semana antes. Eles começaram a bater os pés, primeiro de forma caótica, e a seguir em um ritmo lento e coordenado.

– Certo. – Acenou com a cabeça para seu pai e Martin. – Quem vai primeiro?

Martin deu um passo na direção dele.

Um dos homens levantou uma placa que estivera encostada à parede e a entregou a Emil.

– Você vai à nossa frente, e com isto.

Os homens se entreolharam. No escuro, Emil não conseguia ler o que a placa dizia, mas pegou-a e foi em direção à cortina.

– Vamos. Antes que comecem a roer os móveis.

Eles o seguiram rumo ao palco. Emil podia ouvir atrás de si o pai respirando com dificuldade. Emergiu sob a tênue luz elétrica, ainda ofuscado após as sombras dos bastidores. A princípio, o silêncio era absoluto enquanto cruzavam o palco. Ouviu o som das botas novas e o arrastar dos pés dos homens que o seguiam. Uma garrafa espatifou-se em algum lugar ao fundo. Ouviam-se risadas vindas das fileiras ocupadas pelos camisas-pardas. Emil seguiu adiante até a tribuna enquanto os outros tomaram assento a seu lado. Ele abriu a boca, e vaias e assovios encheram o local. Respirou fundo e soltou a voz no salão. Seu corpo se lembrava de como se fazer ouvir acima do fogo de morteiros, bombardeios e gritos.

– Senhoras e senhores, o subsecretário da seccional de Duisburg-Hamborn, *Herr* Lang.

Ele levou a placa até a extremidade da fileira de cadeiras e ficou de pé junto à que Martin acabava de deixar vazia para assumir a tribuna. Entre a multidão, avistou rostos conhecidos, vários deles: do exército, da escola, do trabalho. Era bem possível que estivesse imaginando. Ninguém deu mostras de reconhecê-lo. As vaias e o bater de pés preencheram seu peito, amolecendo-lhe os músculos. Baixou os olhos para o cartaz.

Os Nacional-Socialistas são os inimigos do trabalhador. Vote no SPD. Vote pelo fim da tirania.

Enquanto lia, uma garrafa de cerveja se estilhaçou contra os dizeres. Sentiu o impacto contra a mão, e o rosto se molhou de cerveja. Vasculhou os rostos, como se pudesse encontrar o responsável, arrastá-lo lá para cima e lhe mostrar o que acontecia com quem fazia gracinhas como aquela. Olhou de soslaio. O pai secava a testa com um lenço. Martin começava a falar, hesitante, erguendo a mão. Algo passou voando rente à cabeça do orador, pesado e rápido, tão perto que ele se encolheu de encontro à tribuna, voltou para a cadeira e cruzou os braços, a face pegando fogo. A sala encheu-se com um rugido de vozes, cadeiras sendo empurradas, todos os homens de pé. Mulheres também, ele as viu aqui e ali, rostos desfigurados como os dos demais, gritando. Emil olhou para trás a fim de ver o que tinha sido arremessado: uma tábua com uma fileira de três pregos projetados para fora. Precisava tirar os homens do palco, mas eles estavam atordoados, o olhar fixo na sala como se tudo pudesse terminar dali a pouco, desde que tivessem paciência. Lançavam olhares para ele, como se, de algum modo, Emil tivesse o poder de pacificar um salão de lunáticos tomados pela sede de sangue. Tudo isso em segundos.

O pai dele continuava em pé. O representante, na extremidade da fileira de cadeiras, dirigia-se para a cortina. Uma garrafa não o atingiu por pouco, mas pegou em cheio no rosto do pai. A mão dele foi até o rosto e depois se afastou, um líquido escuro vertendo dali. Ele estendeu a mão viscosa e enegrecida na direção de Emil, que já estava suspenso no ar, voando para longe do palco e saltando sobre a multidão, a placa erguida, sem outro pensamento a não ser esmagar aqueles capangas da SA, que se misturavam à turba enlouquecida para infligir danos. Aterrissou sobre corpos rígidos, escorregando no chão molhado de cerveja para o meio do monte de carne na fileira da frente. A placa foi arrancada das suas mãos, farpas enterrando-se nas palmas, e ele caiu na escuridão, a cabeça mergulhando para a frente rumo a uma virilha malcheirosa, depois uma cadeira e o alto de uma bota. Agarrou uma coxa fina e a puxou para o peito. Sentiu o homem desabar sobre seu corpo, ouvindo o praguejar de um camisa-parda quando o colega caiu sobre ele. Pisaram nos dedos de Emil, depois em sua cabeça. Ele pegou a faca no bolso quando o viraram. Lá em cima, os rostos formavam um círculo. Aquele seria Max, da turma da Politécnica? Não podia ser. Havia um halo de luz sobre a cabeça deles. Um golpe de metal sob seu queixo e um corte, um rasgo úmido no estômago, e o halo se fechou em escuridão.

Acordou tremendo, a barriga e a virilha úmidas. O rosto latejava contra o contorno gelado da pedra do calçamento. Engoliu, e junto foi algo pequeno e duro como um amendoim. Encontrou com a língua a falha entre os dentes de trás. Tinha conseguido manter todos os dentes durante a guerra e agora um nazista vinha e arrancava um. Abriu os olhos. Conhecia todas as ruas da cidade, mas por um instante não reconheceu aquela, embora as portas azuis parecessem familiares. Eram as portas da cervejaria. Alguém tinha se dado o trabalho de arrastá-lo para fora. Podia ver, para além do edifício, a praça onde algumas pessoas ainda se encontravam. Devia ser tarde. A rua estava vazia, as portas da cervejaria fechadas, o edifício silencioso, como se nada tivesse acontecido ali. Retesou os músculos, avaliando os danos. As costelas estavam machucadas, o maxilar latejava e, sob a dor aguda dos ferimentos, havia algo mais profundo, algo que fazia todo o seu corpo tremer. Levou a mão devagar ao estômago, encontrando uma umidade coagulada. Ergueu os dedos até o rosto à luz da rua. Estavam manchados de preto e reluzentes. Precisava alcançar a praça, conseguir ajuda, ou perderia sangue demais. O interior de um homem era úmido e brilhante, escuro. Rítmico, pulsante, uma máquina suave. Saber disso não ajudava em nada, no entanto. Devia se concentrar apenas no que fazer primeiro, depois no que precisaria fazer em seguida.

Ele se ergueu, apoiado à parede. Braços e pernas estavam bem, embora o corpo todo fosse tomado por espasmos. Era como se houvesse sido derrubado em outubro, mas tivesse despertado no frio de fevereiro. Podia caminhar, devagar, uma das mãos na parede, a outra no estômago, apertando a camisa sobre o ferimento para reduzir o sangramento. Logo, a mão estava empapada, mas não era nisso que tinha de pensar. Era nos vinte metros até a praça, em quarenta passos incertos. Ele os contava enquanto se movia. Foram cinco minutos de concentração, de dizer a si mesmo: *Agora, outro passo*, até alcançar o fim da rua. Não havia ninguém na praça quando chegou lá. Usaria os passos finais para chegar a um dos postes de luz, de modo que, quando alguém passasse, não deixaria de percebê-lo na escuridão. E se fosse um deles que aparecesse? Sua mente lançou a pergunta sem aviso prévio. Não permitiu a continuidade daquele pensamento. Só precisava de todo o esforço para cruzar a rua que margeava a praça sem uma parede para ajudá-lo. Um passo. Outro. Mais três. No último, sentiu que o estômago se rompia. Sabia bem o que saía de dentro de um homem quando ele era aberto. Devia alcançar o poste de luz antes de cair. Adiante. Os dedos escorregaram pela superfície fria, apertaram com mais força. Permitiu-se descer até o chão, deslizando devagar pelo poste, e sentou-se apoiado nele, transpirando, tremendo, concentrado em manter-se ereto, manter-se desperto. Onde estaria seu pai? O estômago se contraiu, e a dor se espalhou pelo ferimento. Ele estivera no palco com os homens. Deviam tê-lo ajudado. O sangue em seu rosto, nos cabelos brancos... Conseguiriam ajudá-lo, se não houvessem fugido.

Silhuetas apareceram do outro lado da praça. Pessoas. Elas o viram e pararam. Ele gritou, rouco:

– Me ajudem! – De novo, um pouco mais alto. – Estou ferido.

As silhuetas recuaram. Ouviu os saltos de uma mulher no calçamento. Sombras tragadas por uma rua lateral.

Olhou para o relógio sob a luz. Uma da manhã. Permitiu-se avaliar as chances de ser encontrado, de que as pessoas que o encontrassem o levassem a um médico ou ao menos lhe fizessem um curativo e o mantivessem aquecido até a manhã seguinte. Por um momento, teve esperança. Esta é a cidade onde nasci. Talvez venha alguém que saiba quem eu sou: Emil Becker.

A sede o invadiu. A mão direita não estava ensanguentada. Ele passou um dedo pelo poste até que o gelo derretesse, depois pôs o dedo na boca. Era uma gota pequenina, em sua vasta língua seca, e assim ele fez, de novo e de novo, até que por fim um pouco chegou à garganta. Toda a concentração do seu corpo se dirigiu para a umidade na ponta do dedo pressionada contra a língua.

Os olhos se fechavam. Biqueiras de aço soaram sobre a superfície de pedra gelada. Não conseguia abrir os olhos. O ritmo dos passos não mudou. Ligeiro, decidido, alguém estava vindo, para o bem ou para o mal. Escorregou pelo poste ao encontro de quem quer que se aproximava.

Estava escuro, mas não por completo. Havia luz de encontro a suas pálpebras e alguém respirando sobre seu rosto. Levou um instante para despregar os olhos. Havia um garoto de pé ao lado dele na cozinha, enquanto ele próprio jazia em um pequeno sofá. Tudo doía. No começo, pareceu um latejar quase indistinto, mas então ele conseguiu identificar gradações, lugares onde estava pior. O garoto o estudava. Havia uma bandagem na cabeça, ele a sentiu ao mudar de posição, e outra no estômago, sob o pijama. O rosto do garoto pairava diante da janela índigo. Olharam-se por vários segundos, sem falar, o rosto comprido do menino fazendo uma profunda avaliação. Ele notou, depois de um momento, que Ava estava à porta do quarto, observando-os.

– Hans, deixe papai descansar – ela sussurrou.

O menino estendeu um dedo, devagar, e tocou um corte acima do supercílio de Emil. A unha pequenina acertou uma casca de ferida nova, ainda macia. Ao redor da ponta do dedo do garoto houve uma concentração momentânea de dor, que se acumulou, como se o dedo fosse um ímã e a dor, uma limalha de ferro. O garoto afastou o dedo, e a dor se reacomodou em ondas pelo corpo.

Fechou os olhos. Quando os abriu de novo, o filho havia ido embora. Era de dia, um dia sombrio lá fora, penetrando por entre os blocos de apartamento, e Ava esfregava o chão da cozinha de joelhos.

– Que está fazendo? – perguntou ele, com medo de se mexer.

– Estou tirando o sangue do assoalho antes que a senhoria o veja. Ela sempre aparece sem aviso.

– Venha aqui – ele pediu. Ela largou o trapo cor-de-rosa na pia, lavou as mãos e se apoiou na bancada. – Como voltei para casa?

— Alguém bateu à porta e largou você na frente do prédio. Um homem. Senti o cheiro da colônia dele depois que se foi. Ela ficou de pé diante da janela, corada por causa do esforço, o avental bem justo ao redor do estômago, seu vulto escuro uma silhueta perfeita recortada contra a luz acinzentada. Ela era algo limpo e fresco. Não queria chegar perto demais do corpo dele, com seu odor e fluidos vazando, e, no entanto, devia ter sido ela quem fizera os curativos nos ferimentos.

— Ava, sente-se aqui comigo. — Ela baixou a cabeça, mas ficou no mesmo lugar, a mesa entre eles. — Você está brava comigo.

Ela se manteve em silêncio por um momento.

— Por que você foi lá? Não pode lutar contra eles! Não devia incentivar seu pai. Ele não é mais um jovenzinho.

— Meu pai sempre vai lutar pelos trabalhadores.

— Eles também são trabalhadores. E vão vencer!

— Não. Só vão vencer se todo mundo desistir com extrema facilidade. Devem ser combatidos agora, antes que tenham poder demais. *Nós* vamos vencer. Eu sei. Por favor, venha aqui. Tudo dói no meu corpo. Sente-se aqui comigo.

Ela chegou perto, ajoelhou-se ao lado do sofá, fitou os olhos dele, a linha de seus lábios reta, determinada. Recendia a laranjas e noz-moscada. Onde ela conseguia encontrar essas coisas? Emil encostou a cabeça, hesitante, no cabelo dela.

— O que você disse a Hans?

Ela olhou para a porta do quarto, onde o garoto devia estar dormindo, embora às vezes ele pudesse ficar até uma hora em silêncio, separando as bolinhas de gude na cama ou fazendo desenhos no vidro empoeirado da janela.

— Que você caiu em uma máquina na fábrica.

— Meu Deus! Ele vai pensar que o pai dele é um idiota.

— Melhor assim — ela murmurou.

Ele fechou os olhos, sentindo o peso dela desaparecer do sofá. Depois, escutou o esfregar cadenciado do trapo pelo chão.

Fazia uma semana que ele não ia ao trabalho quando Peters apareceu, no final do turno da tarde. Emil estava sozinho no apartamento e atendeu ele mesmo a porta. Podia se mover de um lado a outro, desde que o fizesse devagar. Emil soube, assim que viu o gerente, o porquê da visita, e assim não tocaram na questão do emprego. Ele pegou uma garrafa de cerveja da prateleira, abriu-a e serviu dois copos. Sentaram-se à mesa.

– *Prost!*

Emil virou seu copo. Peters fez o mesmo, mas tomou apenas metade do dele. O anfitrião voltou a encher os dois.

– Ouvi dizer que foram os camisas-pardas.

Emil assentiu, tomando o segundo copo mais devagar. A dor estava cedendo.

– Vão ter o que merecem – disse Peters, tão baixo que poderia nem ter dito nada.

Emil assentiu outra vez.

– Você foi um oficial, não foi, Becker? E condecorado. Cruz de Ferro?

– Mas de segunda classe.

– Não é bem assim. De qualquer modo, consegue organizar os homens, não consegue? Já vi do que é capaz.

Emil riu.

– E, no entanto, estou desempregado, com todos os meus talentos.

– Há outros trabalhos a serem feitos em tempos como este. – A voz do homem foi sumindo enquanto se forçava a dizer aquilo. – Não acha?

– Talvez. Mas, sabe, tenho um filho pequeno. E minha mulher está muito zangada por eu ter apanhado.

– Então você tem um futuro pelo qual lutar.

– É fácil falar.

Peters soltou uma risada nervosa.

– Talvez não tão fácil. – Ele transpirava, embora a cozinha estivesse fria, com gotas de condensação escorrendo pela janela devido ao calor dos corpos de ambos.

Emil o encarou. Ele tinha a idade de Klaus, mais ou menos, mas era de uma outra classe. Não tinha o sotaque local. A barba era bem aparada. Viu de novo o sangue jorrando do rosto do pai, parecendo sair dos olhos. Não tinha nenhuma imagem mais recente para substituir aquela, nenhum deles tendo permissão das respectivas esposas para sair do apartamento.

– Não, não é tão fácil falar – concordou Emil.

– Conheço outros.

– Sim, claro, existem os sindicatos. O SPD. Até mesmo os comunistas. E o Reichsbanner. Não estão aceitando tudo passivamente.

O homem o olhou.

– Há outros – disse. – E outros modos. Há soldados, como você. Nem todos devolveram suas pistolas.

Ninguém as devolveu, pensou Emil. Mas era preciso ter balas. E algo de maior alcance.

Peters o observava enquanto Emil refletia.

– Obrigado pela cerveja, Becker. – Ele se pôs de pé. – Sinto muito pelo emprego. Quem sabe seu pai consiga colocá-lo em contato com alguma outra coisa, algo que seja mais adequado às suas qualificações.

Emil ficou de pé com cuidado, estendendo a mão.

– Onde posso encontrá-lo?

Peters entregou-lhe um pedaço de papel.

– Jogo cartas às sextas à noite. Muita gente entra e sai. É um bom lugar para conversar.

Emil abriu a porta e ficou olhando o círculo calvo no alto da cabeça do homem descrever uma espiral pelos degraus abaixo.

Hannah
Paris, 1930

Em Paris, eu dormia em uma cama estreita, sob o teto inclinado de um prédio de apartamentos na rue du Sommerard. A cama tinha molas que saíam pelo forro e em maio eu já sufocava sob o telhado. Durante a noite, ficava deitada de janela aberta, transpirando e escutando as vozes e o tráfego do Boulevard Saint-Michel. O quarto era tão pequeno que eu podia alcançar o fogareiro de duas bocas mesmo sentada na cama. Minha vizinha do quarto ao lado, Marie, uma beldade pálida com cabelos negros como nanquim, também professora na escola, vinha me visitar todas as tardes, e nos sentávamos na cama, jogando cartas sobre a colcha, enquanto fazíamos ovos cozidos na chaleira, só precisando esticar o braço para a pia e o fogareiro. Quando deixávamos o apito soar pelos três minutos que os ovos levavam para ficar prontos, nossa senhoria subia com dificuldade as escadas e batia à porta com a bengala. Mas era comendo ovos cozidos no lanche e morando naqueles cômodos minúsculos que conseguíamos viver com o salário minguado, de modo que, quando ela aparecia à minha porta, eu fingia não saber francês — outra inglesa idiota em Paris — e lhe dava um sorriso amarelo por cima do ombro de Marie, como uma tola.

Em uma noite de calor, em meu quarto abafado *sous les toits*, depois do lanche de ovos e uma partida de uíste, Marie anunciou que ia sair. Era sexta à noite, e só tínhamos a manhã de sábado para dar por encerrada a semana letiva. Naquela manhã, depois da aula, tínhamos ido à secretaria e recebido os envelopes pardos com o pagamento. Assim, tinha a esperança de que iríamos ao restaurante russo em Saint-Michel, como fazíamos com frequência, para comer *blintzes* e tomar chá russo. Ou eu comeria um *blintz* e ela ficaria me olhando enquanto eu limpava a calda de chocolate da boca. Ela se preocupava com sua silhueta, embora eu não conseguisse entender. Paris era uma cidade onde você andava e andava, sem cansar de se maravilhar, e morar em nossos quartos impunha um regime rigoroso de exercícios. Chegando em casa à noite, depois de ligar a luz do saguão, era necessário correr os cinco lances de escada antes que ela se apagasse sozinha, dali a minutos. Nunca havia estado tão em forma, nem antes nem desde então.

O atrativo do restaurante russo, no entanto, não estava apenas nas sobremesas ou no *borscht*, que para mim era reconfortante por ser similar ao da minha mãe; era sobretudo as figuras que se viam por ali. O dono era um homem muito idoso, com duas filhas caladas, de meia-idade, com pescoços de cisne e colos enrugados. Ficavam sentados em uma mesa de canto, onde o pai enchia de comida a boca imensa, ou fazia a contabilidade, ou bebia com homens gordos de aparência criminosa e colarinhos reluzentes, e as mulheres apenas se deixavam ficar ali, o olhar perdido; para nós, elas relembravam os belos aposentos de seus palácios.

Marie ganhou de mim com uma carta jogada sem cerimônia, dando de ombros.

– Pronto. Ganhei, *anglaise*. Agora preciso me arrumar para sair.

– Mas aonde você vai? É sexta-feira! E o restaurante de Misha?

– Ah, podemos ir na semana que vem. Jean-Paul está chegando daqui a pouco.

Ela já estava de pé, meu lado da cama afundando de modo desconcertante. Então ela se foi, com um meneio do cabelo negro escorrido, como que para se livrar da ideia de um compromisso com uma garota sem graça que não tinha outra forma de passar uma noite de sábado além de fantasiar com imigrantes russos e comer alimentos calóricos.

Pouco depois, enquanto estava sentada na estreita varanda em busca de uma brisa, o céu empalidecendo no longo entardecer, eu a vi, cinco andares abaixo, na rua. Um estudante jovem e alto se inclinou e a beijou nas faces. Quatro beijos dados com vagar, as mãos segurando os cotovelos dela como se fossem pratos. Atravessaram a rua e desapareceram em uma transversal, a mão dele nas costas dela. Eu, levemente mal-humorada, abandonei meu posto e passei um pente pelo cabelo emaranhado, preparando-me para ir sozinha ver os russos.

Mais tarde, deitada no escuro após a meia-noite, ouvi quando ela voltou. A luz brilhou do lado de fora do meu quarto quando Marie entrou no saguão lá embaixo, e seus passos subiram, vagarosos, pela escada. Você não vai conseguir, pensei. Rápido. Eu a ouvi completar dois lances de escada quando a luz se apagou. Ela continuou no mesmo ritmo: um passo, outro, mais outro, sem pressa. No quarto escuro, na cama estreita, imaginei-me no lugar dela, a mão deslizando pelo corrimão de madeira, subindo devagar no escuro, a pele ainda recordando o toque do estudante alto, incapaz de apressar o passo. Ela ainda subia as escadas quando adormeci.

A manhã me encontrou de volta à varanda, as persianas abertas para a cidade, a pedra gelando a parte de baixo das minhas pernas enquanto o sol aquecia meus joelhos. A jardineira de uma janela mais abaixo estava repleta de flores vermelhas e brancas, e, na esquina em frente, na Sommerard, havia uma padaria. Por entre o fluxo de bicicletas, carroças e automóveis que andavam do lado errado da rua, os parisienses deixavam a sombra das árvores e cruzavam a rua para comprar pão. Quando os fregueses saíam da loja, dava para saber se viviam sozinhos ou em uma casa com crianças famintas pelo número de baguetes e sacos de *croissants* enfiados sob o braço ou em uma cesta. Os odores de Paris para mim: aqueles ovos que cozinhava em meu quartinho abafado, gerânios e manteiga.

O sol, que batia em minhas pernas por entre os edifícios e o gradil, deslizou acima dos telhados, e meu cabelo e meu pescoço se iluminaram. Naquelas manhãs, aquilo era parte do meu despertar para o mundo. Sentar e esperar que o sol aquecesse minha pele, escutando os sons da rua lá embaixo, depois voltar para dentro e ferver água na chaleira para o café. Naquela manhã, fiquei ali sentada um pouco mais que o normal. Não vinha ruído algum do quarto ao lado. Marie dormia, cansada da longa noitada, enquanto eu deixava o sol me aquecer como um abraço.

Durante todo o tempo em que estudei em Oxford, havia sonhado em ir para o exterior. Entrara no Ruskin com uma bolsa de estudos. Ele não era parte da universidade, mas sim um colégio para filhos de operários. Conheci metade do futuro Partido Trabalhista entre os professores e alunos. Foi um período maravilhoso da minha vida, repleto de gente jovem, cheias de ideias apaixonadas a respeito do mundo, mas ainda assim eu sonhava em viajar, em dar início à grande aventura que sentia estar à minha espera. De qualquer forma, quando um amigo me contou, depois dos exames finais, que uma nova escola mista em Paris precisava de um professor de inglês, passei a noite toda, enquanto os demais celebravam o fim dos estudos, tentando escrever uma carta para a diretora, em francês perfeito, a cesta de papéis a meus pés enchendo-se com as tentativas descartadas. O Colégio Ruskin me emprestou o dinheiro das passagens. Tinha vindo para Paris no outono anterior e sobrevivera a um frio invernal de gelar os pés, passando um Natal solitário em meu apartamento, para agora estar ali, naquele dia de maio, com as árvores frondosas, minha pele aquecida.

Depois dos exames finais, todos os meus amigos haviam conseguido trabalho com deputados trabalhistas ou em organizações sindicais, e, embora eu os admirasse, não podia evitar de achar um tanto árido ir para Leeds ou Sunderland e de imediato começar a trabalhar com política partidária. Tinha em mente uma rota muito mais glamorosa rumo à equidade social. Aprenderia idiomas, viveria entre as classes trabalhadoras da Europa e escreveria sobre a vida delas, seus escritos, sua educação. Desejava sair da Inglaterra, conversar em outras línguas e transformar-me, de garota inglesa bem-criada, em uma cidadã europeia, à vontade em uma dúzia de países. Tinha em mente dias de trabalho árduo à máquina de escrever, até que minhas impressões digitais estivessem cheias de tinta, e noites repletas de festas para intelectuais pobres, mas brilhantes, que vestiam paletós surrados, fumavam até morrer e tomavam vinho em canecas esmaltadas. Se ao menos soubesse quantos escritores de verdade lotavam o lugar naquela época, eu os teria perseguido pelos cafés em cada instante livre!

Ouvi uma batida à porta. Sonhava acordada no parapeito da janela, esperando que a chaleira fervesse, e me sobressaltei, apressando-me para vestir meu roupão. Nossa senhoria, uma mulher que, para mim, dormia com suas roupas parisienses sempre impecáveis, pois nunca a vira usando nada mais informal do que um conjunto social e botas altas de amarrar, entregou-me, toda solene, um papel amarelo com um telegrama. Quis ignorá-lo. Não, pensei de imediato. Meu lugar é aqui. Conquistei esse direito. Mas o pedaço de papel, eu sabia, tinha uma autoridade maior. Geoffrey era o único para quem eu escrevia. Ele precisar gastar dinheiro com um telegrama era um mau sinal.

Papai muito doente. Volte já. Ou pode se arrepender. G.

O papel tremeu na minha mão. Faltava ainda um mês para as férias de verão. Não poderia manter o emprego, nem passar o verão em Paris como tinha planejado, trabalhando em uma casa de família, se partisse agora. Fazia seis anos, percebi, desde que vira meu pai. Indignação e vergonha se confrontavam dentro de mim, e fico aliviada em dizer que a vergonha venceu, embora não por uma margem tão grande quanto deveria.

Tomei meu café enquanto, no corredor, Marie ia ao banheiro, não totalmente desperta. Por fim, ela bateu de leve à minha porta, e nossos sapatos ecoaram naqueles degraus intermináveis quase pela última vez.

Esperei na rua, ao lado dela, a bolsa na mão, meu olhar partindo da penumbra para a iluminada rua parisiense. Nosso coche se aproximou, os cavalos diminuindo a marcha até pararem sob a folhagem baixa e pálida. Fomos sacolejando, em nosso assento elevado, percorrendo as avenidas rumo à escola, ao nosso redor toda aquela gente afortunada que tinha permissão para permanecer ali, a fim de trabalhar, sonhar, planejar, escrever. A meu lado, Marie dormia recostada no assento gasto de couro enquanto diminuíamos a velocidade no caminho de cascalho que dava acesso à escola. Sacudi seu braço com suavidade ao pararmos diante dos degraus do velho edifício imponente, reformado para os filhos dos trabalhadores, o reboco se desfazendo. O cocheiro desceu, abriu a porta para nós e estendeu a mão enluvada para nos ajudar a descer. Nossos sapatos fizeram barulho no cascalho enquanto nos dirigíamos aos degraus. Senti a ponta de uma pedrinha alojar-se em um buraco do meu sapato. Tive que pisar de leve ao subir. Ela ressoava, denunciando-me, enquanto eu percorria o corredor com seu assoalho de tacos até a sala de inglês, onde as crianças me receberam com seu *Ello, Annah* pela última vez.

Geoffrey me esperava quando saí do metrô. Ele se abaixou para pegar minha mala quando nos encontramos na plataforma. Estava alto agora, impecável, seus pensamentos inescrutáveis como os dos demais adultos. Em algum lugar do rosto daquele rapaz estava o garoto que eu havia conhecido. Minha fúria se dissipou quando vi suas calças velhas e o paletó puído, o cabelo sujo, os sapatos tão vergonhosos quanto os meus, o olhar distante, as unhas roídas. Olhar para a angústia na face do meu irmão era como entrar de imediato em um mundo de doença e morte iminente. Minha separação de tudo aquilo, minha vida em Paris e, antes disso, no Ruskin, pareceram artificiais, um sonho.

Fomos direto ao hospital em Hampstead. Nunca em minha vida eu havia entrado em um lugar daqueles. Tínhamos sido crianças muito saudáveis, e, se meus pais haviam passado por alguma enfermidade, não nos tinham contado. O longo corredor recendia a escola: desinfetante e uma cozinha em algum lugar produzindo galões de ensopado insosso por atacado. Nossos sapatos rangiam pelos corredores desertos enquanto nos dirigíamos para a enfermaria, onde ele estava.

Ao final de uma fileira de camas, em um aposento mal iluminado, jazia um homem miúdo em uma longa cama branca, a cabeça pequenina perdida no centro de um grande travesseiro branco. As outras camas estavam ocupadas por um conjunto de almas infelizes, tossindo e pigarreando. Olhei de novo para o homenzinho e vi que era meu pai. Até sua mão, enrugada e pequena sobre a colcha branca, parecia ter encolhido. Meu pai querido, o imponente mercador russo da minha infância, sua compaixão e energia alimentadas, sempre, pela pobreza desesperadora quando criança, tinha sido miniaturizado. Era como se houvesse sido reduzido a algum momento anterior, como se tivesse sido levado de volta a um tempo em que não tinha nada e não era ninguém.

Geoffrey apertou-lhe a mão. Meu pai ergueu a outra, devagar, e a colocou sobre os longos dedos rosados do meu irmão.

– Então, meu Geoffrey. O que você me trouxe? – ele sussurrou.

Seguiu-se tal ataque de tosse que uma enfermeira se apressou até a cama, lançando-me um olhar severo, e o colocou sentado, encaixando o traseiro ao lado dele e lhe rodeando os ombros com o braço. Meu pai sacudiu a cabeça, mandando-a embora e acenando para que eu me aproximasse. Seus grandes olhos úmidos não se afastaram do meu rosto.

– É você, minha Hannah? Veja só, você é uma mulher agora.

Sentei ao lado dele na cama. Ele tomou minhas mãos. As dele eram tão pequenas quanto as minhas. Em minha memória, ele estava velho então, mas era mais jovem do que sou agora. Por quanto tempo estivera daquele jeito, perguntei-me, e ninguém pensara em me chamar? Olhei para Geoffrey, que olhava para papai, e recordei minha deserção, retratando-me do meu pensamento sem que tivesse sido expresso.

– Não, Hannah. Sem lágrimas. Não, minha garotinha valente. – Ele acariciou minha mão e se virou para Geoffrey, que agora olhava, com uma expressão um tanto horrorizada, para os outros pacientes. Os que estavam conscientes assistiam ao nosso pequeno drama se desenrolar. – Viu só, Geoffrey? Minha Hannah voltou para casa.

Geoffrey voltou sua atenção para nós e acenou vagamente com a cabeça. Lançou-me um olhar intrigado, como querendo dizer: o que você vai fazer agora?

– Papai, eu não sabia... – comecei.

– Psiu, Hannah. – A voz dele estava tão débil, embora houvesse sido sempre tão ressonante, forte demais, estrangeira demais. – Acha que eu atrapalharia minha Hannah e sua carreira tão importante? Uma filha minha em Oxford!

– Eu não estava na universidade.

– Psiu, quieta. Você está vivendo a vida, minha pequena. Fale-me algo em francês. Vou me lembrar.

Olhei Geoffrey de relance. Até onde sabia, ele não entendia francês.

– *Mon cher papa* – sussurrei. – *Je suis désolée que j'ai vous départis. Vous et maman.*[2]

Um sorrisinho em sua face emaciada, outra tosse.

– *N'oubli jamais ta mére, ma petite*[3] – ele disse, e era tão estranho ouvi-lo falar naquela língua, embora ele soubesse tantas. Era como se fôssemos pessoas diferentes.

– Agora leve minha pequena para casa para ver a mãe dela – ele disse a Geoffrey. – É hora da minha soneca.

---

[2] "Meu querido papai. Estou tão triste por ter me afastado de você. De você e de mamãe", em francês no original. [N. das T.]

[3] "Não se esqueça nunca de sua mãe, minha pequena", em francês no original. [N. das T.]

Os olhos dele se fecharam antes que eu me levantasse. Toquei-lhe a manga, e Geoffrey ergueu minha mala. Passamos então pela fileira de camas, os homens com seus grandes olhos ansiosos observando-nos partir.

Caminhamos através dos gramados adoráveis de Hampstead Heath, por meio das alamedas solenes, cem tons de verde vivo, em direção ao nosso lago. Quando nos aproximávamos, quebrei o silêncio.

– Você se lembra da greve? – perguntei, e ele assentiu. – Eu estava aqui. Na margem do lago. Vim ouvir o coral dos mineiros cantando para levantar dinheiro às famílias dos grevistas. Foi um pouco antes de eu ir embora para o Ruskin. Vi você olhando pela janela.

Ele fez que sim novamente.

– Você me viu, Geoffrey?

– Vi, sim, Hannah.

– Então por que não desceu para falar comigo?

– Você parecia estar chorando. Achei que era algo... particular.

– Ah. Foi o coral. Você ouviu quando cantaram *Bread of Heaven*? Nunca tinha ouvido nenhuma interpretação assim do segundo hino nacional do País de Gales. Era... não consigo explicar. Era sobre ser pobre, e de algum modo eu podia ouvir o som de Gales na voz dos homens. Fiquei parada do lado de fora da nossa casa e não fui capaz de entrar. Você os ouviu?

– Sim. Escrevi sobre eles no meu jornal.

Eu ri.

– O *Hampstead Herald*. Ele deu uma guinada política?

– Naquela época eu já trabalhava para o *Herald* de verdade.

Olhei para ele.

– Não! – Levei a mão ao coração. Estávamos chegando em casa. Parei antes da estreita abertura na sebe pela qual alcançaríamos as portas francesas.

– Você trabalha para o *Daily Herald*? Você é escritor? – Percebi que em minha mente ele ainda era um estudante, sem ter me dado o trabalho de perguntar.

– Por que está tão surpresa?

– Você escreve para o Partido Trabalhista?

– Também escrevo alguns artigos para o pasquim comunista de Pankhurst, com um pseudônimo. Não conte a ninguém. Eu perderia meu emprego.

– Estou assombrada.

Ele riu, e entramos. Benjamin desceu correndo as escadas, seu ar infantil já ausente, mas ainda esguio e cheio de energia como um cachorrinho, e usando, espantosamente, o uniforme da RAF. Que jovem atraente ele era. Fiquei, de novo, assombrada com mais um irmão meu. O cabelo preto dele *reluzia*.

Não vi minha mãe até o dia seguinte, quando ela voltou do hospital ao nascer do sol. Estava em minha antiga cama, meu quarto ainda exatamente como era, exceto que Geoffrey havia roubado a escrivaninha. Quando acordei, ela estava sentada perto de mim, na cadeira colocada naquele horrível vazio que a escrivaninha deixara. Não disse uma palavra, mas, quando meus olhos pousaram em seu rosto, mais velho agora, todos nós mais envelhecidos, seu queixo tremeu por um instante, e eu soube que meu pai se fora. Chorei em seu colo até que os rapazes entraram, e todos ficamos sentados na minha cama de mãos dadas até que o sol entrou no quarto. Havia perdido um tempo irrecuperável, os últimos anos da vida do meu pai, e ainda assim nem minha mãe nem meus irmãos, nem naquele momento nem depois, jamais disseram uma palavra sequer de reprovação.

Voltei à minha vida londrina de frequentar as reuniões do Partido Trabalhista e visitar a livraria em South Hill, desejando ter uma fonte de renda que me permitisse comprar tudo em que punha as mãos. Algumas noites me deixava ficar na cama de Geoffrey enquanto ele se sentava à minha pequena escrivaninha preta, diante de uma máquina de escrever brilhante com teclas prateadas. Ficava arqueado sobre ela, como se a conectasse ao funcionamento do próprio corpo. Suas omoplatas estiravam o paletó de *tweed*, e ele fumava, olhava pela janela ou fixava o olhar em mim, suponho que sem me ver de verdade, datilografando com fúria as palavras, lendo-as para mim depois de um par de parágrafos. Ele escrevia sobre o aumento do desemprego, os *wobblies* (membros do sindicato Trabalhadores Industriais do Mundo) nos Estados Unidos, o fascismo na Alemanha e na Itália. Tinha amigos nesses lugares, mas também viajava muito. Referia-se a Pankhurst por seu primeiro nome, Emmeline.

Ele havia se tornado alguém inacreditável enquanto eu dava uma olhada para o outro lado. Tossia na fumaça de seus cigarros intermináveis.

– Sim, muito bom. Bem provocador – dizia-lhe a cada tanto. Às vezes, eu podia dar alguma sugestão, que ele aceitava e incluía, concordando com um aceno sério de cabeça, e eu precisava acalmar a leve comoção em meu peito.

Benjamin vinha da base em alguns finais de semana, e tudo ficava mais alegre quando ele estava em casa. De vez em quando, me dava algum trocado. Para comprar chapéus, ele dizia, mas eu comprava livros; ocasionalmente, um par de sapatos. Estava ciente de que fazia preparativos, estocando provisões para minha próxima aventura. Um sábado fui com os dois ao *pub*. No canto ao sul dos gramados, havia uma pequena taverna, escura e fumacenta, repleta de trabalhadores e algumas mulheres de roupas chamativas, que a distância pareciam glamorosas, mas de perto eram velhas e pesadas, masculinizadas. Sentamos com copos de cerveja diante de nós e contamos histórias sobre nosso pai, imitando a voz dele. Benjamin foi perfeito:

– *Crianças! Há cristãos batendo à porta! Venham, venham! Venham convertê-los!* – e batia na mesa. Até o momento em que erguemos os olhos e vimos o dono de pé ao nosso lado.

– Vocês não deveriam estar com esta senhorita aqui. Ela já fez 21 anos?

– Ela não é uma senhorita – indignou-se Benjamin. – Ela é nossa irmã.

Geoffrey ficou de pé e pegou-me pelo cotovelo.

– Você é um homem rude – falei, agitando minhas luvas na direção do dono. – Para sua informação, tenho 23 anos e sou uma mulher do mundo!

Escorreguei um pouco nos degraus ao sair. Não devia ter começado o segundo copo de cerveja.

Estava desesperada para ir embora de novo. Tinha a sensação de ter sido puxada para trás, como uma tira de borracha, afastada da vida que acenava para mim. O tempo todo escrevia cartas para velhos amigos do Ruskin, para meus contatos no Partido Trabalhista que tinham começado a se espalhar pelo país, para qualquer um de que conseguisse me lembrar e que pudesse saber de alguma oportunidade de viagem e trabalho, de um recomeço para minha carreira interrompida. Era emocionante observar Geoffrey em sua vida de jornalista, mas também me cortava o coração vê-lo escrever suas histórias em minha própria escrivaninha.

Certa manhã de agosto, recebi uma carta de uma amiga que ainda estava em Oxford, uma escocesa adorável, Annabel McCloud. Minha mãe a trouxe a meu quarto junto com minha xícara de chá. Eu havia assistido a aulas de economia com Annabel; nós, garotas, nos sentávamos a um lado, longe dos rapazes, mas de qualquer modo estávamos ali no teatro, com permissão para ouvir, anotar e aprender. Eis aqui a carta dela, numa caligrafia de menina, dentro do meu diário, no dia 9 de agosto de 1930.

Querida Hannah, ela começa. *Tenho pensado muito em você ultimamente. Tenho uma proposta para lhe fazer...*

Ela parecia ter ganhado uma bolsa de estudos do Ruskin para viajar, que presenteava a generosa quantia de quinze libras a uma mulher, para fins de viagem e estudo, "com um foco particular na educação de trabalhadores". Oh, pensei. Aquilo tinha sido feito para *mim*! A mãe de Annabel estava doente, prosseguia a carta, e ela não podia aceitar a bolsa. O colégio poderia dá-la a mim, com muita satisfação, já que suas finalidades estavam tão próximas dos meus desejos, tantas vezes expressos. A bolsa seria para uma viagem a Berlim, pois Annabel já havia feito os preparativos para ir para lá. Eu ficaria hospedada com trabalhadores e deveria assistir às aulas em um colégio para trabalhadores, durante algum tempo após minha chegada, e depois disso estaria livre para cumprir os termos da bolsa da maneira que quisesse. Annabel não poderia prever o rumo em que me colocaria. Alegra-me ainda ter sua carta, e o fato de sua mãe ter adoecido, embora torça para que ela tenha se recuperado depressa e continuado firme e forte até uma idade avançada.

Corri para o quarto de Geoffrey, a carta na mão. Ele havia trabalhado até tarde em um artigo e agora dormia, deitado por cima das cobertas, totalmente vestido. Sacudi a carta perto do rosto dele.

– Vou para Berlim! Vou frequentar um colégio para trabalhadores lá! Geoffrey, acorde!

Ele me olhou com olhos sonolentos.

– Bom, então me escreva – respondeu. – Aí eu faço um artigo sobre isso.

Tudo que eu tinha a fazer agora era aprender alemão, e comecei no mês seguinte, com alguma ajuda de Geoffrey e um dicionário que encontrei na biblioteca. Confesso aqui o único roubo que cometi na minha vida. Quando chegou a hora da viagem, não devolvi aquele dicionário, colocando-o na minha mala com meus sapatos novos. Ele se desfez, folheado até a morte, antes que a década de 1930 chegasse à metade. Mais tarde, nos anos 1940, quando voltei brevemente à casa da minha mãe pelo mais desesperador dos motivos, algo me fez tirar dois xelins das minhas parcas economias, colocá-los em um envelope e introduzi-los na fenda de devolução de livros.

Mas estou me adiantando. Antes, minha grandiosa partida. Quando meu trem deixou a rua Liverpool, Benjamin acenando-me em seu uniforme, e a garota gorducha sentada diante de mim olhando-me com clara inveja, o caderno de notas já estava aberto no meu colo. Meu olhar recaiu sobre minha pulsação, visível e forte. Fiquei olhando o coração em miniatura batendo em meu pulso. Minha esperança secreta: que a ponta da minha pena pudesse perfurar a casca do mundo, abrindo-o para mim.

Entrei em Berlim quando a manhã luminosa se espalhava pelos campos e florestas. Viajara tanto para o leste que tinha a impressão de que, se continuasse um pouco mais, chegaria à terra dos meus pais e dos meus avós. Olhei para os pinheiros escuros reunidos ao longo dos trilhos, perturbada pelo vazio negro entre eles, tão diferente da sombra acolhedora de uma floresta inglesa.

Fiz a baldeação para Wedding e, assim que entrei no novo trem, vi um trio de garotas, ainda não chegadas aos vinte anos, recostadas no assento e olhando disfarçadamente um grupo de membros das SA que estavam na outra extremidade do vagão. Instalei-me em um assento perto delas e fiquei observando enquanto cochichavam entre si. Uma delas me lançou um sorriso. Sorri em resposta, feliz por ter sido aceita por uma berlinense. As jovens usavam blusas abertas ao pescoço, e os colos bronzeados reluziam no calor do fim do verão. Todas usavam cabelo curto, as mechas ocultando os olhos.

Segui o olhar delas até os rapazes. Havia cinco deles, que fingiam não notar as admiradoras, falando um pouco alto demais e se esmurrando de brincadeira. Os uniformes políticos estavam banidos à época, mas estavam vestidos da mesma maneira, camisa branca e calça cinzenta, com botas bem lustradas e cabeça raspada, e olhavam ao redor com o ar confiante dos homens que estão na companhia de sua gangue. Ficavam em pé sem segurar nas alças de couro que pendiam acima deles, enquanto o trem sacolejava e entrava veloz nas curvas, parando aos solavancos nas estações. As pernas musculosas, delineadas pelas calças justas, mantinham-nos equilibrados enquanto, ao redor deles, mulheres lutavam com carrinhos de bebê, homens com pastas passavam por eles sem reclamar e crianças brincavam pelo corredor, tratando-os como uma grande peça de mobiliário ou uma parede que deve ser contornada, sem pensar muito a respeito.

Depois de algum tempo, um deles acenou com a cabeça para os companheiros. Separou-se da matilha e se aproximou das garotas, vindo em minha direção pelo corredor. Fiquei olhando, invisível, a atenção dele concentrada em outro ponto. Quando chegou perto de mim, senti o cheiro de sua colônia, vi como as sobrancelhas quase se uniam no centro da testa e ouvi o breve suspiro enquanto ele reunia coragem para falar com as jovens. Estava bem próximo. Se ele se sentasse ali, no lugar livre diante de mim, tinha certeza de que, com tempo suficiente, poderia persuadi-lo a mudar de ideia sobre quem era, sobre o propósito de sua vida. Era essa minha visão da política naquela época: que, apenas tendo oportunidade de explicar as coisas, todo tipo de progresso poderia ser feito. Essa visão se tornou um pouco menos flexível desde então.

Quando chegou até as garotas, a porta se abriu e vi que era a estação de Wedding. Levantei-me depressa, levando minha mala e passando pelas moças, enquanto elas olhavam para cima, para o jovem, esperando para ver o que diria, ou para *quem* diria. Desci do trem, a mala batendo em minhas pernas. A plataforma estava repleta de homens que olhavam para o chão, vestidos com velhas camisas azuis, calças rotas, bonés desbotados. Havia mulheres com roupas tão puídas quanto os homens, envelhecidas antes do tempo. Mães jovens com dentes faltando, empurrando carrinhos de bebê, as roupas desbotadas e os cabelos sem vida. Quando saí da estação, havia alguns homens zanzando por ali, e, ao me aproximar, um homem magro, encurvado, com uma barba emaranhada, parou diante de mim e estendeu dedos tortos e trêmulos na direção do meu queixo, como se fosse acariciá-lo.

– *Entschuldigung* – disse eu, tão claramente quanto podia. – *Ich habe keine.*[4]

Ele passou por mim, bem perto, seu hálito podre, o casaco exalando um cheiro rançoso de fumo velho. Pensei de imediato nos Reichsmarks, o

---

[4] "Desculpe. Não tenho nada", em alemão no original. [N. das T.]

dinheiro preso no forro da minha mala, e enrubesci, caminhando depressa para sair dali.

Encontrei o endereço com facilidade, um prédio de apartamentos de aparência bem-acabada, com faixas de tecido estendidas por dentro das janelas. Pousei a mala no chão e ergui os olhos para o edifício. A rua estava vazia, o sol quente em minhas costas. Vesti meu casaco, pois ele não cabia na mala com os livros que eu havia acumulado ao longo do verão. A rua estreita era muito quieta, o ar pesado com o cheiro de esgoto e lixo. Por um instante, considerei a ideia de voltar para casa, para meu quarto tão agradável, para a comida da mamãe e as provocações dos meus irmãos. Podia conseguir trabalho como secretária de algum deputado. A imagem de Geoffrey em minha escrivaninha apareceu-me: batendo nas teclas, uma após a outra, empurrando a alavanca do retorno, um cigarro pendurado no canto da boca. Então, ergui a mão e apertei a campainha. Ouvi-a soar forte lá dentro e perguntei-me quem eu estaria incomodando, e se a família de fato estaria me esperando. Sabia que o Ruskin pagaria uma quantia modesta por minha hospedagem e fiquei pensando se não seria uma fonte de ressentimento, uma obrigação difícil, em algum lar repleto de problemas.

Agora era tarde demais para me preocupar com isso. A porta se abriu e uma cabeça apareceu, a baixa altura, tão baixa quanto a minha, e ali estava uma mulher tão pequena quanto eu, com um rosto oval adorável, os cabelos presos para trás, sorrindo cordialmente. Tinha seus trinta anos, uma boca generosa, dentes muito brancos e olhos verdes com rugas suaves nos cantos. Que coisa era estar em outro país, dependendo de desconhecidos, e ver que um deles estava feliz em ver você. O que teria acontecido àquelas pessoas? Aqueles prédios já não existem mais. Toda a rua foi destruída pelas bombas inglesas durante a guerra.

A mulher estendeu a mão através da porta e segurou meu pulso, puxando-o com suavidade.

– *Fräulein* Jacob?

– *Meinen Koffer*[5] – disse-lhe.

---

[5] "Minha mala", em alemão no original. [N. das T.]

Libertando-me do toque suave, recuei até o degrau de entrada para pegar minha mala. Ela esperou por mim, sorrindo à luz mortiça, as mãos entrelaçadas diante do avental.

– *Kommen sie bitte.*[6]

Ela me levou para baixo, por meio lance de degraus de pedra, onde estava ainda mais escuro e o frio da pedra passava pela sola dos sapatos, mesmo sendo verão. Ela abriu a porta a nossa frente, pegou minha mala e ficou de lado para que eu entrasse. Era um quarto sombrio, mais ou menos do tamanho da cozinha lá de casa. A janela pequena, bem no alto, mal iluminava o cômodo apertado, que continha uma cama estreita, um catre a seus pés, uma bancada de cozinha com um fogão e armário, um suporte para bacia, um varal de metal pendendo do teto e uma mesa de jantar que, embora pequena, era grande demais para o espaço disponível. Um homem e uma criancinha de gênero indeterminado sentavam-se à mesa, os pratos diante de si, olhando para mim, ou pelo menos para meu vulto escuro recortado contra a porta aberta. Depois de longos segundos, consegui dizer olá e entrar no aposento para que minha anfitriã entrasse atrás de mim, embora isso significasse me apertar contra uma cadeira e quase cair por cima das pessoas sentadas à mesa.

A criança, que parecia ser uma menina, riu de mim assim que falei. Meu sotaque era suspeito até mesmo para um bebê. Disse a mim mesma que havia aprendido alemão sozinha, às pressas, basicamente com um dicionário. A mulher me instalou à mesa, perguntando sobre minha viagem, e o homem, pondo-se de pé, me ofereceu a comida que estava na bancada. Fiz o melhor que pude para sorrir para o bebê.

Empurraram em minha direção pedaços de pão e uma jarra de leite. A mulher, que àquela altura já havia se apresentado como *Frau* Gunther – Anna –, ofereceu-me um prato e uma caneca. Puxei-os para perto de mim, hesitante. Meu estômago ameaçava roncar. Mudei de posição na cadeira para acalmá-lo. Não havia trazido nada para comer durante a última parte da viagem de trem, pois não tinha experiência em planejar com antecedência, mas a comida ali era tão escassa que fiquei pensando o que aquela criança comeria no almoço se eu comesse seu pão agora. Ficaram me olhando, à espera, e assim

---

[6] "Entre, por favor", em alemão no original [N. das T.]

peguei uma fatia pequena e mordi. Assenti com a cabeça, sorrindo: meu primeiro contato com o pão de massa azeda. Tinha casca dura, saborosa.

O homem se afastou da mesa. Era mais sério que a esposa, mas também atraente e, como ela, pequeno. Era magro, mas aprumado, o cabelo preto e denso, ficando grisalho nas têmporas. Fazia frio naquele aposento construído dentro da terra, mas o odor de corpos me fez sentir calor, e achei que talvez a criança estivesse com a fralda molhada. *Herr* Gunther deu um sorriso tímido, enquanto eu mastigava o pão o mais devagar possível, e moveu-se até o final da mesa, dando-me as costas. *Frau* Gunther alimentou a criança com uma papa que raspara de uma panela com uma colher de pau. Um movimento por trás dela capturou minha atenção por um segundo, horrorizando-me. O homem tirava a camisa. Fixei os olhos na comida, no bebê, na mulher, que agia como se nada de errado estivesse acontecendo. Olhei para o último resto do pão, que estivera tentando comer bem devagar, mas que de algum modo já tinha quase sumido, e o coloquei na boca.

O homem se lavava, jogando água da bacia sob os braços, sobre os ombros, pelo cabelo. Sacudiu a cabeça, gemendo baixinho de frio. A mulher se debruçava sobre a criança, tentando fazê-la comer as últimas colheradas. Engoli o pão e olhei de relance na direção da outra extremidade da mesa. Afinal, nunca tinha visto as costas nuas de um homem adulto antes. Houvera os homens em mangas de camisa remando em Oxford, antebraços rosados e reluzindo ao sol, as costas retesadas sob o algodão fino, e os veranistas em Brighton com seus trajes de banho, mas nunca a coluna vertebral nua, com suas ondulações, o arcabouço das costelas, os músculos das omoplatas, todos juntos em um corpo masculino. Tudo isso eu absorvi em um breve instante. Uma migalha ficou presa na minha garganta e tentei não tossir. Meu prato já estava vazio, e sorri temerosa para a mulher, que me olhava, esperando talvez que eu falasse, que dissesse quais eram meus planos.

Sentia-me desesperada para sair dali, para ganhar a rua ensolarada. O homem pegou a camisa de onde a colocara com cuidado, sobre a cadeira, e vestiu-a, dando alguns puxões de ajuste no tecido, que aderira aos ombros úmidos. Como se diz em alemão? Pensava furiosamente, e então as frases saíram da minha boca sem os detalhes que emprestam cortesia à linguagem:

– Quero conhecer Berlim. Vou encontrar um amigo. Vou voltar de tarde.

Era verdade. Tinha um compromisso. Um membro do SPD ia me levar para conhecer uma fábrica, e no dia seguinte um albergue, para que eu visse como o povo vivia. Sempre fora o objetivo deles que eu relatasse a alguém importante as dificuldades que os trabalhadores e desempregados alemães enfrentavam, a intimidação constante dos nazistas, as agruras impostas ao país pela dívida externa da última guerra. Estavam desesperados, ou esperançosos demais, ao acharem que alguém como eu poderia ajudá-los, e ficava feliz em acreditar neles.

Tirei uma cédula de dentro da minha mala enquanto cuidavam do bebê e deixei minhas coisas guardadas embaixo da cadeira.

– Vou lhe dar alguma comida para levar – disse *Frau* Gunther.

– Não – apressei-me em responder. – Vou almoçar com meu amigo.

A fábrica fazia botões e empregava mulheres que se sentavam diante de longas mesas, bordando, pintando, selecionando itens sob luzes que pendiam em altura bem baixa. O trabalho parecia exaustivo. Era angustiante vê-las segurando os botões tão perto do rosto, e ver como, ainda assim, era longa a fila de mulheres à porta em busca de emprego; as expressões mais desesperançadas eram daquelas que traziam filhos pequenos ao lado. Agradeci mentalmente a meu pai por ter me dado educação escolar e saí para almoçar com meu colega, exausta e me sentindo longe de casa.

Depois de uma tarde cochilando no fundo da sala, durante uma aula para trabalhadores sobre Goethe, da qual entendi muito pouco, decidi que era hora de usar meu dinheiro em um café na Unter den Linden. Em pouco tempo, um festim apareceu diante de mim: café, pilhas de pão, presunto, picles, queijo. Sem me deter para pensar em toda a gente faminta que eu tinha visto naquele dia, devorei tudo. Pedi outro café, enquanto observava o fluxo do trânsito, os trabalhadores aos poucos sendo substituídos pelas várias gangues que se viam naqueles dias. De alguma maneira, era possível saber a que grupo pertenciam, apesar da proibição aos uniformes. Os nazistas passavam em grupos maiores, todos com o cabelo raspado, só atrás ou a cabeça toda. Os comunistas sempre gritavam muito, e os do SPD eram relativamente respeitáveis e vigilantes. Havia um grupo deles sentado na mesa ao lado da minha, homens e mulheres, conversando em tom conspirador, olhando ao redor.

Uma maré de gente passava pela minha mesa à medida que o céu perdia cor e o sol se ocultava por trás dos edifícios. Muitos não iam ver, durante os próximos dois dias, uma quantidade de comida equivalente à que eu havia consumido em quinze minutos. Quando terminei o café, percebi que devia ir para casa, que meus anfitriões poderiam estar preocupados, que seria rude ficar fora por tanto tempo. Ah, mas eu não queria ficar naquele cômodo, por mais que gostasse dos Gunther. Como poderia passar o fim de tarde naquele espaço tão apertado? E onde eles pensavam em me instalar para passar a noite? Quando estava me resignando ao fato de que, qualquer que fosse a solução, tentaria apenas tirar dela o melhor proveito, um homem com uma jaqueta de algodão azul e uma barba muito ruiva sentou-se à minha mesa.

– Bem-vinda a Berlim, *Fräulein* – disse em inglês.

Hesitei. Na França, eu poderia ter me safado com alguma mentira. Meu sotaque em Paris era aceitável.

– Como soube que sou inglesa? Não me ouviu falando.

Ele bateu com um dedo no nariz.

– Sei algumas coisas. – Ele estendeu a mão por cima do meu prato cheio de restos. – Viktor. Prazer em conhecê-la. – Ao mesmo tempo, acenou com a outra mão, chamando o garçom. – Duas cervejas, por favor. Esta dama parece estar com sede.

Apertei a mão dele.

– Na verdade, não tomo cerveja – disse-lhe.

– Está em Berlim agora.

Bom, pensei, de qualquer modo, eis uma desculpa para adiar por meia hora a volta as minhas acomodações.

– É minha vez de tirar uma conclusão sobre você – falei. Tive que erguer a voz, pois um homem havia começado a tocar acordeão no café ao lado. O pessoal educado, na mesa vizinha, passou a lançar olhares em nossa direção. – Estou imaginando que você é um comunista. Estou certa?

Os copos de cerveja chegaram à mesa. Ele ergueu o dele, sorriu e bebeu. Estendeu a mão, indicando as pessoas que passavam na rua e que agora eram muitas. As calçadas transbordavam com grupos de homens; algumas mulheres, conversando entre si, olhavam para os outros grupos enquanto passavam.

– Uma de cada três dessas pessoas é comunista – ele respondeu com um sorriso. – Mas vou lhe dizer uma coisa, *Fräulein*. Todos eles vão se tornar nazistas muito em breve.

– E por que está tão certo disso?

– Amo meus irmãos, mas eles são a ralé. As coisas foram realmente bem planejadas. Já viu os desfiles?

– Mas com certeza aquilo em que você acredita vai de encontro a isso, não vai? Ou você acredita numa partilha justa entre todos, em maior ou menor grau, ou acredita naquele lixo que pregam. – Bebia um pouco depressa demais, por causa do nervosismo. – Com certeza você percebe que eles são loucos, certo?

– Ah, sim, você e eu sabemos disso, mas não tenho tanta certeza disso quando o assunto são meus camaradas. – Nossos vizinhos nos encaravam abertamente agora. Era provável que ao menos um deles entendesse inglês. Uma das jovens murmurava para os demais enquanto falávamos. O homem se inclinou para a frente. – Mas não se preocupe. *Eu* não vou me juntar àqueles brutos.

– Onde aprendeu a falar inglês? É bem fluente.

– Em Londres. Sou um viajante.

Sorri.

– Sim, eu também.

E conversamos por algum tempo sobre Londres, onde ele fora professor de alemão, e nossos amigos perderam o interesse em nós. Depois de algum tempo, vi-me pagando pelas cervejas, das quais ele agora tinha tomado duas, junto com meu jantar. Teria que ser mais cuidadosa com o dinheiro. Se o esbanjasse daquele jeito, acabaria depressa com meu fundo de viagem, e ainda não tinha como ganhar mais. O colégio havia dito que talvez pudessem me colocar em contato com os sindicatos, que poderiam ter algum trabalho de tradução disponível, mas por ora meu alemão era praticamente nulo, e ali estava eu, tagarelando em inglês.

– Escute, Viktor, estou aqui para aprender alemão. Você deve me deixar ao menos tentar.

Ele concordou, e de imediato nossa conversa ficou bem mais básica.

Levantei-me para partir, pensando que agora eu precisava mesmo voltar à casa dos Gunther, antes que escurecesse. A avenida ampla estava repleta de gente e vozes, e vários acordeões que entravam em conflito.

– Preciso ir para a estação – falei, cautelosa. – Meu pessoal está me esperando.

Senti aquela antiga impaciência por não dominar um idioma. Não era eu mesma quando não podia dizer exatamente o que queria. Quando falávamos em inglês, havia um subtexto na conversa. Havia significado tanto sob a superfície das palavras quanto acima dela. Agora eu estava reduzida a uma simplicidade insossa.

– Vou acompanhá-la. Estas ruas são um pouco agitadas à noite.

E assim me vi percorrendo a Unter den Linden de braços dados com um comunista de barba vermelha a respeito do qual eu nutria certo temor de se transformar em nazista a qualquer momento. Bem naquela hora soaram buzinas ao longo da rua, além de uma intensa gritaria, e multidões começaram a se afastar nas calçadas, enquanto passava uma procissão de ônibus cheios de membros das SA, com camisas brancas em vez de pardas. Cantavam alto enquanto os tocadores de acordeão ficavam imóveis, os dedos ainda nas teclas, abafados pelo desfile.

– As músicas políticas não tinham sido proibidas? – perguntei a meu acompanhante.

– Eles mudaram a letra. Escute. Não há nenhuma menção à suástica. Só falam de céus azuis e campos verdes, como se fossem fazendeiros.

– Aonde estão indo?

– Para um comício. – Ele se deteve na calçada por um momento, em meio à multidão, e me olhou bem nos olhos. – Ei, que tal? Vamos também.

– A um comício nazista?

– Sim, claro. Creio que vai achar interessante.

– Vão nos deixar entrar?

– Talvez sejamos perfeitos jovens nazistas. Como vão saber?

Nossa, pensei, quando uma onda de emoção surgiu dentro de mim, deixando-me zonza.

– Tudo bem. Como encontramos o lugar?

– É só seguir a procissão. Veja.

Vi que, de fato, boa parte da multidão agora ia junto com o desfile, pois os ônibus seguiam a uma velocidade de caminhada, e assim apenas nos juntamos ao fluxo, o que era, na verdade, muito mais fácil do que tentar ficar parado em meio ao movimento. Seguimos a passeata por uma rua lateral até um auditório e fomos com a multidão para dentro da penumbra do edifício, meu amigo sorrindo o tempo todo. Parecia achar aquilo tudo uma grande travessura.

Ele me guiou, a mão nas minhas costas, até um pequeno grupo de sujeitos de aparência feliz, à esquerda do palco. Eles acenaram com a cabeça quando nos unimos a eles, e tive a impressão de que estavam ali para fazer barulho. Mas, na verdade, haveria alguém ali que não estivesse? Bem na frente do auditório formava-se uma fileira de camisas pardas e camisas brancas, criando uma barreira entre a plateia e o palco. Então, três homens subiram na plataforma elevada, e a plateia começou a se aquietar. As grandes portas de madeira fecharam-se, e o primeiro dos homens fez um gesto de cabeça para os fundos do recinto e se lançou de imediato ao seu discurso. Não entendi a maioria das palavras; mesmo que meu alemão fosse melhor, ainda assim teria sido difícil acompanhar. Era incrível: ele simplesmente começou a gritar no momento em que abriu a boca, e a plateia passou a berrar junto. Ele gritou várias vezes as palavras *Juden raus*,[7] que eu, é claro, conhecia, e a turminha a minha volta começou a agitar os punhos no ar, vaiar e sibilar para ele e para os outros membros da plateia, que aplaudiam e batiam os pés. Era eletrizante ouvir vozes humanas promovendo aqueles sons. Para minha surpresa, logo me juntei a eles, e éramos como gatos durante a noite, arrepiando-nos e berrando para todos ao redor. As fileiras atrás das nossas passaram a nos empurrar para a frente, mas as da frente não podiam se mover, pois estavam bloqueadas pela linha dos membros das SA diante do palco, de modo que estávamos sendo espremidos mais e mais; o homem no palco gritava com cada vez mais fervor e, de nossa parte, vaiávamos tão alto que nada que alguém dissesse podia ser compreendido. A essa altura, Viktor dava saltos, atirando-se para a frente, sua face, antes alegre, agora contorcida, aterrorizante. Não estava claro, de forma alguma, de que lado ele estava.

---

[7] "Fora, judeus", em alemão no original. [N. das T.]

Tive de parar com qualquer tipo de som depois de alguns momentos, pois corria o risco de ser esmagada e tentava me manter ereta, apoiando uma das mãos nas costas à minha frente. Então, os membros do nosso pequeno aglomerado foram de repente espremidos para o lado, quando as fileiras da frente e de trás convergiram, e fomos expulsos da multidão para uma área lateral de onde não se via o palco, e que por isso estava quase vazia, exceto por dois membros das SA que ladeavam uma saída aberta para o ar do fim de tarde. Um deles avançou sobre mim, agarrou meu braço e me empurrou pela porta, rumo à escada de incêndio metálica. Virei-me para protestar e choquei-me com o corpo do próximo manifestante a ser expulso, seguido por mais dois; Viktor ficou para trás na massa turbulenta dentro do auditório. Os outros tentaram forçar caminho para voltar a entrar, mas a porta se fechou, e nos vimos na rua relativamente quieta, escutando os sons abafados do caos do lado dentro. De imediato eles começaram a esmurrar a porta, mas o ar fresco me trouxe de volta à razão, e desci depressa os degraus, afastando-me pela rua em busca da estação mais próxima de U-Bahn, o metrô.

Recuperei o fôlego enquanto andava entre as pessoas na rua. O que, pelos céus, tinha acabado de acontecer? Era uma revelação ver como uma sala cheia de pessoas gritando podia, tão depressa, levar alguém a esquecer por completo a própria segurança, a gritar e a insultar com a ferocidade de um piqueteiro. Agora que havia passado, senti a excitação escorrer de meu corpo, deixando-me totalmente exausta. Por sorte, cheguei logo a uma estação e me arrastei escada abaixo, os pés doendo, procurando no bolso as moedas para comprar a passagem. Fiquei aliviada ao descobrir que meu dinheiro ainda estava ali. Era como se houvesse sobrevivido a uma inundação ou a um incêndio, e esperasse que agora tudo fosse diferente, que fosse recomeçar do nada.

Quando cheguei ao apartamento, já não me importava como ficaria acomodada. Estava escuro, e os mendigos haviam avançado em minha direção na plataforma da estação de Wedding, de modo que me senti compelida a caminhar depressa apesar das pernas doloridas e do espírito esgotado.

Quando bati, a senhora Gunther atendeu tão depressa que era como se tivesse esperado o dia inteiro atrás da porta. Uma vez mais ela segurou meu pulso e me puxou para dentro. Sua mão era fria e macia, a despeito do trabalho pesado que ela sem dúvida fazia diariamente.

– *Fräulein* Jacob, venha para dentro. Deve estar muito cansada. Venha, tome um leite morno com Trudel.

Parei no corredor, iluminado por uma lâmpada fraca. Reuni minha última gota de energia para encontrar as palavras de que precisava, a mão dela ainda rodeando meu pulso.

– *Frau* Gunther, onde vou dormir? Não há espaço.

Ela deu um sorriso tímido.

– Está tudo bem. Preparamos tudo para recebê-la. Você é bem-vinda aqui. Vai ver.

Entramos mais uma vez no pequeno apartamento. A princípio não entendi o que via. O cômodo estava mais escuro do que antes, a janela se abrindo para a escuridão da noite, embora houvesse no peitoril uma fileira de velas de igreja em potes de vidro vazios. Ouvi o riso da garotinha. Diante de mim, a mesa estava virada com os pés para cima, a cavidade preenchida com cobertores e travesseiros, e a garota estava sentada lá, acomodada no colo do pai, tomando leite. Conseguia entrever o rosto deles à luz de velas, o bebê apoiado ao peito do pai.

– Ernst está quase saindo para seu turno de trabalho – *Frau* Gunther sussurrou atrás de mim. – Esperamos que esteja tudo bem para você. Na verdade, é bem confortável. Mas, se não gostar de dormir no chão, será muito bem-vinda na minha cama.

– Ah, não, está perfeito – respondi, enquanto *Herr* Gunther ficou de pé, entregando a garotinha com suavidade para a esposa, beijando-a na testa.

Sentei-me no espaço aconchegante que eles acabavam de deixar, enquanto *Frau* Gunther me servia, em uma caneca, um pouco de leite da jarra que estava em cima do fogão.

Eles conversaram baixinho do outro lado da porta, e então o marido se foi, subindo as escadas, e ela voltou com a criança. Fiz o possível para lhe contar um pouco do meu dia antes de perder a consciência.

Emil
Duisburg, 1932

Era o dia mais quente do verão, como um dos dias da minha infância, embora já estivesse no fim da estação. Emil estava de pé em frente à fábrica, em mangas de camisa, observando o velho barco de madeira chegando ao cais. Lá estava Christian com seu velho boné azul e óculos redondos, fumando o cachimbo enquanto atracava. Emil deixou o cigarro cair no rio. A água se fechou sobre ele, uma lâmina lisa de aço azul enrugando-se brevemente.

Schulman, o responsável pelos funerais, alimentava os cavalos no pátio. Eles resfolegavam baixinho. Cavalos bons, Emil notara ao entrar, muito calmos. Em outro momento, perguntaria se seu filho poderia montar um deles, se o homem não se importasse em ter contato com Emil. Desde a eleição, algumas pessoas ficavam nervosas em serem vistas com ele.

Christian não tinha um guincho no barco. Ele o amarrou ao cais e colocou a prancha de madeira na parte de trás. Emil viu de imediato os engradados compridos, entre uma pilha de caixotes menores que continham sabe-se lá o quê, e ergueu um deles por uma das extremidades enquanto Christian o erguia pela outra. Tagarelava em flamengo e erguia os engradados, apertando cordas, o tempo todo fumando o cachimbo. Emil o conhecia desde os dias na Siemens e nunca o vira sem ele. Ele fumava na sala de máquinas e até mesmo durante as inspeções, quando estavam alinhados e uniformizados, durante a visita de autoridades da companhia a um novo navio. Haviam dividido a mesma cabine. Toda noite o homem enchia o cachimbo uma última vez antes de deitar e adormecia quando estava quase no fim. Fumava-o com precisão elegante, mesmo quando estavam bebendo.

Levaram as caixas longas, uma a uma, para um carrinho de transporte que estava na margem e começaram a conduzi-lo com cautela pelo gramado, passando pela fábrica e indo ao pátio onde Schulman esperava com os cavalos. Ele saudou Emil e Christian enquanto transferiam a carga para a carroça coberta, mas não fez menção de descer e ajudar. Enquanto apertava a mão de Christian, o cachimbo ainda grudado em seus lábios, Emil ergueu o olhar para além dele, vendo as venezianas se entreabrirem na janela no alto da parede. Deu um breve aceno de cabeça.

Emil subiu na carroça com as caixas, puxou a aba de lona atrás de si e a amarrou. Viu um cobertor velho em um canto e o enrolou para se sentar sobre ele. Através da fresta viu o barco dando ré de volta para o rio, o motor trabalhando, e depois observou a esteira que se formou atrás dele, o rio ficando plano de novo enquanto os cavalos faziam força puxando os arreios.

Continuou olhando para trás enquanto seguiam para a cidade. Havia movimento agora. Homens percorriam as ruas, esperando por alguma centelha, o que quer que fosse que pudessem transformar em algo. Schulman conduziu os cavalos através do burburinho da multidão, que lembrava os dias de feira, exceto que havia apenas homens – homens que deviam estar trabalhando, mas que não faziam nada exceto conversar e observar uns aos outros. Quando chegaram ao cruzamento que marcava o limite do bairro judeu, avistou um grupo de homens que sabia serem membros das SA. Um estudante rabínico passou perto deles, alto, pálido, tímido. Um dos sujeitos disse algo, dando um bote na direção dele, como se desse um susto repentino em uma criança. O rapaz afastou-se depressa e tropeçou na sarjeta, antes de entrar apressado no bairro. Os homens riam quando a carroça passou por eles.

Nos fundos da funerária, descarregaram as caixas na oficina. Schulman deixou a carroça na entrada do pátio, os cavalos amarrados, bloqueando a passagem. Pegou dois martelos de uma estante atrás de si, passou um para Emil e começaram a arrancar os pregos. Emil abriu o primeiro engradado e ambos olharam para dentro. Lá estava o caixão de pinho, simples. Colocou as mãos nele, abriu a tampa e a manteve aberta com uma das mãos, com a outra revirando a serragem. Nada. Schulman fez o mesmo em outro. Examinaram mais três.

– Acha que fomos enganados? – Schulman soltou uma risada nervosa.

– Não – respondeu Emil. – Eles são boa gente. Se houvesse algum problema, a notícia se espalharia. Christian saberia.

Então, Schulman, braços enterrados até os cotovelos na serragem, deu um suspiro. Emil desviou os olhos do próprio engradado e esperou. Schulman puxou um longo saco de tecido, amarrado com firmeza em uma das pontas, com algo longo e rígido dentro, enrolado em um pano. Tirou um rifle de lá.

– Emil, você faz milagres. – Schulman equilibrou a arma por um instante em sua mão e antebraço. Era um rifle Mauser. Emil sabia como a coronha assentaria de encontro ao ombro, conhecia a potência do tranco quando disparado.

Mais tarde, quando já haviam achado tudo o que tinham encomendado, foram para o pátio enquanto Schulman alimentava os cavalos.

– Você se considera um otimista, Becker?

Emil pensou por um momento.

– Só um otimista poderia participar de um plano tolo como este, amigo.

Schulman sorriu, afagou o cavalo e baixou a cabeça.

Emil saiu pelo pátio de trás, espremendo-se para passar pelos cavalos e ganhar o beco, evitando a rua principal até ter se afastado do bairro judeu. O ar era abafado nas vielas. Dos apartamentos e pátios vinham os odores da vida: uma torta de gengibre assando, os banheiros nos porões, o cheiro reconfortante dos animais, penetrante no calor. Ouviu gritos na rua, vaias, uma onda de risos. Uma pessoa acabava de ser humilhada de alguma maneira brutal e gratuita.

Dali a vinte minutos, estava na porta do prédio. Ao estender a mão para a maçaneta, repassou a imagem do rifle na mão de Schulman, por cima do caixão aberto, na sala dos fundos da funerária. Lembrou-se de algo que um turco dissera enquanto limpava o rifle nas trincheiras, tirando as balas e checando o mecanismo da trava de segurança, depois limpando-o e checando de novo.

– Confie em Deus, mas não deixe de amarrar seu cavalo.

– Não, Emil, você está louco, não vou deixá-lo fazer isso. Está nevando. Ele vai ficar doente.

– Vamos caminhar. Ficaremos bem aquecidos. Ele pode usar o casaco que meu pai lhe deu no último aniversário.

– Está pequeno demais.

– Mas vai servir por enquanto.

Ele ouvia o garoto no quarto, abrindo armários e empurrando cabides para o lado, enquanto procurava o casaco do inverno anterior.

– Encontrei, papai – soou a voz dele.

– Certo, vista-o – respondeu Emil. – Estamos de saída.

O garoto apareceu na sala, apertado no casaco velho, os botões prestes a saltar, com uma expressão séria no rosto.

– Espere – disse Ava. – Coloque meu cachecol, se precisa mesmo ir.

– Mamãe!

– Se não o colocar, você não vai, e falo sério.

Hans lançou um olhar para o pai. Emil deu de ombros. Ela voltou trazendo um longo cachecol cor-de-rosa e fez menção de colocá-lo ao redor do pescoço do menino.

– Não, mamãe. É cor-de-rosa! – Ele olhou de novo para Emil.

– Dê-me o cachecol, Ava. Ele pode usar o meu.

Mãe e filho o encararam.

– E daí? É cor-de-rosa. Quem se importa? – Ele desenrolou seu cachecol cinza, entregou-o ao menino e pegou o de Ava. Abriu a porta, apanhando a caixa de panfletos da mesa de jantar. – Voltaremos em mais ou menos uma hora.

O menino o seguiu escada abaixo.

– Você não liga, de verdade?

Emil riu.

– É o cachecol mais quente que já usei.

– Conta pra mim, papai. O que está escrito nos panfletos?

– Eles explicam o que pensamos dos nazistas, por que precisamos de uma nova eleição.

– O irmão de Georg entrou para a Juventude Hitlerista. Eles marcham. E no ano que vem vão aprender a atirar com rifles.

– Eles são metidos a valentões, garoto. Vão aprender a atirar e depois sairão por aí apontando rifles para pessoas que nunca lhes fizeram nada.

– Não vou poder entrar na Juventude Hitlerista?

– Meu Deus, não. Nunca.

– Bom, então onde vou poder entrar?

– Você não precisa entrar em grupo nenhum. Vou ensiná-lo a atirar com um rifle.

– Sério? Você sabe fazer isso?

Emil estendeu a mão para abrir a porta da rua ao pé da escadaria. Hans o olhava, esperando.

– Sim – ele respondeu por fim. – Posso lhe mostrar, quando for mais velho.

O garoto parecia feliz com a promessa ao sair para a neve, que rodopiava em torno de seu rosto. De imediato ele pôs a língua para fora para pegar os flocos. Emil enfiou a mão na caixa e lhe entregou um maço de panfletos.

– Segure-os perto do peito. Coloque a mão dentro do casaco, assim. Senão, em cinco minutos, não vai mais conseguir senti-la. Bom, você vai fazer esse lado da rua, e eu vou fazer o outro. Não saia correndo. Lembre-se de que sou um homem velho. Não me faça parecer lento. Tenho meu orgulho.

Hans assentiu com a cabeça, dirigindo-se à primeira porta.

– Entre no prédio de apartamentos e coloque um debaixo de cada porta – disse-lhe Emil enquanto cruzava a rua. – Se alguém lhe disser algo, fale que estou vindo logo atrás de você.

Percorreram toda a rua escura. Foi Emil quem teve de esperar pelo filho, porque tinha ficado com as casas e dado para Hans os apartamentos, com todas as suas escadas. Sua perna doía no frio. Ele havia conseguido com Peters alguns dias de trabalho fazendo triagem de porcas, parafusos e pedaços de canos, e tinha que ficar de pé o dia todo. Era a única coisa disponível. Com a perna daquele jeito, teria dificuldade em subir as escadas de mais alguns poucos edifícios antes de precisar descansar. O garoto ficaria cansado, mas comeria e dormiria bem quando tivessem terminado.

A rua estava silenciosa. Podia sentir o aroma das refeições sendo preparadas na vizinhança. Os homens que tinham emprego já haviam voltado para casa depois do serviço, e as crianças havia muito tinham sido chamadas para dentro, deixando nas ruas bonecos de neve pela metade e pilhas de bolas de neve no calçamento.

Percorreram a rua em cerca de vinte minutos. Os pés de Emil já estavam insensíveis por ficar ali esperando por Hans, a neve penetrando pelas costuras abertas das botas. Emil esperava, postado na esquina, que o filho terminasse o último edifício. Ele saiu ofegante.

— Não precisamos ir tão rápido — disse Emil. — Quer que eu faça os apartamentos?

Hans sacudiu a cabeça, apoiando as mãos nos joelhos, alguns panfletos amassados na mão esquerda. Depois de um instante, ele recuperou o fôlego e disse:

— Encontrei uma velha que me deu medo. Tive que descer correndo as escadas.

— Ela assustou você?

— Gritou comigo quando coloquei o panfleto debaixo da porta dela.

— O que ela disse?

— Ela me chamou de comunista imundo. Somos comunistas imundos?

Emil riu.

— Não. E os comunistas se lavam como todo mundo, quando têm água. Vamos. Vamos percorrer outra rua. Ou você está cansado demais?

Hans se endireitou.

— Não, papai. — Ele sorriu, forçando a respiração a voltar ao normal. — Não estou nem um pouco cansado. Vamos andar mais.

A neve havia parado de cair quando voltaram ao prédio. Hans estava inclinado para a frente, apoiado no quadril de Emil, os olhos fechados. Emil segurou-o pelos ombros e o fez se endireitar.

— Vá lá para cima, Hans. Mamãe fez sopa para você. E olhe aqui, tem uma coisa para depois. — Do bolso, tirou um saco de papel com línguas de gato de chocolate. Hans olhou lá dentro, sob a luz débil que vinha dos apartamentos, e sorriu.

— Não vai subir, papai?

— Tenho algo para fazer antes. Quando eu voltar, você já vai estar dormindo.

— Se subir agora, mamãe não vai deixar você sair, não é?

— Talvez não. De qualquer modo, não quero arrastar minha perna ruim escada acima só para ter que descer de novo logo em seguida.

— Coloquei os panfletos em todos. Não pulei nenhum.

– Eu sei. Jamais vou duvidar de você.

Hans abriu um sorriso sonolento e entrou. Emil entrou com ele e ficou no vestíbulo ouvindo os passos que subiam devagar os quatro lances de escada. A batida à porta, um rangido, a voz de Ava, o barulho das tábuas do assoalho quando ela foi até a balaustrada para olhar para baixo. Ele ficou na penumbra, ouviu-a voltar, e a porta se fechar.

Saiu de novo para a noite gelada e rumou para o rio. Poderia cruzá-lo a pé, se tivesse algo a fazer do outro lado; naquela tarde, havia estado repleto de patinadores. Porém, seguiu o caminho de sempre ao longo da margem, tomando cuidado para não sair da trilha que cortava a neve e pisar no gelo. Já vira o gelo se partir sob o peso de uma criança mais de uma vez, e depois a pressa em retirá-la da água, nem sempre com sucesso. Por fim, alcançou a fábrica, que agora ficava silenciosa durante a noite. Fazia dois anos que não havia turno noturno. Muitas ao redor estavam totalmente abandonadas.

Nos fundos da fábrica, onde as luzes da cidade não chegavam, tateou com a ponta da bota na neve ao redor em busca de uma pedra. Sentiu apenas a grama escorregadia sob a neve espessa. No bolso, tinha alguns trocados. Pegou uma moeda e a atirou na janela alta. Ouviu o tilintar e voltou para a frente do edifício. Depois de um instante, a porta se entreabriu, e ele penetrou na escuridão. Podia sentir o cheiro do homem que o deixara entrar, além do metal das máquinas e a graxa que as mantinha trabalhando. Estava um pouco menos frio ali, longe do rio gelado.

– Emil – soou com suavidade a voz de Karl, e ele distinguiu sua silhueta quando foram para as escadas, onde uma luz débil vazava por baixo da porta do escritório lá em cima e pelas bordas das cortinas.

– Karl.

Subiram em silêncio os degraus de metal, as mãos nas paredes frias de tijolos. A perna de Emil estava bem rígida agora. Precisava se sentar por algum tempo.

Karl encostou a boca na porta ao chegarem lá em cima.

– É Becker – sussurrou.

A luz se apagou e a porta se abriu. Entraram. Podia sentir a presença de vários homens no escritório. Emil fechou a porta depois de entrar e ficou parado no escuro, a respiração dos homens ao redor.

– Agora fazemos reuniões no escuro? – perguntou, e a luz se acendeu, ofuscante depois da escuridão noturna e da fábrica às escuras. Pôs a mão acima dos olhos para distinguir as feições dos vultos escuros na sala. Lá estava Schulman, claro, três sindicalistas e homens do SPD que tinham prestado alguns serviços para o Reichsbanner, além de uma adição ao grupo costumeiro, o comunista Fischer. Ele era um parente meio distante da mãe de Emil. Primo de um primo, talvez? Tinha se envolvido com os conselhos de trabalhadores e de soldados depois da guerra, lembrou-se Emil.

Podia confiar neles, até onde sabia – provavelmente, no mesmo grau que sentiam que podiam confiar nele. Por trás da mesa do secretário, estava *Herr* Peters. A empresa já não tinha secretário, e a mesa estava vazia, exceto pelas garrafas de bolso dos homens, carregadas de *schnapps*.

– Está atrasado, Emil. Estávamos preocupados – disse ele, e olhou-o com mais atenção. – Belo cachecol, o seu.

Emil olhou de relance para o cachecol, sentou-se numa cadeira vazia e tirou a própria garrafa do bolso.

– Meu pai me trouxe alguns panfletos no último minuto. Queria começar a distribuí-los.

– Ainda acha que panfletos vão ajudar? – o homem ao lado dele perguntou, dando uma risada amarga.

– Sempre há esperança. Fomos melhor nesta eleição. Devíamos trabalhar nisso, se pudermos. Ir em frente.

Peters assentiu. Parecia pensar que Emil tivesse alguma informação que os demais não tinham; parecia confiar mais nele que nos outros. Mas confiança era tudo ou nada, não menos ou mais, pensou Emil. Podia chegar uma hora em que qualquer um deles denunciaria qualquer um dos demais, e seria o fim dele. Poderia até já estar acontecendo.

– Karl o aguardava para dar uma notícia, Emil – falou Peters.

Todos se inclinaram mais para a frente, esperando que Karl falasse. Ele olhou para Emil e começou. Era um homem inexpressivo, difícil de interpretar, membro do partido, e mesmo assim estava ali com eles. Até o momento, suas informações tinham sido boas, e a polícia ainda apoiava oficialmente o governo do SPD. Emil se perguntou de que lado Thomas ficaria se estivesse ali. Talvez fosse aquela a fonte da confusão de Karl.

– Creio que os panfletos não vão ter utilidade agora, Emil.
– Por que diz isso?
– É uma impressão que tenho. Dizem que Hitler perdeu a paciência com as eleições.
– O que ele pode fazer sem ser eleito? Já recusou fazer parte de uma coalizão. A influência dele está diminuindo, com certeza, não está? – perguntou Peters.
– As pessoas estão dizendo que ele tem poder, aliado aos membros das SA e agora aos *Der Stahlhelm*, os Capacetes de Aço. Ele vai encontrar algum outro jeito.
– Vocês devem aderir à greve – o comunista interveio.
Peters olhou para Emil.
– Há desempregados demais – rebateu Emil. – Quem iria notar?
– Dizem que nada vai detê-lo – Karl prosseguiu. Sua voz era baixa, mas os demais conseguiam ouvi-lo. – Minha impressão é... sinto que isso é verdade.
Peters ainda olhava para Emil. Debruçou-se sobre a mesa e falou:
– É possível que você esteja errado, claro.
Karl deu de ombros.
– Devemos agir agora – sugeriu Fischer. – Você deve se unir a nós.
Emil viu que todos o olhavam. Perguntou-se se seria por causa do cachecol.
Karl prosseguiu:
– Eles querem listas de inimigos. – Esperaram que continuasse. – Vão começar com os políticos, depois os forasteiros.
– Você quer dizer judeus – disse Peters.
Karl enrubesceu por um momento, evitando o olhar de Schulman.
– Sim, é assim que os chamam. Também incluem ciganos e eslavos. Alguns deles são bem espertos. Começaram a fazer listas dos vizinhos sem que lhes pedissem.
– Que políticos eles querem? – perguntou Emil.
– Sindicalistas. Membros do SPD. Não os comunistas, que eles querem como aliados. Dizem que têm armas.
O nome do meu pai está em uma lista na gaveta de algum facínora nojento, pensou Emil.

– Onde estão as armas agora? Estão limpas? Alguém as verificou recentemente?

Peters olhou para Schulman.

– Estão em um local seguro. Mas não é hora de pensar nisso.

– Não adianta tê-las se não estiverem prontas para uso; se nós não estivermos prontos. Todos vocês sabem usá-las? – Alguns baixaram os olhos. – Vamos lá, vou lhes mostrar. É simples.

Emil ficou de pé. Fischer também.

Os demais olharam para Peters.

– Escute, Emil. Primeiro devemos discutir o que planejamos fazer. O Reichsbanner tem ajudado nos comícios, claro, e nas eleições. Mas será que podemos nos armar? Isto não é política.

– Então para que mandei buscá-las?

– Estava pior naquele momento... A eleição de julho, a coisa parecia ruim.

– Estão fazendo listas. Estão se preparando. Devemos esperar até sermos presos?

– Como planeja detê-los?

– Todos devemos levar um rifle, ou pistola, o que quer que sejamos capazes de usar, e, quando chegar a hora, devemos nos esconder. Se existe uma lista, estamos todos nela. – Ele olhou para Fischer. – Você pode tomar a própria decisão sobre o rumo que as coisas vão tomar. Mas está certo: é melhor que nos unamos. Podemos tratar de nossas discordâncias mais tarde. – Então, dirigiu-se aos outros. – Se vierem buscá-los, defendam-se. Mandarei um sinal, e poderemos nos encontrar. Vamos nos unir a outras unidades em outras cidades. Teremos nossa própria lista. Trabalharemos nela até que eles não possam mais atuar, e obteremos uma eleição justa. Fischer está certo. Devemos nos unir.

Um homem do SPD que não tinha falado até então se manifestou:

– Espera que nós os assassinemos?

– Pode esperar que o peguem primeiro, se preferir – respondeu Emil. – Só não me denuncie... – ele lhe apontou um dedo – ... ou eu o pegarei antes deles.

Karl estava parado à porta, as mãos nos bolsos do casaco, olhando para o chão.

– Karl, você os conhece – disse Peters. – Deve nos dar sua avaliação honesta. É a hora? Vamos precisar dessas armas?

Quando Karl o olhou, Emil sentiu o estômago se contrair. Ele sempre seria o irmão de Thomas; sempre traria recordações da infância, onde quer que Emil o visse. Era perigoso esse sentimento. Não lhe permitia fazer uma avaliação correta daquele homem. Quem poderia afirmar de que lado Karl estava, de verdade? E ainda assim Emil não conseguiria excluí-lo ou ficar contra ele.

– Acho que, de alguma forma, vamos vencer. – Ele fitava o chão, o círculo formado, à luminosidade, pelos sapatos gastos dos homens.

Ele não está se referindo a nós, pensou Emil.

– E a polícia – prosseguiu Peters –, seus colegas? De que lado estarão?

– Eles vão defender a lei.

– Não importa quem a fizer?

– Sim. Talvez, sim.

– Certo – disse Emil. – Sugiro que nos encontremos no Ano-Novo. Vou lhes mostrar como usar as armas. Se alguém não quiser ficar com uma, não deve vir.

– Devemos continuar nosso trabalho de sempre com o Reichsbanner – disse Peters. – Devemos proteger os sindicatos e o SPD, e fazer uma movimentação pedindo novas eleições. A próxima pode ser decisiva. As coisas podem dar uma guinada para melhor. – Ele ergueu o copo. – E então poderemos esquecer que nos conhecemos. Voltaremos a passar as noites com nossas doces esposas.

Os homens murmuraram, concordando, e beberam das próprias garrafas. Fischer se recostou, às sombras, o corpo reto a despeito da cadeira, as mãos nos bolsos do macacão.

– Tenho que ir – falou Emil. – Já estou atrasado demais.

– Eu também – emendou Karl. – Também preciso ir.

Eles assentiram, bebendo com expressões sérias, e ergueram as mãos quando Emil e Karl deixaram a sala e desceram as escadas para a fábrica. A meio caminho, Emil sentiu a mão do outro homem no ombro e parou.

– Emil, não virei mais aqui – Karl sussurrou, e ainda assim sua voz se espalhou pela escuridão cavernosa acima das máquinas.

Na escuridão, Emil apertou-lhe a mão.

– Adeus, Karl. Boa sorte. Cuide-se.

Não podia ver o rosto de Karl. Terminou de descer os degraus. Havia silêncio atrás de si. Ele saiu, tomou a trilha ao longo das águas geladas do rio e foi em direção a sua casa.

No escritório do pai, a secretária tirava a decoração de Natal, em pé sobre uma mesa. A costura de uma das meias de seda não estava reta. Isso o distraiu. Klaus anotava as datas e os locais dos comícios seguintes em prol de uma nova eleição, para que Emil informasse o Reichsbanner. Zelma voltou-se para ele.

– Hans se divertiu nas férias, Emil? – Ela desceu para a cadeira, os braços cheios de enfeites. Ele se levantou para ajudá-la. – Tudo bem – disse ela. – Não se preocupe.

– Sim, se divertiu muito. Não quer voltar para a escola. Muita coisa com que se ocupar em casa.

– Esse é o perigo. Culpa do avô dele, que o mima muito.

– Também acho que a culpa é dele. De mim, Hans só recebe uma disciplina exemplar.

– Imagino. – Ela riu, depois se dirigiu ao pai de Emil. – *Herr* Becker, posso ir? Disse a Michael que voltaria a tempo de fazer o jantar para os pais dele. Estão vindo no trem de Düsseldorf.

– Sim, sim, Zelma. Pode ir. E não tenha pressa amanhã de manhã. Fique e tome o café da manhã com eles. Vão querer ficar um pouco com você.

Ela sorriu para Emil.

– Obrigada, *Herr* Becker. Então até amanhã.

Emil observou o pai enquanto ouvia os saltos de Zelma na escada. Fora isso, o edifício estava em silêncio, e lá fora o trânsito aumentava à medida que o dia chegava ao fim. Olhou os fios de cabelo claro penteados para trás e se perguntou por quanto tempo mais o pai trabalharia. O sindicato deveria lhe pagar uma aposentadoria a partir dos sessenta, dali a alguns anos, mas os fundos andavam escassos com tantos desempregados, e o pai gostava de ir ao escritório. E o que faria se ficasse em casa? Perturbaria a mãe, provavelmente. E como ficaria a par de todas as fofocas?

– Ouvi um boato – disse o pai, sem erguer os olhos do pedaço de papel em que copiava endereços. *Ah, sim*, pensou Emil. *Como de costume.* – Ouvi dizer que você trouxe armas para a cidade.

Emil ficou gelado.

– Pai, quem lhe contou? Quem sabe dessa informação?

– Não é isso que é importante – respondeu-lhe o pai, erguendo os olhos. Ele se inclinou para a frente, a barriga pressionando a escrivaninha, e baixou a voz. – Você perdeu o juízo? Acha que vai fazer o que com elas?

– Vou nos defender. E, pai, esse é o ponto. Se alguém contou a você, então tem alguém falando. Preciso saber quem é.

– Não se preocupe. Ele só contou para mim.

– Pai, me perdoe. Você é o maior fofoqueiro da cidade. Se alguém lhe conta, não está sendo tão discreto quanto eu esperaria.

– Está bem – ele ergueu uma das mãos. – Vou lhe contar, antes que você instale a inquisição. *Herr* Peters está preocupado. Ele acha que você está apressando demais as coisas. Só me falou para que eu conversasse com você.

– Foi ideia dele. Foi ele quem me pediu que fizesse isso.

– Ele só queria estar preparado. Mas comentou que agora você quer ir atrás dos líderes.

– Ainda não. Não se não houver necessidade. Por enquanto, estou trabalhando para nos ajudar a vencer a eleição. Trouxemos as armas quando as coisas pareciam ruins, depois das eleições de julho.

Klaus pareceu satisfeito com aquilo, por ora.

– Esta ainda é uma democracia. Ainda temos eleições. O sucesso deles está diminuindo. Esses outros métodos... Você está indo longe demais. E não haverá volta.

– Você já viu o que eles são capazes de fazer.

– Mas não é o que *nós* fazemos, Emil. – Ele terminou de escrever e entregou a folha de papel ao filho. – Bem, sua mãe quer que vocês venham jantar neste final de semana.

– Temos como nos alimentar, sabe?

– Sei, sim, você tem trabalhado. Mas Greta tem novidades.

– Ela finalmente conseguiu derrubar as defesas dele?

– Bom Deus, espero que sim. Sua mãe não consegue dormir, de tanta preocupação com ela. Diz que vai morrer solteirona se continuar perdendo tempo com esse indeciso.

– Quer que eu vá falar com ele?

– Você virou gângster desde a última vez que o vi, Emil? – Mas havia um brilho de divertimento em seu olhar. – Vamos, desça comigo. Com certeza tem tempo para uma cerveja com um velho antes de voltar para a sua vida de crimes.

Klaus não estava à sua mesa. Os outros empregados do sindicato apressavam-se pelos corredores carregando pastas, os cabelos em desalinho. Zelma estava de novo à janela, olhando para a rua. Usava um conjunto verde-escuro. Ele lhe conferia uma bela silhueta, recortada contra a janela iluminada.

– Zelma – chamou ele. Ela teve um sobressalto.

– Oh, Emil. – Ela se interrompeu e o olhou. – Não sei se deveria estar andando por aí.

– Você passa tempo demais dando ouvidos ao meu pai.

– De qualquer modo, estão atrás de sangue lá fora.

– Onde está ele? Você o viu?

– Ainda não. Ele tem chegado tarde às vezes. Acho que está ficando um pouco velho para este jogo. – Emil lançou um olhar para a mesa do pai. Havia pilhas de papel por todo lado, um cinzeiro, uma xícara com a borda manchada de café. – Ele não me deixa tocar em nada. Insiste que não consegue achar nada quando faço isso.

– Se ele aparecer, pode lhe dizer que estive aqui procurando-o? Estão falando de greve. Preciso saber o que ele quer fazer.

– Meio tarde para isso, não acha? Não ouviu as notícias?

– Claro. Preciso saber que atitude ele quer tomar.

Ela ergueu as mãos, fazendo um gesto em direção às mesas, aos móveis, às fotografias dos líderes trabalhistas nas paredes.

– Emil, acabou para nós por enquanto. Você devia ficar com sua família até as coisas se acalmarem.

– Hans está bem. Está na escola, que é seu lugar. – Ele recuou para o corredor e desceu correndo as escadas.

Desde que entrara no edifício, nem dez minutos antes, a calçada começara a se encher de homens e mulheres em roupas de trabalho que se detinham, conversando em grupinhos com um ar de leve euforia, embora ele soubesse que muitos deles tinham vindo apenas uma ou outra vez aos comícios do SPD. Do outro lado da rua larga, além de carroças, ônibus, bondes e árvores nuas, a calçada estava lotada de membros das SA. Alguns pareciam bêbados, embora mal fossem oito da manhã, e alegremente cambaleavam pela rua.

Um homem estava parado diante dele, no degrau da entrada de um prédio de escritórios, gritando. Um grupo se formou à frente do sujeito para ouvi-lo, bloqueando a passagem de Emil.

— Perdão — falou várias vezes, mas ninguém se mexeu. Não podia se fazer ouvir acima dos gritos do homem e do falatório da multidão.

— Estes são grandes tempos, amigos! — o homem gritava.

Emil o observou. Era um deles, o rosto inflamado com o álcool do fervor. O pânico se agitou dentro dele. Precisava encontrar seu pai.

— Por que acha isso, Ostler? — Perto de Emil, um homem com as mãos nos bolsos de um macacão sujo de tinta, boné enfiado no rosto, fazia uma carranca para o orador.

Ostler sorriu para a plateia.

— A Alemanha finalmente vai ser grande de novo. Vamos nos livrar da bota dos franceses em nosso pescoço. O dinheiro vai girar, e nossos salários vão devolver a glória a esta cidade. E então...

— Você é um agitador barato. — O pintor apontou o indicador para ele. — Fugiu da última guerra, e olhe só para você agora.

— Esta cidade morre sem a renovação da guerra. Nossas fábricas estão paradas, não podemos alimentar nossas crianças quando choram de fome. Imaginem... — ele ergueu a mão no ar e a baixou, abrindo os dedos. As cabeças na multidão seguiram o movimento. — O dinheiro vai chover nestas ruas mais uma vez. Ouviremos o som de pés marchando para o trabalho! As fábricas e os atracadouros ficarão fervilhantes de atividade.

Sem perceber, Emil havia se adiantado um passo.

— Seus filhos vão morrer de frio em uma trincheira, e os trabalhadores vão arrebentar os dedos construindo bombas e metralhadoras. O dinheiro vai chover apenas para capitalistas e agiotas. — Ele fez um gesto com a mão indicando as pessoas ao redor dele. – Nenhum de vocês fez parte da decisão. – A multidão se voltou para olhá-lo, as expressões indecifráveis. – Você... – ele apontou o indicador para a cabeça do homem como se fosse atingi-lo com um raio – ... você vai permitir que esse tirano acabe com a Alemanha de uma vez por todas. Tenho vergonha de me considerar alemão.

Sentiu os punhos cerrados ao lado das coxas. As pessoas ao redor ficaram caladas. Por um momento, pôde ouvir a respiração delas, vaias chegando do outro lado da rua, o sino do bonde soando para que as pessoas saíssem da frente.

– Conheço você, você é o socialista Becker – sussurrou Ostler. – Você anda com aquela ralé, o Reichsbanner. – Sorriu para si mesmo. – São vocês que estão acabados, amigo. Toda a sua gentalha que nos apunhalou pelas costas em nosso momento de glória. Vocês prefeririam a greve a fazer desta uma grande nação. Você deve mesmo sentir vergonha. Torço para que enfileirem você e seus amigos e enfiem uma bala nesse crânio de traidor.

Emil se aproximou do homem, sentindo a maciez de um braço de mulher sob um casaco de lã no momento em que a empurrou para o lado. Seus dedos se fecharam nas lapelas dele. Puxou-o para a frente, rumo à calçada.

– Não existe nada entre suas orelhas se acredita que Hitler vai fazer algo de bom por esta cidade ou por qualquer outra.

– Ah, sim – falou o homem para a multidão, por cima do ombro de Emil. – Bem o que eu esperaria de um valentão como você. Quando não concorda, resolve tudo com os punhos. Muito bom.

Sentiu outras pessoas às suas costas, a mão pressionando com suavidade seu cotovelo, e soltou o homem, que ostensivamente espanou as lapelas onde os dedos de Emil haviam estado.

– Alguns de nós têm empregos para os quais precisam ir.

As faces de Emil ardiam. Ele abriu caminho por entre a multidão. Os homens às costas de Emil eram Schilling e Klein. A última vez que os vira tinha sido na reunião no escritório de Peters.

– Aquele Ostler é um idiota já conhecido – Schilling disse em voz alta. – Ele tem ideias grandiosas. Dizem que quer concorrer a prefeito, pelos nazistas.

Emil tentou dar uma risada.

– Ninguém vai trabalhar hoje? – Seu sangue esfriava aos poucos, a tensão abandonando o pescoço e os ombros. A massa de gente era tão densa agora que tomava a rua. Nunca conseguiria encontrar seu pai. O motorista de um carro bloqueado tocou a buzina. Uma pedra quicou no capô e se projetou na multidão, provocando uma exclamação de reprovação em várias pessoas ao redor.

– Os que têm emprego não vão querer se meter em encrenca – disse Klein.

– Acho que não.

Pelo canto do olho, Emil viu um movimento súbito na multidão. A massa do outro lado tinha se espalhado por toda a rua e uma corrente empurrava quem estivesse ao redor. Ouviram-se gritos de indignação quando uma falange de membros das SA enfiou-se por entre as pessoas, diante de um bonde, vindo para aquele lado da rua. Um soco lançou a cabeça de Klein para o lado. Emil estendeu o braço para a frente, ao redor do pescoço de um homem de cabeça calva, de mais idade, porém com braços rijos e musculosos. O homem pisou na bota de Emil com seu calcanhar revestido de aço. Emil praguejou, soltou-o, e sentiu um soco lhe arder na face. Quando a cabeça foi atirada para trás, pareceu-lhe haver camisas-pardas por toda a parte. Os rostos vibrantes, entusiasmados. Uma faixa de dez metros de calçada explodiu em socos e chutes. Sob seus pés havia um nazista. Emil pisoteou sua grande coxa enquanto tentava sair para a rua em busca de Schilling e Klein.

Conseguiu sair da calçada e os viu, já ali na rua, curvados para a frente, os braços pendendo como babuínos, um varapau de camisa-parda na frente deles, ameaçando-os com golpes rápidos da lâmina gasta de uma faca de caça. O homem não tinha visto Emil a seu lado. Emil esmurrou-o na cabeça e ele cambaleou, derrubando a faca. Emil chutou-a para longe, no mar de pernas ao redor. O homem girou o corpo e conseguiu acertar um soco pesado na orelha de Emil antes de cair sobre seu peito. Emil o agarrou pelos ombros, colocando-o ereto. O homem fez um V com dois dedos e acertou Emil nos olhos. A dor rugiu por dentro de sua cabeça. Ele gritou e estendeu a mão às cegas, agarrando algodão, um ombro ossudo, e apertou-o, empurrando o homem para baixo. Quando conseguiu abrir os olhos, viu por cima da cabeça dele as ruas se esvaziando. A polícia corria ao longo da via do bonde com cassetetes. Um deles parou onde dois membros das SA socavam o rosto de um homem. Eles cercaram ambos e agarraram o homem pela camisa, conduzindo-o a uma viatura policial.

Emil abaixou-se, agarrou o tornozelo do oponente e o puxou, sentindo o crânio do homem bater no meio-fio. Ao redor, as pessoas fugiam. Em algum lugar por trás dele, havia uma passagem escura para um beco; o corpo do homem parecia se agarrar ao chão, segurando e se contorcendo, enquanto Emil o afastava para longe da rua.

A voz de uma criança soou através do tumulto e das sirenes.

– Papai!

Emil ficou paralisado, a pele arrepiada, e deixou a perna do homem cair. Virou-se devagar, e lá estavam eles: seu pai, o cabelo em mechas empapadas de suor, a face ruborizada e úmida, com o garoto nos braços, a cabeça protegida contra o peito, enquanto as pernas balançavam, o menino grande demais para ser carregado. Ele tentava se desvencilhar, fazendo força para ir na direção de Emil. Hans conseguiu se libertar do abraço do avô. O homem aos pés de Emil chocou-se contra suas canelas, de quatro, enquanto se erguia, e depois saiu tropeçando para a rua. O garoto rodeou as coxas de Emil com os braços e o apertou, como se quisesse detê-lo.

– O que está fazendo? O que está fazendo? Você arrastou aquele homem. A cabeça dele bateu no chão!

Emil não conseguia inspirar ar suficiente. Colocou uma das mãos no joelho e outra na cabeça de Hans. O toque sedoso e denso, fresco, provocou um choque que percorreu seu corpo. O pai também ofegava pelo esforço de carregar o menino através da turba. Ele cravou os olhos em Emil, a boca aberta. Por fim, colocou a mão no ombro de Hans e o fez se endireitar.

– Venha, garoto. Vamos lá para dentro agora. Venha, Emil, suba até o escritório. Zelma vai fazer um café para nós.

No instante em que terminaram de galgar os degraus e chegaram ao escritório, a rua lá embaixo estava tão quieta quanto no Sabá. Zelma ergueu-se de sua mesa à janela e correu até eles assim que entraram na sala.

– Hans! – Ela olhou para os homens. – Deus do céu, o que sua mãe vai dizer?

Ela o cercou de atenção e acomodou-o na cadeira, rodopiando-o pela sala, coisa que geralmente o encantava. Naquele momento, no entanto, o menino ficou olhando amuado para o próprio colo e, de repente, vomitou.

– Querido! Ah, mas eu sou uma idiota. – Ela se apressou em levá-lo para o corredor, a mão nas costas dele, olhando de relance para Klaus e Emil, que contornava a mesa de Klaus em silêncio. O garoto ia de cabeça baixa, as calças sujas.

A sala vazia, a rua silenciosa. Klaus debruçou-se para a frente, as mãos apertando a extremidade da mesa. Emil sentiu um fio de sangue começando a descer por seu rosto.

– O que ia fazer com aquele homem?

– Nada. Não sei. Nada.

– Vi você de longe na rua. Você o estava arrastando para o beco.

Sim, ele se lembrava. Tinha sentido a boca escura do beco se abrir diante de si. Aquilo, de alguma maneira, havia sido parte de algum plano. Do corredor, veio o som de uma criança gritando.

– Era um nazista! Um nazista! Você não sabe nada sobre o papai! – E então algo entre um rugido e um grito: uma criatura pequena tentando afugentar algo maior.

Emil cobriu o rosto com as mãos e fechou os olhos. O que quer que tivesse mudado no mundo, não voltaria tão cedo ao que era antes.

Quando bateram à porta do apartamento, ele acordou de imediato, sentando-se, mas Ava foi ainda mais rápida. Ela já estava à porta do quarto, amarrando o roupão. Hans dormia e ajeitou o corpo na cama.

– Não os deixe entrar e diga que não estou.

Ele sentiu quando sua esposa se voltou para ele na escuridão, mas ela não disse nada. A batida tinha sido suave, educada. Já era alguma coisa. Depois, a ouviu na cozinha.

– Quem está aí? – ela perguntou baixinho.

Ele ouviu um murmúrio abafado.

– Ele não está – ela respondeu. E então, à porta do quarto, sussurrou depressa: – É Karl Bremmer.

– Certo, fale com ele na cozinha – instruiu Emil. – Mas ainda não estou aqui.

O garoto riu, sonhando.

Ava abriu a porta da cozinha, e ele ouviu passos nas tábuas do cômodo ao lado. No começo, Emil não conseguiu ouvir direito o que diziam.

– Não – disse ela. – Isso não é correto.

Karl ergueu a voz, alto o suficiente para Emil escutar. Parecia agitado, mas também parecia falar para uma plateia além da porta da cozinha.

– Ele está em uma lista. Acreditam que tem armas. Diga-lhe isto. Diga que não há nenhuma dúvida.

Ava disse algo inaudível, e Karl murmurou em resposta.

Ele estava sentado no escuro, tentando manter calma a própria respiração. Houve silêncio na cozinha por alguns instantes. Não falavam nada; daria para ouvir se estivessem falando. Ava e Karl, parados na cozinha escura. Dali a pouco, ouviu a porta abrir e fechar, e passos se afastando pela escada.

Ele embarcou em um trem lotado de trabalhadores, logo após o pôr do sol. Esses homens podiam alegremente farejar sua presença entre eles e denunciá-lo para os oficiais das SS (*Schutzstaffel*, Tropas de Proteção) mais próximos. Em meio a eles, homens de sua cidade, poderia avistar uma face conhecida a qualquer momento.

Sentou-se ao lado de uma mulher idosa e saudou-a com a cabeça por baixo do boné, enquanto tomava assento no lugar recém-desocupado, ainda quente. O céu do lado de fora da janela era de um azul profundo. Passaram por um bosque negro de pinheiros pouco antes de Krefeld, e então ele vislumbrou uma avenida orlada de árvores, com casarões antigos e densos gramados sob altos postes de luz. Um casal, de silhuetas volumosas idênticas em suas roupas de inverno, andava de mãos dadas pela rua vazia.

Ainda fazia frio, mas não duraria muito mais tempo. Pensou na noite em que tinha feito um buraco no gelo do rio com um maçarico e ficara olhando os rifles deslizarem para dentro da água negra. Na hora em que a água se fechou sobre eles, sentiu que havia sido a decisão errada, um grande erro sem conserto possível, mas tinha prometido ao pai. Ficou imaginando aonde o rio os teria levado antes de afundarem até o leito, arruinados desde o momento em que sumiram sob a superfície.

O trem reduziu a velocidade ao chegar à plataforma. Ele enterrou ainda mais o boné na cabeça, puxou o cachecol sobre a boca e juntou-se ao aglomerado de pessoas na porta. Os casacos cheiravam a gordura rançosa de carneiro e fumaça. No final da plataforma, escorregadia de gelo e brilhando com a luz das janelas do trem, estavam dois oficiais das SS com cães. Um homem que acabava de sair do trem ergueu o braço no ar.

– *Heil* Hitler! – bradou.

Os homens, que riam de alguma piada, olharam-no e responderam a saudação com uma expressão determinada. Avolumou-se nas entranhas de Emil uma vontade urgente de rir. Ele abaixou o queixo, colocando-o ainda mais dentro do colarinho, e passou por eles, através da estação, até a estrada.

Os ombros relaxaram enquanto caminhava pelas ruas tranquilas entre a multidão esparsa que voltava para casa. Conhecia aquela cidade, mas era improvável que encontrasse algum conhecido na rua depois do escurecer. Ele andava depressa; fazia muito frio, embora a primavera estivesse próxima.

Logo estava de pé no saguão de um prédio de apartamentos, no limiar de um campo escuro. O edifício tinha um amplo quintal com galinhas; ele as ouvia cacarejando no frio. A irmã de Ava abriu a porta, um sopro de calor e cor – cortinas coloridas, uma tapeçaria avermelhada no corredor, um tapete amarelo no chão de madeira. Sua mulher era parecida com a irmã, alta e esguia, o cabelo loiro muito claro, mas ainda assim uma desconhecida. No rosto de Magdalena, a expressão inescrutável de Ava se transformava num vazio. Ele tirou o boné, segurando-o diante de si.

– Magdalena?

Ela abriu um sorriso lento.

– Entre, Emil. Hans adormeceu no sofá, mas já íamos despertá-lo para jantar.

Ela ficou de lado e ele entrou, batendo os pés no tapete para restabelecer a sensibilidade neles. Na sala de estar, junto ao fogo vivo na grande lareira quadrada, Ava estava sentada em um sofá longo e baixo, a face de Hans sobre sua perna, as feições ocultas pelo cabelo claro. Ela olhou para Emil, esperando que ele falasse.

Ele se sentou a seu lado. O corpo dela emanava calor ao longo do braço e da perna, mas tinha a sensação de que não a conhecia, que havia cometido um engano ao acreditar que sim. Ainda assim, ali estava uma parte de ambos, ressonando levemente no colo dela, as longas pernas penduradas para além da borda do sofá, os pés quase assando no fogo.

– Onde você está ficando? – ela sussurrou.

Magdalena raspou uma colher de metal em uma panela em algum lugar do apartamento. Ele sentia o cheiro de carne assada e de legumes temperados.

Segurou os longos dedos dela, afastando-os da cabeça do menino, e suspirou profundamente. Um instante depois, ela afastou a mão dela da dele, retirando do colo a cabeça do filho.

– Vou ajudar Magda na cozinha.

A cabeça de Hans estava apoiada no quadril de Emil. O garoto despertou com o som dos passos da mãe no piso de madeira, afastando-se pelo corredor. Emil pousou a mão no ombro do filho enquanto ele abria os olhos. O garoto ergueu o corpo, olhou para o pai, acomodou-se em seu colo e o abraçou com força, a cabeça encostada no peito dele. Essas pessoas, sua esposa e agora seu filho, tinham corpos cheios de calor, mas ele não conseguia se aquecer. Era como se já os houvesse abandonado para perambular por uma terra enevoada, onde podia sentir apenas o suficiente para perceber que sentia tanto frio quanto em um túmulo.

– Está tremendo, papai.

O garoto o abraçou, braços finos prendendo-o em fios de fogo. Então, a voz de Ava soou, chamando-os à cozinha para jantar.

Emil acordou mais tarde do que de costume no apartamento emprestado e minúsculo, o calor irradiando da janela. As celebrações do Primeiro de Maio tinham-no mantido acordado até tarde na noite anterior, com membros das SA bêbados gritando na rua lá embaixo até bem depois da meia-noite. Agora, os sons de um caminhão freando com violência e de um homem dando ordens do lado de fora trouxeram-no de volta à vida. Cruzou o aposento em um instante, e por trás do peitoril da janela olhou pela beirada da cortina. Sob o sol da manhã, homens uniformizados saltavam dos caminhões e entravam nos escritórios do sindicato dos metalúrgicos. Por ter dormido até tarde, não sabia se o pai já estava lá naquela manhã. Pegando as chaves e tendo o cuidado de verificar se não tinha deixado nenhuma para trás, virou-se para descer, correr até o apartamento do pai e avisá-lo. Fazia semanas que não saía durante o dia, mas agora precisaria arriscar. Já vinham hostilizando os sindicalistas havia algum tempo, mas aquilo, tantos deles invadindo os escritórios, era novidade. Seria melhor que o pai evitasse vir, se pudesse.

Ele vigiava o pai vindo pela rua, desde a ponte, todos os dias desde que encontrara aquele lugar. Ofegando, de rosto vermelho, cada vez mais atrasado para o trabalho. Ainda mais atrasado hoje, esperava Emil. E observava o pai saindo, todo final de tarde, o velho corpo se esforçando enquanto recuperava o fôlego, cansado depois de descer a escada. Não era senão mais tarde, ao escurecer, que Emil podia deixar o apartamento, caso contrário seria visto.

Algo vermelho, ondulante, chamou-lhe a atenção quando saiu de trás da cortina e voltou à parte do apartamento distante da janela. Uma suástica pendia de um mastro que saía pela janela do escritório do pai, tão grande que dava a impressão de que chegaria à rua. Alguém lá embaixo, vendo a bandeira, estremeceu e ergueu os olhos para ela. Aquela silhueta, o caminhar difícil, a face da cor de um tomate.

– Não, pai – respirou Emil contra o vidro.

Mas ele viu que havia um policial bem atrás dele, e já estavam à porta, entrando.

O prédio estava lotado daqueles homens. Dali, ele podia ver, através das janelas, que iam o tempo todo para cima e para baixo pelas escadas, entrando e saindo das salas, revirando móveis de arquivo e gavetas das escrivaninhas. Viu um maço de papéis explodir através de uma janela para cima e cair flutuando até sumir de vista.

Tentou avistar o pai pelas janelas da escada, mas havia muita gente subindo e descendo. Alguns saíram e partiram nos caminhões. Outras pessoas chegaram e se foram de novo. Uma dúzia de vezes foi até a janela e disse a si mesmo: *Você deve entrar. Se precisam levar alguém, pode tomar o lugar dele.* Mas então pensava em Hans e ficava imóvel. Não tinham motivo nenhum para fazer algo além de intimidar o pai e os demais sindicalistas, como já tinham feito. Se Emil entrasse no prédio, iriam prendê-lo, e não parariam por aí. Por isso esperou, vendo-os entrar e sair, e os vultos negros passarem por uma janela e depois por outra. *Pai, saia, saia.* Mas ninguém saía, exceto guardas e oficiais das SS. E mais deles continuavam entrando.

Depois de talvez uma hora, ouviu o deslizar rápido de um papel no chão. Moveu-se sem ruído através do quarto, os pés calçados em meias. Havia alguém no edifício, talvez a apenas dois metros de distância, no corredor. Emil agachou-se, o joelho estalando, e introduziu a unha em um canto mais próximo, conseguindo arrastar o papel para dentro. Levou-o em silêncio para longe da porta, atento aos sons de botas nos degraus.

De novo atrás da cortina, chegou o mais perto que podia da janela e viu um policial caminhando depressa para longe do prédio, na direção do rio. Karl andava como um policial: decidido, mas não apressado, passadas longas que cobriam a distância tão depressa quanto fosse necessário. Deixou o papel cair. *Não vá ao escritório do sindicato. É uma armadilha. Tome o trem para Aachen. Haverá policiais, não muitos. Tome-o de qualquer maneira. Amanhã não haverá mais chance.*

Olhou de novo para a rua. As costas de Karl tinham desaparecido. Queria chamá-lo, perguntar o que havia acontecido dentro do edifício. Já houvera hostilidades contra sindicatos antes. Janelas quebradas. Aquela coisa com as suásticas.

O dia todo ficou à janela, enfraquecido pela fome. De tarde, viu Zelma saindo, seguida por outras secretárias. Ela chorava. *Vou descer agora. Ela pode me contar.* Mas atrás das mulheres veio um grupo de guardas, espalhando-se pela rua depois que as mulheres partiram, segurando os cassetetes junto à coxa. E então um oficial das SS com sua roupa escura e uma pistola na mão. Ele oscilou um pouco, descendo a escada de forma um pouco trôpega demais.

Os trabalhadores vieram pela calçada, provenientes de outros escritórios, indo para casa ao final do dia. Olharam para cima, para a suástica, e desviaram dos caminhões, um rio de pessoas, uma maré contínua que se juntava de novo além dos veículos, fluindo rumo ao rio. Conseguiria avisar Ava? Poderia mandar-lhe alguma mensagem? Algo para lhe dizer que ainda estava aqui neste mundo e que não devia permitir que o garoto o esquecesse. E sua mãe... O que poderia dizer a ela? Devia esperar. Esperar e observar.

Quando escureceu, houve um movimento à porta. Os secretários do sindicato começaram a deixar o prédio sob a luz da rua, as gravatas desatadas, colarinhos tortos, um homem careca com os últimos fios espetados para cima em vez de penteados. Uns dez haviam saído, relutantes em irem para a rua, mas os demais vinham atrás deles, aglomerando-se, e os homens das SA bateram em suas pernas com os cassetetes até que se espalhassem pela via. Um outro oficial das SA apertava um objeto na testa de cada um, e as vítimas gritavam e erguiam os braços para a cabeça, saindo cambaleantes atrás dos demais. Os membros das SA iluminavam o rosto deles com lanternas, e Emil observava tudo, procurando furiosamente por seu pai. Não estava ali. Ele conhecia todos aqueles homens. Assim como conhecia a silhueta do pai, cada detalhe de como movia o corpo. Nenhum daqueles era ele. Isso era bom, com certeza. Estava sendo poupado daquela humilhação. Poderia ter passado despercebido a Emil, conduzido por uma porta dos fundos, mandado embora para casa... despedido?

Emil se inclinou para a frente, apoiando a testa na janela fria, e viu os companheiros do pai marchando ao longo da rua, flanqueados pelos oficiais das SA. Percebeu o movimento de outros nas janelas acima da rua e recuou para trás da cortina. Então a rua ficou vazia. Emil pegou um maço de papéis de dentro da mala aberta na cama e guardou-o no bolso interno do casaco, cruzou o quarto até a porta e saiu para a escadaria escura, movendo-se sem ruído, um dedo deslizando pela parede para orientá-lo enquanto descia, passo a passo, até a rua.

Saiu pela porta de trás e teve de se mover devagar ao longo do beco lateral, tentando não respirar de maneira audível. Das sombras, viu que havia dois guardas ladeando a porta de entrada do escritório do sindicato. Sob as luzes da rua, poderia ser visto saindo do beco. Recuou na penumbra. Podia ouvir a marcha retornando, suas botas, os homens forçados a marchar em sincronia, os oficiais das SA rindo e gritando, um dos homens berrando. Um outro som arrepiou os cabelos de sua nuca. Os sindicalistas cantavam *A Internacional* em vozes fracas, assustadas. No fundo do prédio, havia um muro. Ele subiu, primeiro de joelhos, na tampa de metal de uma lata de lixo, a ponta das botas raspando nos tijolos, depois desceu do outro lado, os joelhos protestando.

Outro beco, outro muro, até sentir o cheiro do rio. Um cachorro em frenesi em algum lugar, fazendo força na corrente.

Na margem, sentiu o rio correndo, próximo, mesmo sem vê-lo. A respiração rasgava-lhe o peito enquanto seguia a trilha para além das casas, afastando-se da fábrica, rumo à estação.

Parte 3

Hannah
Bruxelas, 1933

Bruxelas, depois da experiência em Berlim, era tranquila e civilizada, a tal ponto que chegava a ser desconcertante. Lembro-me de tardes calmas em que caminhava de volta para casa, do meu trabalho de intérprete na Maison du Peuple, através de estreitas ruas de pedras, pensando: Onde está todo mundo? Não estarão preocupados com o que acontece bem à sua porta?

A vida em Bruxelas teve seus momentos de emoção, de natureza profissional. Foi ali que tive meu primeiro emprego de período integral como intérprete e tradutora, do francês e do alemão para o inglês, para as organizações sindicais da Bélgica, além de outras. Passei muitos dias na transmissão de mensagens e comparecendo a encontros entre os delegados na sede. Gastei boa parte do tempo em conferências internacionais, concentrando-me tão energicamente como jamais fizera na vida. Sempre saía com dor de cabeça, mas também com o desejo de que meu pai e meus irmãos pudessem me ver agora. Pensava também na senhora Reznik. À sua maneira, ela havia me treinado nessa estranha função de ouvir em um idioma e transmitir em outro.

Em um dia de maio, passei a manhã dentro de uma gaiola de mineiros, por mais estranho que pareça. Tive de ficar espremida lá dentro com um líder do sindicato belga dos mineiros e seu colega britânico. Foi muito assustadora a descida terra escura adentro, para longe das pessoas, da luz e do ar, mas eles foram conversando, acostumados àquilo, e me concentrei, aterrorizada, em ajudá-los a compreenderem um ao outro.

Agora, naquela manhã extraordinária, de volta à sede, a poeira já devidamente espanada das minhas meias, devia fazer a apresentação da esposa do primeiro-ministro belga, uma mulher da Valônia interessada no bem-estar dos trabalhadores. Ela falava em francês para a plateia, interrompendo-se com elegância para que eu traduzisse suas palavras aos delegados, e tive a oportunidade de voltar ao normal, tornando-me uma vez mais uma jovem competente em seu trabalho, e não uma criaturinha trêmula presa sob a terra.

Quando nossa visitante passou a agradecer aos anfitriões, e os ocupantes da sala começaram a se agitar nas cadeiras, vi um homem sentado sob a janela alta no fundo da sala que não olhava para a oradora, polidamente atento como os demais e que sequer parecia, na verdade, notar a presença dela. Estava sentado às sombras, sob um imenso retângulo de luz, pernas cruzadas, o corpo reclinado para a frente, mãos nos bolsos das calças, e olhava para fora, para os telhados e torres da cidade. Era como se ele não visse o que estava diante de si. Suas roupas não combinavam. Ele vestia as calças de sarja azul de um operário, curtas demais, expondo as meias e alguns centímetros de canela da perna cruzada, com a camisa e o paletó xadrez cinza de um funcionário de sindicato.

Do lado de fora da janela, veio de repente o som de uma banda marcial. A mão dele foi aos olhos. Ele os esfregou e olhou de novo através da janela, um tanto aturdido. Rupert, o tradutor flamengo, apareceu ao lado dele e fechou a janela. Quase perdi o momento de falar enquanto via meu colega pousar a mão por um instante no ombro do homem. A cabeça dele virou-se ligeiramente para Rupert, mas então ele olhou para fora de novo, para além dos telhados.

– Hannah – ouvi o sussurro áspero da minha superior, uma belga de inteligência feroz que seguia carreira diplomática, e percebi que a oradora sorria para mim da tribuna.

Sorri em resposta, as faces ardendo, e fiquei de pé. Agradeci a ela por seu discurso e a conduzi às mesas do bufê na sala ao lado.

Enquanto as cadeiras eram arrastadas no piso de madeira e a oradora e eu nos víamos envolvidas pela falange de delegados em movimento, por entre os vultos eu ainda entrevia o homem à janela. Por que não prestou a mínima atenção à esposa do primeiro-ministro?, perguntei-me. Por que usa essas roupas descombinadas? E por que Rupert toca-lhe o ombro com tanta suavidade, como se você fosse um inválido?

Talvez fosse algum infeliz, um simplório, um operário que sofrera um acidente industrial com sequelas físicas e mentais. Permaneci ao lado de nossa convidada. Ela olhou uma vez na direção da janela, sacudiu a cabeça amavelmente, e depois continuou a responder às questões, a acenar com a cabeça e a sorrir para nós como se fosse uma fada. A postura do corpo do homem, porém, a prontidão em seus ombros – ele parecia pronto para entrar em ação: levantar, virar-se, trabalhar –, fizeram-me pôr de lado a ideia de algum dano ou deficiência.

Depois, durante a tarde, quando o lugar já voltara ao ritmo normal de reuniões, as idas e vindas de representantes de sindicatos, as risadas das secretárias na pequena cozinha, voltei à sala de reuniões em busca do meu caderno de notas, que perdera durante a agitação da manhã. Ele estava lá, sentado em uma cadeira, no mesmo lugar sob a janela, a silhueta agora delineada pela luz da tarde, roupas e pele com a textura suave e pálida de certo tipo de pintura holandesa, o corpo tão imóvel como se de fato fosse um quadro. Estava voltado para a sala, cotovelos nos joelhos, olhando para o espaço entre os pés. De pé, junto a ele, encontrava-se Rupert escrevendo em uma caderneta. A cada tanto, o homem falava. Rupert assentia com a cabeça, sério, embora eu soubesse que era do tipo brincalhão e provocador, para quem cada palavra tinha ao menos dois significados, mesmo quando lidava com um idioma só por vez. Então, ele escrevia algo e esperava, paciente, que o homem continuasse. Decidi perguntar-lhe, até o fim do dia, quem era aquele homem e que tipo de detalhes anotava sobre ele. Em silêncio, organizei alguns papéis do outro lado da sala, só observando. Eles não pareciam sequer perceber minha presença.

À certa hora, Rupert deteve-se, olhou de lado para o homem, o lápis suspenso sobre a caderneta, e depois inclinou-se para ele e lhe disse algo, como se quisesse ter certeza sobre algum detalhe. O homem deu de ombros, esfregou uma das mãos sobre a outra, ergueu a cabeça e olhou por um instante através da sala, direto para mim. Um arrepio me percorreu, como se houvesse sido pega espionando, mas não desviei o olhar. Estava curiosa demais para isso. Antes, eu só o vira de perfil, nas sombras da manhã, ou havia pouco, a massa encaracolada e escura do alto da cabeça, enquanto olhava para o chão. Ali estava seu rosto, banhado pela luz. Era belo e também tinha algo mais: um leve choque percorreu de imediato todo o meu corpo. Um reconhecimento; a sensação de que, de algum modo, éramos semelhantes.

Naqueles breves momentos, sua face voltada para a sala, não saberia dizer se ele me via enquanto me encarava, através da sala, por mais tempo do que seria educado. Mas então, com toda a certeza, ele me viu, pelo menos por um instante. Seu olhar encontrou o meu. O foco se firmou, e ele assumiu uma expressão cansada, e não apenas distante. Deixou a cabeça pender de novo e respondeu ao que Rupert lhe perguntava. Em seguida, tossiu por algum tempo, e Rupert mais uma vez colocou a mão em seu ombro.

Quando penso em Rupert, sério e concentrado, apesar de caloroso como eu sabia que era, e vejo-o novamente apoiado à janela, entregue ao trabalho de registrar a história daquele homem, minha memória se fixa naquela caderneta em suas mãos, cujas páginas continham as informações do Emil que eu não conhecia, de que ele mal me falava. Rupert, receio, deve ter sido morto nos campos, embora mesmo agora minha mente rejeite essa ideia. Em alguma caixa de sapatos, em algum sótão, deve estar seu caderninho preto, as páginas cor de creme cobertas com a letra miúda dos dias em que éramos todos jovens. Se eu encontrasse aquela caderneta, contaria as palavras que haviam saído da boca de Emil logo no início do seu exílio. Ela está enterrada no arquivo obscuro de alguma família que nunca o conheceu, quando por direito deveria ser minha.

Fiquei parada à porta, a bolsa pendurada no pulso enluvado, cabelos penteados, pronta para sair para a tarde de primavera e comer alguma coisa antes do comício do sindicato, às sete da noite. Todos já tinham ido embora, mas eu gostava de deixar tudo arrumado antes de sair. Aquilo era o mais próximo que eu tinha de um lar, e era uma dona de casa orgulhosa; sempre dava uma última olhada por cima do ombro para as mesas bem-arrumadas, sem xícaras nem cinzeiros, as cadeiras bem acomodadas ao redor da longa mesa de conferências em forma de U, as capas sobre as máquinas de escrever de tradutores e secretárias, as gavetas dos arquivos cinzentos fechadas, as pesadas cortinas brancas cerradas contra o sol dourado do fim do dia. Com a mão na maçaneta, ouvi o rumor grave e intermitente de vozes masculinas vindo da cozinha, que ficava no corredor de acesso aos escritórios privados. Quando meus passos ressoaram no chão de madeira, as vozes se calaram. Ao chegar à pequena cozinha, vi que eram eles, Rupert e o homem que, no decorrer do dia, eu viera a chamar mentalmente de Operário Perdido.

Rupert, com sua pele de leite fervido e olhos vermelhos pelas longas horas trabalhando, bebendo e dialogando, deu seu sorriso matreiro e começou a falar em alemão, enquanto o homem se apoiava no aparador, as mãos agarrando com força o tampo atrás dele, ombros apontando para a parede atrás de si, a cabeça baixa. Tinha suposto que seria flamengo pelo fato de Rupert ter-lhe sido designado, mas uma surpresa maior do que essa foi notar o estado das botas do homem, as quais o próprio olhar dele me levou a ver. Tinham os canos cobertos de lama seca, os cadarços incrustados descamando terra pelos azulejos negros e brancos, e uma nesga rosada de pé aparecendo na costura lateral aberta. Sem meias. Olhei para meus próprios sapatos. Fazia pouco tempo que me esmerara em lustrar o couro opaco, e tinha recentemente usado uma fração do meu precioso salário para trocar a sola.

Várias coisas aconteceram dentro do espaço de um instante. Rupert terminou de fazer as apresentações, às quais mal ouvi, embora tivesse escutado pela primeira vez na vida o nome daquele homem: Emil Becker. Como se sobressaltado ao ouvi-lo, ao erguer os olhos o homem viu que eu comparava nossos sapatos, e pareceu fazer o mesmo. Um sorriso cruzou tão rápido seus lábios que poderia nunca ter existido. Já desaparecera no momento em que ele estendeu a mão para mim.

– Você é a tradutora – disse-me em inglês, a voz falhando, quando lhe apertei a mão. Surpreendi-me por ele ter se dado o trabalho de descobrir minha função e minha nacionalidade, ao mesmo tempo que sentia o toque quente e seco de seus dedos, bem como toda a atenção que me dirigia sua bela face, acabada e exausta.

– *Herr* Becker, precisamos lhe conseguir sapatos, depois um jantar – disse eu, minhas primeiras palavras para ele.

* * *

 Você é mais velho que eu, decidi, olhando-o disfarçadamente enquanto ele fumava e comia em um café mal iluminado. Sob a mesa, seus pés estavam perto o bastante dos meus para encostar neles cada vez que ele se ajeitava; agora, calçavam um par de sapatos novos em folha. O vendedor se oferecera para jogar fora as botas imprestáveis, segurando-as longe de si com dois dedos, tentando controlar o horror. Emil concordara.

 Desejava saber a idade dele. Não parecia exatamente alguém daquele século, talvez só um pouco antiquado demais para que a exuberância da década de 1920 tivesse deixado nele alguma marca. Havia algo em seu olhar quando estivera junto à janela e nos terríveis sapatos que usara que refreava minha costumeira ousadia. Ainda assim, procurei fazer perguntas que pudessem soar apenas como amigáveis, não invasivas. Ele foi cuidadoso nas respostas, talvez porque insistisse em falar inglês. Descobri que era do vale do Ruhr, que antes da crise havia sido engenheiro eletricista no projeto hidrelétrico de Shannon e que depois testara equipamentos em navios oceânicos. Observei suas mãos enquanto comia, bebia e fumava. Mãos quadradas, práticas, com dedos fortes, unhas que precisavam ser aparadas.

 — E o que está achando de Bruxelas? — perguntei-lhe, como se fosse um visitante, e não um refugiado maltrapilho.

 Ao redor dele, as paredes do café estavam repletas de fotos emolduradas de atrizes e cantoras, todas com aquele ar provocante das estrelas de casas noturnas de Berlim. Ele olhou ao redor como se perguntasse a si mesmo: Onde foi que eu me meti?

 Tinha entrado num beco sem saída. O que eu queria perguntar a ele, de verdade, era: Mas o que, afinal, aconteceu com seus sapatos? Em vez disso, beliscava minha omelete e imaginava o que poderia extrair de Rupert no dia seguinte, dentro dos limites da boa educação.

 Do outro lado da mesa, havia um movimento repetitivo, rápido. Pousei os olhos no prato dele por um momento. Seu garfo trabalhava como a pá de um operário em uma vala que ia enchendo de lama à medida que cavava. Já tinha esvaziado seu prato, e o meu ainda estava quase cheio. Pousou o garfo e tirou o maço de cigarros do bolso da camisa. Fingi não ter notado que ele havia devorado a comida como um mendigo faminto e continuei a comer.

Eu estava com dinheiro. Rupert dera-me discretamente, enfiando uma cédula em minha mão quando saímos do escritório, e havia sobrado bastante da compra dos sapatos. Emil havia escolhido o mais barato, embora eu lhe dissesse que deveria escolher com base no conforto. O vendedor também fornecera meias. Enquanto isso, eu ficara olhando umas luvas na vitrine. De qualquer modo, tinha dinheiro para nossa refeição e, assim, paguei a conta e saímos da mesa, prontos para o comício.

Enquanto passava por entre os demais fregueses em suas mesas, eu o senti atrás de mim, fazendo o possível para não sair apressada demais – ou, como diria minha mãe, sair correndo como um elefantinho – nem tropeçar, nem fazer nada que deixasse transparecer afobação. Ele estava bem próximo a mim; em certo momento, senti sua respiração fria na pele nua sob meu cabelo curto.

Nas ruas ao redor da Grand Place, os trabalhadores se reuniam. As travessas estreitas de pedras iam se enchendo de homens e mulheres, e as bandeiras flutuavam, a seda vermelha ondulando na brisa primaveril. Emil franziu o cenho para o rosto das pessoas ao redor. Na travessa apinhada, enquanto seguíamos para a praça, seu cotovelo com frequência roçava meu braço.

O caos moderado e os empurrões bem-humorados enquanto a multidão se apertava rumo à praça não pareciam mais do que uma animada noite no mercado em comparação com minha estada em Berlim. A febre quase incontrolável daquela cidade pairava sobre mim cada vez que ouvia uma aclamação ou o som de um motor acelerando. As vielas medievais, repletas com o aroma de chocolate derretido e perfumes femininos, ocupavam um mundo onde não existia uma pessoa chamada Adolf Hitler ou os uniformes escuros das SS em seus automóveis brilhantes ou os brutamontes das SA sempre percorrendo as ruas em busca de alguma agitação.

Ficamos nos fundos da praça. Como esperava, quem ocupava o palanque era o delegado dos mineiros belgas com quem eu descera na mina. Ele falava, em francês, sobre as horrendas condições de trabalho, coisa que eu agora podia atestar com plena convicção. Olhei de soslaio para ver o que *Herr* Becker achava de tudo aquilo. Talvez o interminável horror das condições de trabalho dos mineiros parecesse irrelevante para aquele alemão, que eu começava a crer que tivesse passado por terrores equivalentes. Mas ele permaneceu ali, paciente, mantendo-se junto a mim. O orador flamengo assumiu o palanque, e a multidão começou a se diluir. O ar voltou a correr entre as pessoas. Agora, ele parecia estar muito mais atento. Vi que entendia aquele idioma, enquanto o discurso em francês simplesmente passara despercebido por seus ouvidos. Por fim, senti sua mão segurar de leve meu braço, acima do cotovelo, e a respiração passar pela minha orelha.

– Vamos, ele está se repetindo.

Eu não entendia flamengo e por mim estava tudo bem ir embora, apesar de recear que fosse o fim da nossa noite.

Conseguimos nos livrar da massa de gente nos fundos da praça. Uma vez distantes da pressão dos manifestantes, uma brisa passou sobre meus braços nus. Não tivera tempo de ir para casa antes do jantar e pegar um casaco. Não pude conter um sorriso. Era um daqueles momentos em que temos total percepção de onde estamos e de onde viemos, e por um segundo inteiro temos uma compreensão absoluta da deliciosa improbabilidade da nossa vida.

– Perdão – disse ele, pousando um dos dedos em meu braço –, não tenho dinheiro, senhorita Jacob. Mas gostaria de levá-la a um café, por favor. Talvez possamos fazer um conhaque durar uma hora.

– Vamos fazer com que dure – respondi com uma risada. Até meu riso, lembro-me, foi discreto, como se não devesse assustá-lo com emoções extremas. – O prazer seria todo meu.

– Um dia retribuirei o pagamento.

Encontramos uma mesinha redonda de metal, cujos pés rangiam de encontro às pedras inclinadas do calçamento cada vez que um de nós pousava um copo com força demais, coisa que ele fazia a cada poucos segundos, entre um gole e outro, apesar de toda aquela história de uma dose em uma hora. Ele já chegava ao fim da sua terceira, enquanto eu ainda estava na primeira, deixando que o calor da bebida me esquentasse, enquanto meus braços iam ficando frios com o escurecer, e os joviais manifestantes desapareciam pela rua íngreme. Falamos sobre os romances de Conrad, que ele lera enquanto navegava. Nem uma só vez ele resvalou para o alemão, apesar de várias vezes eu sugerir que o usássemos, e, quando tentou explicar o que apreciava em Conrad, teve de fazê-lo com simplicidade, por causa de seu vocabulário limitado.

– Ele é sempre um estrangeiro.
– Um estranho? – arrisquei.
– Sim, isso mesmo, estranho também. E estrangeiro.

Quando cheguei ao fim do meu conhaque, sorvendo do meu copo a última gota viscosa, mais uma vez encontrei forças para fitar seu rosto atraente sem afastar o olhar. As feições dele tinham relaxado. Vi que eu o havia distraído de seus problemas, e receava o momento em que iria perceber que já escurecera, que eu tremia e que dentro do café as mesas já estavam empilhadas; o proprietário de rosto triste e envelhecido varia o chão com vassouradas longas, melancólicas, apoiando-se a ela de quando em quando para olhar através das portas para a rua, onde éramos os únicos fregueses que restavam.

Ele bateu seu copo na mesa e ergueu a mão no ar. Nosso amigo veio em um instante com a conta em um papelzinho quadrado. Paguei, com uma pequena gorjeta, e por um instante senti-me tão velha quanto meu acompanhante.

– Vou acompanhá-la até em casa – disse-me ele.

Passei o braço pelo dele, sentindo-o imobilizar-se por um instante dentro do paletó. Então, seu peito relaxou e caminhamos através do labirinto ao redor da Grand Place até minha pensão. Chegamos lá em poucos minutos, andando em silêncio. Com nossos corpos em contato, senti algo que não havia visto; ele mancava muito de leve, uma pequena pausa antes de pisar com o pé esquerdo, tão breve que era quase imperceptível. Pensei: Espero vê-lo amanhã na sede do sindicato, mas como ter certeza? Não conseguia suportar a possibilidade de uma noite trancada em meu quarto abafado, em minha cama estreita, horas e horas preocupada com isso.

Soltei o braço dele e procurei a chave na bolsa.

– É neste prédio que moro, *Herr* Becker. Vou vê-lo amanhã na Maison du Peuple?

De repente, ele segurou minha mão, aquela da qual pendia a alça da bolsa, entre as suas.

– Vou fazer uma proposta estranha. Vou ficar com você. Só por algumas horas.

Minha outra mão fechou-se ao redor do metal frio da chave no fundo da bolsa. Uma centena de questões forçou caminho para dentro da minha cabeça. Eu me tornara uma viajante cheia de confiança e uma linguista proficiente.

Sentia-me em casa no mundo, ainda mais em um novo país. Mas isso que ele pedia... não sabia praticamente nada quanto ao que poderia ser.

– Sim – respondi, e sorri para ele à luz fraca da lâmpada da rua. Podia enxergar o suficiente para ver que ele soltara a respiração, as rugas desaparecendo de sua testa por um momento, e que dera um pequeno passo adiante, estendendo a mão para que eu lhe entregasse a chave prateada.

O que aconteceu a seguir não foi o que imaginei. Pedi-lhe que subisse em silêncio os degraus. Minha senhoria tinha por costume aparecer à porta de camisola branca, como um fantasma, quando eu passava pelo patamar do meio, tagarelando em flamengo às minhas costas enquanto eu me afastava. Ele não fez nenhum ruído, pisando macio como uma noiva com seus sapatos novos. E, a cada passo na escada e ao longo do comprido corredor de piso barulhento, com aquele alemão logo atrás de mim, eu me perguntava: Que diabos estou fazendo? Toda mulher passa por isso alguma vez, disse a mim mesma. Agora era minha vez, à avançada idade de vinte e seis anos.

Enfim, abri o alçapão sobre nossas cabeças. Quase não havia luz ali, a única lâmpada ao fundo do corredor lançando uma tímida luminosidade em nossa direção. Senti o braço dele estendendo-se adiante para segurar o alçapão e mantê-lo aberto, e subi os últimos degraus para entrar no meu quarto. Adiantei-me com cuidado no escuro pelos poucos passos que levavam de uma ponta a outra da cama, até o interruptor do abajur em meu criado-mudo. Ele estava no quarto agora, o alçapão sendo fechado atrás de si. Se fôssemos nos sentar, teria de ser na cama ou em minha mala de viagem, que continha uma pilha enorme de dicionários e papéis.

Ele se sentou na cama, as molas gemendo baixinho.

– Venha – ele bateu uma das mãos a seu lado. Não estava olhando para meu rosto. Senti que examinava meus sapatos de novo. – Não vou machucá-la, prometo.

Sentei-me de forma um pouco desajeitada, a cama afundando, inclinando-me para junto dele. Ele sussurrou, em alemão, ainda sem olhar para o meu rosto. Agora que podia usar as próprias palavras, tinha mudado, tornando-se ele mesmo, fluente. Concentrei toda a minha experiência em absorver o significado preciso de cada palavra, faladas tão baixinho, em uma voz que já se tornara grave pelo fumo.

– Não tenho segundas intenções ao pedir para ficar aqui. Apenas por esta noite, é muito difícil estar sozinho. Vou me deitar no chão enquanto você dorme. Não vou tocar um fio de cabelo seu. Você é uma jovem generosa. Só me permita ficar deitado no chão até clarear, e vou embora de manhã, antes que alguém da casa desperte.

Olhei-o fixamente por um instante. Por fim, ele ergueu os olhos.

– Falei depressa demais? – perguntou, em inglês, temeroso.

– Emil, posso arranjar um lugar para você. Podemos dormir aqui, juntos, até amanhecer. Eu sinto... – mudei para o alemão. – Sinto que não sou eu que tenho de ser reconfortada e me sentir em segurança, mas você. Você está em segurança aqui. Por favor, durma na cama. Pode partir quando estiver descansado.

Afastei a colcha. Ele estudou suas mãos por um instante, depois meu rosto, e concordou com a cabeça. Tiramos nossos sapatos em silêncio, colocando-os alinhados no tapete: seus sapatos baratos e lustrosos, duros, cheirando a couro novo, e os meus velhos e gastos, amoldados a meus pés, um buraco agora aparecendo na sola. Deitamo-nos, a cama rangendo, rígidos, de costas e lado a lado, como corpos em uma cripta. Depois de um instante, reuni coragem e segurei sua mão.

– Tenho esposa e um filho – disse ele em alemão. – E meu pai. Vi quando os homens vieram e entraram no prédio de manhã. Eram tantos. Fiquei no apartamento. O dia todo. Trouxeram-nos para fora e os fizeram marchar com lanternas. Ele não estava com os outros. Olhei cada rosto. É fácil achar meu pai; ele é um homem gordo nos dias de hoje. Não estava entre eles.

Senti medo de me mover, de mudar a intensidade da pressão dos dedos, de respirar. Ele se calou. Esperei mais alguma coisa, mas não houve nada além de sua respiração e do bater do coração. Ficamos deitados durante horas noite adentro. Pareceu, então, que sonhei e despertei. Havia sinos de igreja. E devo ter dormido de novo, porque acordei brevemente numa situação inteiramente nova para mim. Estava deitada de lado, os joelhos de um homem aconchegados atrás dos meus, o corpo dele amoldando-se ao contorno do meu, o peso de sua mão repousando na minha cintura e a respiração leve trazida pelo sono soprando com suavidade na minha orelha.

Emil
Hampstead, 1936

Ele já não esperava mais conseguir dormir por uma noite inteira. Estava acostumado a ter sempre algum tipo de perturbação nos sonhos, no corpo, e depois ficar uma hora ou mais olhando as frestas da janela à espera do amanhecer. Seus dias na Inglaterra foram um caos enevoado, uma fenda entre mundos. A língua parecia algo vindo de outro planeta. Nos canteiros de obras e nas linhas de produção, pessoas de aparência perfeitamente normal abriam a boca e emitiam sons estranhos. Precisou se livrar dessa sensação, concentrar-se. Só então descobriu que conhecia aquela língua e começou a entender o que diziam.

Dormir era mais fácil quando Hannah estava ao lado dele. Ao menos, conseguia adormecer outra vez, quando se assegurava de que estava ali e colocava a mão sobre a perna dela. Então, fechava os olhos e sucumbia. Mas já não tinha mais trabalho nas cidades ao norte do país. Agora, estavam na casa da mãe dela, em Hampstead, e ali não dormiam na mesma cama.

Noite após noite, enquanto entrava e saía do sono, via-se parado do lado de fora de uma sala, olhando dois lobos gordos que se enfiavam pela porta e saltavam com agilidade assombrosa para cima de uma mesa. Só conseguia avistar o contorno dos dorsos arqueados sobre algo no chão. O mesmo sonho por dois anos, desde a carta da mãe. Tinham achado o corpo do pai na floresta junto com o de três colegas. Nos meses transcorridos entre seu desaparecimento e o dia em que fora encontrado, os oficiais nazistas haviam escrito cartas a ele, insistindo em que se apresentasse para trabalhar. Depois que fora desenterrado, enviaram à esposa a cobrança pelas luvas e pelo líquido de limpeza, e prenderam os sindicalistas que compareceram ao enterro.

Abriu os olhos. As paredes do quarto que fora de Benjamin, quando criança, estavam ficando iluminadas. Na estante ao lado da janela, os troféus dele, de futebol e de arco e flecha, refletiam o sol nascente. As aves tinham começado a cantar nas árvores lá fora. O primeiro pensamento de Emil foi desejar alguma doença, algum problema permanente no corpo perfeito do seu filho, para que, quando chegasse o dia de os jovens deixarem a cidade em um trem de trajeto interminável, ele ficasse para trás com a mãe, fazendo pão, dando aulas a crianças na escola.

Dormiu um pouco mais, um sono leve, e depois ouviu Hannah falando no quarto dela.

– Sim, mãe. Você sabe que ele gosta de chá. Pode entrar.

Passos tímidos soaram nas tábuas do corredor. Puxou o cobertor sobre o peito quando a porta do quarto se abriu devagarzinho.

Estava sentado em um banco oculto entre as árvores no topo da Parliament Hill, longe dos caminhos usados por quem subia para Golders Green ou para o metrô. Embora estivesse envolto pela sombra densa dos carvalhos, dali de cima sua vista alcançava, através dos gramados verdes, a catedral de São Paulo e os edifícios mais altos da cidade. Todo o centro de Duisburg caberia dentro daquele parque. Fechou os olhos e imaginou, por um momento, que lá embaixo, onde uma mulher de chapéu vermelho se debruçava sobre uma criança, estava sua primeira escola, agora a escola de Hans, e que mais abaixo, onde começavam os lagos, estavam o rio e o cais.

Nunca teria imaginado que existissem lugares assim em Londres. Mesmo que estivesse no meio de uma massa turbulenta de gente descendo para o metrô ou subindo em um ônibus, em um minuto ou dois a paisagem se abria, verdejante e um tanto selvagem, aquele aspecto de selvageria domesticada que os ingleses apreciavam criar ao redor de suas casas de campo, algumas das quais podia avistar dali mesmo onde estava. Acordando bem cedo, seria possível caçar coelhos, se a figura de um alemão com rifle não fosse certamente fazer a polícia se precipitar através do parque, segurando seus chapéus ridículos. E aí ele apareceria na primeira página de *Ham and High*, um alerta contra a permissão da entrada dos quinta-colunas do continente no país.

Olhou para o relógio, presente de Benjamin, que, segundo ele mesmo, acabava de comprar um novo.

– Tome aqui – ele disse, vendo o pulso nu de Emil durante o jantar. – Fique com isto até suas coisas chegarem.

Antes que pudesse recusar, Hannah afivelou o relógio no pulso dele e beijou o irmão.

Passava um pouco das três. Dali a uma hora já seria respeitável retornar para casa. A verdade era que mal procurara trabalho naquele dia. Na janela da guarita de uma obra, perto de Camden Lock, um homem de nariz todo manchado dispensara-o com a mão, sem se dar o trabalho de falar, como alguém cansado de espantar gatos de cima da mesa de jantar. Não tinha sido tão ruim; havia aqueles que ficavam deliciados com a oportunidade de descontar nele algo que guardavam dentro de si, chamando-o de *kraut*[8] nojento, cuspindo nele, de propósito ou não.

Mas, mesmo assim, era o suficiente para desanimá-lo, cansado como estava e com seu mais recente problema no peito o incomodando. Raramente conseguia trabalho, a menos que fosse por meio da extensa rede de contatos de Hannah, formada por seus amigos do colégio e do Partido Trabalhista, onde ela trabalhava. Ele só saía à procura porque um homem não pode ficar na casa de uma mulher de idade ou deixar sua namorada trabalhar sem ao menos tentar. Uma vez conseguira trabalhar por uma semana em um bar, um emprego do qual havia gostado: a atmosfera abafada e calorosa, o cheiro de cerveja e fumaça nos salões apertados, as emoções exuberantes dos ingleses depois de alguns tragos, mas então o dono deu o emprego a um amigo que precisava. Emil, apátrida como era, pago com o dinheiro guardado num saco de papel sob a caixa registradora, foi demitido na hora com um dar de ombros e uma oferta de cerveja de graça.

---

[8] Forma pejorativa de chamar os alemães em inglês. [N. das T.]

Hoje, seu corpo tinha se rebelado e o trouxera ali para cima, e ele ficara sentado até que as costas enrijecessem de tanto ficar encostadas no metal do banco. Hannah lhe dera *Na pior em Paris e Londres*, de Orwell. O autor, cujo nome verdadeiro era Blair, trabalhava na livraria local; uma ou duas vezes dera sugestões de leitura a Hannah, e a deixava pegar livros emprestados sem pagar. Ela parecia quase apaixonada pelo homem; falava sobre ele durante o jantar enquanto a mãe lançava olhares preocupados a Emil. Hannah lhe contara mais tarde, quando tiveram um momento para conversar a sós na cozinha:

– Mamãe acha que você é bonitão demais para mim e que estou brincando com o destino quando passo a refeição inteira tagarelando sobre autores famosos.

Ele leu o livro devagar, sorrindo diante do amor excêntrico que esse inglês de classe média sentia pela pobreza. Ah, se ao menos Hannah estivesse ali para ajudá-lo com o vocabulário. A cada tanto ele tirava do bolso o caderninho de anotações e escrevia as palavras que pareciam interessantes: *leproso, penhorável, encardido, verminoso*.

Ele só queria que ela estivesse ali, a seu lado, por qualquer motivo, corando ao falar disso ou daquilo. Fazia semanas que sequer dormiam na mesma cama. Quando tinham ficado na casa de amigos, no norte, dormiam em camas estreitas ou em sofás desconfortáveis. Nunca havia cobertores suficientes naquelas casas frias em ruas úmidas. Ele não se importava, desde que o corpinho roliço estivesse lá quando ele adormecesse e quando acordasse. Agora que dormia no quarto de Benjamin, Emil olhava para fora, para a escuridão acima do lago, até tarde, imaginando se Hannah estaria ou não dormindo.

Por fim, cansou-se de lutar com as frases em inglês e cochilou, a cabeça apoiada no encosto do banco, o sol da tarde movendo-se por seu rosto. Foi acordado por uma babá que chamava algumas crianças para longe dele. Abriu os olhos e viu dois garotos de cabelos bem curtos; pareceu-lhe avistar o mesmo garoto de olhos verdes em duas cabeças, um deles dez centímetros mais alto que o outro. O menor soltou uma risadinha maldosa e saiu correndo. Ele olhou para o relógio. Já podia ir para casa.

Caminhou um pouco mais depressa do que pretendia, feliz por estar em movimento. Em campo aberto, o sol estava mais quente do que já estivera naquele ano, e dava para sentir o cheiro das flores nos canteiros do parque e jardins. Seguiu para as avenidas mais frescas perto dos lagos. Ficou imaginando se Hannah sairia para uma caminhada antes do jantar. Ele sempre se sentia melhor caminhando, mas era difícil tirá-la da escrivaninha. Ela precisava aceitar cada trabalho que lhe ofereciam e fazia isso sem reclamar, embora ele percebesse que ela usava cada vez mais os óculos, que disfarçava os bocejos durante o jantar e que sua mãe a encontrava adormecida, a cabeça sobre os papéis.

Não demorou para alcançar a extremidade do lago mais distante da casa. Os barcos se aglomeravam a um canto, a água chapinhando entre eles. Não havia ninguém ali naquela tarde. Ainda era abril, e a água estava muito fria, a brisa que soprava do lago ainda gelada. Estavam todos nos campos ensolarados, não aqui na sombra à beira d'água. Ele olhou por sobre a superfície, em direção à casa, e viu que Hannah estava do lado de fora, diante das portas francesas. Lá estava sua silhueta miúda, a blusa e a saia claras, a mão sobre os olhos, olhando para além do lago. Saiu das sombras e ergueu a mão. O corpo dela inclinou-se para diante, imobilizou-se por um instante e então ela começou a correr na direção dele. O cabelo curto e encaracolado balançava, agitado. Ela nunca se preocupava com a aparência. Algo branco e rígido, não um lenço, mas um papel, ondulava em sua mão, e depois ela desapareceu por entre as árvores.

Ele caminhou depressa para evitar que ela tivesse de correr por todo o contorno do lago. Que novidade poderia haver que a fizesse disparar pela grama daquele jeito? Nunca a tinha visto abandonar seu caminhar perene nos três anos em que a conhecia. Não conseguia distinguir se eram boas ou más notícias, mas então, depois de um minuto, a face dela emergiu da sombra das árvores e ele viu que, embora estivesse ofegante, ela sorria.

Quando o alcançou, ela se curvou e apoiou as mãos nos joelhos nus, que ostentavam os arranhões vermelhos deixados pelas moitas. Ela sorriu para ele, tentando recuperar o fôlego.

– Que foi? – Emil perguntou, o sorriso dela o contagiando também.

Ela lhe estendeu a carta. Ele a olhou, a princípio entendendo algumas poucas palavras. Tinha de ler várias vezes uma sentença em inglês para reordenar os verbos numa sequência que fizesse sentido, e a ansiedade dela o distraía. O olho dele destacou: *Winchester, albergue, de imediato*. Ele sentiu a mão dela em seu pulso.

– Me ofereceram um emprego como administradora do albergue da juventude de Winchester. Mas é claro que a oferta é para você. Meus amigos no partido é que conseguiram. É um emprego, Emil. Um emprego de verdade, estável, e uma casa, com refeições e segurança. Pode acreditar nisso? – ela sussurrou, olhando para a casa. – Vamos ter nosso próprio quarto. Nossa própria casa!

Ele a tomou nos braços. Os olhos dela estavam úmidos de encontro à pele dele, no ponto em que a camisa se abria na garganta. Ele a apertou com tanta força quanto poderia ousar.

– Você é um milagre. Você faz mágica. Como consegue essas coisas?

Hannah recuou, o calcanhar batendo na água do lago enquanto ria.

– Tenho amigos muito bons e espertos. – Ela sorriu. – Eles também mandaram uma foto. É um lugar lindo. O velho moinho da cidade, numa pontezinha, bem na beira do rio. Parece *mesmo* mágica. E devemos começar assim que fizermos as malas e nos mudarmos. O administrador está muito doente, e eles já têm reservas para o próximo mês e por todo o verão.

Ele estudou a carta de novo. Dessa vez, viu as palavras: *vinte camas*. Todo esse tempo havia desejado apenas uma para eles mesmos, e uma, de algum modo, uma de reserva. Agora ele via, escrito num papel com cabeçalho e assinado embaixo: *vinte*.

Ela tomou a mão dele, puxando-o em direção ao gramado.

– Venha – ela disse. – Não posso ficar parada. Vamos subir a colina e fazer nossos planos. Ah, Emil. Não posso acreditar que isso caiu no nosso colo assim.

Não, ele pensou. *Você é que conseguiu: suas cartas, telegramas e sua vontade incansável.*

O sol declinou sobre os gramados, lançando sombras longas a partir dos pés das pessoas que vinham caminhar. O cheiro da grama cortada subia a cada passo. Era perigoso ter esperança, projetar os pensamentos tão para o futuro. Estúpido e perigoso. Ele olhava as costas dela, o pescoço, enquanto ela o puxava para a área aberta. Parecia uma fada encantada em suas roupas brancas contra o fundo verde vivo da grama. Ele sentia as pernas fortes, o peito quieto. Descobriu que podia acompanhá-la com facilidade.

* * *

Emil entrou no pátio interno através do grande portão que dava para a ponte. Ao abrir a porta da cozinha, a voz de Robeson preencheu o ar acima do rio estreito. Ela havia instalado o gramofone e desempacotado os discos. Ele pendurou a sacola na porta da cozinha, atravessou a sala comum, com seu teto em abóbada e vigas de carvalho, e encontrou-a sentada à ponta de uma das mesas que ele fizera uma semana antes com as velhas portas de igreja e cavaletes.

Não o havia notado. Lia um livro e sorria, por causa de Robeson ou da história. O corpo dela parecia cansado, recostado na cadeira de madeira, as pernas esticadas por baixo da mesa. Naquela tarde, havia lavado e polido os caixilhos das janelas e os assoalhos, a tempo para os primeiros hóspedes, que chegariam na manhã seguinte. Ele tinha aplainado as vigas rústicas do teto e agora o ar estava carregado com o cheiro de serragem e óleo de linhaça, apesar das portas e janelas estarem abertas para a tarde de primavera. Havia o tempo todo o som da água que corria sob o edifício. Ele se sentia sempre com frio e úmido.

Em dez dias, tinham desempacotado as poucas coisas que haviam acumulado durante dois anos e meio de idas e vindas entre a casa da mãe dela e os albergues e quartos de hóspedes de amigos. Os mesmos amigos – sindicalistas, secretários do partido – haviam doado roupas de cama e livros. A um canto do quarto deles, ela pedira a ele que colocasse sua escrivaninha preta e a máquina de escrever que comprara com o que havia ganhado na Bélgica.

Ele a observou ajeitando o cabelo atrás da orelha. O rosto dela estava um pouco corado por ter trabalhado do lado de fora, nas janelas. Na superfície, estava calma, mas por baixo havia movimento, sempre. Seu cérebro era um lugar iluminado e barulhento. Mesmo dormindo, ela falava em vários idiomas, em geral fazendo perguntas. *E como faz com as crianças numa casa tão pequena? Onde ele vai trabalhar se fecharem a mina de carvão? Esse pão é doce? Nunca tinha visto desse tipo antes.*

Ela colocou um dedo na página para marcar o lugar em que estava e ergueu o olhar, pensativa. Viu Emil e sorriu. Depois do trabalho do dia, nos últimos anos, ela tinha encontrado um momento de paz, e ele sentia pena por perturbá-lo. Atravessou o aposento, sentando-se ao lado dela, a música em seus ouvidos e a água sob seus pés, e colocou a mão sobre a dela. O rosto dela quando o olhou de perto... Devia estar um horror.

– Aonde você foi? – ela perguntou depois de um instante, a voz insegura.

– Além do colégio, até os campos.

– Na catedral.

– Hannah, quero lhe perguntar...

– O quê?

Ele foi em frente.

– Quero trazê-los para cá. Temos um pouco de espaço agora.

– Quem?

– Hans. Ava.

Ela tirou a mão de sob a dele e com a outra colocou o livro sobre a mesa com firmeza, as páginas ainda abertas.

– *Aqui?*

Ele fez que sim. Ela tinha dito, mais de uma vez, que adoraria conhecer o filho dele.

– Não está falando sério.

Esperou, observando o rosto dela. Ele havia aprendido. Precisava deixá-la pensar e se cansar sozinha.

– Ela é sua ex-esposa. Vou ter que alimentá-la e lavar as roupas íntimas dela?

– Ela não vai deixar que ele venha sozinho. Hannah...

– *Hannah* o quê? Maldição!

Ela saiu pisando duro pela cozinha. Ele registrou, mais com os pés do que com o ouvido, a porta bater. Foi até o gramofone, ergueu a agulha. Robeson era demais naquele momento. É só esperar um pouco, disse a si mesmo. *Ela é uma pessoa de bom coração, mas pavio curto. Vai caminhar ao longo do rio e discutir consigo mesma até cansar.* Ele tinha apenas uma ideia, um plano sem muitos detalhes, e havia dado o primeiro passo.

Emil ficou olhando para Hans, que dormia no assento vermelho do trem, a Inglaterra passando por ele pela janela. O garoto abriu os olhos, e o pai disse:

– Quando vi você pela primeira vez, sua orelha era do tamanho de uma uva.

– *Papai* – o garoto suspirou.

Ava, mais magra, com mais linhas ao redor dos olhos, olhava para fora, observando a paisagem inglesa. Viu de novo nela o estranhamento dos campos iluminados. Ela nunca havia saído da Alemanha antes. O garoto estava sentado ao lado dela, os joelhos quase encostados nos de Emil, longo e magro agora, toda a gordura da infância já desaparecida. Suas pernas eram quase tão longas quanto as de Emil; pareciam ter se alongado por baixo do corpo, esperando que o resto as alcançasse. O cabelo ainda era tão claro quanto o de Ava. Os dois sentados no assento de couro vermelho, estrangeiros com exóticas cabeças claras, frios olhos azuis e bronzeado uniforme entre os rostos pálidos e os cabelos loiro-escuros e castanhos dos ingleses.

– Lembra, papai, quando você e Opa me levaram à fundição? E você pôs uma máscara enorme em mim, e ficamos olhando como faziam canos?

Emil projetou a mente para trás, através das fronteiras, para sua cidade.

– Sim, lembro-me e estou surpreso por você também se lembrar. Você era tão pequeno.

– Ele nunca para de falar disso – disse Ava baixinho, ainda olhando para fora da janela.

– Papai, papai! – ele falou, todo animado. – Você me disse que o homem estava trabalhando do jeito errado. Depois que saímos, você me disse que ele era um...

– Shh – sussurrou Ava. – Já basta, Hans.

Depois de um tempo, Hans pareceu notar que estava em outro país e ficou olhando os campos e vilarejos passarem do lado de fora, até que caiu no sono outra vez, encostado na mãe.

– Ele não dormiu nada no barco – ela disse, e sussurrou, ainda olhando para fora: – Preciso lhe contar. Vou me casar.

– Oh? – Ele observou o rosto dela. – Com quem?

– Você o conhece. Karl Bremmer.

Ele fechou os olhos por um instante. Seu conceito de mundo, do que ele sabia sobre ele, alterou-se ligeiramente. Na noite em que Karl havia vindo ao apartamento, a esposa estivera em silêncio com ele na cozinha escura. Colocou esse detalhe de lado. Viu o cabelo dela no dia em que se casaram, tranças como fileiras de milho ao redor da cabeça, um sorriso extasiado que ele nem sabia como devolver. Ela dançara com todos na sala, crianças, velhos.

– Você confia nele?

Ela o encarou.

– Tudo mudou. Você não sabe de nada. – Ela ergueu uma das mãos para a janela. – Agora você é inglês. Sim, confio nele. Confio em todo mundo. Todos são iguais.

Ele se lembrou do que Greta havia dito em sua última carta: *Não há mais luta. Todos eles se calaram. Eu também. Estamos todos calados.*

O garoto caiu sobre a mãe quando o trem se inclinou em uma curva. Seu cabelo claro deslizou sobre o olho.

– Não sou inglês – Emil respondeu. – Não sou nada.

O sol estava alto quando se aproximaram da ponte.

– Há quanto tempo você usa bengala para andar? – perguntou Ava ao caminharem devagar pela cidade.

– Alguns dias são piores que outros. Esta cidade tem muitas colinas.

O garoto corria adiante e retornava, como um cachorrinho, avançando o dobro da distância para voltar e percorrer o trajeto com eles. Quando chegaram à ponte, ele teve que chamá-lo de volta da outra extremidade. Abriu o portão e encontrou Hannah no pátio, no novo canteiro de ervas, regando as plantas e arrancando o que ela parecia ter decidido serem ervas daninhas, mas que na verdade era apenas salsinha.

Ela se virou, ainda agachada, olhando para eles contra o sol, o rosto afogueado, transpirando. Naquela manhã, ela dissera várias vezes:

– Ela vai me conhecer como eu estiver.

Limpando a mão no avental, ela a estendeu para Ava, que a olhava em silêncio. Então, o garoto entrou correndo no pequeno pátio, um raio de cabelo loiro aguado, cruzando o piso de pedra e esticando a mão para ela, ainda abaixada junto ao canteiro. Ela apertou a mão dele e ele a puxou para cima, rindo. Já era mais alto do que ela.

– *Das ist Ava* – Emil apresentou a ex-mulher, tomando cuidado para não tocá-la. Hannah franziu o cenho por causa da luz, e então sorriu. – *Und Hans.*[9]

---

[9] "Estes são Ava". "E Hans." Em alemão no original. [N. das T.]

– Por favor, fale em inglês. – Ava sorriu, virando-se para ele. – Hans quer aprender.

Hannah estendeu a mão mais uma vez.

– Bem-vinda, Ava. Por favor, entre e tome um chá. Foi uma longa viagem. Já a fiz várias vezes. Como foi a travessia?

Ava pareceu hesitante. Emil traduziu.

– Muito tranquila – respondeu ela a Hannah, por fim. – E a Inglaterra é bonita. É uma surpresa.

Lá dentro, Hans correu direto para cima pela escada de madeira, e Emil foi atrás dele enquanto as mulheres conversavam na cozinha. Mostrou ao filho o dormitório com as mochilas dos hóspedes apoiadas nas paredes – lanternas, relógios e canivetes nos caixotes de madeira que ele havia pintado para servirem como criados-mudos – e depois o quartinho no sótão que Hans dividiria com Ava. O garoto subiu na cama de imediato e saltou no ar, chegando a milímetros de bater a cabeça no forro inclinado.

Lá embaixo, ouviu os hóspedes alemães, um grupo de jovens que praticavam caminhada, voltando do passeio, enquanto cantavam e riam. Vozes alemãs na região rural da Inglaterra. Espiou lá embaixo, através da janela aberta, enquanto o garoto pulava. Jovens bronzeados, ruidosos. Camisas brancas, shorts longos, joelhos ossudos. A quantidade de comida que consumiam o fazia se lembrar dos seus tempos de exército, quando o cozinheiro colocava tudo o que tinha na panela e a comida desaparecia em segundos. Os últimos três a cruzarem o portão entoavam a plenos pulmões uma música da qual ele se lembrava, uma canção folclórica cristã sobre a glória da primavera. Os rapazes bateram as botas nas pedras do piso, com força, para tirar o barro. As folhas debruçadas sobre eles eram verde-claras, e as flores de cerejeira lançavam uma luz rosada nos rostos.

– *Deutsche!*[10] – gritou Hans, e pulou da cama, precipitando-se para o andar de baixo.

Emil o seguiu, ouvindo-o na cozinha.

– *Kuchen!* – ele disse. Hannah devia ter feito chá para os rapazes alemães. – *Kann ich?*[11]

---

[10] "Alemão!", em alemão no original. [N. das T.]
[11] "Bolo!" "Posso?", em alemão no original. [N. das T.]

– *In einem moment*[12] – ele ouviu Hannah dizer, a voz severa. *Por favor, não irrite Ava*, pensou. Mas então, com mais gentileza, em inglês: – Venha, Hans, junte-se aos demais à mesa. O bolo é para todos.

Na manhã seguinte, Hans foi carregado nos ombros de Emil enquanto caminhavam pelas ruas estreitas nos limites da cidade e iam para o campo. O sol estava quente, e Ava tinha prendido um pano em torno dos ombros do menino quando ele se recusou a vestir uma camisa. Ele havia decidido que seria um pirata no tombadilho comandando seu navio. Atrás deles, Hannah caminhava com Ava. Nos caminhos sombreados, a folhagem crescia escura e densa, e o garoto desviava das folhas com as mãos estendidas, berrando ordens. Emil ouviu Hannah perguntando a Ava sobre Duisburg e a saúde da mãe de Emil. Não ouviu a resposta, abafada pelo falatório de Hans. O peito de Emil chiava com o peso do garoto nos ombros, mas não o colocou no chão. Teria todo o tempo do mundo para descansar depois.

Saíram para a luz do sol ao final de uma fileira de faias, os campos estendendo-se abaixo deles, amarelos e verdes entre as casas de fazenda e a vila próxima, e Ava tirou uma câmera da sacola de couro.

– Fiquem quietos. Vou tirar uma foto de vocês.

Hannah ficou ao lado de Emil, apertando os olhos no sol da manhã, enquanto Ava ajustava as lentes. Ele a sentiu segurar sua camisa na altura do quadril com seus dedinhos fortes. Ava, os campos luminosos por trás de seu cabelo quase branco, as longas pernas bronzeadas, estava à vontade com a câmera, relaxada com a caixinha entre ela e a cena que via. Tirou a foto e depois estendeu a câmera para Hannah, que se aproximou, obediente.

– Pode tirar uma de nós? A regulagem está correta se você ficar aqui – Ava disse, apontando um pedaço de chão sob os próprios pés. O corpo de Hannah irradiava mau humor.

Depois das fotos, o garoto deslizou pelas costas de Emil, correu por uma plantação de ervilhas com os braços abertos e seu cabelo e roupas logo eram apenas pequenos lampejos em meio à paisagem esverdeada. Emil foi atrás do filho entre os altos pés de ervilha, tentando ouvir a voz dele. Era escuro e

---

[12] "Daqui a pouco", em alemão no original. [N. das T.]

fresco ali, e tinha um aroma agradável. Se pudesse manter aqueles muros a sua volta, conseguiria preservar a felicidade.

Ouviu as mulheres junto ao limiar da plantação, além da sebe. Esperou por um momento, Hans gritando mais e mais para longe, no campo.

– É um menino muito bonito, Ava – dizia Hannah. Ele prestou atenção ao tom de voz dela. Era amigável. Bom. – Você o criou muito bem. Como ele está encarando as coisas sem um pai?

Fez-se silêncio. Ele imaginou a frieza de Ava, as pálpebras pesadas.

– Obrigada, Hannah. – Era tão estranho ouvi-la falando inglês. – Ele é um menino levado às vezes, mas vai ter um novo pai logo, logo.

– Oh?

– Emil não lhe contou, mas é compreensível. Vou me casar de novo.

O garoto chamou-o, um som abafado, distante. Emil ficou esperando, imóvel.

– Papai! Papai! Você não vai conseguir me encontrar.

– Ele não se importa que você tenha vindo?

– Ele sabe que Hans deve dizer adeus.

Emil ficou parado em meio ao verde brilhante, incapaz de se mover. Pela voz, o garoto parecia estar agora em outro campo.

– Talvez eu não devesse perguntar, mas Emil pode lhe confirmar que eu sempre digo o que penso. Ele é um membro do partido?

– Não conheço essa palavra, "partido".

– Os nazistas. O Partido Nazista.

Silêncio. Emil tentou respirar sem fazer ruído.

– E Emil sabe disso, Ava?

– Ele conhece Karl. Todo mundo é membro agora.

– Bom, como *você* deve saber, Emil nunca foi.

Ava soltou um rápido suspiro.

– Não, claro que não. Ele foi embora – Depois de alguns momentos, ela comentou: – Você não usa aliança.

– Não, não uso. Não somos casados.

– Não... *verlobt*?[13]

---

[13] "Comprometidos" ou "noivos", em alemão no original. [N. das T.]

– Ah, bem, sim, de certa forma. Mas Emil é apátrida. Eu também me tornaria apátrida se nos casássemos, e ficaríamos sem um lar.

Mantenha a calma, Hannah, pensou ele. Ouviu-se um ruído de folhas se agitando, dando a impressão de que o garoto tinha dado uma volta e rolado para fora do campo através de uma sebe, bem aos pés das mulheres. Ava falava baixinho, um tom frio de desaprovação à meia-voz. Emil voltou a si, abrindo caminho para fora do campo, e encontrou uma abertura na sebe. Respirava pesado.

– Emil, você precisa parar de correr por aí como se fosse maluco – disse Hannah. – Vai acabar se matando.

Havia uma pontada de dureza na voz dela. Ele tentou encará-la, mas ela ficou olhando o garoto que saía correndo de novo, a testa franzida, fazendo-a parecer mais velha do que era, embora ainda não houvesse chegado aos trinta.

Quando alcançaram Hans, sentaram-se sob a copa ampla de um carvalho, em um campo que permanecia vazio e gramado, e Ava destampou duas garrafas de limonada que tinha feito com o filho naquela manhã. Estavam rodeados pelo aroma do campo: grama, estrume de vacas, terra. Nuvens de insetinhos flutuavam ao redor deles. O garoto subiu na árvore, pendurando-se como um macaco, de cabeça para baixo, acima deles. Ava estava deitada na grama sombreada, olhos fechados, a testa lisa e os cílios repousando sem nem um tremor sequer, enquanto o garoto se balançava para a frente e para trás sobre sua cabeça, gritando: *Mamãe, mamãe!* As mãos dela estavam apoiadas no estômago. Hannah a observava. Seu humor não havia melhorado. O olhar dela cruzou o de Emil; ela ficou ruborizada e virou-se, firmando o olhar no horizonte enevoado.

O garoto dormia, como era seu costume, em um catre ao lado da cama da mãe. Ava estava sentada ao lado de Emil, mais perto que o necessário, na cama maior. A janela estava aberta para a noite quente, o rio correndo sob eles. Falavam em alemão, agora que Hannah não estava presente, embora houvesse uma grande possibilidade de que ela estivesse ouvindo do outro lado da parede.

– Você me disse que ela era sua esposa. Insistiu para que eu me divorciasse de você, de modo que pudessem se casar.

– É o que quero, mas não podemos nos casar. Ela perderia sua cidadania. – Ele olhou para o garoto adormecido, sorrindo com algo em seus sonhos. O olhar se voltou de novo para Ava. Nunca fora capaz de saber que pensamentos iam por trás daqueles olhos. – Ava, você não pode voltar. Deve ficar aqui. Há lugar para vocês. Vocês estão a salvo.

Ela soltou uma risadinha breve e acenou para a parede.

– E ela toleraria isto?

Ele fez uma pausa.

– Sim, toleraria. Ela sabe o que vai acontecer quando vocês voltarem.

– Sabe? Talvez ela pudesse me contar, então.

– A Alemanha vai à guerra, você sabe disso. E, se a guerra durar o suficiente, ele vai ter que lutar. Antes disso, vão fazer dele um nazista. Vão envenenar a mente dele. Ele vai se tornar...

– Somos alemães. Vivemos na Alemanha. Se ficarmos aqui, seremos apátridas, como você. Acha que sua namorada nos sustentará para sempre?

– Hannah surpreenderia você. Não a conhece. Você pode ajudar no albergue. Hannah não tem tempo de cozinhar nem costurar. Ela faz traduções. Você seria útil. É perfeito... E temos tanto espaço!

Se soubesse o que dizer mais, ele diria, embora pudesse imaginar a dificuldade que uma situação como aquela traria. Mas, se conseguisse manter Hans ali, todo o resto poderia ser resolvido.

Ela respondeu alto, não exatamente gritando:

– Se você não é casado, pode voltar. Pode evitar que eu me case com Karl. É o certo, é o mais decente, que os pais de uma criança permaneçam juntos. – Ela baixou a voz, relanceando o olhar para o garoto. – Podíamos ser uma família, viver no campo, se é o que você quer, e ter uma vida tranquila.

Ele baixou os olhos. A mão dela estava na coxa dele. Ele observou aquele gesto por um instante.

– Está louca? Como pode dizer isso?

– Ela é uma mulherzinha inteligente. Elas são todas assim. Você gosta do cérebro dela, mas vai se cansar disso. Talvez até já esteja se cansando.

– *Elas são todas assim?* Não vou acreditar que teve de fato a intenção de dizer isso. Eu me casaria com ela num piscar de olhos. Se voltasse para a Alemanha, eles me fuzilariam na hora. Esqueceu?

— O que aconteceu com seu pai foi um equívoco. Karl conhece muita gente. Ele disse que não eram homens bons. Estavam bêbados. Foi uma tragédia. E eles foram punidos. A vida está muito mais organizada agora. Naqueles primeiros dias, é verdade que tudo estava caótico.

Ele afastou a mão dela de sua perna.

— Ava, por favor. *Por favor*. Se você voltar, não há nada que eu possa fazer por ele. E Karl, eu sei que é um homem decente, mas ele vai fazer o que tiver que fazer.

Os olhos dela se apagaram. Ela desviou o olhar.

— Acho que é hora de dormir. Talvez você não devesse estar aqui tão tarde da noite. — Ela fez um gesto com o queixo apontando a parede. Havia linhas ao redor de sua boca que ele não tinha visto antes.

Emil levou a mão ao rosto, esfregando a testa e as faces. Não conseguiria olhar para o garoto, dormindo à luz do abajur. Saiu sem dizer mais nada, desceu os degraus, depois o segundo lance, e foi até o canal que movia o moinho. Sentou-se ao lado da água escura que rugia, deixando que o som inundasse todos os cantos de sua mente.

Um safanão forte no pé da cama o despertou. Não conseguiu abrir os olhos de imediato. A imagem dos lobos sobre a mesa, prontos para se curvar sobre algo que estava lá embaixo... Demorou um instante para se livrar dela. No quarto iluminado, o garoto pulava no colchão, sorrindo, olhando a cara deles à espera do momento em que enfim o notassem. Ele riu quando Emil se espreguiçou. O sol lançava pequenos quadrados de luz no menino irrequieto postado na cama branca, e Hannah suspirou. Emil sorriu, fechou os olhos de novo no travesseiro que tremia, o colchão reverberando sob o peso do garoto que se lançava rumo ao teto baixo e inclinado.

— Meu Deus... — murmurou Hannah, os olhos ainda fechados. — É como viver com um chimpanzé.

Emil estendeu a mão e agarrou o filho, trazendo-o para baixo no meio do salto. O garoto deu uma risadinha e resfolegou com o esforço de conter a gargalhada. Braços e pernas se agitavam. Hannah saiu da cama.

— Vou fazer chá – disse, colocando por cima da camisola o roupão que tinha remendos nos cotovelos. Saiu, os passos pesados, descendo a escada com o garoto correndo atrás. Emil permaneceu na tranquilidade dos travesseiros banhados de sol. Seu coração batia rápido, como se houvesse sido ele a saltar sobre a cama.

Lá embaixo, na sala comum, viu que dois dos rapazes alemães haviam acordado cedo e enchido de chá um bule enorme de porcelana. No dia anterior, tinham pedido a Hannah que lhes ensinasse como prepará-lo, pois nunca haviam tomado chá antes.

— Sério? O que há para aprender? – perguntara ela. – Você põe o chá e depois coloca a água.

Ela executou todo o ritual com eles. Escaldar o bule, a proporção de chá para a quantidade de água, quanto tempo deixar em infusão. Parecia que preparava um cachimbo de ópio, tamanha a atenção que eles prestavam, mas Emil percebeu que ela ficara encantada com o interesse deles, e agora eles retribuíam a atenção fazendo o chá antes que ela descesse.

Quando ele terminou de descer a escada, os rapazes estavam puxando cadeiras e murmurando para Ava: *Setzen Sie sich bitte*,[14] enquanto faziam gestos para que a mulher e o garoto se sentassem, com galanteria exagerada, alegres. Emil insistia em que ninguém falasse alemão durante as refeições, mas os rapazes quase não falavam inglês, e, como resultado, ninguém conseguia se comunicar com palavras. Ele os saudou com um aceno de cabeça e passou para a cozinha. Àquela hora, o grupo de alemães vestia pijama e cheirava a leite, biscoito e lençóis lavados. De dentro da cozinha, ouviu-os discutindo a caminhada que planejavam fazer naquela manhã. Escutou também Ava e Hans murmurando entre si, daquele seu jeito secreto.

Hannah também veio para a cozinha e começou a tirar o queijo, o presunto e os ovos frios do dia anterior. Cortou pão, dois filões inteiros. Ele a observou enchendo tábuas, travessas e pratos de comida, as mãos tratando o alimento sem muita delicadeza, manipulando os blocos de queijo como se fosse usá-los para construir um muro.

— Eles não vão ficar – disse ele.

---

[14] "Sente-se, por favor", em alemão no original. [N. das T.]

Ela se deteve, pronta para levar a primeira travessa.

– Achava mesmo que ficariam?

– Achei que, se pudesse trazê-los para cá...

– Não há nada que possamos fazer? Isso é inadmissível. – Ela largou a bandeja, pousando no braço dele os dedos sujos de manteiga. – Ele é um menino maravilhoso.

– Perguntei a ela. Ela diz que não.

Hannah examinou o rosto de Emil por um instante.

– Seja lá o que combinar com ela, terá meu apoio. Gosto tanto dele! Posso me acostumar com o que for, eu acho.

– Sim. Ele é um bom garoto.

Quando todos já tinham comido, Emil ficou à porta da cozinha observando os rapazes colocarem em ação a rotina exata que havia lhes ensinado. Na primeira noite, tinham recebido as tarefas que desempenhavam duas vezes por dia com alegre seriedade. Enquanto olhava, dois garotos de cada mesa longa retiraram os pratos, cada um percorrendo um dos lados da mesa, e foram para a cozinha com pilhas tão compridas quanto os braços magros. Um rapaz raspava os restos na lata de lixo. Outro lavava. Um terceiro secava. Dois deles guardavam tudo. Outros dois varriam o chão. Hans bancava o palhaço, fingindo estar prestes a derrubar grandes pilhas de pratos, mas os jovens não se deixavam distrair, embora rissem quando varriam o pé do menino ou colocavam espuma da pia em seu cabelo. A certa altura, Hans se cansou das brincadeiras e saiu para o pátio. Muitas vezes ele era atraído para lá pela chegada do leiteiro com sua carroça e o enorme cavalo Shire, de antolhos e manso, apesar do tamanho. Ou por uma borboleta ou por alguma outra imprevisível onda de interesse, que o chamava para alguma missão secreta.

Quando o chão estava limpo e as mesas e os aparadores da cozinha impecáveis, os garotos começaram a se alinhar ao longo da parede, tentando não sorrir enquanto ficavam em posição de sentido. Enfileirados assim, as diferenças de tamanho e maturidade física ficavam evidentes, embora todos tivessem treze ou catorze anos. O mais alto tinha a altura de Emil e era muito mais largo na cintura. Perto dele, o menor era só um pouco mais alto do que Hans, e tão magro quanto ele. Numa das extremidades da fileira, havia um garotinho de pele escura que se destacava. *Como você entrou nesse grupo?*, perguntou-se Emil enquanto esperava que os garotos se aquietassem.

– Hans! – ele chamou. – Atenção!

Ele tomou posição no centro do aposento, ao lado da corda que pendia da grande viga de sustentação do prédio.

O menino irrompeu pela porta da cozinha, percebendo, pela configuração da sala, que seu momento tinha chegado.

– Eu primeiro! – gritou, jogando-se em cima do pai.

Emil conseguiu se livrar dele pelo tempo suficiente para puxar um alçapão a seus pés. Hans já arrancava a camisa, com tanta pressa que deixou os punhos abotoados, e as mãos ficaram presas nas mangas. Sem se importar, ele abaixou os shorts com a camisa ainda pendurada do avesso nos punhos. Os garotos enfileirados tentavam não rir. Emil inclinou-se para a frente a fim de ajudá-lo com os últimos botões e passou-lhe a corda em silêncio.

Hans posicionou-se na extremidade do buraco quadrado no chão e ergueu os olhos para Emil, o rosto aberto, cheio de confiança. O pai teve vontade de abraçá-lo, de erguê-lo, e então ambos correriam juntos através dos campos, até encontrarem algum celeiro cálido e escuro recendendo a feno e a animais. Ele acenou com a cabeça e o garoto saltou, desaparecendo através do assoalho. No mesmo instante, veio o som da queda na água, o grito de alegria e a ovação dos meninos mais velhos. Através da pequena janela quadrada, a água escura tragou o corpo cor de mármore do garoto, e ele engoliu um pouco de água e se engasgou, rindo por talvez um minuto antes que Emil fizesse sinal para que os primeiros dois garotos se adiantassem e o puxassem para fora, encharcado e rindo, depositando-o no piso do aposento. Hannah tinha trazido do varal do pátio uma pilha de toalhas. Ava pegou uma para Hans e adiantou-se para envolver o garoto cujo corpo tremia, beijando-o na testa enquanto ele lhe dava um largo sorriso.

Os demais se revezaram, ficando só de roupa de baixo, deixando uma pequena pilha de roupas em seu lugar na fileira. Hans ficou para observá-los, a toalha envolvendo seus ombros. Alguns ficavam nervosos, mas todos ficavam ainda mais nervosos de demonstrar falta de coragem para pular. No fim, quando todos os jovens já tinham ido se secar e se vestir para sua caminhada, e Ava também havia se retirado, Emil começou a desabotoar a camisa. Com todo mundo fora dali, ficou totalmente nu.

– Parece que você está usando maiô branco! – exclamou Hans. Hannah riu. Emil olhou para baixo. Seu corpo estava branco até os cotovelos e os joelhos, onde estivera coberto por roupas nas demoradas caminhadas através dos campos ou ao longo do rio. Riu e deu um passo para o vazio, as mãos roçando a corda áspera quando o peso o puxou para baixo. O mergulho na água gelada parecia fazer seu sangue se transformar em gás resfriado. Era como se também fosse um menino. O lago aos domingos, o rio naquele verão quando ele era bem novo. Simplesmente sentira vontade de nadar e fora o que fizera. Ainda se lembrava do rosto de Thomas. Mais tarde, cruzando os canais holandeses, recordou-se das roupas amontoadas sobre uma bandeja roubada do peitoril de uma janela em uma cozinha de fazenda, projetada para a frente através da água. A água ainda cheirando ao gelo do inverno, recém-derretido, fluindo ao redor do corpo como uma maré de temor gélido.

Escura e fria, a água rodeava seu rosto. Deixou o corpo boiar, acompanhando o rio. Quando abriu os olhos, ergueu a cabeça, e no quadrado de luz lá em cima estava a silhueta escura da cabeça do menino reluzindo na sala. Olhava para baixo, para ele, o queixo apoiado nos pulsos cruzados sobre o assoalho. Também via as pernas de Hannah pendendo dentro do espaço escuro sob a construção. Distinguia as solas dos pés nus, o leve brilho úmido das panturrilhas enquanto ela balançava as pernas entre os respingos de água.

Poderia continuar ali, flutuando no rio, vendo-os toda vez que abrisse os olhos. Mas, quando voltou a abri-los, o garoto tinha ido embora. Para Hans, estar acordado era estar em movimento. Emil deixou a água fluir sobre a cabeça uma última vez e começou a se içar para cima, rumo ao aposento ensolarado, a corda arranhando entre suas coxas, as tábuas mornas sob os pés, Hannah trazendo-lhe uma toalha fina e seca. Havia fios ruivos no cabelo escuro e encaracolado dela. Ele a puxou para si.

– Você está me molhando.

– Então você vai ficar molhada. – Mas ele a soltou e começou a vestir as roupas amontoadas no chão. Ela abotoou a camisa dele, tendo que se esticar para alcançar o colarinho.

– O que você vai fazer? O que eu posso fazer? Devo conversar com ela?

– Ah, não. – *Deus, não, Hannah. Você parece uma criança cutucando um marisco. Ela vai se fechar toda para você.* – Não, vou caminhar e pensar. É impossível falar com Ava.

Nuvens baixas tinham se instalado sobre os campos quando ele se afastou da cidade. O ar estava úmido, mas as botas em contato com a estrada esburacada faziam seu corpo se sentir melhor, não tão inquieto quanto no albergue. Gostava daqueles dias ingleses em que o ar umedecia a pele aos poucos no decorrer de uma longa caminhada. Era um desperdício de horas gastá-las sem Hans, mas, de qualquer modo, Ava tinha ouvido o garoto tossir depois do mergulho e não o deixara sair naquele dia úmido.

Nas caminhadas, seu cérebro sempre havia solucionado os problemas para ele, dizendo-lhe por onde devia seguir. Qualquer decisão que se revelasse quando voltasse para o rio, para a pontezinha, ele seguiria, sem se importar com as dificuldades que pudessem pontilhar seu caminho. Sem nenhum tipo de plano, era como uma semente de dente-de-leão, flutuando através dos campos, indo aonde a brisa o fizesse pousar.

No extremo mais distante do campo, entreviu uma faixa branca, os garotos alemães enfileirados à margem do pasto, as camisas brancas refletindo a luz débil e se destacando contra a sebe verde-escura. Que pensariam os ingleses de suas camisas e lenços iguais? Que seriam escoteiros estranhos, talvez. Lembrou-se de ter sido parte de um desses grupos antes da guerra. Aquela sensação de que o mundo se abria a um simples toque. Os corpos deles estavam repletos de uma ânsia quase incontrolável para fazerem ou se tornarem o que quer que fosse. Continuariam sentindo isso, com esse grau de pureza, até chegarem a alguma frente de batalha banhada de sangue. Dali em diante, nunca mais teriam aquilo, exceto em lampejos, desejos breves e arrebatadores, nascidos do passado e rapidamente perdidos. Se fosse rei, faria com que todos ficassem exatamente ali.

Passaram por uma abertura na sebe que ele não conseguia ver de onde estava. Desaparecendo um a um, ocultos do outro lado de um pomar, penetrando no círculo de encantamento de uma feiticeira. Uma nuvem de insetos pernudos subiu até sua face, vindo do gramado a seus pés. Quando voaram para longe, ele viu o trilho do trem reluzindo com um raio de sol. Na semana seguinte, levaria Ava e Hans no trem para Londres e depois para Harwich, onde pegariam o navio. Aquilo não parecia possível. Algum evento deveria intervir. O quarto do menino já cheirava ao sabonete com que Ava sempre o lavava. Era o quarto dele agora.

O grupo reapareceu no alto do campo, perto dos trilhos do trem. Ele lhes dissera para ficarem longe da linha férrea. Havia alguns pontos em que poderiam ficar presos no fundo de alguma garganta nas colinas, tendo que atravessar um túnel escuro para sair. Descobrira aquilo do modo mais difícil, correndo, o peito queimando, através de uma escuridão úmida em direção ao arco de luz, esperando que não fosse um trem o que ele ouvia acima da respiração ofegante.

Tendo chegado ao topo de uma colina, sentou nas raízes nodosas de uma árvore e tirou o cantil da sacola. Viu a fileira de garotos cada vez menor ao longo da garganta, o líder do grupo detendo-se em uma ponte onde uma linha de trem passava sobre outra. Emil tirou da sacola os binóculos que usava para a observação de aves e levou-os até os olhos. Demorou um instante para encontrá-los, manchas brancas indistintas nos campos. Aglomeravam-se perto da ponte. Ele ajustou o foco até se tornarem silhuetas individuais. Dois deles examinavam um mapa, aberto sobre as costas de um terceiro. Um entregou ao outro algo que ele usou no mapa: um lápis, uma marca. Ele ficou de pé, observando-os com os binóculos; guardou o cantil e começou a descer depressa pela estrada, que encontrava a ponte cerca de um quilômetro à frente.

Quando chegou à ponte, vários minutos depois, sem fôlego, já tinham ido embora. Recostou-se em um carvalho, descansando à sua sombra. Tirou os binóculos de novo e vasculhou a linha do trem mais à frente. Encontrou-os novamente reunidos, mas tinham se afastado dos trilhos. Agora, haviam subido o barranco da estrada A, que levava em um sentido para Londres e no outro para a costa, rumo a Southampton. Mirou com os binóculos. De novo juntavam-se em uma ponte, dessa vez sobre o rio Itchen. Ele praguejou, sua mente de soldado em alerta. Sabia o que buscavam: as pontes, os locais onde ferrovias e estradas se cruzavam. As posições mais eficientes para explosivos, os locais dos quais era possível se aproximar sem ser visto, onde interrupções custariam mais caro.

Voltou para Winchester pelo caminho por onde viera. Agora, não tinha pressa. Iria à polícia e o que tivesse que acontecer aconteceria. Não era nos garotos que pensava. Não havia nada a ser feito com eles, por eles. Sua mente era uma chapa de aço ardente, resfriando-se e tomando forma. O plano de que necessitava revelava-se da única forma possível.

As mulheres não falavam durante o jantar. De fato, estavam sentadas em mesas diferentes. Teria sido possível que ninguém percebesse seu antagonismo em meio ao ruído dos alemães durante a refeição, exceto pelo fato de que o mau humor havia se espalhado. Hans estava sentado à cabeceira da longa mesa, olhando para o cozido e dando a cada tanto uma colherada raivosa, como se a mãe estivesse atrás dele, ameaçando lhe tirar algum privilégio se não comesse o que estava no prato. Ela sentava-se em outra mesa, ostensivamente falando em alemão com três ou quatro garotos ao redor. De vez em quando, relanceava os olhos para Emil, lançando-lhe um desafio na expressão indiferente. Hannah estava ao lado dele, a fúria evidenciada cada vez que a colher raspava a louça.

Antes do jantar, ela dissera a ele:

— Só faltou ela me chamar de judia.

— O que ela disse, de fato? — Ele tirou a colher de pau da panela e a lambeu. O jantar estava pronto.

— Ela disse que eu era uma *viajante*. Que eu não a entendia porque não tinha uma pátria. — Deixou uma pilha de pratos bater com força sobre o aparador. — Eu nasci neste país. Você devia ter ouvido o jeito como ela falou! Ah, ela é uma nazista. Como é que você pôde se casar com ela?

— Porque, é claro, ela não era nazista naquela época. Era uma garota bonita que gostava de dançar. E não é nazista agora também. Você esteve na Alemanha, viu como eles falam. É uma doença.

— Ah, eu sei! Eu sei bem. Por que fui tentar falar com ela? Deixei as coisas ainda piores.

— Não faz diferença nenhuma. Se você fosse um anjo, ela não a ouviria. Foi o que eu disse a você.

Agora, Hannah ocupava-se em observar os garotos que passavam as tigelas de sobremesa, rindo e enfiando as colheres em suas porções. Emil a fizera: farofa de ruibarbo com creme, uma receita que aprendera com a mãe de Hannah, e o salão recendia a frutas cozidas e canela. Esvaziou sua tigela em um instante, como os garotos, e ficou observando o rosto deles. Faziam caretas uns aos outros, pensando que os adultos não notariam. Pelo menos daquela vez, Hans não tentou ser incluído na brincadeira deles.

Quando quase todo mundo já havia terminado a sobremesa, exceto Hannah, que não a tocara, os garotos afastaram as tigelas e fizeram de conta que agarravam o estômago. Então, um garoto alto, Albert, com maçãs do rosto salientes e olhos gentis, um tanto sonolentos, colocou-se de pé, batendo com a faca na caneca de lata. Emil viu que ele olhava para Hannah. Talvez desejassem agradecer aos anfitriões em sua última noite. Esperava que fossem breves. Era possível que a polícia aparecesse. Os policiais tinham parecido polidos quando lhes falara sobre os mapas, mas percebera a expressão sarcástica no rosto deles. Não esperava muita coisa.

Albert continuou olhando Hannah, e ela conseguiu lhe dar um sorriso. Pelo comportamento dos outros garotos, que sorriam e aguardavam, era óbvio que ele estava prestes a cantar. Emil havia notado que o menino apreciava a própria voz. Cantava alto durante as caminhadas e com frequência quando entravam no pátio, quando dispunha de mais espectadores além dos colegas. Os outros ficaram de pé, prontos para se juntar a ele, e Hannah sustentou o olhar do garoto quando começaram. As vozes deles juntas fez os cabelos da nuca de Emil se eriçarem. A sala foi preenchida, cada centímetro, com aquela precisão e volume sobrenaturais. Então, as palavras se tornaram claras, e ele reconheceu a música. *Sim, quando o sangue judeu escorrer das facas, as coisas serão duas vezes melhores.* Viu quando os braços de Hannah ficaram arrepiados. Ela parecia paralisada, tal como ele, por um instante. Emil se ergueu, e o som da cadeira se arrastando cortou o coro de vozes. Dirigiu-se a Albert em inglês:

– Vocês não vão cantar essas músicas aqui. Limpem a mesa, por favor.

As vozes foram sumindo, até que só restou o som da água sob o piso. O garoto estava de pé, rígido e ereto. Demorou um instante para que sua boca se fechasse. Ele se virou para Emil, mas não conseguiu sustentar o olhar por mais que um instante. Seu queixo tremia. Os outros começaram a lhe passar as tigelas em silêncio.

– Não. Ele vai fazer isso sozinho – interrompeu-os Emil.

Albert caminhou ao longo da mesa, empilhando-as. Hans ficou de pé para ajudá-lo.

– Sente-se. – Emil apontou para a cadeira dele, e Hans se sentou, olhando-o fixamente.

Demorou vários minutos para que Albert limpasse as longas mesas. Os garotos se remexiam nos lugares e chutavam as pernas das cadeiras. O salão estava repleto de sons de louça batendo, do ruído dos passos de Albert, mas ninguém falava. Ava encarava Hannah abertamente, sua expressão indecifrável. Os olhos de Hannah estavam fixos no rapaz, enquanto ele percorria toda a sala até a cozinha e de volta, de novo e de novo.

Por fim, Hans, incapaz de ficar mais tempo sentado, correu escada acima. Os outros meninos tomaram isso como um sinal para deixarem a mesa e saíram em silêncio atrás dele, distribuindo beliscões e empurrões na escada estreita. Ava seguiu-os com um aceno de boa-noite. Hannah não esperou que Emil falasse e saiu para a noite lá fora, fechando a porta com cuidado atrás de si, como se não quisesse dar a satisfação de batê-la.

Com tanta gente na casa, será que ele era mesmo o único desperto? Hannah havia vindo tarde para o quarto, onde ele estava sentado, tentando ler, e vestira a camisola sem falar com ele nem olhá-lo. Ele pôs o livro de lado e ela apagou a luz; ao luar, viu que se virava de costas. Ouviu a respiração dela. Ela adormeceu depressa. Emil nunca a tinha visto ficar calada de fúria, e permaneceu por um instante sentado na beirada da cama, a lua clara à janela, olhando seu contorno sob as cobertas. O luar lembrava-lhe a luz do mar em certas noites. Sentiu, sentado ali, observando o vulto adormecido, que todas as âncoras que o prendiam ao mundo se arrastavam devagar sobre a areia. Deitou-se por cima da coberta, vestido, esperando que os sons da casa se aquietassem.

As meias dele roçaram pelas tábuas quando atravessou o quarto e percorreu os três passos até a escada. Um dos garotos roncou, uma cama estalou. Enquanto descia, o som deles foi substituído pelo da água corrente. Sempre era difícil acreditar que o assoalho da sala estaria seco quando o pisasse. Passou por entre as mesas. Ninguém ouviria os rangidos de seus passos acima do som da água, mas ele também não poderia ouvir ninguém se aproximando.

Na cozinha, no armário escuro, pilhas de moedas erguiam-se por trás de uma caixa vazia de sabão em pó. Não estavam separadas por valor, mas de acordo com o destino que Hannah tinha para cada uma delas. Era o único dinheiro na casa, exceto pelo pouco que ele podia gastar em cigarros e cerveja, e que já tinha guardado em sua sacola. Não haveria nenhum dinheiro sobrando até que o último trabalho de tradução de Hannah fosse pago, e os sindicatos andavam lentos naqueles dias. Pegou algumas moedas de cada pilha, pensando: *Hannah, sinto muito.* Tirou sua sacola da porta da cozinha e desceu para o canal do moinho.

Sob a casa, movendo-se devagar para que o dinheiro nos bolsos não fizesse ruído, sentiu muito frio. A água batia nas paredes cobertas de musgo e respingava em suas pernas nos degraus. Abriu a porta da lavanderia e estendeu a mão para o banco à direita, a fim de pegar a lanterna, assaltado pelo odor do aposento que nunca estava completamente seco. Iluminou as fileiras de camisas brancas e shorts cinzentos até chegar a um canto com as mesmas roupas, mas levemente miniaturizadas. Ele as tinha passado pela calandra naquela manhã, mas quando pegou o tecido entre os dedos viu que estava úmido. Sempre precisavam de uma hora ao sol, no pátio, mas agora não havia muito jeito. Dobrou as roupas com cuidado, colocou-as na sacola, deixando a aba aberta para evitar que mofassem, e deixou a sacola onde não poderia ser vista de imediato, no gancho atrás da porta.

De volta à cama, Hannah ajeitou-se, sua perna encostando na dele.

– Você está úmido e gelado – ela murmurou.

Ele não disse nada. Talvez ela não estivesse acordada de verdade.

– Aqueles meninos – ela comentou. – Sabe o que mais me irrita? A grosseria deles. Fiz sanduíches e lavei o lençol deles.

– Acho que não era dirigido a você. Eles acreditam que todo mundo adora ouvir aquelas músicas. Os pais deles bateriam palmas.

– Nunca me senti daquele jeito na Alemanha. Sei o que esperar. E meus amigos são maravilhosos, tão corajosos! Agora estou cercada.

– Hans não é assim. Nem eu.

– Ah, não, claro que não. – Ela tocou a mão dele, pousada sobre as cobertas. –Não foi a isso que me referi, de maneira nenhuma.

– Poderia matá-los enquanto estão dormindo.

A mão dela se imobilizou.

– Não posso ver seu rosto. Não está falando sério, está?

– Não, Hannah.

– Seu humor com certeza está azedo.

Ele apertou a mão dela.

– Todos eles vão morrer em breve.

– Pare com isso. Não tem a menor graça.

– Eu sei.

Ele fechou os olhos. Imaginou-os voltando para casa, as mães abraçando-os à porta de seus lares. Os pais chegariam do trabalho e apertariam a mão deles. Nem todos os pais precisavam abraçar os filhos e forçar o ar para fora dos pulmões. Eles voltariam para famílias gentis. Alguma alma abençoada acertaria Hitler no olho com uma bela bala prateada. Ele adoraria poder algum dia ver aquela bala, achatada em uma das extremidades, através do vidro em algum museu. Então, enforcariam os outros em frente ao Reichstag, e os garotos que dormiam no quarto ao lado estariam livres para prosseguir com suas vidas, esposas, os próprios filhos, trabalhando, bebendo e caminhando nos campos. Vidas longas, insignificantes, durante quais não fariam mal a ninguém.

Quando ele acordou, ela já estava à sua mesa, no canto onde o telhado inclinado ficava baixo demais. Ele abriu os olhos, sabendo de imediato o que precisaria fazer naquele dia.

– Diga-me – disse ela, exasperada, deixando o grosso dicionário cair sobre a mesa. – Qual é a palavra para a pessoa que faz os moldes nos quais o metal quente é despejado? Não sei nem a palavra em inglês. Não estou conseguindo sair do lugar.

– O que está fazendo?

– Tenho a conferência do sindicato em três semanas. Metalúrgicos e mineiros. Quanto aos mineiros, tudo bem, mas o vocabulário é impossível quando, para começar, você mal conhece o inglês. Você vai precisar repassar tudo isto comigo quando tivermos tempo. Se eu sei o que as pessoas fazem, posso saber o que é mais provável ser discutido pelos sindicatos.

– *Former.*

– *Former?*

– A palavra para ferramenteiro. É quem faz moldes. – O pai dele havia sido ferramenteiro, fora essa sua profissão.

– Ah, meu Deus. Tão simples. Obrigada.

Em nenhum momento ela erguera o olhar. A concentração a tornava bela, mais ainda porque ele duvidava de que outra pessoa pudesse perceber que a seriedade proposital poderia tornar adorável uma pessoa. Ouviu os garotos gritando um para o outro na sala lá embaixo, batendo os pratos, colocando carvão no fogão da cozinha.

– Os meninos estavam marcando mapas. Eu os vi ontem.

Ela não respondeu.

– Marcavam lugares onde pudessem ser colocadas bombas. Os melhores lugares, os mais eficientes.

Ela deixou o lápis cair na página diante dela. Então, virou-se na cadeira.

– Não.

– Sim, eu os segui. Eu vi.

– Você deve ir à polícia – ela sussurrou.

– Eu fui. Mas eles são... *unschuldig*. Como se diz?

– Inocentes. Ou melhor, idiotas. Bem, precisamos tirar os mapas deles antes que partam.

– Você acha? Como?

– Tirar da sacola deles. Eles vão embora hoje. Precisamos fazer isso logo. – Ele a olhou por um instante.

Ela falou:

– Claro que precisamos. Caso contrário, o sangue das pessoas mortas por aquelas bombas estará em nossas mãos. Pode até ser que sejamos nós mesmos. Eles estão ocupados guardando tudo, prontos para partir logo depois do café da manhã. Vou descer e colocar todos para comer. Então, você vai e procura.

– Sim, tudo bem. – Ele se sentiu leve por um momento. Colocou as roupas enquanto ela escrevia algo, levantou-se, alisou os shorts e foi até a porta. Ele pegou a mão dela e a beijou no alto da cabeça. – Você deve agir normalmente.

Ela riu.

– Vou fazer o possível. E você deve ser rápido. Imagine se nos pegam!

– Está falando que vai se sentir constrangida? Isso não importa.

– Não, acho que não. Não posso ser tão britânica quanto a esse assunto. – E ela desceu as escadas, cumprimentando Ava e os meninos como se ninguém a tivesse chamado de viajante ou cantado aquelas músicas na sua casa.

A comida os manteria ocupados por pelo menos quinze minutos. A porta para o dormitório estava entreaberta. Ficou no patamar, olhando para dentro. As mochilas estavam alinhadas junto à parede, as sacolas apoiadas nas bagagens maiores. Cada garoto havia dobrado seus lençóis e cobertores e os colocado nos pés da cama. A janela estava aberta para arejar o quarto. Havia doze jogos de bagagens; não teria mais do que um minuto para cada um. Talvez todos os mapas estivessem em uma sacola só. Ele entrou, passou pelos beliches, leu as etiquetas de identificação costuradas na aba das mochilas, encontrou a de Albert e desafivelou as correias, enfiando a mão lá dentro. Sentiu roupas macias, provavelmente sujas. O cheiro não era bom. Uma garrafa de vidro. Bebida, talvez. Eles disfarçavam bem. Uma saboneteira, escova de dentes, pasta. Nada que parecesse um mapa. Ouviu um dos garotos lá embaixo, rindo. Podia ser Albert. Ele era um daqueles que gostava de atrair atenção para si mesmo, que ria alto demais. Voltou a fechar a mochila, tateou outra, fez o mesmo com as demais. Canivetes, bússolas. Seus dedos procuravam por papel. Examinou todas. Estava quente ali em cima, embaixo do telhado. Alinhou bem as mochilas contra a parede e começou a arrumar as sacolas. Ouviu passos na escada. Correu, então, a mão sobre as demais sacolas e mochilas para endireitá-las e deslizou para o próprio quarto. A porta se abriu enquanto ele estava de pé ao lado da cama, e uma luz o banhou. Era Hannah.

– Alguma coisa?

– Não.

– Nada? – ela disse baixinho. – Você não pode ter se enganado sobre o que viu?

– Não. Eles devem manter os mapas nas roupas.

– Bom, não podemos revistá-los. Nem somos inimigos. Acha que já os enviaram pelo correio?

– Não houve tempo desde que os vi. Fiz tudo o que podia. Os ingleses não merecem ser alertados, acho.

– Não diga isso. Se soubessem o que está acontecendo...

– Preferiram não saber. Poderia estragar seu humor. Vá lá para baixo. Vou pensar por um momento. Talvez descubra algo.

Hans deu uma risadinha no final da fileira de garotos perfilados ao longo do canal. Emil balançava o bastão sob o braço enquanto caminhava primeiro numa direção ao longo da fileira, depois na outra.

– Atenção!

Os garotos davam sorrisinhos maliciosos e tremiam. Viu Hannah observando da janela do quarto, abaixo dela um grupo de crianças na ponte, apontando para o espetáculo na beira do canal.

– Uma tradição inglesa importante! – ele gritou, enquanto desfilava diante dos garotos com o bastão de caminhada sob o braço. A cada tanto, dava uma pancadinha com ele na perna ou no braço de um garoto para que ficasse mais ereto. Hans, na ponta da fileira, menor que os outros, ainda mais loiro, ria até se curvar. – Todos os homens que deixam as praias inglesas devem começar a viagem pela água.

Ele alcançou Hans. Entregou-lhe seu bastão, olhou-o nos olhos até que o garoto parasse de rir e deu um passo para trás, para dentro do rio, totalmente vestido. Sentiu as roupas grudando na água fria, abriu os olhos, e um corpo enrodilhado passou voando por ele fazendo, depois, uma esteira de bolhas, e então mais deles, a água se tornando turbilhões de bolhas e rostos pacíficos de garotos, os olhos fechados ao voltarem à tona. Ele próprio voltou à superfície com os gritos deles, e viu Hans, sozinho na margem, esperando com seu bastão. Chamou-o.

– Venha, Hans, a água está deliciosa.

O garoto colocou o bastão com cuidado na grama e pulou no ar, envolvendo os joelhos com os braços, a face aberta para o céu, em transe. Quando

Hans atingiu a água quase em cima dele, Emil moveu-se para o lado, o filho deixando de acertar sua cabeça por um ou dois centímetros.

Ele caminhou pela água, enquanto Hans nadava cachorrinho furiosamente diante dele. Observou os outros gritando e afundando os colegas, cabeças escuras, lisas como lontras, correndo para a outra margem enquanto ele flutuava em uma órbita particular ao redor da cabeça do filho, mais clara, refletindo a luz. Hans encheu as bochechas com água do rio e flutuou de costas, espirrando-a como uma baleia. As camisas dos alemães estavam grudadas no corpo. Não haveria tempo para passar as roupas pela calandra antes de pegarem o trem. Pensou nos pacotes úmidos e mofados que seriam entregues às mães no final da viagem. Nos papéis estragados nos bolsos. Como iriam se desintegrar nas dobras, desfazendo-se nas mãos das mulheres.

O garoto estava calado, em um estado de espírito que Emil não reconhecia. Talvez estivesse assustado com a multidão em Waterloo, no metrô. Ele não estava acostumado com cidades grandes, embora tivessem trocado de trem em Londres antes, quando haviam chegado à Inglaterra. Emil segurou-lhe a mão enquanto desciam apressados a longa escada rolante, o vento soprando do túnel à medida que o trem se aproximava. O garoto a retirou.

– Não tenho mais seis anos de idade, papai.

Emil olhou-o, mas o rosto do menino estava voltado para o destino lá embaixo.

Caminhando pelas ruas tranquilas de Hampstead, Hans disse, por fim:

– Mamãe não me falou disso.

– Pedi que ela não estragasse a surpresa.

Ele pegou a chave no bolso. Sabia que a mãe de Hannah estava em Gales, mas esperava que Benjamin ou Geoffrey estivessem em casa. Achava melhor surpreendê-los à porta do que chegarem em casa tarde e encontrarem um menino dormindo em uma das camas.

Pensou em levá-lo pelo gramado e entrar pela porta de trás. Era algo quase saído de um conto: aquela casa em meio a uma fileira de casas inglesas de tamanhos diferentes, todas com varandas e dando para o lago.

– Aonde estamos indo? – Hans perguntou quando começaram a andar pelo capim alto que rodeava a água. Era pleno verão, e havia crianças remando, espirrando água com seus remos.

– Psiu. Surpresa.

– Podemos sair em um desses barcos amanhã?

– Podemos ir hoje de noite, quando todo mundo estiver dormindo.

– Sério?

– Por que não?

Percorreram a trilha na qual o mato crescia. Quando Emil pulou o muro baixo para entrar no jardim, Hans pegou-lhe a mão e o puxou para trás.

– Papai!

Ele se virou e sorriu.

– Que foi?

– Você não pode entrar no jardim de gente rica.

– Ah, mas nós conhecemos essas pessoas, e eles não são ricos.

Diante das portas francesas, Emil fez sombra com uma das mãos sobre os olhos e olhou para dentro da sala de jantar. Geoffrey estava à mesa, as longas costas curvadas sobre alguns papéis. Emil procurou uma moeda no bolso e bateu com ela no vidro.

Geoffrey olhou para ele, vendo também o menino, e veio na direção deles para abrir a porta.

– Com os diabos, Emil. Você é a última pessoa que eu esperava ver.

Hans ficou atrás das costas do pai.

– Venha, Hans. Adivinhe quem é este. – Hans ficou olhando muito sério. – Você não adivinha?

Geoffrey estendeu a mão.

– Prazer em conhecê-lo. Geoffrey Jacob, a seu dispor.

Hans ergueu os olhos para o pai:

– Jacob?

– Sim, este é o irmão de Hannah, acredite ou não. Podemos entrar?

Geoffrey deu um passo para trás.

– Claro, claro. Minha irmã está com vocês? – Emil fez que não com um movimento quase imperceptível, olhando-o nos olhos. Geoffrey perguntou a

Hans: — Quer dar uma olhada na casa? Havia fadas no sótão da última vez que olhei.

Emil traduziu para ele:

— Só menininhas acreditam em fadas — ele disse ao pai.

Geoffrey riu e respondeu em alemão:

— Você é rápido demais para mim. Veja se você pode encontrar os troféus de aviação do meu irmão. Vamos escondê-los. Ele fica louco com isso.

— Seu irmão é piloto?

— Logo ele vai estar aqui e pode lhe contar tudo sobre isso por horas e horas.

— Melhor encontrá-los antes que ele chegue — disse Emil. — Vá, veja onde estão. Ele os esconde cada vez em um lugar diferente.

Ele seguiu pelo corredor até a escada. Ouviram seus passos subindo devagar.

— O que está acontecendo? — perguntou Geoffrey, em inglês agora, porque Emil sempre insistira nisso. — Onde está Hannah?

— Ela não sabe que estamos aqui.

— Jesus! Por que não?

— Saímos sem contar a ninguém. A mãe dele vai levá-lo de volta para a Alemanha na semana que vem. Nada que eu diga pode fazê-la mudar de ideia. Só preciso de tempo para pensar. Em algum lugar seguro.

— Minha mãe volta na segunda. E Benjamin estará por aqui neste final de semana. Ele pode resolver tomar partido.

— Se puder apenas não dizer nada até termos ido embora, vai ajudar Hans a não se preocupar.

— Em algum momento você vai ter que contar a ele o que está fazendo. — Emil observou o rosto dele, espreitando que atitude tomaria. O piso rangeu por cima deles. Geoffrey passou os dedos por entre os cabelos. — Tenho amigos. Gente que pode se sensibilizar com a sua situação. Deixe-me pensar. Podemos conversar sobre o assunto pela manhã.

— Obrigado, Geoffrey. Sei que é estranho. Mas tenho que ter um plano. Depois contarei a Hannah e a Ava. Mas primeiro preciso ter um plano.

* * *

Ele estava parado à janela do quarto de Hannah, as camadas do parque – a água, as fileiras de árvores, as colinas – em tons de azul-escuro. Dali a dez minutos, estaria escuro e tudo iria desaparecer. Lá no lago, em um barco a remo, estava Hans, rindo como um louco. Diante dele estava Benjamin, de uniforme, o chapéu na cabeça do menino. Ele não podia ouvir o que Benjamin dizia, mas a cabeça dele se movia como se fizesse caretas. Emil estava feliz por Hans ter gostado do rapaz. Ele ainda estava um pouco desconfiado quanto a Geoffrey, com seus olhos grandes e tristonhos e a boca sempre em uma linha fina de preocupação. O telefone tocou no vestíbulo lá embaixo. O som o atingiu como se fosse a sirene de um ataque aéreo. *Não atenda*, ele pensou. *Preciso de tempo para pensar.*

O aparelho parou de tocar, e ele ouviu a voz de Geoffrey, baixa, abafada pela porta entre eles.

– Sim, eles estão aqui, mas você não deve contar a ela ainda.

Ele ouviu a voz do outro lado, metálica no aparelho, do alto da escada. Ela devia estar gritando.

– Só estou lhe contando para que não chame a polícia. Se precisar dizer algo a ela, só diga que ele entrou em contato com amigos e disse que ambos estão bem. Não quero ela derrubando minha porta. – Outra pausa. Ela deve tê-lo interrompido. – Você fala como se eu tivesse algo a ver com isso. Mantenha-a calma até amanhã de manhã. Vou ver se depois ele liga para você.

Geoffrey colocou o fone de volta no gancho, erguendo os olhos para o alto da escada. Abanando a cabeça para Emil, saiu com um ar cansado.

Ele acordou durante a noite, ergueu-se todo duro do sofá e subiu para ver o garoto, que dormia no quarto de Hannah. De pé à porta, levou alguns segundos para seus olhos se ajustarem à escuridão e sentiu seu coração parar quando viu que a cama estava vazia. Ele se obrigou a entrar no quarto para pôr a mão na cama e ter certeza, e tropeçou em algo no chão, uma perna ossuda.

– Hans?

– Sim, papai. – Ele não estava dormindo.

– O que está fazendo no chão? Por que não está na cama?

– Achei que... podia não estar limpa.

Emil se ajoelhou ao lado dele, procurando seu ombro com a mão.

– O que quer dizer? – Ele ainda estava confuso de sono, confuso com o sonho. Era isso mesmo que ele tinha falado? Que a cama não estaria limpa?

– Vi uma coisa no quarto da velha.

– No quarto da mãe de Hannah? O que quer dizer? Quando você entrou lá? – Ele se sentia mal, sem fôlego.

– Quando Geoffrey me mandou procurar os troféus. Tinha uma Bíblia engraçada. E fotografias de gente velha. Tinha um daqueles rabinos.

– E daí, Hans? Por que está dormindo no chão e não numa cama perfeitamente boa?

– Pai, eles são mesmo judeus! – ele sussurrou, apoiando-se no pai. – Não devíamos nem estar aqui.

Emil estendeu as mãos, colocando-as sob os braços de Hans. Ergueu-o do ninho de cobertores e o colocou pesadamente sobre a cama. Mal podia ver o rosto do menino, os olhos arregalados, encarando-o.

– Não há nada de errado em ser judeu – ele se obrigou a dizer em um sussurro áspero. Queria dar um tapa na cara do menino, forte o suficiente para que ele se lembrasse. – Eles são gente, gente boa, e isso é tudo. Jamais dê ouvidos a quem fala essas coisas. Você é inteligente demais para acreditar. Qualquer uma dessas pessoas que você conheceu faria qualquer coisa para ajudá-lo. Qualquer coisa que você precisasse, eles lhe dariam em um segundo. É disso que você deve sempre se lembrar. Prometa-me. Sempre.

Fez-se silêncio. Suas mãos ainda estavam sob os braços do menino. Ele o ergueu um pouco, fazendo a cama balançar.

– Prometa.

– Sim, sim, tudo bem, papai. Gostei de Benjamin. Eu não queria acreditar.

– Não há motivo para não gostar de Benjamin. – Emil tomou-o nos braços. Quando encostou a cabeça do filho no pescoço, quis pedir desculpas por ter tido vontade de bater nele. – Gosto muito dele também.

– Eu também, papai. Ele me deu a bússola dele, e achei que não poderia ficar com ela. – O garoto chorava, mas tentava não demonstrar. Emil sentiu que o filho encolhia os ombros para não sacudirem e que virou a face para a camisa dele, para que não sentisse suas lágrimas.

O telefone tocou de novo às seis. Ele foi do sofá à mesa do vestíbulo em segundos. Olhou o aparelho por um breve momento e ergueu-o até a orelha.

– Becker – disse.

Houve um som que ele não conhecia, um uivo, e então Hannah, falando alto para ser ouvida:

– Ah, Deus, você precisa voltar. Não posso fazer mais nada com ela. Ela dormiu um pouquinho, mas quando acordou estava pior.

Ela falou com alguém em alemão.

– Não, não é ele. Não, por favor, Ava, por favor, acalme-se. Vamos resolver tudo isso.

Aquele som chegou mais perto de repente. Ava pegara o telefone agora. Era terrível, mas ele tinha que ouvir. Por fim, ela falou, a voz sem nenhum controle, apenas despejando as palavras:

– Traga-o de volta ou vou à polícia. E depois contarei à polícia alemã. Quando encontrarem você, eles o matarão. Sei com quem falar para fazer isso acontecer.

A voz de Hannah voltou.

– Não vai dar certo, Emil. Não existe a menor possibilidade de dar. Achei que talvez pudesse descobrir um jeito, mas você não pode.

– Tudo bem.

– Vai trazê-lo de volta hoje?

– Quando ele acordar.

Ele abaixou o fone. Ouviu o lamento de Ava até colocá-lo no gancho e desligar. Torcia para não ter acordado o garoto.

Mesmo enquanto dizia aquilo, ainda pensava que talvez houvesse um jeito. Depois que percorreu o corredor e a cozinha, e saiu para a grama úmida, caminhando a passos largos pelo gramado, a bainha molhada da calça açoitando os tornozelos, soube que não havia. Imaginou-se fazendo aquele som que acabara de ouvir, mas não conseguiria. Doutrinaria seu corpo. Já tinha feito isso antes. Era apenas forçado a abrir mão de mais uma coisa sem a qual não era possível viver.

Parte 4

Hannah
Winchester, 1940

Tenho a impressão de ter perdido grande parte da década de 1930. Há poucas notas em meus cadernos, e as lacunas entre os registros são buracos negros em minha memória. Foi difícil escrever durante aquele período. Os primeiros anos na Inglaterra foram de uma terrível insegurança financeira. Estávamos o tempo todo percorrendo o país, farejando trabalho, e então nosso albergue em Winchester caiu do céu: um lar e um salário seguros. Havia sido uma refugiada em meu próprio país até irmos para lá. Mas, ainda assim, aqueles anos foram recheados, do começo ao fim, com longos dias, acordando às seis para alimentar os jovens e caindo na cama depois que o jantar para dezesseis pessoas tinha sido consumido e a cozinha fora arrumada. Estava ocupada demais, avassalada demais pela exaustão para manter meus diários durante aquela parte final da década, e assim aqueles anos se afundaram em mares escuros, irrecuperáveis. Vejo também, enquanto prossigo, que a escrita vinha com o movimento; que, quando eu ficava parada, o mesmo se dava com minha caneta.

Alguns detalhes conseguiram sobreviver, agarrando-se a um convés escorregadio. Lembro-me de notícias perturbadoras, de certo modo cômicas, vindas da Espanha por meio de Geoffrey, que mantinha uma agência de notícias em Londres voltada a informações vindas da frente de batalha. Mas pergunto-me se, na verdade, seriam os detalhes do livro de Orwell o que retive na memória. Recordo-me de ter lido trechos dele para Emil, seguindo-o através do albergue enquanto ele fazia o jantar ou colocava um parafuso em alguma cadeira capenga. E havia as notícias ruins vindas por telégrafo. Nunca sabíamos o que sentir. Pobre Tchecoslováquia, pobre Polônia. Mas quem sabe, quem sabe tudo terminasse logo, agora que havia começado. As guerras tornam as pessoas egoístas. Nosso maior desejo era que tudo terminasse antes que o filho de Emil tomasse qualquer parte naquilo. Ele ainda era muito pequeno quando a guerra começou. Havia tempo. Nem cogitávamos a hipótese de que não terminasse bem para a Inglaterra. Nenhum de nós seria bem tratado no caso de uma invasão.

O filho de Emil, com sua cabeça loira, era como prata garimpada da areia. Posso vê-lo. Ele carregava consigo todas as nossas esperanças enquanto corria por entre nossas pernas. O coração doía quando olhávamos para ele. E havia a mãe dele, a imagem de um caniço pálido, trêmulo, pelos cantos de qualquer aposento onde seu filho estivesse. *Ava*. Não ouço nenhuma menção a seu nome faz trinta anos, e ainda assim, por um instante, agora há pouco, ela estava de pé diante de mim, aqui na sala de estar, com aquele olhar que costumava me lançar. Ele dizia: *O que quer que ele veja em você, garanto-lhe que logo vai desaparecer*. Eu era muito jovem, fazia o máximo para ser educada. Não foi culpa dela que Emil tivesse precisado fugir da Alemanha, e o garoto era um assunto delicado. Precisávamos ter cuidado para não contrariá-la. Emil estava tentando convencê-la a ficar. Depois que voltaram para a Alemanha, ela mandou fotos de todos nós juntos naquele verão, e foi a última vez que nos enviou notícias.

E havia a água. Não conseguiria me esquecer. Ela corria por baixo de nós sem cessar, dia e noite, o último som ouvido ao adormecer, o primeiro pela manhã. Sempre dava uma impressão de frescor e umidade, o que era agradável no verão e opressivo no inverno, quando nossa luta era sempre para ficarmos mais aquecidos e mais secos.

Uma das bênçãos trazidas pelo deflagrar da guerra foi que, a cada tanto, tínhamos algum tempo para nós mesmos, e pude retomar o diário. Comecei censurando a falta de pulso de Chamberlain enquanto Hitler marchava pela Tchecoslováquia, e então, quando enfim declaramos guerra, comecei a me preocupar com quase tudo: o que aconteceria com Benjamin na RAF (embora agora sua função fosse treinar outros pilotos, graças a Deus); se conseguiríamos continuar em funcionamento, com emprego e casa; e qual seria o resultado da categorização como "estrangeiros inimigos". No fim, Emil foi colocado na categoria B, o que parecia indicar que não tinham muita certeza sobre ele e que definitivamente não o viam como um fascista. De qualquer maneira, ambos havíamos nos inscrito para trabalhar para o Serviço de Inteligência, traduzindo mensagens em alemão interceptadas ou coisa assim, mas fomos rejeitados assim que ele foi colocado na categoria B. Pelo visto, eles tinham gente fluente em alemão saindo até pelas orelhas e podiam desperdiçar dois.

Depois que a guerra foi declarada, nossos hóspedes eram sobretudo crianças vindas de Londres. Muitos pais preferiam mantê-las fora da cidade, para o caso de que em alguma noite o bombardeio começasse sem aviso. Mas havia quem se preocupasse com a proximidade da costa e a vulnerabilidade à invasão, de modo que os grupos não eram grandes nem frequentes.

Essa não foi a única razão para o silêncio que caiu como neve sobre o moinho naquele primeiro inverno da guerra. Emil já não podia manter qualquer tipo de contato com aqueles que deixara para trás na Alemanha. Embora a mãe do garoto não escrevesse, a mãe e a irmã de Emil tinham se esforçado muito em mantê-lo abastecido de notícias sobre o menino. Agora, porém, não havia mais nada. Lembro-me do Itchen congelado sob nós, o moinho silencioso, e ele percorrendo a casa em silêncio, descendo a escada até o canal do moinho, postado sobre as tábuas gélidas para despejar água sobre os canos congelados ou saindo na neve sem chapéu nem cachecol para fazer as compras da casa, sem jamais dar uma palavra. Eu temia, por mim mesma e pela família dele. Tinha a impressão de também estar distante e fora do alcance dele, do outro lado de alguma fronteira impenetrável.

Na Inglaterra, sempre ficávamos distanciados daqueles ao redor. Antes da guerra, era possível explicar às pessoas que ele era um refugiado, mesmo não sendo judeu. Agora, estávamos encalhados em uma ilhota, separados do povo da cidade, e ainda por cima não éramos casados. Tornara-se mais importante do que nunca que eu não pusesse minha cidadania em risco. Ainda mais com a administração do albergue estando no meu nome. Ali estávamos, com um lar, uma vida: segurança. Minha cidadania britânica era nossa âncora, mantendo-nos no lugar quando, ao redor, os corpos estavam simplesmente sendo surpreendidos e arrastados pela avalanche.

Quando a primavera chegou, foi adorável, como sempre é. Foi como se tivéssemos algum pressentimento de que a guerra não iria continuar tão tímida e educada, que cada rua inglesa orlada com flores silvestres e arbustos rebrotando era antiga e preciosa, que esta bonita cidadezinha com seus estudantes e sua catedral não poderia permanecer como era por muito mais tempo, e que por isso devia ser valorizada em cada momento de sua existência.

No dia 9 de maio de 1940, ampliaram o recrutamento militar para incluir aqueles com até 36 anos. Com isso, Geoffrey teve de se alistar, mas recebeu um cargo especial na Inteligência, reportando ao governo as condições das tropas; embora fosse perigoso, ao menos ele não teria de lutar ou cruzar as linhas inimigas. Minha mãe ligou para me contar a respeito, em lágrimas. Eu desconfiava de que Geoffrey devia estar adorando. Imaginei seu vulto comprido em um uniforme, curvado com o caderno de notas em um caminhão sacolejante ou no convés de um navio que transportasse tropas.

No dia 12 de maio, acordei com os sons do campo, aves, uma vaca no pasto, e um daqueles dias cintilantes de começo de verão que a Inglaterra produz de vez em quando. Antes de abrir os olhos, sabia que Emil estava acordado. Ele sempre acordava antes de mim. Naquela manhã, algum peso fora tirado de cima dele. Ele colocou a mão sobre meu abdômen. Por um breve momento, suas perdas não pareciam ser um fardo tão pesado. Talvez por causa da própria manhã. Podia ouvir um pombo arrulhando, acima do barulho da água correndo sob o edifício. O aroma das flores silvestres, que eu colhera durante a caminhada ao longo do rio no dia anterior e colocara em um potezinho de geleia sobre o peitoril da janela, preenchia o quarto. Quando abri os olhos, o céu estava azul-claro através da janela aberta. O albergue estava vazio, silencioso, exceto pela água. Coloquei a mão no seu ombro, beijei-o ali, perto da antiga cicatriz de um tiro. Ele era mais velho que eu, mas ainda jovem.

Era incomum que estivéssemos sozinhos no albergue, cercados de silêncio. Dava para ouvir os ruídos da cidade rio acima: os cascos do cavalo do leiteiro na ponte, os sinos da catedral. Estávamos sozinhos por ora e reservamos aquele momento para nós, naquele instante privado e silencioso, distante da guerra.

Depois, enquanto estávamos deitados em nosso quartinho tranquilo, ele tomou minha mão e me tirou da cama. Sorria, dono de um segredo. Levou-me para baixo, pela escada estreita e barulhenta, até a sala. Ainda estávamos nus. Eu era, e sou, uma mulher pequena e arredondada, mas nunca senti vergonha na nudez. Talvez seja algo que só os belos sentem. O som da água me causou um calafrio. Paramos ao lado do alçapão sobre o canal do moinho. Ele puxou a corda e o ergueu, a água rugindo sob nós.

Ele sorria ao soltar minha mão.

– Não faça isso hoje – pedi. – Eu lavo você. Vou ferver água para colocar na banheira.

Ele riu de novo, puxou para cima a corda que pendia através do alçapão e firmou os pés na borda do chão de madeira.

– Um dia você vai bater a cabeça e será o fim de tudo.

E então eu estava caindo, seu braço forte prendendo-me junto a si. A água parecia espessa de tão fria, como se mergulhássemos em gelatina gelada. Não podia respirar. Quando minha cabeça aflorou à superfície, berrei, meus pulmões explodindo. Nunca usei minha voz daquela maneira, nem antes, nem depois. Estava mais viva naquele instante do que jamais estivera. Minhas pernas e braços se agitavam loucamente, resistindo ao frio. Mas a faixa de seu braço em minha barriga e a pressão de seu peito em minhas costas estavam quentes.

Ele ria, um braço no ar, segurando a corda. Imobilizei-me. Nossos corpos flutuavam na água veloz. Era escuro sob a construção. A luz infiltrava-se em pequenos fachos, iluminando um centímetro de água aqui e ali.

– Uma vez li sobre um garoto que sofreu um ataque do coração ao pular em um rio gelado.

Meus dentes batiam enquanto eu falava. Não podia ver seu rosto. Ele beijou o alto da minha cabeça.

– Segure-se em mim, Hannah – disse ele. Virei-me. Só o contorno de seu queixo era visível na escuridão. Ele me soltou e estendeu uma das mãos para os degraus de pedra. – Aqui, suba.

Rastejei de forma nada graciosa para cima da pedra, mas ele conseguiu não rir. Veio depois de mim e pegou toalhas no armário da lavanderia. Fiquei sentada, nua, respingando, e aquecida à mesa do refeitório, enquanto ele fazia um chá.

* * *

Às dez, eles vieram. As batidas na porta foram suaves e educadas. Ele me olhou. Descascávamos batatas na bancada, e, embora não soubesse antes, naquele momento tive certeza.

– Não atenda, Emil.

– Que diferença faz?

Limpei as mãos no meu avental e percorri toda a extensão da sala comum, as cadeiras onde nossos jovens comiam e cantavam estavam vazias, e nova batida soou, um pouco mais decidida, mais séria.

Nos degraus do pátio, havia dois policiais. Uniformes azul-marinho, capacetes. Eu os conhecia – conhecíamos todo mundo em Winchester por administrarmos o albergue –, mas, de repente, não os reconhecia mais. O mais novo, o policial McIlray, estava vermelho até as orelhas.

– Senhora Becker – disse seu parceiro, o policial Baldwin.

Baldwin, de acordo com Emil, era frequentador do *pub* The White Lion no começo de noite, antes do jantar. Em geral, ia embora tarde, bem acabado. As evidências estavam visíveis agora sob o sol da primavera: o nariz manchado e veias rosadas no branco dos olhos.

– Na verdade, é senhorita Jacob – respondi.

Era de fato um lindo dia. O azul do céu sobre os telhados ia ficando mais intenso, e a glicínia que se derramava por cima dos muros do pátio começava sua floração na cor lilás. O rio rebrilhava ao sol. Tudo era novo. Sentia como se meu coração houvesse parado.

Ele pareceu confuso. McIlray olhava os sapatos. Emil apareceu atrás de mim.

– Senhor Becker – disse Baldwin, aliviado, creio, em dar por encerrado o momento de ter que lidar com uma mulher. – Tem tempo para pegar alguns itens necessários, mas deve vir conosco agora.

Emil adiantou-se. Carregava minha mala, a que eu usava nas viagens a trabalho. Ele não tinha a própria mala àquela altura da vida. Ele não tinha quase nada. Deu um suspiro profundo ao pousar a mala na rua, tomando-me nos braços.

– Por quanto tempo vai ser? – perguntei a Emil, como se fosse ele no controle ali.

– Só por alguns dias, senhora... – disse Baldwin. – É para o próprio bem dele, levando em conta o jeito que as coisas estão agora.

De repente, eu gritava:

— E acha que as coisas estarão diferentes na sexta-feira? Acha que até lá Hitler vai ter voltado à razão?

— Escreva a seus amigos — Emil sussurrou na minha orelha, e me soltou. E então eles abriram as portas do carro na pontezinha, conduzindo-o para o banco de trás e partindo para longe do rio, em direção à prefeitura. Dobraram a esquina, e ele se fora. Fiquei nos degraus, ao sol, por vários minutos, atordoada, pensando em nada por alguns instantes, antes que minha mente começasse a funcionar desesperadamente.

Escrevi, claro que escrevi para todo mundo, e há uma coisa a respeito de tempos de guerra: não há tempo para hesitações. Um dia depois que ele foi levado, vinte Land Girls, as mulheres que trabalhavam nos campos no lugar dos homens convocados para o exército, garantindo a produção de alimentos, chegaram para fazer seu papel em prol da vitória até o fim do verão. E, assim, eu trabalhava do segundo em que despertava até cair na cama, exausta, as pernas doendo, para alimentá-las, fazer a limpeza, as compras e a contabilidade, além de ajudar a lavadeira, que agora passava a maior parte do tempo na fazenda do marido, onde também plantavam víveres para a época de guerra. Mas ainda bem que as garotas estavam ali. Já não havia mais traduções para fazer, e o Ministério do Interior ainda não respondera a meu segundo pedido de trabalhar como tradutora para a Inteligência, o qual, devo dizer, enviara acompanhado por uma longa carta, um tanto irada. Se o albergue fechasse, eu estaria na rua.

Quando encontrava um momento, escrevia mais uma carta ou alguma nota esporádica no meu diário, sentindo a necessidade de registrar a injustiça que se abatia sobre nossas vidas. Se não tivesse nada para fazer, ficaria imaginando em que condições mantinham os homens, se os alemães estavam sendo maltratados agora que as tropas de Hitler varriam os Países Baixos. E, se pensasse sobre isso, começaria a imaginar os soldados desembarcando em Southampton, atravessando a ponte com seus caminhões, requisitando o albergue. O que aconteceria comigo, então? Em geral, forçava-me a deter minha imaginação quando ela chegava a esse ponto. Que bem tais pensamentos podiam fazer a Emil? A Inglaterra não tinha sido invadida. As únicas pessoas que estavam sendo detidas eram os refugiados, uma situação contra a qual eu devia lutar com todas as armas à disposição.

Em minha mesa, o papel em branco na máquina de escrever, os ombros doendo depois de horas na calandra, ouvi a porta bater lá embaixo, as botas das meninas ressoando nos azulejos da cozinha, a cacofonia de sotaques. Eram as jovens mais barulhentas e vigorosas que eu já encontrara. Podia ouvi-las agora, provocando umas às outras sobre os namorados soldados aquartelados nas proximidades, ociosos desde Dunquerque, causando o caos na cidade durante a noite.

– Você não liga se forem grandões, não é, Lorna? – uma garota chamada Evelyn gritava lá embaixo. – Achei que fosse pular em cima dele ali mesmo.

As brincadeiras costumavam ser gentis. Eu gostava delas, embora me parecesse que se sentiam um pouco intimidadas por mim, apesar de serem muito maiores do que eu. Creio que me achavam um pouco metida, intelectual demais. Sabiam do meu "noivo" alemão de ouvirem dizer na cidade, e isso as tornava ainda mais desconfiadas. Quando eu estava na sala, havia entre elas um leve respeito e sempre olhares me observando com atenção. Ficava evidente que, quando não estava lá, eu era o objeto de fofocas intermináveis.

A princípio, elas me aceitaram melhor e eram mais abertas, mas logo após a chegada delas houve uma procissão de soldados evacuados da França através da cidade. Uma manhã, no fim de maio, enquanto eu esperava por notícias e começava a perder as esperanças de ouvir algo em meio ao frenesi da evacuação, uma revoada de Land Girls voltou mais ou menos às onze, batendo à porta da frente e invadindo a cozinha para me chamar.

– Senhorita JACOB! Precisa vir agora ou vai perder. Os rapazes estão chegando!

Tirei meu avental e saí com elas. Da ponte, podiam-se ouvir as buzinas e os aplausos além da curva e vindo em direção à cidade. E então lá estavam eles, caminhão após caminhão repletos de homens vestidos de cáqui, sorrindo tímidos, acenando para o enxame de garotas que arriscavam a vida e os membros para correr entre os veículos. Minhas meninas não se contiveram. Também correram atrás dos transportes, aplaudindo e gritando. As ruas enchiam-se com os moradores, que saíam de lojas e casas. Os rostos dos rapazes, sob o sol fraco do sul da Inglaterra, pareciam cansados, ligeiramente incrédulos.

Fiquei na lateral da estrada com duas das garotas mais tímidas enquanto os homens passavam. As meninas sorriam e acenavam. Eu estava profundamente feliz por aqueles soldados estarem a salvo. Desejei poder ver com meus próprios olhos que Emil também estava, da mesma maneira como agora via aqueles homens, sólidos e reais, fora de perigo, ao menos por ora. Empurrada pela multidão, senti uma gota úmida no meu rosto, embora o céu estivesse limpo e azul. Olhei para minha esquerda, de onde ela viera, e vi uma mulher alta e magra olhando para mim, as mãos nos quadris. Percebi, pela pose da mulher e pelas exclamações das Land Girls a meu lado, que ela havia cuspido em mim. Tirei meu lenço do bolso e limpei o rosto, esperando por uma explicação.

– Você tem muita cara de pau – a mulher disse.

Não sabia como me defender sem saber o que tinha feito, embora um nó no estômago me desse uma pista. Houvera sinais disso antes da prisão, silêncios repentinos no correio quando eu entrava, o fim abrupto dos convites para as reuniões do Instituto das Mulheres – não que costumasse frequentá-lo.

– Ei – protestou uma das minhas meninas. – Por que fez isso? É nojento!

– Ela é uma vadia alemã – falou a mulher. – E isso é o que pensamos desse tipo de coisa por aqui. Ela devia ser enforcada.

– Ei, escute aqui – comecei, mas hesitei.

Seria inútil. A multidão ao redor olhava para mim agora. As Land Girls esperavam que eu dissesse que não era verdade. Os rostos das pessoas que eu reconhecia ao redor tinham se transformado em faces de desconhecidos. Tentei de novo. Havia aprendido a me defender, a não ser intimidada pelos outros. Sabia como falar com uma plateia agressiva. Você tem que se lembrar que eles são humanos; que, individualmente, cada um tem um coração e uma consciência.

– Emil é um refugiado. Se soubesse o que ele sofreu...

– Ela vai para a Alemanha o tempo todo! – a mulher disse aos demais. – Não seria nenhuma surpresa se fossem espiões.

Houve uma concordância geral no burburinho da turba. Todos estavam perto demais. Receei que, se tentasse falar de novo, desmoronasse, e me recusava a fazer isso diante daquelas pessoas. Sabia que, antes de estarem enfurecidos, eram seres ignorantes, mas qual a diferença quando você está no meio de uma horda deles, espremido a ponto de ficar sem ar? Desci para a rua e caminhei junto com a procissão, queixo erguido, até chegar à ponte e, depois, em casa. É a experiência deles da guerra anterior, disse a mim mesma. É a falta de cultura. Mas não dava para dizer isso da mulher do vigário, a senhora Bantree. Ela tinha ido a Cambridge. Eu não estava acostumada a ser odiada daquela maneira aberta, e aquilo estabeleceu o tom para os meses que se seguiram, enquanto aguardava notícias de Emil. Senti como se, em torno dos meus ombros e sobre minha cabeça, algo se instalasse como o véu de uma viúva, envolvendo-me em um silêncio sepulcral.

As semanas se passaram sem notícias; apenas o trabalho pesado e a distração ocasional de cuidar das Land Girls. Meu passado começou a parecer irreal. Às vezes, tinha que encontrar um momento de calma para subir as escadas e olhar a medalha dele, suas roupas, o par de botas de trabalho, as cartas recebidas da Alemanha que ele deixara para trás, para fornecer provas a mim mesma. As roupas perdiam seu cheiro, tabaco e água-de-colônia. As ruas estavam quietas, enquanto todos esperavam para ver o que aconteceria quando a guerra começasse de verdade. Ninguém olhava para mim, e eu sabia que era corajoso e decente da parte da lavadeira continuar vindo. Um dia, percorrendo com dificuldade a rua principal debaixo de chuva, lutando com o guarda-chuva e as compras, porque o quitandeiro já não fazia entregas, vi uma mulher, esposa de um refugiado, a senhora Schlindwein. Ela parecia já ter me avistado e me olhava ressabiada por sob a capa de chuva. Com certeza *você* vai falar comigo, pensei. Mas depois: Bom, não vou lhe dar nenhuma escolha.

– Olá, Dora – disse eu em voz alta quando a mulher se aproximou. – Alguma notícia de Isaac?

Ela parou e olhou para o meu rosto sem dizer nada por um instante. E então falou:

– Hannah, vão mandá-los para longe.

– Como assim? Já os mandaram para longe.

– Para longe da Inglaterra. Para longe da Europa. Para outros continentes.

– Como sabe disso? O que foi que ouviu? – Minha mão, percebi porque ela a olhou, apertava-lhe o antebraço.

Ela sacudiu a cabeça, desviando os olhos. Tinha alguma fonte que não queria revelar.

– Compreenda, é tudo tão injusto conosco – ela disse. – Como vão confiar nos alemães? Tenho certeza de que Emil é decente, mas como eles podem saber? Mas os judeus... Isaac estava em um campo de concentração. Isso vai matá-lo.

Não falei mais nada, mas saí apressada ladeira abaixo, rumo ao rio, com meu guarda-chuva e meus pacotes. Nunca me sentira tão sozinha, embora o albergue estivesse repleto de moças, que estavam de folga por causa do dia chuvoso. Não podia andar na rua sem que as pessoas me olhassem, e agora elas pareciam não se importar mais se eu notasse.

Naquela noite, sentei-me à minha mesa, as costas doendo, olhando para uma folha de papel em branco – sobre a mesa, não na máquina – na qual em algum momento eu escrevera *Querida mãe*, e mais nada. Estava borrada. Havia uma caneca de café frio à minha frente. Devia ter cochilado com a mão sobre o papel. Uma das garotas cantava. O som da voz dela, e do silêncio súbito das outras, foi o que me acordou. Não conhecia a música e não conseguia distinguir muitas das palavras, mas ela soava como um antigo lamento por um amor distante. Uma daquelas histórias de partir o coração, em que uma mulher fica na praia com seu bebê, esperando que os pescadores encontrem o corpo dele no mar. Despi-me no maior silêncio possível para não perder nada da música, mas ela logo terminou, dando lugar apenas ao ruído da água sob o edifício. Não por muito tempo, porém. As meninas começaram a cantar todas aquelas canções que ressurgem em tempos de guerra, canções da minha infância.

Ao pousar a cabeça no travesseiro, recordei-me dos garotos alemães cantando antes da guerra, as vozes puras, os sorrisos amplos. Havia vários grupos deles no primeiro ano do albergue. Todos agora já estariam grandes o bastante para lutar e morrer – aquela centena, mais ou menos, de garotos dos quais havíamos cuidado. Hans tinha apenas catorze anos, mas era mais do que suficiente para estar na Juventude Hitlerista. Não suportava esses pensamentos que me vinham durante a noite. Afastei-os e adormeci.

* * *

No dia seguinte, ouvi baterem à porta no meio da tarde, quando as garotas já estavam voltando das fazendas. Tentava colocar o chá da tarde na mesa, grandes bandejas de sanduíches de geleia e chá em um enorme bule. Pedi a uma delas, Milly, uma garota frívola que namorava dois ou três soldados da base ao mesmo tempo, que terminasse enquanto eu atendia à porta. Era uma garota bonita. Ela me lançou um olhar ligeiramente lânguido antes de correr para a cozinha, e fiquei pensando se era aquela a atração que exercia sobre os rapazes: a morosidade sensual, estúpida, seguida pela vontade de agradar.

À porta, estava um homem que fazia anos eu não via: Kenneth Timms. Eu o conhecera no Ruskin, e ele tinha vindo nos visitar antes da guerra, mas naquele meio-tempo tornara-se deputado pelo Partido Trabalhista, representando o eleitorado de Midlands, e agora raramente vinha tão ao sul, em pleno território Tory, o Partido Conservador da Inglaterra. Ele era um dos homens a quem escrevera para tentar obter notícias de Emil. Tinha envelhecido, assim como todos, mas para Kenneth a idade pesava. Seu rosto tinha uma expressão amarga, e o cabelo encaracolado de que sempre se orgulhara no Ruskin já se fora. Estava quase totalmente calvo. Por um momento, não o reconheci. Quando o fiz, ele parecia estar usando um disfarce. Lembrei-me de que ficara meio apaixonada por ele na faculdade.

– Kenneth! – exclamei, por fim. – Por favor, entre. Como está?

Ele pareceu perplexo com a força cinética e o volume das Land Girls que dominavam todo o lugar, roubando os sanduíches umas das outras, gritando entre si, derramando chá por toda a mesa.

– Venha por aqui – chamei-o. – Onde há silêncio.

Tentei não apressá-lo, sentando-o junto a mim à escrivaninha no escritório dos fundos.

– Você está longe de casa, Ken. O que o traz aqui?

– Uma conferência do partido em Southampton.

Sabia que devia lhe perguntar sobre o evento, sobre como estavam as filhas dele, mas não conseguia esperar.

– Tem notícias de Emil?

Ele parecia estar apenas aguardando a autorização para falar, pois saiu tudo em um jorro em seu sotaque de Derbyshire:

– Hannah, tenho informações, e são muito preocupantes. Não sei se dizem respeito a Emil ou não. É muito difícil obter informação confiável. Bem, um navio foi afundado na última terça-feira no Mar da Irlanda. O *Arandora Star*.

Fiquei olhando para ele por vários segundos, paralisada.

– O que parece ter acontecido foi que mandaram uma leva de homens para o Canadá. Eram italianos e alemães. Disseram-me que eram todos fascistas, categoria A, os que foram presos em 1939. Emil não estaria naquela categoria, mas tudo é muito confuso. Recebemos um memorando diferente todo dia.

Forcei-me a falar.

– O que aconteceu com os homens a bordo?

Ele me olhou, angustiado.

– Eles morreram, minha querida. Apenas uma centena se salvou.

– Claro – falei depois de alguns segundos. – Emil não é um fascista. Eles sabem disso.

– Não, não. – Ele pôs a mão sobre a minha. Estava um pouco úmida. – Eles sempre foram bem claros quando às categorias. Mas, ainda assim...

– O quê, Kenneth? O que foi?

– Minha eleitora, a senhora Singer... O marido dela estava na categoria C, classificado inequivocamente como refugiado. Ele estava a bordo. E morreu.

Na sala, as garotas ficaram mais barulhentas.

– Não seja tão vadia! – uma delas gritou. Se aquelas garotas possuíam alguma moral quando a guerra começara, àquela altura já fora perdida.

Comecei a roer uma unha. Em geral, eu conseguia controlar aquele hábito, que considerava revoltante, quando estava com outras pessoas. Quando estávamos a sós, Emil sempre me mandava parar. Peguei-me fazendo o mesmo agora, quando paro de datilografar para me recordar.

Coloquei as mãos no colo e o encarei.

– Kenneth, obrigada por ter vindo até aqui. Não recebi uma carta sequer. Não vou acreditar que ele estava a bordo até ver uma carta. Se pudesse conseguir uma lista real... De qualquer modo, sinto que eu saberia, de algum modo.

– Eles não fornecem listas. Vão apenas dizer sim ou não se algum parente lhes der um nome. É o que vim lhe dizer. Eis a pessoa a quem deve escrever. – Ele me entregou um pedaço de papel. – Você mesma deve contatá-los.

À porta, percebi que ele queria dizer que sentia muito, mas eu não aceitaria. Acompanhei-o até o carro, apertei sua mão, agradeci-lhe por ter vindo e guardei o triângulo rasgado de papel no bolso do avental, voltando para casa.

Quando ele se foi, comecei a descascar cenouras para o jantar. Graças às atividades que as garotas desempenhavam, tínhamos um estoque invejável de vegetais frescos. Dessa vez, não pedi que me ajudassem na cozinha. Depois de tirarem a mesa do chá, mandei que fossem passear nos campos. Estava tudo lindo e renovado depois da chuva do dia anterior.

Enquanto preparava o cozido, disse a mim mesma, muitas vezes: Estou descascando cenouras. Estou descascando batatas. E, intercalando a cada tanto: Não recebi nenhuma carta. Ele não está na lista. Um pensamento ficou pairando, mas o expulsei. Não havia recebido carta alguma sobre nada. Eles não estão em contato com você, continuei para mim mesma. Para começar, você não é esposa dele.

Quando o cozido estava pronto e não havia mais nenhuma tarefa urgente a se feita, sentei-me à mesa e examinei minhas pobres unhas. Mesmo então, enquanto meu corpo rígido por fim se endireitava, não podia permitir a mim mesma crer que ele se perdera. Simplesmente me recusava a fazê-lo. Fiquei sentada imóvel, em silêncio, esperando que as garotas voltassem.

Uma semana depois, repreendi uma das garotas por fingir estar doente enquanto as demais partiam sonolentas para o trabalho no frio da manhã. Era outra daquelas com vida amorosa complicada. Disse que estava resfriada e tinha olhos e o nariz vermelhos, mas tinha ouvido alguém chorando durante a noite. Não fui compreensiva; fiz um discurso sobre a obrigação dela em servir as tropas quando mais precisavam. No final, a pobre garota seguiu atrás das outras, pronta para recomeçar a chorar. Porém, tudo o que queria era ter o lugar só para mim por algumas horas e, ao que parecia, estava disposta a agir com truculência para obter o que desejava. Depois que a garota por fim se foi, sentei-me com uma xícara de chá e um pratinho de biscoitos em um quadrado de sol à longa mesa, diante de uma folha de papel em branco, tendo na mão o endereço que Kenneth me dera. Era melhor que eu soubesse de uma vez por todas, pensei, ao ouvir o sussurro da correspondência caindo no tapete de entrada. Como sempre, disse a mim mesma para não esperar nada, nem de bom nem de ruim.

Forcei-me a esperar longos cinco segundos, depois me apressei para a porta. Eu o vi de imediato, um envelope azul, com endereço manuscrito, em uma letra que parecia diferente, pessoal, preciosa, destacando-se do blá-blá-blá oficial. Soube tudo isso mesmo antes de pegá-la, deixando as outras onde estavam, sobre o tapetinho; era a letra dele, enviada para mim no endereço da minha mãe, riscada e reenviada para mim ali. Rasguei o envelope ao abri-lo e sentei-me de novo no mesmo lugar, o rasgo passando bem pelo meio do endereço impresso na parte de trás. A carta não significaria nada até que eu visse a data. O atraso provocado pelos censores significava que podia ser sido enviada em qualquer momento. Estava datada do dia 4 de julho. *Depois* do afundamento do *Arandora Star*. Abri o papel com dedos trêmulos. De repente, estava faminta, e enfiei um biscoito na boca, sentindo que fazia semanas que não me alimentava direito.

Campo Douglas
Ilha de Man
4 de julho de 1940

Minha querida Hannah,

Espero que tenha recebido as outras cartas que lhe mandei. Não recebi nada de você, mas acredito que não saiba onde estou. Eles propuseram mandar-nos para _____ e disseram que as esposas poderão ir depois. Já lhe contei isso. Se recebeu minhas cartas anteriores, perdoe-me por repetir as informações.

Todos sabem que você é minha esposa querida. Você deve usar meu nome agora. Escreva para o Ministério do Interior. Peça a seus amigos que a ajudem. Pode não haver tempo para esperar pelos preparativos. Organize-se, se for o caso.

Seguia-se um longo trecho quase todo riscado em preto pelo censor. Creio que ele expressava seu amor e solidão. Algumas palavras isoladas ficaram: *carinho, falta, vazio*. Era como se o censor por um lado acreditasse que as palavras de amor de Emil contivessem alguma mensagem proibida, perigosa, mas por outro quisesse que eu soubesse o tom delas, só para o caso de que fossem o que pareciam ser. Assim são os ingleses.

Não podia crer que tivesse algo tão precioso nas mãos, minhas mãos empoeiradas que haviam escovado, descascado e lavado durante toda a manhã. Farei *tudo* o que ele me pedir, disse a mim mesma. Farei mais. Não vou desanimar. As moças ficariam por mais uma semana. Iria escrever à Associação de Albergues da Juventude e pediria que encontrassem outro administrador para alojar o próximo grupo. Comecei a calcular o valor das minhas poucas posses. Precisaria pedir a um amigo do colégio, a quem já incomodara várias vezes, que me ajudasse a obter uma autorização de viagem para o país mencionado sob a tinta do censor, qualquer que fosse. Ele provavelmente ficaria feliz em fazê-lo, para conseguir se livrar de mim. Sabia que era assim que a persistência funcionava, que você no final obtinha a permissão que solicitava. Você insistia e insistia, até o momento em que eles só desejassem pôr um fim naquilo, para você sumir. Tinha visto muitas vezes aquela expressão no rosto de funcionários públicos. Aquela que diz: Oh, Senhor amado, você de novo não. E aí você sabe que ganhou.

Ergui a carta para a luz, tentando em vão ver alguma marca por baixo da tinta preta que pudesse dar uma pista quanto ao nome do país. Acreditava ser o Canadá, depois das notícias sobre o *Arandora Star*. Tudo bem, então. Eu falava francês, se essa fosse uma exigência. Iria muito feliz para o Canadá, se pudéssemos ficar juntos lá. Eles seriam libertados? Tão longe da Europa e da guerra? Ou talvez eu devesse esperar ficar presa no campo com ele. Não sabia nada sobre o futuro, nem o menor detalhe, mas, ainda assim, de algum modo, precisaria me preparar para ele.

Naquela noite, adormeci em nossa cama, a carta na mão, de novo dentro do envelope colado com fita adesiva. Meus sonhos estavam repletos de mar, grandes navios, submarinos que emergiam, lampejos brilhantes por cima de águas cinzentas. Sequer sabia ser possível que um civil viajasse por mar em tempos como aqueles. E ainda havia o medo do oceano... Passava várias noites insones antes de cada viagem curta à Europa, e aquela provavelmente seria muito mais longa. Mas ele pedira que eu fosse. Aplicaria todo o meu engenho, até o último detalhe administrativo; encontraria a pessoa certa a quem implorar, apresentaria meu caso, tiraria do nada o dinheiro necessário, e seríamos refugiados juntos.

Emil
Ilha de Man, 1940

Os homens tinham navegado durante poucas horas, sob o convés e em dormitórios úmidos, quando Emil ouviu os motores diminuindo a rotação. Sentiu o casco se deslocar de través contra as ondas, a velocidade cair. Receberam ordens para subir ao convés e viram uma longa praia orlada por um alambrado alto, casas com vários cômodos, vultos escuros de pessoas caminhando pela avenida costeira. *Chegamos mesmo a sair da Inglaterra?*, ele se perguntou. Não havia nenhuma placa no cais.

– Ilha de Man – um oficial informou enquanto os apressava pelo passadiço. – Campo Douglas. Ar puro. Comida decente. Vocês têm sorte.

O ar *era* maravilhoso. O cheiro do mar, o vento frio. Haviam permanecido em um conjunto habitacional novo na periferia de Liverpool durante semanas. Os quartos e as tendas superlotados ficaram rapidamente abafados e malcheirosos, e a comida era tão escassa que alguns haviam começado a vasculhar as latas de lixo. O ânimo dele melhorou um pouco.

Um céu cinzento e baixo cobria a cidade, banhando os tijolos vermelhos das casas com uma luz mortiça. Gaivotas gritavam enquanto faziam manobras sobre o atracadouro, procurando turistas que pudessem acossar para conseguir alimento. A colheita andava pobre ultimamente. Todos marcharam com as malas ao longo do cais até um portão alto de metal no alambrado. Cruzaram-no, rifles apontados para eles, e seguiram ao longo da orla até outro homem com uma lista em uma prancheta. O exército inglês devia ter um regimento inteiro de homens assim, com um hangar repleto de pranchetas e lápis.

Foi encaminhado para um quarto em uma casa distante, algumas centenas de metros, pela avenida costeira. Ele e outros dois homens entraram no edifício. O carpete vermelho era decorado, o ar recendia a antigas refeições de carne com batatas e feijão-verde, e havia um longo corrimão de madeira. Ele havia ficado em casas como aquela quando aportavam, pela Siemens. A qualquer momento, uma senhoria poderia emergir do escritório nos fundos, com um sorriso e um copo de *sherry*, alguma viúva que ainda não tingia os cabelos. Localizou seu quarto no andar de cima, enquanto os demais também encontravam os seus. Apenas duas camas: uma muito bem-arrumada, uma mala sob ela, a outra nua, com cobertores e lençóis dobrados nos pés. A cortina estava aberta, e o cheiro do mar entrava com a brisa, as cortinas se agitando. Um caixote de viagem, virado de lado, de modo que sua divisória criava uma prateleira, estava entre as duas camas. Havia livros, miraculosamente alguns em alemão. Ele se sentou sobre a cama baixa para ler as lombadas. Thomas Mann, Kafka, peças de Shakespeare, poesia: Yeats, Auden. Desejou ter papel. Queria escrever para Hannah de imediato. Ela ficaria encantada com aquele pedacinho de sorte. E ainda outra maravilha: junto aos livros, servindo como suporte, um pequeno globo terrestre, primoroso, de madeira pintada à mão, a Alemanha pequena o suficiente para caber com facilidade sob a ponta de seu dedo, a Grã-Bretanha menor que um grampo de papel e ainda assim com toda a sua complexa costa desenhada com maestria. A Ilha de Man mal aparecia como um pontinho, porém; nem essa mão exímia conseguira fazer algo maior por aquele lugar minúsculo, esquecido.

Encontrou o proprietário dos livros e do maravilhoso globo enquanto caminhava pela avenida costeira ao pôr do sol. Sentado em um banco, na estranha luz rosada que vinha do mar e do céu, estava um homem com um colete bem cortado, denso cabelo castanho recém-penteado e óculos redondos de armação dourada. Segurava um livro de bolso em uma das mãos e um cigarro caseiro na outra. Emil sentou-se a seu lado. O homem pareceu não perceber.

— Imagino que deva ser meu companheiro de quarto – disse Emil, olhando para a superfície oscilante do oceano que tocava todos os continentes do mundo.

O homem virou-se, mantendo o livro aberto, o cigarro afastado da boca.

— O que o faz dizer isso?

— Bem, até agora ele esteve ausente do quarto, embora tenha deixado lá muitos livros. Esperei o dia inteiro para lhe perguntar se posso pegar um livro emprestado, mas até o momento não tive sorte. Tenho estado um tanto entediado.

— Você veio de Liverpool com os demais?

Emil assentiu. Este homem era menor e de constituição mais perfeita do que a maioria. Havia uma vitalidade por trás de seus olhos que fez Emil gostar dele de imediato. Um homem aprumado, organizado. E, aparentemente, muito satisfeito com a situação. Ele colocou o livro sobre o joelho, virado para baixo, e estendeu a mão.

— Solomon Lek. Pegue o livro que quiser. Aí terei com quem conversar sobre eles.

— Emil Becker. Você encontra energia suficiente para discutir literatura?

— Ah, sim. Não há muitas situações em que uma discussão sobre livros não me anime. Os pobres personagens estão sempre em situação muito pior que a nossa. Leia os russos. Maravilhosos. E, veja, fomos enviados para um acampamento de férias.

Olharam juntos para os grandes rolos de arame farpado acima das próprias cabeças e riram.

— Minha esposa iria gostar de você – disse Emil.

— Então deve mantê-la longe de mim a qualquer custo. Sou faminto pelo afeto de mulheres inteligentes.

— Bem, ela não é de fato minha esposa. Não poderia impedi-lo de gostar dela tanto quanto eu. Ou ela de você.

— Você é um homem que carrega histórias dentro de si – disse Lek, pensativo. – Surpreende-me que sinta necessidade de livros. Pegue um cigarro. Conte-me tudo que um perfeito estranho pode ter permissão para saber.

E ele o fez, falando sobretudo de Hannah e dos países em que estivera enquanto trabalhava nos navios. Emil tinha um quarto de litro de uísque,

que trocara em Liverpool por uma boa caneta. Beberam e fumaram, observando o céu perder a cor. Podiam muito bem estar livres. Viajantes em algum porto, trocando histórias antes da próxima viagem. Solomon também lhe contou algumas coisas. Viera de Berlim. Nascera lá, cursara a universidade e se tornara professor de literatura, até que, em 1933, tivera os livros queimados e fora forçado a deixar o emprego. Os livros de Emil também tinham terminado em uma fogueira no meio da rua, escrevera Greta. Solomon viera para a Inglaterra e se tornara professor escolar. Sua família – mãe, tia e primos – não quiseram acompanhá-lo. Ele não disse por quê.

Solomon foi preso na escola, diante dos alunos de inglês, no começo das detenções na Grã-Bretanha. Era um evento com o qual estava familiarizado desde que haviam aparecido para buscá-lo em Berlim; se bem que daquela vez o chefe do departamento viera acompanhado por uma gangue de jovens e ávidos seguidores.

– Estou feliz por estar de novo entre pessoas que falam alemão, Becker. Sou capaz de tagarelar como um bêbado, como desafortunadamente já descobriu. Mas sinto falta dos meus livros. Tinha orgulho da minha biblioteca. Em Berlim, costumava dar os livros para os alunos. Penso nisso toda vez que pego uma destas coisas velhas. – Ele mostrou seu livro a Emil, a capa rasgada, páginas descolando. – Posso vê-los, todos os livros novinhos que eu distribuía à vontade. Pode imaginar? Loucura!

Então, quando a noite caiu e soou a sirene que indicava o toque de recolher, ambos se pondo de pé para voltarem para casa, Lek lhe passou uma informação que recebera no dia anterior.

– Vão pedir voluntários para ir ao Canadá.

– Onde ouviu isso?

Solomon bateu de leve com um dedo no nariz.

– Estou considerando minhas opções.

– Quem iria para tão longe? Talvez precisem ficar por lá durante toda a guerra.

– Quem sentiria minha falta? Não sou um bom viajante, mas farei o possível para ser corajoso. E você... você me parece um aventureiro, um homem que gosta de fazer coisas pelo mundo afora. Talvez apreciasse uma viagem longa como esta.

Emil não podia imaginar que de fato passasse tal impressão, mas gostou daquele homem, que fazia da conversa uma sucessão de presentes atenciosos, oferecidos de bom grado.

– E além disso, Emil... – os olhos de Solomon brilhavam – ... dizem que as esposas poderão ir depois.

– Sério? Você é casado?

– Estava pensando em sua excelente noiva, que me acharia tão cativante se acaso me conhecesse.

No dia seguinte, cartazes foram colados em todos os postes de luz, pedindo voluntários para o Canadá. Prometiam que esposas e crianças iriam a seguir, que haveria trabalho, e passagens de volta seriam pagas quando a Inglaterra voltasse a ser um local seguro. Aquele Lek era com certeza uma pessoa boa de se conhecer.

Julho tornou-se frio. Se deixassem a janela aberta de noite, um vendaval gelado uivava do mar para dentro do quarto. Quando a fechavam, o vidro chacoalhava nos caixilhos já velhos. Emil sonhou que estava no mar e acordou vibrante e eletrizado, o ar marinho soprando um vazio através dele, noite após noite.

Grandes levas de homens dirigiram-se aos escritórios para colocar o nome na lista para o Canadá. Alguns deles haviam estado em campos de concentração alemães. Alguns, como ele, tiveram outros tipos de experiência com os nazistas. Ultimamente, não era possível olhar para a superfície do mar sem pensar em submarinos, torpedos. Quando assinou os papéis, ficou imaginando se Hannah tinha ficado em Winchester, a cerca de trinta quilômetros da costa. Conseguiriam os ingleses defender sua ilha? Os soldados que os guardavam não davam motivo para esperança. Pareciam um misto de disciplina arbitrária – não apoiar os cotovelos na mesa durante as refeições, fazer a cama todas as manhãs – e de assombrosa ingenuidade; achavam que os homens ficariam felizes por terem bolo de melaço uma vez por semana e torciam alucinados enquanto assistiam, das laterais do campo, aos jogos de futebol dos prisioneiros.

Os homens não tiveram novidades por vários dias, e então, em uma noite de ventania, o quarto repleto de ar salgado e úmido, soldados entraram nas casas ao longo da avenida costeira bradando nomes e ordens.

Um soldado se aproximou, postando-se ao lado de Emil.

– Lek?

Solomon suspirou, colocando os pés no chão.

– Que foi? – perguntou Emil. – O que está acontecendo?

O homem virou-se para Solomon.

– Lá embaixo, com sua mala, em cinco minutos.

Então, desceu as escadas, abriu outra porta e bradou outro nome.

– Isto não está certo – disse Emil. – Nós nos apresentamos juntos como voluntários.

– Talvez você vá depois. Talvez haja mais do que um barco.

– Eu também vou. Eles não conseguem manter controle de nada. São um caso perdido.

– Não tenho certeza, Emil.

– Não se preocupe. É só ficarmos juntos.

Solomon deu de ombros e colocou os livros na mala. Deteve-se.

– Quer ficar com metade dos livros para o caso de nos separarmos?

– Como quiser.

– Sim. Eles devem viajar como os monarcas. Rei e rainha separados. É mais seguro.

Emil fechou a mala com três dos livros de Solomon em seu interior.

– Vamos, vamos nos misturar aos outros.

Na rua, havia soldados com listas, checando os homens e orientando-os a irem para a fila formada ao longo do alambrado. Emil tentou se perder em meio à multidão. Foi agarrado pelo colarinho, por trás.

– Nome? – Era o soldado que o despertara.

Ele escolheu do nada um sobrenome comum.

– Schlösser.

– Não está aqui. Você se enganou. Volte para a cama, Schlösser.

Quando o soldado se afastou, ele tentou de novo, mas mais uma vez foi impedido. Dessa vez, o soldado o empurrou de volta a casa com sua baioneta, rasgando-lhe o paletó.

– Saia de novo e atiro em você.

Ele subiu as escadas e ficou olhando pela janela, procurando Solomon. O dia clareava sobre o mar. Agora estavam todos em fila com suas bagagens. Observou os rostos à meia-luz. Muitos eram notórios fascistas. Que poderia significar aquilo? No fim da fila, lá estava ele, um lampejo pálido de desconforto e preocupação, olhando ao redor em busca do amigo. Emil ergueu a mão à janela. Solomon olhou para cima. Trocaram um olhar. Emil sabia que não adiantava gritar acima da truculência dos guardas. Queria dizer a Solomon: *Verei você de novo, vai ficar tudo bem*, mas eles começaram a andar, e ele os viu apenas de costas, seguindo ao longo da orla rumo ao embarcadouro, onde um navio de transporte de tropas esperava.

Passou o dia todo andando para cima e para baixo na avenida à beira-mar. Por que levar Solomon junto com os nazistas? Mas ele sabia a resposta. Porque não tinham ideia do que faziam. Porque, quando alguém queria recolher as pessoas, preferiam pegar gente a mais a perder algum.

Durante o café da manhã do dia seguinte, depois de Emil ter passado as últimas vinte e quatro horas tentando obter dos oficiais alguma informação, e caminhando até a exaustão, o que lhe permitiu dormir, o comandante do campo veio até o refeitório e fez um pronunciamento. Às sete da manhã do dia anterior, o *Arandora Star*, com destino ao Canadá e carregando a bordo várias centenas de homens que dois dias antes haviam se sentado àquelas mesas, agora quase vazias, fora torpedeado por um submarino alemão ao largo da costa da Irlanda. A maioria dos cerca de mil e duzentos homens a bordo, incluindo um grande número de italianos, havia perecido no mar.

Saiu do refeitório, um salão paroquial que cheirava a mofo, o mais rápido que pôde por entre as longas mesas repletas de homens que faziam o mesmo. Era uma manhã luminosa. Ficou parado à cerca, olhando para o mar por um longo tempo. O sol se refletia nas ondas. Ele não tinha o que fazer com a informação que acabava de receber e pensou nos modelos de barcos que costumava fazer para o filho, o prazer destituído de pensamentos do ato de entalhar e o cheiro das aparas de madeira.

* * *

Uma semana depois, ao nascer do sol, dormia mal em sua cama, a outra ainda vazia, quando uma mão pousou em seu ombro. Ele agarrou o pulso antes de abrir os olhos. Não estava surpreso enquanto olhava o rosto infantil do soldado, que exibia uma leve expressão de terror, ou talvez de vergonha. Sequer tinha certeza de ter estado adormecido, tão rápido se pôs de pé. Puxou a mala já feita de sob a cama, desceu a escada com os demais e se juntou à multidão lá embaixo. As ondas faziam barulho, o mar estava agitado. Era seu último amanhecer na Inglaterra, ele tinha certeza.

Marcharam em silêncio ao longo da avenida até o cais. Circularam rumores de que o *Arandora Star* não tinha escolta. Os homens ao redor dele estavam pálidos e silenciosos enquanto arrastavam as malas em direção ao navio de transporte de tropas. Agora, ninguém queria ir para o Canadá.

A travessia para Liverpool foi difícil. Alguns, mais jovens, tentaram falar sobre o possível destino, mas foram rapidamente silenciados. Dali a pouco tempo desceram pela prancha no porto, onde um navio imenso ocupava a maior parte do atracadouro.

Ao longo dele, havia uma fila de caminhões, os soldados gritando com seus ocupantes, que jorravam às centenas de dentro dos veículos. Quando os homens vindos da Ilha de Man pisaram no cais, os soldados correram para a prancha e começaram a gritar com eles também, exibindo as lâminas das baionetas. Os refugiados, amontoados, olhavam um para o outro, sem compreender. Emil se perguntou se teria subestimado os ingleses. Eles agora não pareciam simples fanáticos por futebol. Lembrou-se dos homens contra os quais lutara na Turquia e na Palestina, a expressão do rosto enquanto atacavam, a escuridão dentro de suas gargantas.

No cais, enquanto os homens tentavam agarrar-se às malas, os soldados de imediato começaram a empurrar e a conduzi-los em direção a um grande grupo reunido e vigiado por guardas, junto à prancha para o navio. Muitos, inclusive Emil, foram forçados a abandonar as malas no cais em meio à confusão, enquanto eram empurrados para diante com os demais. Ele viu, com um baque no peito, a parte de trás de uma cabeça que reconhecia, aquele cabelo espesso agora despenteado e sujo, os óculos, o lenço de seda amarfanhado, e ergueu a mão. Levou um momento para acreditar.

– Solomon! – gritou, homens espremendo-o por todos os lados, os soldados empurrando e gritando.

Solomon não o ouviu em meio ao caos. Um dos soldados golpeou-o nos ombros com a lateral do rifle.

– Cale-se, alemão imundo.

Emil agarrou a coronha da arma, mas um alemão atrás dele o empurrou para diante rumo à prancha, afastando-o do soldado.

– Você está doido? Esses homens são doentes.

Enquanto se aproximavam do altíssimo casco cinzento do navio, a multidão fervilhava, turbulenta, aqui e ali. Para além do tumulto, Emil viu o nome do navio pintado sobre o cinza metal militar: *Dunera*. Logo se aproximou o suficiente da confusão para ver o que acontecia entre os homens. Brigas irrompiam por causa das bagagens. Mais acima, na prancha, um judeu idoso lutava para manter um enorme estojo de instrumento musical – uma tuba, pensou Emil –, enquanto um soldado gordo o puxava, empurrando com sua baioneta o idoso, que não largava o estojo. No final, o objeto escorregou das mãos deles e caiu ao longo do casco rumo à água escura lá embaixo. Fez-se um breve silêncio entre aqueles que estavam mais próximos, enquanto assistiam à queda do instrumento, e então as disputas de bagagem recomeçaram com ainda mais violência e energia.

Por fim, o capitão, ainda no cais em meio à aglomeração, disparou um rifle no ar, e a multidão se imobilizou. Emil estava perto o suficiente de Solomon para estender a mão e tocá-lo. Sob a mão, sentiu a lã áspera do pesado casaco de inverno do amigo e viu que seu pescoço estava úmido de suor. De alguma forma, ele conseguira manter o casaco ou havia encontrado outro. O rosto de Solomon voltou-se e se abriu em um sorriso breve e caloroso.

– *Herr* Becker! Bem-vindo ao inferno!

– O que está acontecendo por aqui? – perguntou Emil.

– Talvez eles estejam esperando problemas, por conta do *Arandora*. Prefiro ter a esperança de que vão se acalmar quando estivermos a bordo.

O capitão falou através de um megafone, com ênfase militar a cada quatro ou cinco palavras.

– Eis suas ordens, Fritz. Entreguem as bagagens a meus homens quando se aproximarem da prancha. Elas serão devolvidas mais tarde. Não poderão levá-las ao alojamento, não há lugar. Obedeçam a todas as ordens. Não vou falar duas vezes. Não gostamos de espiões, portanto não nos deem nenhum motivo. E falem inglês, não *kraut*. Prossigam.

Os homens começaram a se arrastar para bordo com mais calma, murmurando perguntas uns aos outros. Emil encarou um guarda cara a cara.

– Preciso de um recibo para minha mala! – disse-lhe, mas foi empurrado para diante com a multidão. Era a mala de Hannah. Ela já a tinha quando ele a conhecera. Usara-a como criado-mudo no alojamento em Bruxelas. Estivera junto a seu rosto naquela manhã, quando ele acordara. Não podia simplesmente entregá-la àqueles brutos. Sentiu dedos em seu pulso. Antes que pudesse levar até ali a outra mão, viu outro soldado perto de si erguendo seu relógio para mostrá-lo, satisfeito, a um colega.

– Esse relógio é meu! – gritou, mas já estava sendo empurrado para a prancha, tomada por três fileiras de homens lado a lado e se curvando sob o peso da fileira do meio. Foi forçado a continuar, indo para longe de seu relógio, o relógio de Benjamin, e de seu novo proprietário na massa de corpos lá atrás. Agarrou o pulso de Solomon, os braços deles se esticando enquanto os homens se espremiam entre eles. Alguém enfiou um calcanhar na perna ruim de Emil, e os olhos dele se encheram de água. Atrás dele, um garoto chorava. Adiante, houve uma redução repentina de ritmo, que ameaçou lançar para fora da prancha os que estavam ao redor. Emil olhou para baixo. A faixa de água entre o cais e o navio estava muito longe, escura, oleosa. Mais acima dele, Solomon virou-se para trás.

– Mais devagar – ele se dirigiu à onda de homens – que o rabino não é de pedra. Mais devagar, por favor.

Mas eles continuavam vindo, em massa, subindo rumo ao navio, forçados pelos soldados lá embaixo. Emil e Solomon chegaram a um convés inferior e foram empurrados para a popa, sentindo uma falta súbita de ar ao descerem, enquanto passavam por rolos de arame farpado, até um espaço de teto baixo, repleto de redes e mesas.

– Procurem uma cama. Sentem-se nela. Calem-se! – gritavam-lhes os soldados.

À medida que os homens desciam para as entranhas do navio, centenas empurrando-os por trás, logo ficou claro que não haveria redes suficientes sequer para metade deles.

– Aqui – disse Solomon para Emil. – Entre nós dois ocuparemos uma rede e uma mesa, e nos alternaremos todas as noites. Quem dormir na mesa pode usar meu casaco como colchão, assim não precisaremos dormir no chão.

O porão se encheu depressa ao redor deles e, quando já estava lotado, mais homens entraram, até que estivessem espremidos entre chão e redes, praguejando entre si no escuro, sem poder acreditar. Emil sentou-se na mesa para reservá-la, enquanto Solomon ficou deitado na rede, enrodilhado de lado, a cabeça equilibrada na borda retesada para poder falar com Emil.

– Você estava no *Arandora*? – perguntou Emil. Uma onda de reclamações ergueu-se ao redor deles, a cada tanto silenciada pelo grito de um guarda.

Solomon assentiu.

– Estava perto dos botes salva-vidas. O capitão me disse para subir em um deles. Alguns se partiram quando o navio afundou. O nosso estava bom, mas havia pouca gente nele. Tiramos algumas pessoas do mar. Não muitas.

– Escute, você deve ficar com a rede durante a viagem – disse Emil. – Eu me viro com a mesa.

– Não, sua tosse está pior do que nunca. Estou bem. Não sofri sequer um arranhão.

– Mas você precisa descansar. Faz apenas alguns dias. Não posso acreditar que puseram você em outro navio tão depressa.

– Talvez eu seja o amuleto da sorte deles. Eu e os demais que não se afogaram.

– Então fico feliz por ter você comigo. Talvez dessa vez o navio chegue ao Canadá.

– Emil, por mim, podemos ir até para Timbuktu, tanto faz. Desde que cheguemos lá inteiros.

Ficaram no porão apinhado o dia inteiro, sem comida, inquietos e transpirando. Havia uma latrina nos fundos, que logo entupiu e transbordou. Os guardas não os deixavam andar pelo navio para usar outra. As escotilhas estavam tampadas com tábuas, mas havia frestas, e perceberam o cair da noite, bem quando os motores entraram em ação e o navio começou a se mover. Ao deixarem o abrigo do porto, sentiram de imediato que navegariam por águas turbulentas. Os homens ficaram ruidosos, falando alto e agitados, alguns gemendo, crianças chorando, velhos marinheiros cantando. Por fim, quando ficou claro que não viria nenhum alimento e que deveriam passar a noite como pudessem, os homens se recolheram nas redes, acomodaram-se nas mesas e alguns até mesmo no chão, tentando ficar longe da latrina transbordante enquanto o navio balançava e se afastava da Inglaterra.

A mesa de Emil estava perto da latrina e deslizava na lâmina de água imunda dos vasos que transbordavam. O ar era negro e fétido. O vulto de Solomon estava acima dela, na rede, tão perto que quase encostava nele quando se virava de lado. Ele não ousava falar, para o caso de Solomon ter adormecido. Não tinha coragem de acordar um homem que, entre tanta adversidade, conseguia obter algum descanso.

Emil ficou olhando a escuridão densa acima da cabeça dos homens, aqueles prisioneiros lançados em seus mais negros momentos pelos solavancos do navio. O porão estava povoado com todos os piores pesadelos: homens violentos, vidros estilhaçados, despedidas emudecidas em plataformas de trens. Por fim, entregou-se a um sono que mais parecia uma enfermidade do que descanso, um lugar de inescapável lucidez e repetição, de vazio que preenchia seu corpo como um gás doce e venenoso.

Nos primeiros momentos, assim que adormeceu, de imediato começou uma estranha viagem circular pelas ruas da infância. Ele andava na bicicleta que o pai construíra para ele com sucata em volta de dez quadras ao redor do apartamento – o perímetro que tinha sido determinado por sua mãe –, passando pela escola, pela padaria com seus maravilhosos aromas matinais, pela estação de trem, que de manhã e no fim da tarde ficava lotada com gente que trabalhava em Düsseldorf, pela igreja, pelo posto de polícia. Ao longo do rio, os novos armazéns e fábricas. Enquanto a mesa deslizava pelo convés, em sonho ele não conseguia se lembrar do que estava mais perto de casa: a escola ou as lojas. Ficou furioso consigo mesmo. Era sua função se lembrar exatamente de onde tudo estava. Ficaria encarregado de falar sobre a cidade a alguém que estivesse para chegar, e sobre tudo que havia acontecido ali, em detalhes precisos; era inaceitável simplesmente esquecer.

Agora era um adulto, escondendo-se em um apartamento na calçada em frente ao edifício da organização sindical. Não sabia do que se escondia, mas então os viu. Era cedo, e o dia de trabalho estava para começar. Enquanto os trabalhadores lotavam as ruas a caminho dos escritórios, dois caminhões pararam junto ao prédio do sindicato e descarregaram o que pareciam ser milhares de homens, todos em uniformes pretos impecáveis. Eles entraram no edifício enquanto ao redor deles os trabalhadores na rua mantinham a cabeça baixa, até mesmo detendo-se para permitir que os homens passassem. Vinham como uma praga de insetos, interminável, tão numerosos e tão perto um do outro que formavam um enxame preto, e não um grupo de indivíduos.

Emil observava-os pela janela do apartamento, paralisado enquanto via, através das janelas do prédio do sindicato, as escadas e os escritórios enchendo-se de vultos trevosos. Depois, quando do lado de fora os trabalhadores começaram uma vez mais a encher as ruas rumo aos locais de trabalho, lá estava seu pai, idoso, imponente, correndo a partir do rio contra a maré de gente nas ruas em direção ao seu escritório. Emil ficou imóvel à janela enquanto o pai chegava mais perto do enxame, a cada instante mais próximo de ser absorvido. O momento prolongou-se mais e mais, enquanto Emil deslizava pelo convés. Os homens ainda jorravam dos caminhões, seu pai correndo na direção deles, Emil paralisado junto à janela. Dentro de sua mente, havia uma tela em que luz e sombra se alternavam, na qual o pai corria perpetuamente rumo ao edifício, mas estava sempre parado, sem se mexer. Pelo resto da noite, naquela tela, a cena não terminou; apenas se repetia, incansável.

No fim, quando um tênue raio de luz penetrou pelas escotilhas tampadas e a tormenta cessou, ele enfim passou a sair da escuridão, subindo por entre as camadas em direção à vida como ela era agora. A voz de Solomon veio, suave, de cima.

– Quantas noites você acha que vai demorar para chegar ao Canadá?

Emil tirou a bússola do bolso, feliz por não ter sido roubada durante a noite. Hans a deixara para trás. Ele a guardara no bolso por anos desde então. Não se surpreenderia se aqueles neandertais a tivessem furtado enquanto dormia.

– Não estão nos levando para o Canadá – ele disse, estudando o aparelho à luz débil da escotilha.

Solomon debruçou-se sobre a borda da rede, e Emil ergueu a bússola para lhe mostrar. A flecha apontava para o sul, não para o oeste.

No terceiro dia de viagem, os boatos se multiplicavam e se chocavam entre os homens em suas redes e mesas. Embora o céu estivesse encoberto, todos podiam ver, pela luz durante os exercícios matinais, que não estavam indo para o oeste. Durante os vinte minutos de corrida ao redor do convés, em que os prisioneiros mais fracos e mais vagarosos eram insultados e ameaçados, um homem mais velho, com ombros de lutador, nazista, disse a Emil:

– Fiquei sabendo que você tem uma bússola.

Emil fingiu não ter ouvido. O nazista o empurrou. Emil esmurrou-lhe o nariz, e o sangue não demorou a aparecer nas narinas do sujeito. O soldado inglês que estava ao lado deles, Cook, um homem que parecia ter inteligência abaixo do normal, quem sabe até algum dano cerebral, apreciador de qualquer tipo de violência, deu um grito de incentivo.

– É isso aí, Jerry! Mostre do que você é feito!

O oficial que estava na proa ordenou que os homens continuassem correndo e acertou um garoto a seu lado com a coronha do rifle.

Naquela noite, Emil estava deitado na rede, tremendo. Sentiu Solomon erguer-se da mesa e postar-se a seu lado à luz mortiça da lanterna amarrada às traves no alto.

– Você está tremendo demais – disse. – Sua camisa está molhada. Vou levá-lo à enfermaria.

Emil olhou para além dele, vendo não os homens nas entranhas sombrias do navio, mas seu pai, magro e jovem, correndo para longe no gelo, puxando um garoto de cabelos claros em um trenó. Solomon segurou o braço de Emil e com suavidade fez com que se levantasse.

Emil tinha a consciência intermitente de que alguém tentava levá-lo pelos passadiços e por escadas, para cima e para baixo. Estava confuso com a escuridão, os soldados que avançavam saídos das sombras. *Sou prisioneiro dos ingleses*, pensou. *Vão empalar minha cabeça em uma vara.* Toda vez que tentava sustentar sozinho o próprio peso, ambos caíam no chão, e Solomon demorava minutos para colocá-lo de pé outra vez, deslizando-o pelas paredes de metal acima para conseguir avançar. Quando enfim chegaram à enfermaria, as vinte e poucas camas estavam tomadas por homens com disenteria, ferimentos de baioneta e um suicida malsucedido com curativos nos pulsos. Emil ficou olhando as bandagens encharcadas do homem, que tinha os olhos fechados, e Solomon levou-o até onde estavam vários homens sentados em cadeiras dobráveis de madeira, aos fundos do recinto. Um deles os viu e ficou de pé. Solomon tirou o braço de Emil, que estava sobre seu pescoço, e deixou que ele despencasse na cadeira.

– Onde estão os oficiais médicos? – Emil ouviu-o dizer. Parecia gritar. E então ele assumiu a aparência de Thomas. Ambos eram prisioneiros. Sentiu-se aliviado.

O homem indicou com o queixo uma das camas, onde estava um oficial de uniforme dormindo e parecendo tão desamparado quanto os demais à sua volta. Seu amigo, ele era Solomon agora, disse algo ao homem ao lado, que estendeu a mão para manter Emil ereto na cadeira, enquanto Solomon ia até o oficial médico. Emil podia ver um homem de pé junto a outro, mas não conseguiu determinar quem era quem. Ali era um navio com soldados, mas um daqueles homens era um amigo, tentando ajudá-lo. Sem essa ajuda, ele morreria. Tinha algo errado dentro do corpo. Seu sangue estava envenenado. Reconhecia a sensação, mas não sabia de onde.

O homem que Solomon sacudia teve um sobressalto, sentando-se de imediato, e Emil projetou-se para a frente, pensando em salvar o amigo de uma possível agressão. Começou a cair para a frente. O homem com a mão em seu braço puxou-o de volta para a cadeira.

Seu amigo falava com o homem que tinha acordado e apontava para Emil. Aproximaram-se dele juntos. O homem colocou a mão em sua testa. A mão estava muito fria e seca. Como esse homem podia estar tão frio naquela fornalha?

– Pode ser malária? – Solomon perguntou ao homem em inglês. – Acho que ele andou pela Palestina e também pela Turquia.

O homem fez que sim com a cabeça, pensativo, e disse algo saído de águas muito profundas. Depois, ambos começaram a se posicionar sob os braços dele, para levá-lo a algum lugar. O homem na cadeira ao lado começou a rosnar. Estava irritado com alguma coisa.

– Horas – disse. – Horas e horas.

Ninguém teve chance de lhe responder, porque então um baque atingiu o navio por baixo e atrás, e vários dos homens caíram da cama e começaram a berrar. Emil foi arrancado das mãos de Solomon e do médico, e caiu no chão. Cheirava a amônia e estava gelado. Uma bela superfície fria e dura sob seu rosto. Um segundo golpe sacudiu o piso, e ele viu o movimento de pés correndo rumo à porta. Solomon e o médico equilibraram-se e puseram Emil de pé. Uma voz em inglês soou no corredor.

– Fiquem lá embaixo! Fiquem lá embaixo!

Quando puseram Emil de novo em uma cama, o médico saiu para o corredor.

– O que está acontecendo? Estamos sendo atacados? – ele perguntou ao guarda. – Não devíamos nos preparar para a evacuação?

– As ordens são para ir para baixo! Faça o que é ordenado!

Então, um soldado entrou na sala. Um homem grande, como um touro enlouquecido, empurrando os pacientes da cama para o chão. O soldado avançou por entre as camas na direção de Emil, o rosto vermelho, e o jogou no chão, chutando-lhe a cabeça uma vez, duas, gritando com ele. *Eu conheço esse sujeito?*, era tudo que Emil conseguia pensar. Havia uma sensação, em meio ao ataque, de que algum problema antigo estava vindo à tona, algo que para ele já devia estar superado.

Sua cabeça explodiu em uma luz brilhante, como se algo houvesse sido detonado lá dentro. Ouviu alguém gritar enquanto as explosões em sua cabeça se sucediam, uma atrás da outra.

– Os porcos alemães nos torpedearam. Vamos todos morrer, seu *kraut* nojento.

Ele sentiu um líquido na orelha. Mas não conseguiu ver nada. Então, havia homens por toda a parte, vozes em alemão juntando-se ao redor do agressor, levando-o embora.

Sentiu o amigo ajudando-o a se deitar na cama. Reconheceu sua voz e, quando abriu os olhos, ao vê-lo, soube quem era. Solomon Lek, o homem dos livros, o homem que não tinha se afogado. Se esse homem ficasse com ele, tudo ficaria bem. Ele tinha sorte. Solomon puxou uma cadeira para o lado da cama e se debruçou sobre as pernas, braços e cabeça de Emil, segurando-as, para que ele não caísse. Solomon adormeceu de imediato. Em algum momento, o oficial médico retornou e lhe deu quinino; ele reconheceu o cheiro quando chegou perto do seu rosto. *Ah, sim.*

Emil fechou os olhos e sentiu o médico tocar-lhe a orelha, limpando o sangue com algo que ardia. Quando ele se foi, Emil deslizou para um lugar onde o homem ainda o chutava, até ele não conseguir mais ver nada. Pelo resto da noite, Emil entendeu que o homem que berrava era um nazista, que o exército britânico era agora controlado por eles e que ninguém jamais veria a terra firme, ou mesmo a luz do dia, de novo.

Emil foi melhorando devagar, sendo transferido de novo ao porão sombrio onde estavam os demais homens, ainda trêmulo, com a leveza lúcida da recuperação. Aguentou as piadas sobre suas férias na enfermaria sem dizer nada; ainda não estava afiado o suficiente para dar uma resposta. Dormia um pouco melhor a cada noite, embalado na rede, fechado em seu casulo. Já viajavam havia vários dias quando foram chamados até o convés ao amanhecer. Levou duas horas para que dois mil e quinhentos homens saíssem, piscando os olhos sob um céu cor-de-rosa. Todos podiam ver, pela posição da grande orbe vermelha que se libertava do oceano, que estavam indo para o sul. Emil olhou os homens ao redor, as faces sulcadas e barbadas à luz rosada, e perguntou-se onde, pelo amor de Deus, iriam todos parar.

– Homens – soou a voz do capitão através do megafone de um ponto muito à frente. – Agora que deixamos a Europa para trás, posso informar-lhes nosso destino. É a Austrália, onde vocês permanecerão enquanto a guerra durar. Lá, não vão mais representar nenhum perigo para a segurança das Ilhas Britânicas. Dispensados.

Enquanto os homens se agitavam e murmuravam entre si, uma palavra, repetida de novo e de novo em um sussurro incrédulo, pairava sobre a multidão:

Austrália! Emil observou o sol no horizonte, enfim liberto da água como uma gota de óleo, absorvendo a informação. Todos tinham incluído a Austrália em sua lista de destinos possíveis, mas agora que era uma certeza, parecia algo impossível de aceitar. Porém, teria sido o mesmo com Xangai, ou a Índia. Tentou não pensar no número de minas lançadas através da ampla extensão dos oceanos Atlântico e Índico.

Tinha escutado as vozes dos australianos nas trincheiras à noite; havia abatido muitos com seu rifle. Os australianos eram homens queimados de sol, sujos, aterrorizados, loucos e violentos, assim como eles. Pareciam todos iguais por dentro quando os intestinos se espalhavam pela lama. Os rostos eram os mesmos quando jaziam em uma cratera de bomba, feridos, quase mortos. E houve um grupo deles no albergue uma vez. Mais barulhentos que os ingleses. Mais altos. Mais enérgicos. Tinham dado a impressão de que comiam muita carne de vaca e de carneiro, e que passavam as horas livres nadando e jogando críquete. Sem dúvida, havia muito mais coisas que isso.

Parecia impossível acreditar que chegariam intactos do outro lado do mundo. Mesmo que o fizessem, Hannah não poderia encontrá-lo. Até o fim da guerra, dissera o comandante. Hitler e Churchill podiam lutar para sempre. Pareciam ter apetite suficiente para tal. Olhou a superfície do oceano, sabendo que a qualquer momento seriam mandados de volta para baixo. Não conseguia ver o que estava por vir e não podia pensar no passado. Ainda estava fraco pela enfermidade. Pensar demais iria fazê-lo sucumbir.

Solomon esgueirou-se até ele quando chegaram às escadas.

– O que você acha? – Ele sorria; parecia ter rejuvenescido. – Tenho uma prima em Melbourne. Não devia dizer em voz alta... – ele baixou o tom em meio à balbúrdia dos outros homens – ... mas me sinto com sorte! Sobreviver a dois ataques de torpedo, e agora isto!

Emil viu no rosto de Solomon a própria reação quando, mais jovem, ele descobrira o destino da próxima viagem com a Siemens. Raramente sabia alguma coisa sobre o lugar que constava no papel; eram os nomes em si que eram excitantes. Reiquejavique, Caracas.

– Acha que é possível mandar cartas da Austrália em tempos de guerra?

Solomon virou-se para ele. Estavam sendo sugados para dentro, através da porta, com a multidão. Não voltariam a ver com nitidez o rosto um do outro por um bom tempo.

– Ah, sim, recebi uma da minha prima. Ela disse que eu deveria ir para lá.

Emil sentiu a leve pressão de uma das mãos de Solomon em seu braço enquanto voltavam para a escuridão, além do fedor deles.

Em Freetown, sentiram o cheiro pungente de carne assada e o aroma adocicado de plantas tropicais apodrecendo. O lugar parecia iluminado como uma árvore de Natal depois dos meses de blecaute na Inglaterra e no mar, mas só vislumbravam as luzes através das fendas das escotilhas ou no passadiço, por entre o arame. Os homens faziam idas extras às latrinas pútridas para respirar o ar da África e ver as silhuetas negras das imensas palmeiras agitando-se com a brisa, antes que o odor coletivo das próprias entranhas os sufocasse. Emil estivera ali, livre para percorrer becos, mercados e bares, escalar as encostas avermelhadas atrás da cidade, para ter uma vista do mar pálido. Não sabia se tinha mais sorte que os homens mais jovens, desesperados para ver a cidade, ou se estava em pior situação, por saber das bizarrices e maravilhas que perdiam, bem ali na praia, perto o suficiente para experimentar odores e sensações.

Quando deixaram a costa de Serra Leoa, os homens que regiam aquele reino flutuante, por alguma razão só conhecida por eles próprios, abriram as malas que não haviam jogado pela amurada e distribuíram roupas e toalhas ao acaso. Talvez o mau cheiro dos prisioneiros tivesse se tornado forte demais para eles. Ou talvez já tivessem tirado tudo o que queriam.

A princípio, os homens não quiseram usá-las, sem querer usurpar a posse alheia, mas os soldados recusaram-se a qualquer tentativa de entregar os itens aos verdadeiros donos, e assim os homens, por fim, aceitaram e trocaram de roupas pela primeira vez em três semanas. E então, por um breve período, todos ficaram mais limpos, as camisas e roupas íntimas mais brancas e ainda cheirando à lavanderia de suas senhorias, esposas e mães, embora se tornassem um estranho conjunto de almas cujas roupas não lhes serviam, preocupados o tempo todo com a possibilidade de toparem por acaso com os donos delas nos exercícios ou no jantar, e de causarem uma ofensa irremediável.

Receberam ordens de jogar ao mar as roupas descartadas e repletas de piolhos. Assim, atrás do navio, espalhando-se rumo à costa africana, exuberante e montanhosa, deixaram uma larga esteira de calças, camisas e chapéus que flutuaram nas águas verdes espumosas antes de afundarem no Atlântico, criando um cenário exótico para as criaturas que lá viviam. Emil ficou olhando enquanto seu grupo retornava do convés, após a expedição de descarte, imaginando o que seria seu naquele lixo abandonado, e quanto custara dos pagamentos pelas traduções de Hannah.

Passou o resto da viagem usando as calças de um homem com pernas uns cinco centímetros mais curtas e a camisa de um homem com ombros largos, pescoço grosso e braços longos, esperando particularmente não encontrar o dono da camisa, que devia ser um gigante. Algumas poucas navalhas foram distribuídas, mas nenhum creme de barbear nem espelho, e quase ninguém tentou fazer a barba. Emil usou as roupas que não lhe serviam e a barba repleta de piolhos e causadora de grande coceira por mais cinco semanas de biscoitos secos, sopa rala e nada de frutas nem legumes, aliadas a três rodadas de disenteria e a perda de cinco quilos. Só lhe restava energia suficiente para sentir pena dos judeus *kasher*, que pareciam sobreviver com pouco mais do que algumas gotas de limão em seu chá-preto. Seu cabelo, ainda bem escuro quando a viagem começou, tornara-se quase inteiramente grisalho quando chegaram a Fremantle. Soube disso por um comentário feito por Solomon em certa manhã, quando o ângulo do navio permitiu que um raio de luz matinal caísse sobre sua cabeça na rede. Os dentes doíam com a intensidade de um prego cravado no cérebro, que a cada tanto alguém revolvesse, só para ter certeza de ainda causar dor.

Para passar o tempo, ouvia as palestras de Solomon sobre literatura e ajudava a lascar a madeira da ponta de pés de mesas em palitos do tamanho de fósforos para um dos rapazes que construía a maquete de um vapor com fósforos de verdade e pedacinhos de madeira recolhidos pelos homens e por um ou dois dos guardas mais gentis. Ele mantinha apostas sobre quantos dias Solomon aguentaria sem vomitar. O recorde havia sido três dias. Os prisioneiros deviam-lhe cinquenta e sete libras, quinze xelins e quatro *pence*, que ele prometeu dividir com Solomon, se algum dia o pagassem.

Depois de contornarem a extremidade sul da Austrália Ocidental, entrevendo a partir dos passadiços a vegetação verde-acinzentada e a terra avermelhada, navegaram novamente para o nada, até alcançarem Adelaide, com suas colinas tórridas a distância, para além dos subúrbios planos e poeirentos. Lugares tão distantes, postos avançados da cultura inglesa com telhados de metal corrugado. Era assombroso ver a vida doméstica daquele jeito, equilibrando-se no limiar do deserto, a poeira correndo ao longo das ruas com o vento quente e seco.

De Melbourne não viram nada. A maioria dos homens não teve permissão para desembarcar nem para caminhar pelo navio, embora alguns fossem levados embora, incluindo um grupo de nazistas, enviados sabe Deus para onde. Os outros aplaudiram quando os nazistas receberam ordens para subir ao convés.

– Que seja a última vez que veremos alguém da sua laia! – gritou o homem da rede ao lado de Emil, um químico muito quieto, que dera as próprias palestras sobre sua mesa nos últimos dois meses. Sempre voltaremos a ver nazistas, pensou Emil. Outros mais se apresentarão para substituí-los. Cá estavam eles, do outro lado do mundo, e ainda havia nazistas.

Nos últimos dias de viagem, enquanto rumavam para o norte ao longo da costa de Nova Gales do Sul, o navio foi tomado por boatos e nervosismo. Até os homens que haviam caído em letargia e náusea durante a maior parte da viagem, que tinham ignorado as palestras de matemática, física e literatura, e evitado os jogos de xadrez realizados com fósforos em tabuleiros riscados no tampo de mesas, mesmo esses pareceram despertar, conversar até tarde da noite com os demais, perguntar aos vizinhos o que sabiam da Austrália, dos aborígenes, dos cangurus, da comida.

Bem cedo, em determinada manhã de setembro, nenhum deles sabia exatamente qual, os motores do navio foram desligados enquanto ele perdia velocidade até parar. Emil jazia acordado na rede, esperando ouvir a aproximação do rebocador. Lá estava ele, distante a princípio, depois inconfundível, e em seguida passaram a se mover. Ele desceu da rede, acenando para chamar Solomon, deitado com os braços por trás da cabeça, também ouvindo o ronco do rebocador ao lado do navio.

Solomon, que passara na mesa a última noite no navio, observou Emil descer da rede e aterrissar com suavidade no piso a seu lado, antes de subir em uma mesa onde outro homem dormia sob uma escotilha. Equilibrando-se com um pé de cada lado das pernas do homem, apoiou-se na escotilha, uma das poucas que haviam sido destampadas durante a viagem. O homem acordou.

– Ei, o que está fazendo? – reclamou, mas à luz da escotilha estava evidente que por todo o porão os homens subiam nas mesas dos vizinhos para fazer o mesmo.

O homem que estava sob Emil logo se juntou a ele. Todos se amontoavam junto aos círculos de luz. Entraram no porto de Sydney acotovelando-se ao redor das escotilhas, dez em cada uma, absorvendo lampejos instáveis de céu rosado e arenito, além de troncos de eucalipto, portos azuis, florestas escuras e campos. Emil viu traineiras de pesca, navios da marinha, balsas e pescadores solitários em botes diminutos. Armazéns, mansões e janelas reluzindo como joias. A ponte curva de aço, da qual vira fotografias, pairava sobre uma colina próxima. Tudo isso em vislumbres de um ou dois segundos, pressionado por carne malcheirosa, hálito rançoso por todos os lados, os demais dizendo-lhe para descer e dar o lugar ao próximo.

Logo, as águas amplas do porto principal se estreitaram em um longo braço de mar em meio a embarcadouros, chaminés e trilhos de trem, e o navio atracou paralelo a um cais. Foram mantidos nos porões até o fim da tarde. Durante o longo dia, os homens voltavam de vez em quando às escotilhas. A única coisa que mudava era a posição das flotilhas de barcaças ancoradas com seus peixes fedorentos e engradados de carga – isto, e o azul, cada vez mais intenso à medida que o sol subia no céu. Os homens praguejavam, movendo-se com inquietação; alguns rezavam. Ouviam-se algumas risadas. Hoje, amanhã, andariam em terra firme de novo. Por incrível que parecesse, não haviam sido despedaçados por explosivos.

Emil e Solomon, sentados à mesa, tentavam imaginar como era o país lá fora.

– Você leu *Kangaroo*? – indagou Solomon a Emil. – Há descrições maravilhosas do país, e o livro transmite bem a impressão que ele passa para um europeu. Também há fascistas aqui, acredite ou não.

– Não, não li – respondeu Emil. – Tive contato com australianos, mas não sei muito sobre eles. Parece que já faz calor, e estamos só na primavera.

– Talvez não seja tão quente em todos os lugares. Lembra que o pastor disse que iríamos para um campo agradável, com hortas?

– Ele também disse que Deus nos guiava através dos mares em suas mãos gentis.

– Acho que vamos descobrir logo se é verdade, quando nos deixarem sair deste navio. Não vou sentir falta do mar.

– Seria ótimo poder nadar um pouco, não acha? Antes que nos levem embora. Você viu a cor da água do porto? Há pequenas praias ao longo de toda a costa. Daria para nadar em uma praia diferente a cada dia.

Solomon riu.

– Eu não sei nadar, Emil. É um milagre que eu tenha sobrevivido ao oceano por todo esse tempo.

– Pelo amor de Deus, eu posso ensiná-lo! Você sairá da Austrália nadando como um peixe. E então nós dois vamos aprender a usar uma prancha de surfe.

Ao escurecer, veio a ordem para se perfilarem no convés com seus pertences. Que queriam dizer com *pertences*, senão a roupa do corpo? Logo se percebeu que havia gente diferente no navio, diante de cuja presença um esforço devia ser feito, passando a impressão de que existia uma relação adequada entre aqueles homens e suas bagagens.

À medida que emergiam das horas de lento arrastar de corpos pelas escadas até o convés acima do porto, a impaciência irrompendo em pequenos empurrões e quedas, olhavam ao redor, ignorando a pressão dos soldados. O céu tinha o mesmo cinza-claro da água, e as chaminés haviam parado de soltar sua fumaça negra nas nuvens baixas que se juntavam ao final do dia. Trabalhadores das fábricas e dos armazéns saíam das imensas construções escuras, pequeninas criaturas pretas enxameando-se pelas docas e nas ruas acima do porto. Um longo trem estava parado nos trilhos, abaixo deles. Os homens o olhavam, depois de terem assimilado tudo o mais, como se ele fosse se mover ou contar algo sobre o destino deles.

Uma multidão tinha se reunido no cais, mantida a distância por um cordão de soldados australianos com seus chapéus inclinados de lado. Na frente dos soldados, ao longo de todo o cais, havia uma fileira de policiais que olhavam para cima, para os homens no navio. Emil perguntou-se o que teriam dito sobre eles a essa gente.

Houve um movimento na outra extremidade do convés, e os homens mais altos viram e avisaram aos demais que começariam a desembarcar. Então, começou o empurra-empurra. Solomon segurou firme a manga da camisa de Emil. Estavam todos apertados uns contra os outros, e o fim de tarde ainda estava quente o suficiente, embora uma brisa suave soprasse do porto, trazendo até eles o cheiro do mar e da fumaça dos botes. Um soldado próximo berrou algumas ordens, e os homens se acalmaram. Depois do que pareceu uma eternidade ali parados em meio à multidão, os homens junto a eles passaram a se mover, e dali a pouco ambos seguiam devagar para a prancha. Cruzaram a fenda estreita, a água escura lá embaixo rumo à terra implacável, a rigidez do solo reverberando através de joelhos e colunas vertebrais. Ao descerem, Solomon sussurrou:

– Austrália!

A polícia e os soldados vigiavam-nos enquanto avançavam em direção ao trem. Alguns dos policiais suavam. Trabalhadores haviam se reunido por trás das linhas de homens de uniforme e encaravam os prisioneiros ostensivamente. Emil passou o olhar pelos colegas de bordo. Eram homens emaciados pela fome, com barbas espessas e cabelos desgrenhados. Pareciam prisioneiros perigosos, encerrados durante anos em alguma masmorra infame. Uma mulher ficou na ponta dos pés por trás do cordão policial enquanto eles passavam.

– Judeus imundos! – gritou.

Ele olhou para o rosto dela. Era a primeira mulher que via em dois meses. Até que valia a pena por sob o cenho fechado; bem-vestida, cabelo escuro ondulado ao redor do rosto, batom vermelho apetitoso. Devia trabalhar em algum escritório. Respeitável. Se pelo menos sorrisse... Mas ele sabia que, naquele momento, qualquer mulher, com qualquer aparência, seria atraente. À volta dele, todos os homens olhavam para ela e para as demais mulheres reunidas por trás dos guardas. Tampouco ligavam para o que elas diziam. Em cada um, os mesmos pensamentos. Cabelo limpo que cheirava a flores. Pernas e braços longos, carnudos. Pele macia. Não pareciam ser mulheres adoráveis, aquelas australianas, mas naquele momento ninguém estava sendo tão racional como deveria ser.

Quando chegaram ao trem, receberam ordens de formarem grupos espaçados entre si, junto aos vagões. Houve uma contagem interminável. Com o passar das semanas, os homens haviam começado a murmurar números, baixinho, para fazê-los perderem as contas. Fosse ou não por conta disso, os soldados sempre chegavam a um número diferente. Por fim, Emil e Solomon, ainda miraculosamente juntos, embarcaram em um velho trem com assentos de couro que recendiam à vida de antes, a viagens com a família, a verões do outro lado das fronteiras mais próximas. Então, preencheram o trem com seu fedor terrível, e os soldados entraram e abriram as janelas. Se quisessem, poderiam pular por qualquer uma delas. Os soldados eram na maioria velhotes acima do peso, não as figuras altas e bronzeadas que tinham imaginado. Talvez aqueles homens houvessem sido altos e bronzeados na guerra anterior.

Emil acomodou-se ao lado de Solomon, que olhava ao redor de si, sorrindo, ambos voltados para a frente, quando enfim o trem partiu e começou a atravessar Sydney, os homens tagarelando alto demais, como se partissem para a guerra e devessem fortalecer sua coragem, exibindo-se. O dia ia escurecendo sobre os telhados das casinhas com varandas. Ao anoitecer, viram armazéns e barrancos tomados de vegetação. Aqui e ali uma criança em uma bicicleta em alguma rua estreita. Ficavam todos fascinados pelas crianças, como se nunca tivessem visto uma antes. Mãos e pés tão pequeninos. Alguns mendigos ao redor de uma fogueira em um terreno baldio por trás de uma estação de trem suburbana. Os soldados trouxeram sanduíches, frutas e chá, distribuindo-os com vozes bem-humoradas, embora fosse difícil entender o que diziam. Foi a melhor refeição que Emil já tivera. A laranja era incrível, a maçã de uma doçura e uma firmeza inacreditáveis. Eles riam enquanto o sumo espirrava pelo peito das camisas.

Depois da refeição, adormeceram com o balanço do trem nos trilhos. Emil não sonhou nada: apenas descansou por sete horas, depois abriu os olhos para aquela paisagem iluminada com as cores do sol nascente do lado de fora da janela. Os outros também abriam os olhos e observavam em silêncio, sorrindo a cada tanto quando aves – periquitos ou grandes criaturas em preto e branco parecidas com corvos – faziam manobras entre os troncos brilhantes dos eucaliptos. À medida que a manhã avançava, luminosa, Emil notou que do outro lado do corredor um velho soldado australiano roncava, o rifle preso entre os joelhos. Os três alemães ao redor dele entreolhavam-se e riam. Emil ficou observando recostado no assento, os olhos fixos no horizonte, o país que passava do lado de fora da ampla janela como se fosse uma tela de cinema. Poderia passar dias fazendo aquilo.

No meio da tarde, o trem parou. Ele levantou a janela perto dele. O ar lá fora estava quente e parado. Um maciço de eucaliptos de aparência ressecada varria a estrada de terra, que tinha uma cor entre o laranja e o vermelho.

– Ovelhas nos trilhos! – ouviu alguém gritar nos fundos do vagão, e os homens riram de novo. O trem voltou a partir logo em seguida.

Rápido demais, depois de um dia jogando cartas com os soldados e o verde da terra tornando-se mais e mais esparso, vilarejos aparecendo do nada e desaparecendo instantes depois, pararam em uma cidade. Ali se deu o interminável procedimento da locomotiva engatando e desengatando fileiras de vagões para puxá-los até trilhos paralelos ao longo da estação.

– Peguem as malas! – veio uma ordem lá de fora.

– Esses australianos adoram uma dose de humor – comentou alguém.

Ficaram de pé, esticando as pernas, e saltaram do vagão para o chão lá fora, praticamente ninguém levando mais do que um chapéu ou casaco.

Voltaram à insuportável e cansativa rotina de dois mil homens sendo transferidos de um lugar a outro enquanto eram apartados em fileiras. Emil olhou ao redor, as planícies intermináveis cor de ferrugem e as casas baixas de telhado de metal, imaginando onde é que planejavam instalá-los. Quando enfim foram reunidos em uma das pontas da estação, o primeiro dos homens já a caminho, ele viu. O arame farpado do campo de prisioneiros além da vila, os barracões longos e baixos, as torres de vigia e os espaços vazios entre as edificações. Por trás dos guardas, os moradores da cidade haviam se juntado na plataforma para olhá-los. Os olhos de Emil se encontraram com os de um garoto com não mais do que cinco anos, escondendo-se atrás do pai, um fazendeiro de expressão séria. Ao lado da estação, uma metralhadora em um tripé apontava para os homens. A plataforma da estação estava toda orlada com soldados portando rifles. Alguns apontavam as armas para os homens; outros pareciam menos empolgados, e os rifles pendiam das alças em algum ponto entre o chão e os joelhos, enquanto os donos olhavam os prisioneiros que passavam às centenas.

Toda a terra ao redor era plana. Havia um campo de manobras do outro lado dos trilhos; o céu ali estava cinzento. Adiante de Emil e Solomon, a longa e estreita fila de homens emaciados, roupas esfarrapadas pendendo dos ossos, marchava da estação rumo ao campo de prisioneiros. Emil e Solomon não carregavam nada. Suas posses estavam nos bolsos. Emil tinha um cigarro dado por um soldado no trem. Solomon tinha um rolo de papel higiênico, no qual escrevera o diário da viagem, enrolado e enfiado no cós folgado da calça. Evitava que ela caísse.

– Ânimo – disse o soldado atrás deles. – O chá está sendo feito. Esta noite terão carneiro.

Caminharam em silêncio pela estrada de terra, as casas e a estação deixadas para trás, coçando as picadas de piolho e passando os olhos pela névoa seca da tarde e pelo pasto vermelho e plano que os rodeava. Havia vacas. Comendo o quê, nem imaginava. Ovelhas magras. Dava para ver as costelas. Árvores solitárias, galhos brancos erguendo-se para o azul. Emil, arrastando-se para diante entre corpos malcheirosos, ficou olhando a linha indefinida em que a vegetação ferrugínea encontrava o céu.

– O que virá a seguir? – perguntou Solomon.

Enfim, alcançaram o portão alto que se abria no arame farpado, vigiado de cada lado por um soldado com uma baioneta; centenas de homens que haviam chegado antes dele lotavam o espaço entre os barracões construídos pela metade, e centenas ainda estavam por chegar. Emil prosseguiu, sem tempo para hesitação, empurrado para dentro, para além do arame.

Hannah
Liverpool, 1940

Mamãe e eu passamos muitas noites no porão naquele mês de setembro, enquanto os bombardeiros alemães roncavam sobre Londres. Na cama, no escuro, quando o piso tremia, eu pensava estar no mar. Ela aparecia à porta do meu quarto antes que a sirene de ataque aéreo tivesse terminado, uma garrafa térmica com chá em uma das mãos, a lanterna na outra. Pegava meu penhoar na porta e descíamos para longe da casa com suas lâmpadas e os aromas da vida pela escada coberta de poeira de carvão que levava ao porão. Lá embaixo, as paredes eram úmidas por ser tão perto do lago, e, à luz da única lâmpada que pendia do teto, eu olhava para as frestas no cimento, de volta aos medos de infância de me afogar naquele lugar subterrâneo. Minha mãe devia levar canecas esmaltadas limpas durante o dia, pois estavam sempre lá, sobre uma mesinha, com revistas e uma lata de biscoitos fresquinhos. Havia duas poltronas de vime sobre um tapete de retalhos redondo, cada uma com uma manta dobrada sobre o braço. Mamãe cantava baixinho em galês quando o chão tremia, enquanto eu roía as unhas e mandava mensagens aos pilotos dos bombardeiros: Não joguem suas bombas em mim. Eu amo seu país e sua língua, sua música e seus livros. Algum dia ainda seremos amigos de novo. Siga em frente, sobre os campos e o mar.

Agora, eu estava à amurada do navio *Largs Bay*, em Liverpool, as pessoas pequeninas aglomeradas no cais lá embaixo, melancólicas nos casacos de inverno. O norte não era a Inglaterra que eu conhecia, mas o acolhi em meu corpo: o céu cinzento, as gaivotas rodopiando acima dos contêineres de transporte e o cheiro de areia e sal. Havia uma beleza repentina nos edifícios vermelhos baixos e sólidos, e no amplo porto de Liverpool. Ela decorria dos bombardeios noturnos, da ameaça iminente de destruição. Quando deixei Londres, no dia anterior, o trem passando nos fundos dos apartamentos, pedaços de ruas haviam sido arrancadas e ainda havia fogo ardendo. Até então, o entulho do East End em frente ao *Evening Standard* era quase inacreditável.

Meus dedos, as unhas roídas, seguraram o corrimão frio e áspero. Meus companheiros de viagem estavam a meu lado: Jill Baum, esposa de outro refugiado que estava no Campo Hay, e seus dois filhos, Polly e Henry. Acabávamos de nos conhecer, olhando uma para a outra com visível inquietação em um café horrível atrás do porto, trocando pequenos comentários – a preocupação quanto à comida do navio e nosso choque ao descobrir que o destino dos homens havia sido a Austrália.

Estávamos todos em silêncio à amurada, ela muito mais alta a meu lado. Quando soou a buzina e o navio se afastou do cais, meu coração ansiou por terra firme, enquanto seu interior atraía meu corpo para além da borda úmida do mundo. Balões-barragem flutuavam sobre os edifícios, o perfil aéreo do porto ainda intacto. Os balões tornavam o mundo estranho e fantástico, um lugar que eu não conhecia bem, uma lembrança, uma visão. Eu os observava e apertava firme o corrimão. Em minha mente, era uma viajante, adorava estar sempre longe, mas meu corpo era um marinheiro de água doce, fácil de se amedrontar, instável.

Chegamos ao mar aberto, e o vento soprou através do meu casaco e sob minhas roupas. Os outros passageiros foram entrando, e olhei a grande esteira que se formava à popa, para além dela os longos barcos do comboio de ré, nossos companheiros até a África, um lembrete das embarcações sob a água cinzenta, silenciosas, emergindo à noite sem serem vistas. A costa da Inglaterra desapareceu no mar, e o toque de recolher soou. Devíamos estar lá dentro ao escurecer, para o blecaute.

O navio escuro, o movimento da lanterna enquanto cambaleava para o banheiro, tateando ao redor em busca da parede. Jill tinha estômago de ferro e um persistente humor austero, inabalável, mas seus filhos eram mortais como eu e também enjoavam. Uma noite, acordei com o estômago revirado, os olhos arregalados. No beliche diante do meu, Henry me olhava da escuridão, por cima da extremidade do leito. A mão dele se estendeu para a beirada, e saltei da cama em um instante, meus pés sabendo como chegar à porta. Quando entrei no banheiro, ouvi-o atrás de mim, abrindo a pesada porta de metal da cabine. Agora, ele teria que esperar. Eu não tinha escolha.

Aquelas primeiras noites de viagem foram miseráveis e longas. Encostei-me na parede do banheiro nojento. Pensei em mamãe no porão, com sua garrafa térmica de chá, e me perguntei se teria tirado a cadeira e a caneca extras. Imaginei-a à luz da lanterna, a manta sobre os joelhos, cantando, embora agora me ocorresse que talvez ela houvesse feito aquilo só por minha causa.

Nossas malas estavam prontas e fechadas, bem acomodadas sob os beliches. Na noite anterior à chegada a Sydney, fiquei deitada, o rosto encostado à parede de metal da cabine, escutando aqueles que não pretendiam dormir. Havia um timbre especial nos gritos dos embriagados. Até as mulheres soltavam sons baixos, profundos como mugidos, que poderiam ter saído da selva, e risadas que faziam lembrar macacos.

Com a mão no metal, pensei: Eis o que precisamos fazer hoje. Assim que puser os pés em solo australiano, devemos encontrar um meio de transporte, seja bicicleta, trem ou carroça, e chegar ao campo de detenção o mais rápido possível. Tive uma visão de um deserto com suas dunas de areia, uma cerca de arame farpado e barracões militares ao final de uma estrada longa e reta. No esquema das coisas, aquele lugar inóspito da minha imaginação estava incrivelmente próximo agora. Estas últimas centenas de quilômetros deviam ser eliminadas, assim como o restante.

O mar embalou-me rumo ao sono, enquanto os gritos no convés foram escasseando e perdendo o entusiasmo. Não senti que havia dormido. No que pareceu ser o instante seguinte, um anúncio no sistema de comunicação pública do navio já me acordava de novo, e as crianças pulavam da cama, barulhentas e agitadas, Polly querendo encontrar uma amiga que conhecera no convés. Jill calou-os, ríspida, removendo a máscara de olhos que usava para dormir. A voz no alto-falante era a do capitão; estávamos em Botany

Bay. Veio-me à mente filas de prisioneiros acorrentados em uma colônia semiconstruída.

Junto com o resto do navio, corremos para o convés, abotoando as roupas no caminho. As crianças grudaram em mim, correndo escada acima, movendo-se junto com a multidão. Esparramamo-nos todos pelo convés. Depois de oito semanas no mar, caminharíamos em terra firme de novo. Por entre a multidão que se acotovelava à amurada, vi florestas escuras sobre penhascos. Lancei-me por entre a vegetação e pelo deserto além dela até aquele lugar, Hay, onde Emil era mantido. Como tratavam os alemães? Será que os espancavam ou humilhavam? Vi seu corpo, magro e desprezado. Costelas e omoplatas salientes, a camisa frouxa.

Abri caminho até a amurada com as crianças, e Jill chegou a nosso lado, o cabelo penteado e preso, batom aplicado nos lábios. Meus braços estavam bronzeados à luz rosada, o cabelo longo até os ombros. Um homem ergueu um garotinho de pijama acima do corrimão para que ele visse as casas distantes aglomeradas em torno da ampla Botany Bay, e então as longas faixas de penhascos de arenito banhadas pelo sol e as praias, enquanto navegávamos rumo ao norte, para o porto. Uma família de refugiados se cutucava, todos rindo meio sem jeito.

Um farol branco erguia-se alto sobre um longo dedo de terra, sua luz um pequeno halo no sol da manhã, e não demorou para que contornássemos o promontório rumo à cidade, de algum modo uma cidade inglesa, com casas sólidas, encostas gramadas e campos. Podia reconhecê-la, depois do estranhamento da África e da Ásia. Mas ainda assim estava tão distante e era tão iluminada e tão colorida em seus tons de azul, amarelo e verde-acinzentado. Sydney reluzia, mesmo ao nascer do sol. A luz batia na água e nas janelas, e os troncos das árvores eram rosados por baixo da folhagem escura. E Londres, deixada lá atrás, em uma outra vida, parecia um lugar de ruas apertadas, tijolos vermelhos e telhados escuros. Os ônibus e os táxis arrastando-se devagar através da chuva, as pessoas amontoadas sob os toldos dos mercados nas praças, o país inteiro agachado sob o céu baixo.

A multidão no convés olhava em silêncio para o novo lar, pensativa. Os refugiados, os recém-chegados. Um pelicano voou próximo a nós por um instante, as grandes asas lançando uma sombra que ondulou sobre a superfície da água lá embaixo. A bolsa que tinha sob o bico parecia algo pré-histórico. Polly riu. Olhei para os vales orlados de bangalôs, uma ou outra mansão branca postada nas encostas acima da água reluzente. Tentei enxergar o interior da folhagem densa, sombreada, aquelas árvores com galhos furiosos e folhas pendentes. *Ele esteve aqui.*

Circundamos mais um daqueles estreitos promontórios. Um grito da proa e uma corrida para adiante. A imensa ponte, unindo as metades da cidade, e além dela a água brilhando entre os tentáculos escuros de terra florestal.

– Esse pessoal da colônia sabe mesmo construir uma ponte! – exclamou Jill em voz alta. Algumas mulheres australianas olharam-na por um instante, avaliando seu glamour de quem tem dinheiro, sua altura e seu porte.

Reduzimos a velocidade, empurrados para a esquerda por um pequeno rebocador cinza. Barulhentos, passamos pelo atracadouro principal, sob a incrível ponte, e contornamos o caos de atividade e comércio de um porto lateral menor. Havia uma multidão reunida no cais, dando a impressão de que as pessoas despencariam na água a qualquer momento por entre os barcos de pesca. Quando o barco manobrou, o sol bateu em cheio em nosso rosto, bem forte. A velocidade diminuiu, a brisa sumiu, e a umidade do ar penetrou em nossas roupas de imediato.

Por trás dos espectadores, um grupo de homens preparava-se para nossa chegada, esperando ao lado de uma fila de caminhões de portas abertas, os braços cruzados: estivadores robustos, inabaláveis, os ombros enormes brilhando. Apertei o corrimão e inspirei o ar quente e úmido que pairava sobre Sydney – gasolina, plantas de aroma adocicado –, ansiosa para estar lá embaixo entre as pessoas e prosseguir com nossa jornada. Mas, mesmo em minha impaciência, tinha a sensação, no fundo da mente, do encontro com uma nova cidade: a agitação à beira-mar, a buzina do navio, toda a atividade relacionada com os barcos e os locais onde eles tocavam a terra. A luminosidade incrível e os vales profundos das ruas afastando-se da água.

Um sentimento me dominou. Desejei pousar meus dedos sobre o braço de Emil e falar com ele. Mas devia pôr essas coisas de lado se quisesse seguir em frente. Em vez disso, lembrei a mim mesma: Ele abriu caminho até aqui, preparou o terreno. Se pisou nesta terra, ela está pronta e é segura.

Esperamos pelo sinal para ir buscar nossa bagagem. A prancha ainda não fora baixada. Ao longo do cais, um açougueiro entrou em uma caminhonete carregando sobre o ombro um porco sem cabeça, as patas da frente balançando às costas.

Em seguida, veio o confuso e nervoso procedimento de desembarque, o preenchimento de formulários, a multidão à nossa volta fazendo o mesmo, pessoas irritadas, inquietas, crianças famintas. Um burocrata de voz suave concordou em telefonar para a estação ferroviária a fim perguntar sobre o trem para Hay, e murmurou tão baixinho no bocal, entre a balbúrdia e a agitação, que parecia falar em um sonho. Ele anotou alguns números e recolocou o fone com delicadeza enquanto virava o papel para que eu pudesse lê-lo. O trem sairia ao anoitecer e chegaria na tarde seguinte. Que faríamos o dia inteiro com nossa bagagem, aquele calor e aquelas crianças inquietas? Encontrei Jill esperando por Henry do lado de fora do banheiro masculino.

– Bom, Jill – suspirei. – Precisamos encontrar um jeito de distrair essas crianças até o final da tarde. O trem só sai às seis.

– Está querendo viajar *hoje*? – Ela era muito mais alta do que eu, as mãos nos quadris, os braços finos formando dois triângulos presos em um palito.

– Quero sim. Com certeza não está pensando em adiar a viagem, está? Você não vai conseguir dormir antes de vê-lo, não sabe disso?

Ela suspirou. Nunca escondia seu mau humor, uma característica que eu achava quase relaxante. Excesso de cortesia sempre me deixou confusa quanto às intenções da pessoa. Forcei-me a ficar imóvel e em silêncio por um segundo, antes de insistir ou desistir, Jill apertando os olhos para olhar o cais por cima da minha cabeça.

– Tenho certeza de que eu dormiria até o Natal, se pudesse. Mas tudo bem, Hannah. É uma cidade abominável mesmo.

Conseguimos um lugar onde deixar as malas e saímos para o calor tropical. Nunca estivera em um lugar assim, tão úmido, com o ar tão pesado. Era como estar embrenhada em plena floresta tropical, e ainda assim com um céu interminável de um azul inacreditável. Quando chegamos à rua, dois garotos imundos passaram por nós correndo, quase derrubando Jill. Riam, dois pequenos delinquentes cheios de vitalidade, a pele bronzeada como madeira antiga, as cabeças raspadas por causa dos piolhos, a cidade sendo seu jardim. Um estivador que passava deu uma boa olhada em Jill enquanto ela arrumava o vestido e o cabelo. Decidimos caminhar pelas ruas acima do porto, esperando encontrar um café com sombra. Em nossa mente, talvez achássemos que estávamos na Espanha ou na Itália.

Ainda vestidas com as roupas do navio, fizemos os membros enrijecidos subirem rumo à grande ponte de aço entre os edifícios de pedra e palmeiras, exaustas. As crianças corriam e riam, sussurrando e se escondendo em ruas laterais. Meu Deus, pensei. Se vocês se perderem, como vamos encontrá-los? O porto faiscante lá embaixo surgiu num lampejo ao final de um beco entre duas fileiras de casas com terraços, bonitas mas malconservadas, jacarandás-mimosos transbordando dos pequenos jardins. Três crianças, depois quatro, depois cinco, entravam e saíam correndo de um pátio com calçamento de pedras através de um par de portas de madeira escancaradas. A mãe delas, colhendo limões, usava um vestido solto, abotoado na frente, coberto de flores miúdas amarelo-claras. O cabelo estava precocemente grisalho nas têmporas lisas. Lembro-me dela com tanta clareza – ali está ela, aquele céu impressionante acima do limoeiro, o caos da movimentação dos filhos em nada interferindo em sua calma. Talvez eu me lembre porque a visão dela me tranquilizou. Essa mulher comum estava perfeitamente em casa ali, mesmo que não estivéssemos. Vi-me forçada a lhe perguntar se podíamos comprar limonada dela, e ela sorriu, suas crianças logo entrando em ação, enquanto Jill, contrariada, sussurrava meu nome atrás de mim. A mulher nos sentou em um banco de metal sob uma trepadeira, que depois vim a saber ser um pé de maracujá, e as crianças trouxeram a limonada em um grande jarro de metal. Polly e Henry estavam retraídos, olhando-as por trás da escassa proteção do corpo da própria mãe, mas tomaram com avidez a limonada oferecida, os olhos arregalados e sisudos nos rostinhos afogueados. A bebida estava doce e fresca. Minha mente se encheu de cores. Ah, pensei, apesar de tudo, enquanto o líquido refrescante descia. Poderia viver aqui.

O humor de todos melhorou brevemente depois disso. Saímos para o beco, a mulher tendo recusado nosso dinheiro, e vimos o azul cintilante do porto aos pés da colina. Aves fantásticas faziam manobras no ar e cantavam entre as palmeiras, enquanto frutas-pão, jacarandás-mimosos e eucaliptos se derramavam por sobre os muros dos quintais. Será que Jill achava mesmo que a cidade era abominável? Verdade que a fumaça era vomitada no ar de chaminés que não podíamos ver, lá embaixo, deixando um odor acre, e que o porto era barulhento, com buzinas de nevoeiro e o estrépito do tráfego na ponte. Mas era tudo tão colorido, um caos maravilhoso: a despeito de tudo, um mundo novo, que parecia distante dos problemas da Europa. A luz, à medida que o dia avançava, expandia-se. E aquelas pessoas, trabalhadores, viviam em meio a tanta beleza!

O que quer que Jill dissesse, ela e as crianças estavam tão curiosas quanto eu. Naquele primeiro dia na Austrália, não conseguíamos parar de percorrer a cidade depois de meses no navio. Caminhamos muito e até demos às crianças o gosto de andar de bonde. Depois, eles saltaram de novo para a rua quente; era a primeira vez que eu os via rindo em semanas. Olhávamos com atenção para tudo, sob aquela luz incrível. Dava quase para imaginar os presos libertos morando em casinhas de pedra, mas, ao chegarmos à rua Pitt, a massa de funcionários dos escritórios na hora do almoço, subindo e descendo de bondes e retornando ao trabalho, vimos que era elegante e moderna, sobretudo em relação às mulheres. Pareciam as mulheres dos Estados Unidos, com seus chapéus inclinados de lado e saias longas de corte elegante. Os homens vestiam-se exatamente do mesmo jeito: calças de terno mas não com paletó, camisa branca de colarinho aberto, chapéu escuro, muitos deles fumando enquanto seguiam, decididos, rumo a seu destino. Havia um movimento constante à nossa volta, mas sem pressa.

Viramos uma esquina e tudo ficou silencioso, as ruas amplas e vazias. Uma mulher idosa, vagarosa e solitária, carregava cestas de compras através de uma encruzilhada. Eram movimentos tão prolongados que parecia ser necessário viver em uma escala de tempo diferente para conseguir vê-la se mexendo, como quando se observa um girassol abrindo de manhã ou se virando em um campo com milhares de outros ao longo do dia.

Paramos na esquina por um instante, decidindo aonde ir em seguida, e ao fazê-lo, tive uma daquelas alterações de sentido que são comuns quando estamos em um lugar novo e tendo dormido pouco – de que o mundo era apenas uma peça sendo representada diante de mim com um cenário pintado ao fundo. O mesmo que eu sentia ao sair de uma estação em uma cidade nova – Colônia, Estocolmo, Lyon. Os prédios comerciais de pedra, a prefeitura, as pessoas andando pela rua, delineadas em luz e sombra, fazendo algum sentido que eu não conseguia apreender, forçando-me a ficar imóvel, apesar de mim mesma; a esperar. E então estávamos a caminho de novo, a paisagem das ruas movendo-se ao redor, e, por fim, senti-me zonza de cansaço e fome.

Bem ou mal, enfim havíamos passado o primeiro dia em solo australiano. Desabamos em um táxi, passamos para pegar nossas malas e fomos para a estação de trem. Embarquei minha bagagem, o céu enfim perdendo sua cor ofuscante, e meu olhar seguiu o leque de trilhos de trem, as faces sérias nas plataformas. Só me restavam forças para notar que ainda havia sal nos meus lábios, como se estivesse na proa do *Largs Bay*, os respingos molhando meu rosto. Levei um momento para perceber que não era água do mar, mas o sal da minha própria pele, acumulado ali durante meu primeiro dia no calor australiano.

No horizonte cor de ferrugem, uma estrada reluzindo rumo à eternidade, uma linha de árvores surgiu, lembrando o perfil de uma cidade, como seria possível imaginar Nova York ou Chicago, uma visão incompatível com aquele lugar remoto. Passamos por edificações de fazendas, antigos e misteriosos celeiros abertos, enferrujados, com os telhados sustentados por postes de ferro, de modo que, por trás da silhueta das máquinas agrícolas, via-se mais da planície avermelhada. Passávamos por um vilarejo minúsculo e sua única rua, larga e abrasadora, toldos criando sombras que engoliriam uma pessoa. Dois homens sombrios, de chapéus escuros, emergiram das sombras, atravessando devagar uma rua, como se se encaminhassem para a leitura de um testamento. Um caminhão agrícola passou depois deles, crianças acenando na carroceria, um cão latindo, poeira voando. Todos sardentos de cabelos ruivos. Pensei nas novelas de Steinbeck e na pobreza extrema, embora as crianças fossem robustas e sorridentes, tão bem alimentadas e vivazes quanto qualquer uma que eu já tivesse visto.

Recostei-me no assento quente e fechei os olhos. Minha recordação mais refrescante me envolveu: o mergulho no canal do moinho na manhã em que ele se fora. Refugiei-me o mais que pude na água gelada, o braço dele ao redor do meu abdômen, o calor dos nossos corpos onde um se apertava contra o outro. Chegava cada vez mais perto do seu rosto, do seu corpo, das suas mãos, fortes e quadradas.

As planícies prosseguiam, porém, o céu uma vasta tigela emborcada. E, por fim, cruzamos a cidade com sua faixa prateada de rua pavimentada, as fileiras desoladoras de casas de madeira sobre pequenos pedestais, quarteirões inteiros de lotes vazios.

Descemos do trem para a plataforma, os corpos doloridos. Para além da estação, onde a estrada se desintegrava mais uma vez em terra vermelha, as torres de vigia erguiam-se no limite liquefeito e indistinto da visão. Uma barreira caía como uma guilhotina entre a estrada e as edificações: uma cerca de arame farpado. Ficamos imóveis na plataforma vazia.

– É ali, não é? – Jill sussurrou.

Eu não conseguia falar.

Jill e as crianças foram para a penumbra fresca da sala de espera. Ela estava perguntando ao mestre da estação sobre um hotel. Eu a interrompi.

– O que está fazendo? – perguntei. Teria gritado, não fossem as crianças.

– Procurando uma cama sobre a qual vou poder me deitar.

– Mas, Jill, eles estão logo ali! Podemos andar até lá em minutos. Viemos de tão longe.

– Hannah, querida, devia ver sua aparência.

– Puxa vida! Que importa? Depois de tanto tempo, estamos *aqui*. – Respirei fundo. Quase chorava de cansaço e frustração. – Mas é claro... as crianças. Você está certa. Vamos nos alojar primeiro.

O mestre da estação deu um telefonema e logo depois uma caminhonete desceu a melancólica rua e levantou poeira do lado de fora da estação. O dono do Hotel Comercial nos levou à cidade, e tentei não olhar para trás, para as torres de vigia sobre os telhados.

No quarto, Jill foi conciliadora.

– Pode usar o banheiro primeiro, Hannah. Vamos demorar o dia inteiro.

Fiquei parada na banheira, deixando que a água marrom que caía de um grande chuveiro de metal batesse nos meus ombros. Meus dentes rangiam. Espantoso que meu corpo fizesse algo tão horrível por vontade própria. Quando desliguei o chuveiro, ouvi no quarto ao lado o som insistente e cadenciado das crianças pulando na cama, plenos de liberdade e repletos de açúcar, tendo devorado uma barra de chocolate de aparência farinhenta ofertada pela esposa do senhorio.

Minha pele já estava suada antes mesmo que eu deixasse o banheiro. Para que me incomodar tomando banho? Não importa, pensei. Se Jill ainda não se considera apresentável, vou cruzar a cidade a pé. Se chegar coberta por uma capa de poeira, que seja.

Emil
Hay, 1940

Emil sentava-se à pequena escrivaninha que construíra com caixotes de leite, sob a janela do barracão, que jorrava calor como a porta aberta de um forno de pão. A janela dava para um quadrado de zinco corrugado, a parede do barracão vizinho. Preenchia mais um formulário. Pelo visto, haviam encontrado uma categoria para homens como ele, sindicalistas e sociais-democratas, que se sabia terem se oposto aos nazistas. Eram uma agonia todos aqueles formulários – para compensação por seus bens, para qualificações e experiência que pudessem ser úteis –, sem nada a receber em troca senão um silêncio burocrático frio como pedra. Esperanças surgiam, esperanças morriam. E o tempo todo os boatos do que talvez fosse possível, rumores que surgiam pelo campo como redemoinhos de poeira, assolando o lugar, revirando tudo. Ele não suportava. Saía para caminhar ao longo do perímetro do campo, arranhando os tornozelos nas moitas, ouvindo os sons da cidade enquanto se distanciava dos barracões: os sinos da igreja, o trem diário. A cada tanto, a brisa trazia até ele as crianças de um pátio escolar em algum ponto entre as casas perto da estação, o suave burburinho de todas falando ao mesmo tempo. Não podia caminhar muito. A viagem havia debilitado ainda mais sua perna e o peito.

Habituara-se a procurar algum jogo de xadrez em algum dormitório ou no refeitório. Estava estabelecido que não se podia falar enquanto o oponente pensava. Ele havia ficado muito melhor no xadrez do que antes. Solomon não jogava mais com ele, preferindo arriscar com homens mais jovens, que Emil tentava evitar. Eles não conseguiam pensar em mais do que uma ou duas jogadas de cada vez, pois a mente estava ocupada sonhando com garotas, triunfos esportivos e a fuga para o exército britânico. De noite, falavam dos *pfeffernüsse*, os biscoitos com frutas secas e especiarias feitos pela mãe, um mergulho no Danúbio quando criança, o cheiro dos trens alemães.

– Vocês são jovens demais para serem nostálgicos – disse-lhes Emil. De verdade, ele só queria que parassem, que o deixassem em paz e se poupassem do incômodo daquelas horas e horas de nostalgia.

O lápis dele pairava sobre o formulário. A voz do pai chegou até ele, tão nítida como se estivesse em pé atrás de si, ali no barracão: *Um pé depois do outro, Emil. É o único jeito de chegar aonde você está indo. Sim*, pensou ele, *que mais posso fazer?* Escreveu o que podia, vasculhando a memória em busca dos termos em inglês para: camisas-pardas, comícios, polícia secreta, assassinato. Havia escrito aquelas coisas antes, expondo-se à burocracia, registrando as palavras encarregadas de descreverem o que tinha sido perpetrado, o que fora perdido. Podia fazê-lo depressa e então pensar em outras coisas, como o jogo de xadrez que deixara suspenso na noite anterior devido ao toque de recolher. Escreveu o que precisava escrever: oficiais das SA e das SS ocuparam o edifício, espancaram os secretários do sindicato e atiraram neles. *Escreva depressa e não pense*. Assinou logo, foi ao bloco da administração, os homens amontoados às sombras estreitas dos barracões, fumando e discutindo Hegel, e apostando o dinheiro do campo em um jogo de cartas.

Quando retornou ao barracão, com a esperança de dormir durante as horas de maior calor, quando eram praticamente expulsos de sob os tetos de zinco, encontrou Solomon deitado no fino colchão de palha, junto ao seu próprio, as mãos atrás da cabeça, olhando um par de lagartos que corriam pelo telhado.

– Não está quente demais para estar aqui dentro?

– Meus pensamentos são gelados, Emil. Estou me lembrando do Wannsee congelado e de uma garota que eu costumava levar para patinar. A echarpe dela se agitava às suas costas de uma maneira encantadora. Acho que ela também sabia disso. Era impossível tirá-la do gelo depois que começava a patinar.

– Preenchi o formulário.

Solomon virou-se de lado, apoiando-se no cotovelo.

– Que ótimo. Talvez esteja de volta ainda a tempo de ver alguma neve.

– Vou tentar não ter expectativas muito altas, mas sabe como é.

– Bom, você tem amigos muito úteis. Eles vão interferir a seu favor.

Ele se deitou no próprio leito, sentindo de imediato o suor brotar entre o corpo e o cobertor de lã.

– Fale mais sobre esses pensamentos gelados.

– Quando a gente caía no gelo, no princípio não dava para sentir nada, pois quando você patina o corpo fica aquecido. Mas, na volta para casa, as calças molhadas e frias encostavam na perna, e dava para sentir a pele prestes a congelar.

– Então, quando você descongelava, seus pés doíam – acrescentou Emil.

– O que eu não daria agora por uma queimadura de frio.

Emil fechou os olhos. Depois de ajudar a construir a estação hidrelétrica na Irlanda, fora enviado à Finlândia para supervisionar a construção de outra usina que geraria energia para serrarias e fábricas de compensados. Para poderem começar, precisavam transportar as peças das imensas máquinas através de cinquenta quilômetros de gelo e neve sem guindastes ou caminhões de neve. Na cabana gelada no porto, ele ficava desenhando esboços de trenós, boias e guindastes à luz pálida do início de tarde. Depois, todos os dias durante um mês, ele e os homens passaram as manhãs escuras no atracadouro serrando e martelando até que tudo estivesse pronto. Mandaram vir cães e condutores, e com eles transportaram as peças de maquinário através da paisagem branca até as florestas de pinheiros, o ar congelando em sua barba. A princípio, os cães latiam, prontos para correr. Depois partiam, e já não havia mais nada senão o som da neve sob o trenó ou algum borrão negro de alguma árvore que surgia em meio a terra e céu nevados.

Ficou espantado ao descobrir que funcionava. Por um momento antes de dormir, sentiu frio, e estendeu a mão para puxar o cobertor, sentindo as partículas de gelo em sua barba, um vento cortante penetrando os olhos semicerrados. Depois, adormeceu e viu os cães disputando peixes, rosnando, saltando alto, latindo como loucos.

* * *

Após o jantar, um excelente guisado de carneiro feito pela cozinha do acampamento, que os próprios prisioneiros tocavam, um soldado australiano acenou para ele do outro lado do refeitório, agitando no ar um pedaço de papel.

– Telegrama – disse, apenas com o movimento dos lábios, uma expressão encorajadora no rosto.

Os homens em sua mesa ficaram olhando-o enquanto lia. Meckel, sentado à sua frente, um daqueles que parecia nunca ter assimilado o conceito de privacidade, encarou o pedaço de papel com uma cobiça ostensiva.

– Boas notícias? – perguntou Solomon, por cima do som de colheres famintas raspando pratos e o ruído dos insetos.

– É sobre minha soltura. O tribunal me colocou em sua lista.

– Mas você ainda está aqui conosco – Meckel falou, fazendo pouco-caso.

Emil o encarou, a cabeça um pouco inclinada.

– Sim, Meckel. Ainda estou aqui com vocês.

– Vão mandá-lo de volta à Inglaterra? – disse Solomon.

– Diz aqui que estou livre para requisitar um transporte.

Solomon colocou a mão em seu ombro.

– Meu Deus, é uma notícia maravilhosa. Você precisa contar a Hannah.

Emil assentiu, olhando para o telegrama, e viu a si mesmo no jardim da mãe, ainda garoto, atirando uma pedra na janela.

Ao redor, cadeiras se arrastavam, e os homens, depois de conseguirem seu quinhão de notícias, suspiraram e começaram a pegar os pratos para levar à cozinha.

– Venha, Emil – disse Solomon. – Vamos esbanjar nossos salários com um café vienense. Podemos ir atrás de Schiff. Ouvi dizer que ele tem charutos.

– Não posso deixar de pensar que pedi a ela que viesse atrás de mim.

– Mas você não teve notícias dizendo que ela veio.

– Não tive notícia alguma.

– Você não diz isso o tempo todo? Eles jamais a deixariam chegar perto de um navio, com todos esses submarinos infestando os oceanos.

– É claro. Acostumei-me demais com todos esses pensamentos sombrios.

Quando os demais dormiam, ou ao menos se encontravam deitados em silêncio, habitando o interior de si mesmos como tinham aprendido a fazer, ele saiu do barracão e foi até o campo de manobras. Os refletores brilhavam sobre o campo. Ergueu a mão e saudou seu amigo O'Mara na torre de vigia. Não era nada mau no xadrez, para um principiante. O australiano devolveu a saudação. *Tudo bem*, disse a si mesmo. *Retornarei à Inglaterra. Esqueceremos esta estupidez. Vou trabalhar em uma fábrica de munições. Farei as bombas de que necessitam.*

Imaginou seu corpo no escritório acima do chão da fábrica, os grandes cilindros rebitados das bombas suspensos à frente dele. *Vão me ver, observar como os faço trabalhar, e pensar nos milhares de nós, engenheiros nas fábricas por toda a Alemanha. É tudo de que vão precisar para construir bombas o mais depressa que seus cérebros e dedos conseguirem.*

Hannah

No fim, acabei esperando por Jill. Estava quente demais para atravessar a cidade a pé, e ela tinha conseguido uma caminhonete emprestada do senhorio. As crianças tentavam se desvencilhar da mãe na varanda, enquanto ela puxava a barra do vestido de Polly para arrumá-la e passava um dedo lambido sobre a franja de Henry, que precisava com urgência cortar o cabelo. Temi pelo vestido branco de Polly naquele pó todo. Henry coçou a perna por baixo dos shorts de lã. O rosto deles estava vermelho de tanto coçar, e imagino que o meu exibisse uma expressão assassina por ter de esperar tanto. Enfim, entramos no calor insuportável da caminhonete e, em cinco minutos, percorremos a distância entre as últimas quadras da cidade e as torres de vigia, aproximando-nos depressa da cerca alta de arame farpado e das longas fileiras de barracões militares. Vultos escuros se moviam entre eles, as sombras longas no sol da tarde. Pela primeira vez, Jill tinha uma aparência horrível, totalmente doentia por baixo do pó de arroz e do batom.

Ao nos aproximarmos dos grandes portões de arame do campo de detenção, um soldado com um rifle pendurado no ombro emergiu da pequena construção de madeira ao lado da estrada. Ali estava, no caminho à nossa frente, um famoso *digger* australiano. Na Inglaterra, sempre fomos apaixonadas por fotos dos soldados australianos na Turquia e no norte da África, com suas peles morenas e chapéus inclinados de lado. Pareciam ser de uma raça superior, fisicamente mais apta do que nós da Europa. Perguntei-me se aquele ali, não exatamente o que havia imaginado, com suas faces coradas e barrigudo, conhecia Emil, e se o tratava bem. Saltei para fora do veículo, sentindo a consternação de Jill às minhas costas, enquanto fazia as crianças descerem.

– Senhor! – gritei, enquanto o homem nos olhava e eu me aproximava de sua sombra. – Viemos da Inglaterra até aqui para ver nossos maridos. Por favor, precisa nos deixar vê-los.

Ele demorou um bom tempo para falar. Aquelas pessoas eram ricas em tempo, podiam esbanjá-lo. Ele se demorou por um longo e insuportável momento ponderando que tipo de criatura viera parar diante dele.

– As visitas têm que ser agendadas de antemão, senhora. Regras do campo.

– Chegamos a Sydney ontem, após oito semanas no mar. Depois disso, viajamos a noite toda de trem com crianças pequenas. Quanto tempo vai nos fazer esperar?

De novo, a pausa, a interminável ponderação impassível. Ele apoiou a arma na porta e coçou a barriga.

– Vou anotar os nomes de vocês. Voltem amanhã de manhã.

– Bá!

Ouvi Polly sussurrar um longo *oooh*, e então Jill falou atrás de mim. Havia algo em sua mão, que ela ofereceu ao soldado.

– Tome, leve sua namorada a algum lugar agradável – ela falou.

Ele olhou para a mão dela, assim como eu. Havia ali uma nota de uma libra enrolada.

– Este é o *exército australiano*, querida – ele prolongou as palavras, como se não entendêssemos o inglês. – Não aceitamos propinas. Agora, qual é o nome de vocês? Vamos encontrar o marido das duas. Estarão aqui às onze, amanhã. E vamos fingir que não vi essa outra coisa.

Envergonhadas, demos nossos nomes e o dos homens, e entramos de novo no carro, em silêncio. Depois da curta viagem de volta ao hotel, Jill anunciou que iria dormir antes do jantar, enquanto as crianças tomavam sorvetes. Eu não podia nem pensar em dormir com Emil tão próximo e disse a Jill que sairia para explorar a cidade, embora tivesse pouca esperança de encontrar algum lugar interessante.

Afastei-me da rua principal rumo às planícies escaldantes para além do rio, vacas minúsculas e árvores negras indistintas no ar trêmulo. O cenário aqui não era parecido a nada que já tivesse visto. O céu parecia infinito. O calor irradiava da terra, agora no fim do dia, e subia por minhas pernas. O cabelo estava grudado no meu pescoço. Embora estivesse vestida para um dia de verão inglês, com bermudas de sarja e uma blusa de algodão, eu me sentia sufocada e com os movimentos restritos. No entanto, mesmo que houvesse roupas mais condizentes para comprar, minha situação financeira era periclitante.

Ao voltar desanimada rumo ao hotel pela rua principal, notei um edifício velho e um tanto imponente, a porta entreaberta. Pensei em sair do sol por um instante e empurrei a grande porta barulhenta. Encontrei-me em uma enorme sala empoeirada, iluminada apenas por pequenas janelas altas que lançavam quadrados de luz no chão de madeira. Não via ninguém lá, mas o alívio da sombra era tão intenso que não desejei partir de imediato. Ao longo da parede dos fundos, vi, na penumbra, estantes baixas com livros. Aproximei-me e vi uma seleção de leituras escolares, Bíblias, manuais de ofícios e alguns romances: Dickens, Austen, Hardy. Fiquei surpresa ao encontrar livros sobre Hitler e a situação europeia, entre outros.

Peguei um para folhear, imaginando o que poderia dizer sobre o assunto, tão longe assim de lá, mas então vi que tinha sido impresso em Londres. Não absorvi muito das palavras na página diante de mim, apenas o estranhamento de estar imóvel, de deixar o tempo passar, meus sapatos plantados nas tábuas de madeira elevadas alguns centímetros do chão sólido e seco, cujo odor eu sentia continuamente. Percebi, então, que havia vozes, vozes femininas, conversando baixinho entre as paredes daquele edifício árido e escuro. Mas, claro, as mulheres não estavam ali naquele aposento. O timbre ligeiramente reverberante sugeria que estivessem em uma cozinha, em algum outro lugar. O passado abriu-se na minha cabeça e pensei por um instante que, se pudesse abrir um alçapão para aquela cozinha, veria minha mãe fazendo chá.

Esperei, olhos atentos, que as donas das vozes aparecessem e me expulsassem para a fornalha do dia lá fora. Porém, continuaram murmurando, e aproveitei para estudar o livro com atenção – as descrições dos membros das SS e dos camisas-pardas invadindo as cidades e as histórias sobre a lavagem cerebral do povo alemão –, enquanto sentia como se meu corpo se equilibrasse no limiar de uma beirada escorregadia.

Por fim, tossi, e as vozes se calaram de repente. Passos rápidos e cadenciados nos ladrilhos, mais de um par de pés. Então, vi que emergiam de uma porta que eu não havia notado, no final do longo salão. Duas mulheres com folgados vestidos floridos. Rostos e braços queimados de sol, as dobras nos cotovelos brancas por dentro. Mulheres altas, uma delas magra como um palito e com ombros fortes, a outra robusta e bonita, de um jeito um tanto cansado, maternal. Forcei-me a erguer os olhos quando elas se aproximaram. Tive a impressão de estar oscilando, de que elas atravessavam o salão de baile de um navio vindo em minha direção, mas que tinham o equilíbrio de um marinheiro e eu não.

– Olá, senhorita – disse a mulher magra. A amiga dela sorriu, um sorriso franco, sem reservas. – Posso ajudá-la em algo?

– Bem – comecei, meu sotaque inglês de repente parecendo exagerado. – Eu queria sair do sol por um instante. E fiquei interessada por sua biblioteca.

– Biblioteca! – A maior delas riu. – Duvido de que tenha sido chamada assim antes. Está hospedada no hotel?

Fiz que sim, tentando encontrar minha voz.

– Meu noivo está no campo de detenção. Ainda não permitiram que eu o visse.

– Ah, senhora Stuart, ele é um daqueles pobres coitados.

A senhora Stuart me olhou muito séria.

– Quando seu navio chegou, querida?

– Ontem – respondi. A imensidão da minha viagem parecia um abismo negro sob meus pés. – Poderia incomodá-la e pedir um copo d'água?

A que não era a senhora Stuart desapareceu apressada pela porta por onde viera.

A senhora Stuart inclinou-se em minha direção.

– São boa gente lá no hotel, mas a sua conta vai ficar altíssima.

Existem pessoas que parecem intuir à primeira vista suas preocupações mais profundas. Tinha chegado ao fim da minha viagem praticamente com os bolsos vazios, saltando refeições sempre que possível, contando minhas moedas enquanto Jill estava ocupada com as crianças. Agora, eu temia que meu estômago roncasse e me delatasse.

– Se quiser, pode ficar na minha casa. Sou a dona do armazém da cidade, e meus filhos estão na África. Pode ficar no quarto deles.

– Oh, não. Acabamos de nos conhecer e já está oferecendo sua casa para mim?

– Não é muito, querida, mas você é bem-vinda.

Ela não sorriu. Descobri depois que os sorrisos dela eram raros, raios de sol atravessando as nuvens de uma existência austera. Com o marido falecido muito tempo atrás, tivera de lidar sozinha com a administração do armazém e a preocupação com os filhos, que estavam no Egito.

Aceitei sua oferta, deixando um recado no hotel para quando Jill acordasse, agradecendo-lhe por tudo e perguntando se não se importaria de passar para me pegar pela manhã para ir ao campo. Era uma mulher de posses, a despeito das circunstâncias, e não me preocupava por ela ter que pagar sozinha a conta. Insisti em que a senhora Stuart não tivesse o trabalho de esvaziar o quarto dos rapazes, repleto de caixas e estranhas peças de maquinaria. Assim, ela e a senhora Kelly, sua amiga, fizeram a cama para mim na edícula dos fundos, a senhora Kelly preocupada com minha decisão de "dormir ao relento".

– Mas está perfeito! – disse eu, sendo sincera. Apesar de todas as minhas viagens, dormir em uma varanda, separada dos elementos somente por uma tela contra insetos, era algo totalmente novo.

Naquela noite, deitei-me em um colchão confortável, entre lençóis recém-lavados que exalavam perfume de eucalipto quando me afundei neles. As estrelas eram visíveis através da tela, e os grilos cricrilavam numa sincronia impressionante. De um lado, ficava o horrendo edifício vermelho da igreja anglicana, e, à minha frente, estavam os quarteirões vazios que se estendiam até o campo e as planícies. A paisagem estava iluminada pelo brilho estranho dos refletores do campo, por isso a senhora Stuart havia pendurado uma colcha na tela para que eu a puxasse quando quisesse dormir.

Fiquei ali, naquele conforto inesperado, pensando se os soldados haviam de fato contado a Emil que eu estava ali. Permiti-me crer que sim, que ele estava acordado em sua cama, entre as camas dos outros homens, agora faltando só uma milha das doze mil, pensando em mim.

* * *

Naquela noite, dormi mais profundamente do que esperava, depois de meses compartilhando um espaço restrito com Jill e os filhos, que fungavam o tempo todo. Meu corpo degustava o prazer de estar a sós, mesmo dormindo. Acordei na longa varanda com uma cacofonia de aves agitadas. O barulho das criaturas era fantástico. Puxei a cortina e fiquei deitada na cama, admirando o azul-claro do nascer do dia, as árvores de pimenteira no quintal, a silhueta do esquálido cão preto da senhora Stuart deitado perto da edícula. Que eu seja inundada e aquecida pela certeza de que nesta manhã, em poucas horas, minha mão, esta aqui, tocará a mão de Emil. Permiti-me um breve momento para admirar a mim mesma por ter realizado a façanha de segui-lo até a Austrália.

Senti o cheiro de bacon enquanto me lavava no tanque do lado de fora da casa, um mínimo de privacidade garantido por uma parede de zinco corrugado que não chegava ao chão, e perguntei-me como a senhora Stuart conseguia ser tão magra. O jantar da noite anterior tinha sido glamoroso e ainda seguido por um bolo. Tinha perdido muito peso com a viagem, além da maciez dos meus membros, mas a culinária da senhora Stuart logo daria um jeito nisso.

Depois de me lavar, aventurei-me a entrar na cozinha, descansada, por ora fresca e limpa, arrumada e comportada. Minha anfitriã colocava na mesa enorme uma pilha de bacon, ovos, cogumelos, tomates e batatas que haviam sobrado da noite anterior. A cozinha apresentava-se em uma escala maior do que qualquer outra na Inglaterra e estava equipada com todo tipo de curiosidades interessantes, como armários de madeira com laterais teladas para manter a carne livre de moscas e uma chaleira esmaltada grande o suficiente para servir pelo menos uns dez visitantes. Todas as bancadas naquela cozinha para gigantes pareciam ter sido feitas já adaptadas para a altura impressionante da senhora Stuart. Quando ela me serviu o café da manhã em um enorme prato de jantar, senti-me como uma criancinha mimada, meus pés balançando acima do chão.

Depois, tentei ajudá-la com a louça para ocupar o tempo, mas ela não quis saber. A postura determinada de seus ombros à pia me alertou que não deveria insistir. Dali a pouco, teria de abrir o armazém, situado na outra extremidade de seu terreno, de frente para a rua principal. Ela me deixou sentar na banqueta alta atrás do balcão enquanto pesava e colocava farinha, com perícia, em sacos de cinco quilos e enchia jarros de doces. Era como ter permissão para me sentar atrás do balcão do meu pai de novo.

Coloquei meu caderno de notas sobre o balcão de madeira, antigo e liso, e tentei registrar alguma coisa do que havia testemunhado desde que colocara os pés em solo australiano, dois dias antes. Tudo que agarrei e joguei no papel representava uma dezena ou mais de assombros que não conseguia conter. A cada poucos minutos, consultava o grande relógio acima da minha cabeça. Vejo, no caderno de notas, que minha letra estava ainda mais horrível que o habitual. Não importa; posso me lembrar mesmo assim. Fecho os olhos e lá está a senhora Stuart, arqueada sobre o saco de farinha com sua pazinha de metal, enquanto do lado de fora da porta aberta do armazém passam as meninas em seus vestidos listrados e os garotos com os calções da escola primária. Há uma garota com tranças escuras que lê enquanto caminha. Vejo-a desaparecer na luminosidade da rua.

Por fim, a buzina de um carro soou na rua lá fora. Ouvi vozes de crianças chamando, alegres:

– Senhorita Jacob! Senhorita Jacob! – Sorri. – Conseguimos um automóvel!

Parecia que Jill havia feito algum acordo com o proprietário quanto a um outro veículo que ele tinha.

– Eles já estão sentindo sua falta! – disse Jill de dentro do carro. Não achava que fosse mesmo verdade, mas ela me tratava o melhor que podia.

A senhora Stuart foi até a porta e apertou minha mão com seus dedos longos e ossudos.

– Boa sorte – sussurrou.

No momento seguinte, eu saltava da varanda, sem tempo para reflexões, rumo à luz inclemente da manhã, caminhando até o carro e, depois, abrindo a porta pesada.

Jill riu.

– Então você arranjou uma doce velhinha bondosa para acolhê-la? Você é incrível, Hannah.

Ela parecia melhor depois de dormir e estava de volta à sua personalidade glamorosa. Senti-me encorajada ao vê-la tão refeita. No banco de trás, as crianças estavam entretidas com uma brincadeira em que uma pulava no assento enquanto a outra afundava e vice-versa. Conseguiam dominar a técnica, como artistas de circo. Jill e eu espiamos a torre de vigia por trás da última casa.

– O que vamos encontrar lá? Você tem alguma ideia? – ela disse baixinho, puxando o freio de mão.

Ficamos sentadas por um instante, pensando naquilo, agora que enfim estávamos ali.

Nosso amigo da tarde anterior saiu de sua guarita ao ouvir as portas do carro batendo e cruzou a estrada poeirenta. O dia ardia de calor, e as cigarras cantavam, ensurdecedoras, enquanto ele se aproximava. Dessa vez, ele sorriu e saudou-nos pelo nome. Olhou ostensivamente o relógio.

– Bem na hora, senhoras. Deixem o carro aqui e sigam-me. Não se preocupem. Bill vai tomar conta dele.

Ele indicou com a mão um homem no alto da torre de vigia, que acenou para nós. As crianças acenaram de volta, sorrindo.

Nosso soldado nos conduziu para dentro das cercas através de dois portões, e nós o seguimos por um caminho entre melancólicas hortas cuidadas por um rapaz judeu, novinho e magro demais, que enquanto passávamos observou as crianças com grandes olhos tristes. Pensei ter ouvido um violoncelo, mas não dei atenção, achando que fosse uma ilusão induzida pelo calor, até que Henry disse:

– Mamãe, está tocando uma música.

– Céus, é mesmo – ela exclamou, e sorriu para ele.

– É a Orquestra de Câmara Hay-Berlim ensaiando – comentou o soldado. – Temos sorte em tê-los por aqui.

Chegamos a uma construção de um aposento só, idêntica à guarita da sentinela, onde o soldado se deteve. Além dela, estava o núcleo interno de barracões onde os homens viviam.

– Entrem aqui e esperem, por favor, todos vocês. Não vão demorar.

Fui a primeira a entrar no calor de uma sala longa, dividida ao meio, de atravessado, por uma tela de metal. Fiquei olhando para aquilo. Será que nos manteriam separados por aquela coisa? Bem atrás de mim estavam Jill e as crianças.

– Só pode ser uma piada – sussurrou Jill.

O suor brotava na minha testa; o teto de metal fazia o lugar parecer um forno. Sentamos em dois bancos diante do alambrado, a pequena família em um, eu no outro, afastados, na expectativa. Ainda assim, estávamos separados por poucos metros e seríamos testemunhas de cada palavra da reunião alheia.

Nosso soldado retornou e ficou parado à porta, a baioneta imóvel. Por um momento, tive vontade de rir. Mas então, por cima do tênue ruído de pratos de metal, soldados bradando ordens e sons da orquestra, soaram passos, bem perto, e a porta da outra extremidade do barracão se abriu, deixando entrar os ruídos. Ele entrou primeiro, seguido pelo homem que supus ser o senhor Paul Baum. E depois lá estava a imagem especular do nosso soldado, que fechou a porta deles, guardando-a com a própria baioneta. Notei tudo isso numa fração de segundo; Emil percorreu um espaço pequeno, sentando-se de frente para mim, sem que eu conseguisse respirar ou falar. Reconheci o jeito de andar e a silhueta sombria dele através da cerca que nos separava. Por um momento, o aposento ficou absolutamente silencioso, exceto pelos sons abafados que vinham de fora e uma mosca que havia entrado com os homens.

Fiquei encarando-o, absorvendo o que podia através dos borrões do arame. Ele não sorriu. Estava tão magro, até mesmo seu rosto, e chocou-me ver que seu cabelo havia ficado grisalho, com uma faixa branca nas têmporas. Coloquei a mão na tela. Ele fez o mesmo. Senti a pressão, não a pele.

– Aquele é o papai? – perguntou Henry.

Mantive o olhar fixo em Emil. Por trás das minhas costelas, a felicidade lutava contra a sensação de choque.

– Emil, o que aconteceu com você? – sussurrei. – Está doente?

– Agora não. Foi no navio. – A voz dele era áspera. Imaginei se estava conseguindo dormir.

– Como eles tratam você?

– Aqui, bem. No navio, com os britânicos, não tão bem.

Ficamos em silêncio por um momento. Olhei em seus olhos, dois buracos escuros, indistintos através da tela. Eu buscava por uma mensagem, a história de tudo que lhe acontecera. Paul cantava baixinho para as crianças, acompanhando a orquestra distante. De repente, Emil sorriu, e em seu rosto o homem que conheci saltou à vida, embora eu visse, com um nó no estômago, que havia uma nova falha escura entre os dentes de baixo.

– Não posso acreditar que você está aqui. Na Austrália! Minha pequena Hannah. É um milagre. – O sorriso dele desapareceu de novo.

– Quando vou poder ver você? – Olhei para o soldado que montava guarda à porta de Emil. Os olhos dele estavam ocultos sob a aba larga do chapéu. – Mas não assim. De um modo adequado.

Emil deu de ombros e baixou os olhos para as mãos, entrelaçadas sobre os joelhos. Podia ver, pela forma como as roupas pendiam de seu corpo emaciado, mesmo através da tela, que ele havia perdido peso de maneira assustadora. Estava tão, tão magro! Algo aflorou em meu peito. Senti uma necessidade premente de ir atrás de alguma autoridade e exigir uma melhoria imediata daquelas condições. Olhei para o senhor Baum. Ele parecia estar com um peso razoável. Por que aquela magreza assustadora de Emil?

– Está comendo?

– Não muito. Mas a comida é boa. Temos cozinheiros excelentes. De verdade, você não acreditaria nas coisas que saem daquela cozinha. Mas não me recuperei bem do navio.

Mudei para o alemão. Paul compreenderia, se estivesse ouvindo, mas pelo menos Jill e as crianças não iam entender.

– Quero tocar sua pele – sussurrei, os olhos nos olhos dele, no contorno escuro deles. O guarda atrás de Emil ergueu a cabeça de repente, assim que falei em outro idioma. – Quero estar com você a sós.

– Hannah, Hannah. Deseje coisas pequenas.

– Não, deve ter um jeito. Sempre se pode conseguir as coisas. – Baixei a voz, a despeito do alemão. – Eles aceitam suborno? Jill tentou ontem, mas talvez não tenha feito do jeito certo. Ou talvez tenhamos pedido para a pessoa errada.

– Não creio. Já houve quem tentasse. Às vezes se conseguem as coisas, mas em geral não. De qualquer modo, você ficou rica de repente desde a última vez que a vi? – Ele soltou uma risada triste, e eu sacudi a cabeça. – Então, é mais importante se preocupar em saber como vai sobreviver. Vão me alimentar todos os dias, enquanto eu estiver aqui. E você está magra. Mas escute, preciso lhe contar algo... Não sei o que pode significar para nós. Tudo é muito confuso ainda. – Ele sacudiu a cabeça. – Não posso acreditar que está aqui.

Então, falei de uma vez só, agora em inglês, as palavras se elevando pela canção de Paul, pelos sussurros de Jill, como se eu soubesse que precisava impedi-lo de dizer o que diria em seguida.

– Há uma senhora bondosa, dona do armazém da cidade. Ela disse que posso ficar com ela. Tentarei pagar depois pela alimentação, mas é claro que não posso ter um emprego aqui. Tenho tomado notas sobre tudo, sobre minhas impressões. Achei que a princípio poderia tentar oferecer um artigo aos jornais de Sydney e Melbourne. Sei que é uma chance muito tênue, mas é o que tenho no momento. Não posso imaginar que haja muita necessidade de traduções do francês ou do alemão neste fim de mundo.

Ele respondeu em inglês.

– Ah, que bom! Que bom, Hannah! Há refugiados aqui que, antes de serem presos, escreviam para os jornais sobre a situação europeia. É difícil para os jornais encontrar pessoas que saibam. Você é uma especialista! Mas logo deve ir para alguma cidade grande. Você vai sofrer por aqui. Isto é o fim do mundo. – A voz dele estava fraca por ter falado tanto. – Mas escute, recebi uma declaração oficial de soltura.

Eu me vi de pé. Soltei uma risada. Pelo canto do olho, vi o guarda de Emil erguer a cabeça para me olhar.

– O que quer dizer? Então por que ainda está aqui?

– Eles só vão me soltar para me colocar em um navio para a Inglaterra.

Sentei-me lentamente.

– O quê?

– Os australianos não vão me soltar aqui.

– Quer dizer que, se eu tivesse ficado em casa, você teria voltado?

– Hannah, eu sinto tanto... – Ele colocou a mão na tela. – É tão assombroso que você tenha vindo. Vamos descobrir o que fazer. Ao menos sabemos que foi um engano. Eles admitiram. Talvez a mandem de volta também.

– Mas eu vim para ficar com você. Gastei meu último centavo para vir. Meus amigos do sindicato, eles disseram que em algum momento você seria libertado aqui com suas qualificações. Eu vim de tão longe para ajudá-lo. Não tenho dinheiro para voltar. – Meu tom de voz se elevara. Senti algo mudar no recinto. As crianças olharam para mim. Meu olhar encontrou o de Paul, e ele baixou os olhos depressa. O guarda atrás de Emil olhou o relógio, e o homem atrás de mim moveu os quadris, o peso agora sobre o outro pé – pude sentir pelas tábuas sob meus pés.

Emil olhou para ele por um instante.

– Escute – ele disse, inclinando-se para a frente –, descubra o que puder com o Ministério do Interior. Diga a eles que sou engenheiro. Posso trabalhar em atividades bélicas, aqui ou na Inglaterra. É o que quero fazer. Trabalhar e estar com você. Vai dizer isso a eles? Diga-lhes que faremos o que eles quiserem, desde que possamos estar juntos. Está bem?

Fiz que sim, e senti uma brisa repentina quando nosso guarda abriu a porta ao mesmo tempo que o outro colega.

– Hora de ir – disse o soldado. – É só isto até a semana que vem, senhoras. Os homens vão se exercitar agora. Temos que mantê-los fortes, certo?

Senti algo espetando minha mão pela grade. Olhei para baixo – era um rolinho de papel, que depressa escondi na palma da minha mão – e depois novamente para Emil. Polly choramingava:

– Papai, outra música, por favor!

Emil já se fora, o primeiro a sair. Paul deu um sorriso tímido para Jill e outro, breve, para mim, depois saiu também.

– Esperem só um momento, senhoras. Deixem os homens saírem.

Levantei-me do banco, olhando para a porta fechada por onde tinham vindo e ido embora tão depressa. Nunca havia estado em um recinto tão quente, tão abafado. De repente, senti o odor dos corpos: crianças suadas, o cabelo sujo dos homens, sabão carbólico. Senti que poderia *ouvir* o calor descendo através do teto de metal. Jorros dele, como o som do meu sangue correndo pelas veias quando meu ouvido tocava o travesseiro de noite. Estávamos todos em silêncio no carro, até mesmo, e ao menos daquela vez, as crianças. Desenrolei o pedacinho de papel. Dizia, em letras miúdas: *Nunca mais entrarei em um navio sem você.*

Emil

Até mesmo sobre o rio havia uma camada de poeira avermelhada, como uma crosta vulcânica. Os homens não se importavam. Sabiam que a água estava por baixo dela e que seria fresca e deliciosa, e pularam dentro dela de cima dos barrancos, gritando como aves um segundo antes da imersão. Em segundos, os trinta e tantos homens estavam no rio, nadando e jogando água como numa excursão de escola.

Haviam passado o dia anterior dentro do barracão, enfiando papel nas fendas ao redor das janelas, arriscando-se a cruzarem até o refeitório com lenços sobre a boca, enquanto a camada superficial de terra de cada pastagem num raio de cento e cinquenta quilômetros a oeste soprava através deles rumo ao oceano. O céu estava vermelho como o inferno, e eles se irritaram uns com os outros de um jeito tal, que ninguém sentiu nenhum orgulho, nem naquele momento, nem depois. Dois rapazes despencaram pelos degraus diante do barracão para brigar no pátio, e todos saíram para assistir e gritar. Emil viu o vulto deles agarrados um ao outro em meio à nuvem avermelhada, e rugiu até seus pulmões ficarem murchos e secos.

– Ouvi dizer que vão mandar uma pessoa para lidar conosco, caso a caso – disse Solomon, estendido na margem íngreme, só com as roupas de baixo, filetes castanhos riscando sua pele como se fosse um mapa topográfico.

Na margem acima deles, um australiano cochilava recostado em uma árvore, o chapéu inclinado sobre um dos olhos, o rifle apoiado no tronco atrás dele. Era um dos que nunca apontavam a arma para os homens, exceto nos momentos específicos em que estivesse sendo observado por um oficial superior.

— Tento não ouvir esses rumores. — Emil raspava com a borda afiada de uma folha a poeira pegajosa grudada em sua coxa.

— Alguns dos homens o conhecem. Um judeu. Major Temple. Acham que ele vai colaborar.

— Ele não vai ter motivo nenhum para colaborar comigo.

— Mas você tem Hannah a seu lado.

Emil assentiu. Sorriu na sombra cambiante dos eucaliptos antigos e cansados.

— Sim. Esse Temple daria meia-volta, se soubesse.

Naquela noite, Emil não sabia se estava quente ou muito frio. Solomon sussurrou de sua cama:

— Você está tremendo.

— Está fazendo frio?

A lua iluminava o rosto de Solomon, lançando suas faces e pescoço em sombras profundas. A barba incipiente enegrecia a metade de baixo do seu rosto.

— Não. Quer que eu vá chamar o médico?

— Vou dormir até que passe.

— Emil, acho que você deveria voltar para a Inglaterra. Hannah conseguiria se virar bem o suficiente para voltar também, no seu devido tempo.

— Há barcos sendo afundados o tempo todo. Não podemos ir separados. Vou esperar.

Ele sonhou, mas não era apenas um sonho. Viu-se do lado de fora, a face encostada em cascalho e terra, a camiseta grudada na pele. *Não estou na minha cama*, disse a si mesmo, abrindo os olhos. A luz brilhante das torres ofuscou-os, e ele os fechou de novo. *Estou ao ar livre.* Ele podia ver a estação aonde todos haviam chegado, para além das torres de vigia e da cerca. Ofegava. *Eu corri através de florestas. Nadei pela água.* Ele curvou os joelhos, atraindo-os para si, e devagar se pôs de pé. *Estou doente. Preciso caminhar com cuidado.*

Um homem apareceu diante dele, um soldado. Ele conhecia o uniforme. Eles eram gentis, mas não tinha sido sempre assim. Havia alguma outra coisa dentro de homens assim, dos que tinham essa aparência. O homem o segurou pelo cotovelo.

– Becker, não é? Você precisa ir para a enfermaria, pelo que vejo.

Ele deixou-se conduzir, arrastando os pés, amparado. Não conseguia avaliar se era um prisioneiro ou um convalescente. De qualquer modo, devia se preservar; devia colocar um pé na frente do outro, até que sua visão clareasse.

Hannah

Senti-me como um ser diminuto, miserável, açoitado pela fúria bíblica durante aquelas semanas em Hay. Tempestades de poeira foram seguidas por inundações, em que a cidade e o acampamento ficaram pastosos com uma argila úmida, vermelha. Camarões minúsculos, os ovos dormentes por anos, reanimavam-se com os dilúvios súbitos, e o rio e seus tributários de repente ficaram repletos dessas criaturinhas.

Jill levou as crianças para Melbourne. Minha última imagem deles, enquanto eu estava na rua ensolarada depois que acenaram em despedida: os três me dando as costas, de mãos dadas, cabeças baixas, os pescoços pálidos expostos ao sol, desaparecendo nas sombras sob as sacadas do hotel. Além de sentir a falta deles mais do que imaginei sentir, agora eu tinha que caminhar até o campo, pingando de suor ou encharcada por um temporal, na única visita que podia fazer por semana. Desabafava minha frustração em cartas para deputados, na Austrália e na Inglaterra, e tentava escrever cartas mais amenas para minha mãe, contando-lhe sobre as flores e a comida. A meus irmãos, contava pouco do meu destino e dos meus próprios esforços. Geoffrey estava não sabíamos onde, porque ele não tinha permissão de revelar, enquanto Benjamin preparava pilotos de caça para enfrentar as enormes adversidades da guerra aérea, e assim eu tinha o decoro de não ficar choramingando interminavelmente sobre minhas desventuras.

O Natal se aproximava, e o estranhamento do calor e do isolamento aumentava com certos eventos, como o caminhão de Griffith trazendo ao armazém uma entrega de pinheiros junto com caixas de decoração. Uma manhã, a entrega do correio veio um pouco mais cedo que o comum. Estava sentada na banqueta atrás do balcão e quase caí quando vi meu nome no envelope. Imaginei que por fim teria a resposta de algum dos meus deputados dizendo que iria cuidar pessoalmente do nosso caso, tendo ficado indignado com a forma como estávamos sendo tratados. Na verdade, era do editor do *Age*, de Melbourne, contando que publicaria minhas impressões da Austrália. Ele incluíra um cheque de uma libra e três xelins, parecendo estar encantado com minha experiência europeia, e convidava-me a mandar mais textos. Sentada na banqueta alta atrás do balcão da senhora Stuart, meu corpo vibrava com a realização de um antigo anseio. Pensei imediatamente no meu pai, que queria que todos nós nos tornássemos escritores. Naquele instante, a senhora Stuart entrou na loja, vinda da casa.

– Está tudo bem, querida?

– Sim, sim, sim! Tenho algum dinheiro para lhe dar. Fui paga por uma matéria. Ela vai ser publicada!

A senhora Stuart ficou em silêncio por um instante, olhando para fora, para a rua ofuscante.

– Não espero nenhum pagamento, senhorita Jacob. Sua cama não me custa nada, e você come como um passarinho. Guarde esse dinheiro. Sem dúvida, vai precisar dele logo.

Não conseguia encará-la. Desejei ter meios de recusar sua bondade. Devo dizer que naquele momento sequer fui capaz de abrir a boca para dizer obrigada.

Escrevi mais algumas matérias para o *Age*: uma sobre como era viver em Londres durante a Batalha da Inglaterra, outra sobre a viagem, e outra ainda a respeito da vida em Hay, uma cidade que havia dobrado sua população da noite para o dia com a chegada de dois mil alemães e austríacos, e onde a população local tivera que se acostumar com as torres, os refletores e desfiles de refugiados que cruzavam a cidade em grupos de trabalho e excursões ao rio. Nas noites de sábado, as pessoas da cidade se reuniam na rua em frente ao armazém para fofocar, e eu os ouvia da edícula nos fundos. Citava as palavras deles em minha história sem nenhum constrangimento.

Pouco antes do Natal, fui andando até o campo, e dessa vez meus pés estavam relutantes e lentos. Havia esquecido o chapéu, e o sol estava abrasador por entre as nuvens. Estaria vermelha como um pimentão quando chegasse, mas a essa altura Emil já tinha me visto de todas as formas, de encharcada a exausta. Teria sido mais cruel chegar com o cabelo recém-penteado e roupas bem passadas, enquanto ele estava lá em suas roupas esfarrapadas, mais grisalho a cada minuto.

Eles o trouxeram, e parecia haver algo diferente. Voltara a se mover com facilidade, com elegância. Sorriu ao se sentar. Eu ainda sentia aquela vontade de tocá-lo, tão imensa que me dava vontade de gritar, e tinha de me controlar para poder falar, para aproveitar melhor nossos poucos minutos. Pelo menos agora, Jill se fora, e éramos só nós e os soldados. Havia aprendido a não me importar com o que eles ouviam ou ao menos a falar em alemão as coisas que importassem.

– Você parece bem – falei.

– Sério? Bom, não me sinto tão mal. E a comida está me engordando. Mas você parece ansiosa. O que aconteceu?

Quando dei por mim, já estava contando, sem ter consciência antes de que era o que havia planejado.

– Acho que no fim das contas preciso ir para Melbourne. Preciso encontrar um emprego fixo. – Não conseguia encará-lo.

Ele suspirou.

– É uma boa notícia. Este lugar aqui não é bom para você.

– Ah, mas eu me sinto péssima. A ideia de deixar você parece terrível. Pensei que, com a ajuda da senhora Stuart, poderia ficar até que o soltassem.

– Eles me alimentam. Não preciso de dinheiro. Tenho com quem conversar, jogo xadrez e tenho um trabalho na oficina. Isso pode levar anos. Quanto tempo dura uma guerra? Você não pode ficar esperando aqui nesta cidade.

– Vou voltar assim que puder me manter.

– Não, Hannah. Não aqui.

Eu estava à beira das lágrimas, embora tivesse me disciplinado a guardá-las para minha edícula e a proteção da noite.

– Você está desistindo, não é? É por isso que parece diferente. Logo vou ter uma resposta dos deputados para quem escrevi. Em Melbourne, vou poder ver as pessoas, tornar nosso caso significativo.

– Você precisa trabalhar. A vida é simples para mim quando fico calmo e em silêncio. Os dias passam tão devagar quando espero pela sua visita. Os outros homens têm uma vida tranquila aqui.

– Você quer me esquecer. É mais fácil para você.

– Não. Não, Hannah.

O guarda atrás de Emil, que eu nunca tinha visto antes, olhava para mim. Estavam a ponto de me mandar embora. Conhecia os sinais. Ele desviou o olhar. Coloquei minha mão sobre a tela, nosso sinal, e senti o papel sendo empurrado contra ela.

– Vou recuperar nossa vida, você vai ver – sussurrei quando as portas se abriram.

Ele sacudiu a cabeça e ficou de pé. Saí rapidamente com o guarda.

No portão, tive que abrir a mão para que o bilhete não se desintegrasse com o calor dela. Um guarda aborígene muito alto me fez sair. Ele não disse nada, mas tirou do bolso um pêssego maravilhoso, que me deu sem uma palavra, o olhar fixo no meu, seus olhos uns 45 centímetros acima dos meus, com um breve aceno de cabeça. De todos os gestos de bondade, esse me volta à memória, tão vívido! Sinto cheiro de pêssego quando penso no episódio, e recordo seus olhos lacrimejantes, estreitados no dia claro. Quando comecei a andar, comi o pêssego, em vez de tomar água, e estava tão perfeitamente maduro que o sumo escorreu pelo meu pescoço.

Longe dos portões, li o bilhete. A letra era mais miúda do que nunca, pois agora ele tinha informações a transmitir: dois itens, só algumas palavras, mas importantes. Um era o nome e o endereço de uma mulher de uma organização de refugiados em Melbourne, Edith Hart. O outro era isto: *Oficial de Ligação do Ministério do Interior chegará: major Temple. Ficará em Melbourne.*

Bilhete em uma das mãos, pêssego na outra, senti um pouco de rigidez retornar à minha espinha. Caminhei depressa para casa e comecei a fazer as malas.

Emil
Tatura, 1941

Era verde neste lugar para onde todos tinham sido trazidos; havia hortas, e no campo, onde estavam as famílias, podia ouvir e às vezes ver crianças, quando elas se aventuravam a ir até a cerca. Através de uma passagem, um garotinho havia lhe dado um prato verde de lata onde tinha pintado flores. Nesse dia, havia pensado mais em Hans do que o normal. Quinze anos agora. Novo o suficiente, ainda, para estar em casa com Ava e para ir à escola todo dia, com sua sacola e sapatos gastos.

A comida era muito boa e estavam todos bem organizados, como em Hay. Havia grupos de teatro, café e palestras. Mas Solomon havia sido transferido para outro barracão. Isso tornava seus dias um pouco mais pesados, mais longos, embora o encontrasse esporadicamente percorrendo o campo, e isso tinha um pouco do sabor de ser jovem e andar pela cidade, topando com um amigo e matando o tempo com uma conversa. Neste campo, havia nazistas misturados a eles, e era um esforço constante evitar atritos. Não queria brigar com eles ali, onde não adiantaria nada, onde qualquer discussão seria teórica e poderia apenas perturbar o equilíbrio que obtivera. Devia evitar emoções mais intensas, para conseguir se manter intacto. Hannah, até onde sabia, não tivera conhecimento de onde ele estava agora. Os minutos transcorriam, distantes dele. Observava as atividades no campo, fazia seu trabalho na oficina, consertando coisas como pés de cama, instrumentos odontológicos e óculos, comia e dormia. Tentava se recordar de trechos de livros e ficava atento para algum motor que pudesse consertar, mas não jogava mais xadrez. Ajudou um jovem a construir um rádio em segredo, com a condição de que ele não lhe contasse nenhuma notícia lá de fora, o que quer que captasse nas ondas do ar. Precisava se refugiar do tempo, por ora.

Um dia, um dos seus colegas na oficina chegou e disse:

– Há um pacote para você, Becker. Cuido das coisas por aqui, se quiser.

Ele saiu sem responder, dirigindo-se ao bloco administrativo. O estranho lago leitoso para além dos barracões reluzia. Um soldado entregou-lhe um pacote com a letra dela. Era volumoso e estava envolto em papel pardo e muita fita adesiva. Ele o colocou sob o braço e voltou para o barracão. Deitando na cama, abriu-o.

– O que recebeu aí? – perguntou um homem tagarela de Stuttgart, cortando as unhas do pé em seu catre. – Um pacote com comida?

Emil o ignorou. Tinha estabelecido sua privacidade sendo reticente.

Pegou uma faca de um caixote de sabão e começou a abrir o pacote. Sobre seu peito escorregou uma infinidade de maços de papel dobrados. Começou a desdobrar um, depois outro: cópias da correspondência de Hannah com Temple. Ele as deixou ali, escorregando do corpo para a cama. *Será que quero mesmo saber?*, pensou, mas já começava a organizá-las por ordem de data para descobrir o que acontecia lá fora com ele, com o seu nome.

Elas começavam bem educadas. Contavam sua história de uma forma que ele não reconheceu bem, embora os fatos fossem reais. Se o mundo da vida de uma pessoa fosse uma esfera, esses fragmentos que ela descrevia eram o ponto em que o círculo tocava o chão. Mas ela havia organizado bem os fatos levando em conta sua finalidade. Dava para entrever o discurso político na forma como se dirigia ao oficialato.

Parecia que Temple não queria marcar uma entrevista com ela. Emil tivera a própria entrevista com ele em Hay. Parecia um homem decente, interessado, mas não podia alterar os parâmetros do dilema deles. Emil deveria ir para casa sozinho, se conseguisse uma passagem, ou ficar atrás das grades. Os australianos não haviam pedido que viesse e não o queriam ali. Hannah podia fazer o que quisesse; afinal de contas, era britânica. Temple havia dito a ele, com suavidade, um eco das palavras de Solomon:

– Se você decidir voltar sozinho, mais tarde ela também conseguirá ir.

Nas primeiras cartas, Hannah fora mais ou menos capaz de controlar o mau humor. Havia argumentação e charme, mas então, quando não recebeu nenhuma satisfação: "Minha vida, ou o que as autoridades britânicas fizeram dela, não significa nada para mim. Conheço sua aparência, pois acompanho a imprensa diária. Também conheço a aparência do seu carro. Como último recurso, vou me postar diretamente em seu caminho".

O corpo dele ficou rígido. Por que teria recebido aquilo agora? O que ela fizera? Mas então a pulsação dele se acalmou, o corpo relaxando. O pacote estava endereçado com a letra dela, e toda aquela fita adesiva mal colocada também era obra de Hannah. Ela era dada a frases dramáticas, lembrou a si mesmo. E era quase engraçada a ameaça dela. Hannah seria a última pessoa no mundo a deixar de lutar para se deitar no asfalto. Se o próprio Hitler viesse pela rua, ela exigiria uma explicação sobre o que ele pensava estar fazendo.

Hannah infernizou Temple com os nomes de pessoas que conhecia na Inglaterra e com amigos da imprensa em Melbourne. As notas breves e educadas de Temple acusavam o recebimento das cartas dela, reiterando a posição do governo australiano e se refugiando na neutralidade oficial. Então, finalmente, uma nota de Hannah para Emil.

Emil, as Hart continuam sendo as almas mais bondosas que se possa imaginar. Como chegou até elas? Edith conseguiu um trabalho para mim em um levantamento para a universidade. Terei menos tempo para perseguir Temple e nenhum para escrever aos jornais, mas é uma fonte sólida de sustento. Vou usá-la como argumento para sua libertação – agora posso sustentar a nós dois. Outra notícia boa: falam em soltar os homens com capacitação para atividades bélicas. Vou seguir o máximo possível essa linha.

Amor e coragem.
Hannah

Ele foi para fora e olhou por sobre a extensão de água azul-acinzentada que revestia o vale raso, abaixo das nuvens. A sombra da torre de vigia passou através de seu pescoço quando ele andou de volta para a oficina. Em sua bancada, jazia o brinquedo que construía durante as horas livres. Havia tomado o mecanismo de corda de um brinquedo quebrado, descartado por alguém do campo onde ficavam as famílias, e o adaptara às pernas de uma pequena marionete que entalhara. Trabalhava naquilo havia semanas. Era difícil fazer a pessoinha ficar em pé e equilibrar-se o suficiente para poder se mover. Sentiu o peso da boneca nas mãos, apertou os parafusos que a mantinham equilibrada e, na posição correta, com cuidado, virou a chave e a observou enquanto caminhava através da bancada, por toda a sua extensão, em linha reta e firme, antes de cair no chão. Ele riu e a apanhou, entalhando suas iniciais sob o pé dela.

Hannah
Melbourne, 1942

No romper de 1942, considerei como meu feito mais impressionante ter sobrevivido a 1941 sem sucumbir totalmente ao desespero. Morava em um quarto minúsculo nos fundos do Hotel Australia, na rua Collins, e o pessoal dos refugiados havia encontrado para mim um emprego de período integral, ajudando a conduzir um levantamento da universidade sobre moradias no qual eu entrevistava pessoas, empregadas e desempregadas, sobre as condições de moradias em Fitzroy, Collingwood e outros subúrbios próximos à cidade. Por mais emocionante que tivesse sido ser paga por meus textos, os rendimentos de *freelancer* me mantinham dependente da caridade dos meus amigos e não me permitiam um sono tranquilo.

Em uma tarde de janeiro, cheguei ao pequeno barraco de um refugiado polonês de uns setenta anos em um gueto e descobri que ele não estava lá. Sentei-me na mureta baixa de tijolos, satisfeita por poder descansar os pés por alguns instantes. Meu refugiado chegou quinze minutos atrasado, e fiquei chocada ao ver, enquanto vinha até mim arrastando os pés, que seu rosto estava coberto por manchas roxas recentes. Ele me pediu desculpas, a mão trêmula. Segurei-a. Lembro-me dos ossos e do tremor que nem minha própria mão conseguiu acalmar.

– Valentões me atacaram na estação. Rapazes ruins. Batem e me chamam de *reffo*.[15]

Ele não me deixou ir à polícia, que ele chamava de fascistas, ou mesmo buscar gelo na rua Hoodle.

Entramos e nos sentamos à mesa em sua cozinha diminuta e escura. Ele não pôde contar muito, tossindo e tremendo, e também tocando com receio o rosto inchado, mas lhe fiz chá e conversei com ele por algum tempo em alemão, que ele sabia muito melhor do que o inglês, e ele contou sobre sua linda filha. Ele vivia à base de sanduíches de pasta de carne e cigarros enrolados com mãos trêmulas, e as calças pareciam se juntar aos suspensórios sem tocar o corpo estreito.

– Você a adoraria – ele disse várias vezes, os olhos cheios de remela, enquanto me seguia até a porta. Não queria deixá-lo, mas tinha que ir embora, e ele disse que seu vizinho viria às seis com cerveja e sopa, assim ele não ficaria sozinho por muito tempo.

Meu quarto estava preenchido com a cama estreita e o som das lavadeiras rindo e fofocando. Eu era vizinha das dependências de serviço do hotel, e ao longo do meu corredor dormiam arrumadeiras e garçons. No piso de cima, descobri, dormia o major Temple. Um dos meus refugiados deixou escapar que ele ficava ali, e agora eu gastava boa parte do meu salário com este quarto horrível, tomando café num local em frente ao hotel, de onde podia observar as idas e vindas do homem.

Ele costumava voltar do quartel às seis, mais ou menos. Sentei-me na minha cama, rascunhando um bilhete no criado-mudo e fazendo uma cópia em carbono no meu diário. *Prezado major Temple,* escrevi:

> *Agora já preenchi todos os requisitos que alguém poderia exigir de mim para obter uma satisfação acerca do caso de meu amigo Emil Becker. Tenho um emprego de período integral na universidade, para o caso de ele ser libertado na Austrália e necessitar de apoio financeiro. E encontrei algum interesse por parte de uma empresa de munição que precisa desesperadamente de engenheiros qualificados.*

---

[15] Nome ofensivo dado a refugiados europeus na Austrália durante a Segunda Guerra Mundial. [N. das T.]

Tendo perdido a esperança de um ataque súbito de compaixão que levaria seus patrões a pagar minha passagem de volta para casa, fiz tudo que alguém poderia exigir de mim para ter nosso caso analisado de modo favorável. Imagino que não preciso recordá-lo de que o senhor Becker está oficialmente livre há catorze meses, não é mesmo?
Como sempre, espero por seu contato e instruções.

Atenciosamente,
Hannah Jacob

P.S.: Suponho que não teria tempo para me ver por apenas dois minutos, teria?

Nem bem eu havia terminado de copiar a carta, ouvi baterem à porta e me sobressaltei, como se houvesse sido pega em flagrante. Meu primeiro pensamento foi de que era ele, Temple, de alguma forma vindo protestar pelo tom da carta antes que eu sequer a tivesse mandado. Abri a porta, incapaz de recuar muito devido à cama que ocupava todo o espaço. Era minha amiga Edith, cujo nome Emil miraculosamente encontrara para mim. Ela era tão baixinha quanto eu e igualmente resistente e determinada, de aparência inteligente, óculos espessos e cabelo laranja, interessada na vida daqueles que não tinham poder nem vantagens. Porém, mais doce e suave que eu, resoluta e diplomática. Ela enfiou a mão pela abertura para segurar meu pulso.

– Outra carta! É para o felizardo major Temple?

Não pude conter um sorriso.

– Sim. Tento não deixar passar um dia sem fazê-lo saber que penso nele.

– Você sequer tirou o chapéu, Hannah querida. Eu levo a carta, se tiver terminado. Descanse por um momento. E depois tenho algo maravilhoso para lhe mostrar, se aguentar uma caminhada.

– Não lhe pediria nunca que saísse se esgueirando pelos corredores.

– Vai ser divertido. Ele pode me pegar no pulo!

– Pode entregá-la se quiser, mas vou com você. Não posso deixar que vá sozinha.

Dobrei a carta e lhe entreguei, e ela saiu com elegância à minha frente pelo corredor até a escada dos fundos, segurando o papel contra o peito como uma criança que se aproximava do palco com um trabalho escolar pelo qual receberia um prêmio. Ouvi as tábuas dos degraus rangendo à medida que ela subia. Estava bastante cansada por ter caminhado o dia todo pelas ruas para o levantamento, e a distância entre nós aumentou.

Quando alcancei o corredor do andar de cima, ouvi sua voz e senti os pelos da minha nuca se arrepiarem. *Ele a pegou no pulo!*, pensei. Dobrei para o corredor após o último degrau e, na penumbra, vi seu vulto olhando para cima, para alguém do lado de dentro de uma porta. Temple era alto. Ah, nossa. Minha adorável e respeitável Edith flagrada andando às escondidas por um hotel por minha causa.

– Talvez pudesse falar com ela em pessoa, major Temple – ela dizia. – Puxa, aqui está ela. Não imagina como uma conversa com o senhor a faria se sentir melhor.

Ela se virou e sorriu, chamando-me com um gesto de guarda de trânsito.

– Hannah, minha querida, aqui está seu homem. Estava saindo para jantar. Tivemos sorte em encontrá-lo.

De fato, ali estava ele, meu alvo tão difícil de encontrar, que eu sempre via apenas a distância. Estava de uniforme, como sempre, mas sem jaqueta ou boné, alto e robusto, parecendo bem aborrecido com aquelas criaturas pequenas à sua porta. Ele cheirava a graxa de sapato e tabaco. O bigode farto de algum modo era mais intimidante de perto. Por trás dele, entrevia-se um quarto imaculado, a longa luz do fim de tarde em Melbourne banhando uma cama grande recém-feita. Minha carta estava na sua mão. Ele claramente a havia apanhado e aberto a porta de imediato, algo com que eu sonhava a cada vez que colocava um bilhete sob sua porta. Até agora ele se controlara e não reagira mal. Mas agora eu entendia – minha querida Edith tivera a ousadia de bater à porta de seus aposentos particulares!

Estava exausta demais para delicadezas e, de qualquer forma, eu as esgotara nas primeiras cartas. Aqui estávamos. Era agora ou nunca.

– Major Temple, devo dizer-lhe que não consigo suportar mais um dia sequer de inatividade. O que fará para resolver nosso caso? O senhor Becker já está preso há *vinte meses*. Aviso-lhe que, antes de me atirar na frente de um bonde, como temo fazer em breve, vou escrever uma quantidade absurda de cartas. Fiquei muito boa nisso.

Senti os dedos miúdos de Edith na parte de dentro do meu cotovelo.

– Poderia me deixar falar, senhorita Jacob? – disse Temple. A aparência aborrecida se fora. Ele era um homem bom, agora eu via. Eu sabia que ele tinha suas próprias preocupações, sua própria gente na França, por quem não podia fazer nada. Provavelmente teria trocado meus problemas pelos dele, de boa vontade.

– É claro. É claro que pode falar, major.

– Devo admitir que nunca tive certeza de que tudo o que dizia quanto à qualidade de seus amigos fosse verdade, mas estou convencido agora. A Associação de Refugiados Alemães, sob pressão da Associação de Albergues da Juventude, do Sindicato dos Metalúrgicos da Grã-Bretanha e de três deputados do Partido Trabalhista, prometeu enviar fundos para sua volta à Inglaterra. – Edith apertou meu braço. – Assim, com sua permissão, vou aconselhar o senhor Becker a requisitar seu transporte.

– Isso é verdade? – Descobri que segurava a manga dele. Edith riu quando Temple olhou para o tecido entre meus dedos apertados, e eu o soltei.

– Sim, é. Embora você deva ter em mente que os transportes são imprevisíveis neste momento. Há uma guerra em curso, lembre-se.

– Ah, sim. Obrigada, major. Bem, e agora? O que devo fazer?

– Vou lhe mandar uma nota sobre os preparativos, se puder esperar uns dois dias enquanto faço algumas averiguações.

Edith me segurava com mais força, conduzindo-me para longe da porta.

– Obrigada, major Temple. Estou certa de que Hannah pode esperar por suas instruções.

A porta se fechou. Ele acenou com a cabeça e se foi, e então corremos pelo corredor de mãos dadas, como crianças fugindo da cena de uma travessura.

– Não posso acreditar! – falei. – Edith, se você não estivesse lá como testemunha, eu não acreditaria.

– Bom, eu estava e fico muito feliz por isso. Pegue sua bolsa. Vou lhe mostrar minha surpresa, e depois Molly vai servir a sopa para os refugiados. Temos gente excelente por aqui no momento. Você precisa conhecê-los. Há um violinista com um instrumento maravilhoso. Não o deixamos entrar sem ele. E o jantar é sempre tão bom que ele se vê na obrigação de tocar até bem tarde.

Era um fim de tarde quente, e caminhamos para longe dos prédios altos do centro, indo para leste. Era revigorante estar longe dos corredores escuros do hotel que eu assombrara durante semanas para poder ver o major. Que revolucionário simplesmente bater à porta! Os australianos podiam ser maravilhosos. Edith tagarelava, segurando meu ombro, enquanto eu olhava à minha volta para as pessoas preocupadas e as barricadas de sacos de areia nas portas, ainda aturdida. Ia voltar para casa, ver minha mãe, meus irmãos, *com Emil*. Chegamos a Fitzroy Gardens, onde Edith e sua família haviam trazido os refugiados para um piquenique no final de semana anterior. Eu amava aquele lugar. Era um parque urbano em uma praça, um grande quarteirão com longas alamedas arborizadas, canteiros de flores, pessoas tranquilas vivendo, caminhando sem pressa, aparentemente despreocupadas por alguns instantes. Sempre se via um soldado ou um marinheiro à sombra de alguma árvore com alguma garota risonha. Ao menos naquela noite, eu não sentia inveja das carícias que trocavam.

Saímos do lado leste do parque e cruzamos a avenida, seguindo por uma rua larga, com adoráveis casas brancas, amarelas e cor-de-rosa, além de grandes blocos de apartamentos. Edith parou diante de um portão, procurou algo na bolsa e ergueu uma chave diante do meu rosto, sorrindo.

– O que é isso, Edith?

Ela não disse nada, mas abriu os altos portões pretos de ferro, levou-me por uma passagem estreita que seguia pela lateral da casa amarelo-clara e abriu uma porta nos fundos. Segui-a por um corredor que dava para uma cozinha limpa e luminosa, uma pequena sala de estar com vista para um limoeiro e a rua, um gato amarelo em uma mancha de sol sobre o muro e, a um lado, um quarto com uma cama de casal arrumada, uma penteadeira e um armário simples de madeira com cabides vazios. Havia até uma estante com livros, que pareciam romances e de poesia. Em cada cômodo, havia altas janelas de guilhotina de caixilhos brancos, pelas quais penetrava o sol do fim de dia, que se filtrava, oblíquo, por entre as árvores.

– Que tal? – ela perguntou, parecendo satisfeita consigo mesma.

– Devo admitir que não estou entendendo, Edith. Você ouviu Temple. Devo voltar para casa. De qualquer modo, por mais adorável que seja, está além das minhas possibilidades.

Ela explicou que o dono, um professor que ela conhecia, estava fora, ajudando com serviços de comunicação em Darwin, e não se incomodava em receber um aluguel bem modesto, desde que alguém pudesse alimentar seu gato.

– Mas Temple disse que podemos requisitar um transporte. Posso ficar no hotel até lá, em vez de me mudar de novo e incomodar todo mundo.

Ela sorriu. Tinha a paciência e a postura de uma freira.

– São notícias maravilhosas, claro, mas os navios são imprevisíveis. Quando você tiver que sair deste apartamento, temos muita gente que poderia tomar conta dele. O hotel é caro e seu quarto é *realmente um horror*. Desde o princípio planejávamos tirar você de lá.

Dei uma risada sem jeito. Estávamos de pé na sala de estar. Sentei-me em uma das velhas poltronas estofadas, olhando para a rua. Edith sentou-se na outra, apoiando os braços nas laterais. Parecia satisfeita consigo. Uma mulher passou na rua com um enorme carrinho de bebê azul-escuro. O gato ergueu-se e arqueou as costas.

– Aquele ali vai ser meu gato? O amarelo em cima do muro?

– Creio que sim. O nome dele é Tigger. Sei que ele dorme na cama, e não tolera ser expulso.

– Suponho que enfim vou ter alguma companhia.

Emil

Enquanto fazia a cama, Emil viu uma cabeça familiar passar pela janela. O cabelo espesso ondulado, óculos redondos. Então, ele estava à porta, com um sorriso meio triste, trajando um uniforme de cor parecida à dos uniformes dos australianos que os vigiavam, mas sem o chapéu. Emil esperou que ele falasse.

– Por enquanto, Emil, é até logo. – Emil endireitou-se. – Fui colocado em um grupo de trabalho. Partiremos hoje à tarde.

– Bom, de fato, é uma notícia excelente. – Emil estendeu-lhe a mão. Solomon parecia eficiente e elegante em seu uniforme. Fazia muito tempo que não o via em roupas que lhe servissem. – O que estão mandando você fazer? Colher frutas?

– Teremos que carregar e descarregar carga onde os trilhos se encontram, na fronteira entre os dois estados.

– Explique-me esse absurdo.

– Aparentemente, Nova Gales do Sul e Victoria têm trilhos de bitola diferente.

Emil olhou fixo para o amigo, que sorria.

– Isso é sério? – Solomon fez que sim. – Gostaria de bater um papo com esses engenheiros australianos e perguntar que escola eles frequentaram.

– É trabalho. Eu gostaria de agradecer a eles.

– Onde você vai ficar?

– Albury. Em um alojamento. Em uma fazenda, acho.

– Não em um campo de detenção.

– Não. – Solomon estendeu a mão mais uma vez. – Não deve demorar muito, Emil. Hannah é irrefreável. E o campo está ficando vazio.

– Agora só sobramos nós, os velhos.

– Verei você em Melbourne antes do Natal. Tenho certeza. – Solomon colocou a mão no bolso, tirou algo e abriu a mão diante do rosto de Emil. Ele segurava o pequeno globo terrestre. Emil o vira pela primeira vez na casa na Ilha de Man, no caixote de viagem de Solomon. – Para você, Emil.

– Não, Sol.

Solomon pegou a mão de Emil e pressionou o objeto na palma aberta.

– Ele me deu sorte.

Emil não o acompanhou com o olhar quando ele saiu do barracão. Mais tarde, pela janela da oficina, viu quando os homens se reuniram do lado de fora do refeitório em seus uniformes novos. Homens jovens, rindo, dando empurrões uns nos outros, erguendo grandes sacos aos ombros sem esforço. Um caminhão ergueu poeira diante deles, e fizeram fila para embarcar. Solomon lançou um olhar à oficina, depois saltou na carroceria com os demais. Para além dos barracões, os portões se abriram, e o caminhão se foi.

Metade das camas do barracão agora estava vazia, e ele, com tanto tempo livre, passava os dias caminhando pelo perímetro, ouvindo as poucas crianças que restavam no campo para famílias e evitando os nazistas, que, como os velhos sindicalistas que não queriam ou não podiam voltar para a Inglaterra, não eram libertados. Eram só homens mais velhos agora, acima dos quarenta, e passavam o dia cuidando dos jardins ou zanzando pelas oficinas, como se já não tivessem mais utilidade. Fazia dois meses que não via Hannah. Agora que tinha um emprego, era difícil para ela fazer visitas até mesmo nos finais de semana, pois o trem não chegava ao campo, e ela precisava escrever antes e solicitar que alguém da administração do campo fosse esperá-la, sendo que nem sempre havia alguém disponível.

Ele tinha uma função nova na horta do campo. Enquanto estava agachado entre as abóboras, arrancando ervas daninhas, um guarda, Peebles, se aproximou. Emil ficou feliz em vê-lo. Era um homem profundamente rabugento, e dadas as circunstâncias Emil achava engraçados e bastante adequados seu azedume irremediável e a recusa em fazer cara boa.

– Telegrama, Becker. Não li. Com certeza más notícias, já vou avisando.

Emil se pôs de pé e pegou o pedaço de papel.

Dinheiro enviado da Inglaterra para minha passagem. Temple providenciando transporte para nós dois. Esperando detalhes. Tudo verdade. Amor, Hannah.

– Más notícias, hein?

Emil riu.

– Sim, terríveis.

– Imaginei. Sinto muito. Eu avisei. – E ele se foi a passos desanimados, as mãos nos bolsos.

Emil sentou-se na terra, cujo aroma se erguia no dia quente. Sentiu o sol no pescoço e, por fim, cedeu a seus devaneios. Estava com ela na cabine de um cargueiro. Seus corpos estavam unidos. Dormiriam, comeriam, se lavariam, partes dos corpos se tocando. No escuro da cabine, à luz do convés. E, se fossem torpedeados, nunca mais se separariam.

Cavoucando a horta, no silêncio do campo que ia se esvaziando, pensou consigo mesmo: *Preciso escrever e contar a Solomon. Seu pequeno globo já me trouxe sorte.*

Estava sentado em sua cama, às duas e meia, a mala maltratada de Hannah a seu lado, recuperada em Hay, em um galpão onde os restos das posses roubadas dos refugiados do *Dunera* formavam uma pilha enorme. Não conseguia mais erguer um dos fechos por causa de um amassado na tampa, mas não podia abandoná-la; era dela. De qualquer forma, não tinha outro lugar onde colocar suas coisas.

Havia duas mudas de roupas doadas pelo Conselho de Emergência dos Refugiados, o prato com as flores pintadas, uma navalha e uma escova de dentes que ele esperava poder substituir antes da viagem, caso o guarda lhe permitisse parar no caminho para o porto, e uma cópia de *As aventuras do bom soldado Švejk na Guerra Mundial*, dada por Solomon, que ele não veria antes de partir. Havia escrito uma carta ao amigo dando o endereço da mãe de Hannah e dizendo que o veria depois da guerra, caso resolvesse voltar à Inglaterra.

Manteve as mãos no colo. Já tinha fumado dois dos cigarros do maço no bolso da jaqueta; só lhe restavam oito. Havia um pequeno montante de dinheiro que sobrara do ressarcimento pelos bens perdidos no navio, mas ele torcia para que os preços não fossem caros demais a bordo. A luminosidade na sala diminuiu de repente e então houve um tamborilar no teto de zinco, e um relâmpago iluminou as coisas dos homens, todos os seus pequenos objetos curiosos: ovos, penas coloridas, barcos de palitos de fósforo. Em uma mesa de cabeceira, havia uma réplica minúscula do campo Hay com uma fileira de trens por perto. Os barracões eram feitos com fósforos, os trens eram brinquedos de verdade enviados sabe-se lá de onde, e o homem que fizera aquilo tinha conseguido arame farpado de verdade para colocar no alto de sua cerca de tela de galinheiro. Ele havia serrado homens, em escala incorreta, das fileiras de jogadores de futebol de uma daquelas mesas de pebolim e os colocara em uma pequena esteira, seus pés uma pequena bola de massa. Emil viu tudo isso com os lampejos dos raios e torceu para que o mau tempo não o impedisse de ser levado a Melbourne a tempo.

Às três e meia, os homens voltaram do chá e se jogaram nas camas. Falando alto, abriram as janelas e gritaram coisas para os amigos que passavam. Seu vizinho Kaufmann olhou para ele com curiosidade. Estava sentado na cama em frente à de Emil.

– Quando sai seu barco, Emil?

– Daqui a três horas.

– Você não vai chegar a tempo em Melbourne. Onde está sua escolta?

– O carro devia ter chegado às três.

O homem pôs a mão no ombro de Emil e saiu com os demais. Haveria uma apresentação no café naquela noite. O violoncelista Rosen fora oficialmente libertado, e seria a última noite em que o ouviriam tocar.

Peebles trouxe um telegrama às cinco. Ainda chovia, e o barracão estava sombrio à luz de sua lâmpada nua. Os ombros do uniforme dele estavam escuros com a água da chuva, a face brilhando. Emil ficou olhando, de sua cama, enquanto ele encharcava o chão de madeira entre as camas por todo o aposento. Entregou-lhe um pedaço de papel azul, molhado. Ao menos uma vez Peebles se foi sem nenhum comentário. O telegrama dizia: *Mudança de último minuto nos planos de viagem. O exército teve que embarcar mais algumas pessoas. Tentando avisar senhorita Jacob antes que ela vá para o porto. Minhas mais sinceras desculpas. Temple.*

Emil se pôs de pé, guardou o baú sob a cama e saiu para a chuva. Ouviu a apresentação. Era Bach. O homem tocava que era uma beleza. Passou pelos barracões e pelo café, onde a música era mais alta do que podia suportar, e por sua horta. A chuva era suficiente para abafar o som. A pá estava fincada na terra onde ele a deixara no dia anterior, ao receber o telegrama de que embarcaria. O cabo de madeira estava úmido e brilhando na escuridão. Ele a arrancou do chão com um safanão e começou a cavar novos sulcos, filetes de água se juntando em seu colarinho e escorrendo entre os ombros até que a camisa e a jaqueta grudassem nele como pele queimada. Tinha recebido uma área extensa onde plantar hortaliças para o campo. Poderia cavar por anos e nunca terminar.

Hannah

Voltei do porto, onde Temple havia me encontrado e me mandado de volta para casa. Não me lembro com muita clareza. Não escrevi sobre isso no meu diário. Não suportaria reviver aquilo. Mal consigo me recordar agora. Temple, muito mais alto do que eu, em meio à multidão encharcada de chuva, enquanto eu brandia minhas passagens, agora inúteis. Uma caminhada insana sob a chuva – peguei o bonde errado e tive que andar do centro até em casa. Lá estava minha chave, sob o tapete, onde eu a deixara para que Edith a passasse para o próximo inquilino. O gato, lembro-me, estava furioso porque acidentalmente eu o trancara do lado de fora. Estava todo molhado de chuva e tentou me arranhar quando me abaixei para pegá-lo e secar seu pelo. Do seu ponto de vista, tinha sido ótimo que tivessem dado meu camarote para Liverpool aos soldados.

Naquela noite, Edith e sua irmã Dorothy vieram com os enormes sanduíches que tinham feito para a minha viagem e levado a Porto Melbourne, onde haviam esperado até que o navio zarpasse. Então encontraram Temple e conseguiram extrair dele uma explicação. Edith saiu e conseguiu trazer carvão, e fizemos um pequeno fogo na lareira. Estávamos todas encharcadas, e arranjei camisolas para todas e uma garrafa de *sherry*. Ficamos as três lá, sentadas, em uma espécie de estupor, escutando a chuva e o crepitar do fogo. Creio que Dorothy leu para nós alguns dos poemas de Nettie Palmer. Elas a conheciam por meio de seus amigos na universidade e tinham me dado uma coletânea. Quando as roupas estavam secas, colocaram-me na cama, pegaram um guarda-chuva emprestado e saíram no escuro, sob a chuva, para pegar o bonde delas.

Não tive notícia alguma de Emil. Resolvi ir até lá assim que conseguisse providenciar que fossem me apanhar na estação. Escrevia todos os dias para pedir, mas algum censor, em algum lugar, divertia-se muito com minha correspondência, e eu não obtinha nenhuma resposta. Mais semanas de entrevistas com meus refugiados em barracos úmidos e operários submetidos a péssimas condições de trabalho, além de mulheres velhas cuidando de mães ainda mais velhas. Eles não queriam reclamar. Achavam que perderiam a casa, por pior que fosse. Todos estavam amargurados com relação ao Japão. Nada, nada de Emil.

Então, recebi uma carta do gerente de uma fábrica de munições com quem o sindicato dos metalúrgicos estivera em contato, em nome de Emil. Ele me dizia que os homens não receberiam ordens de um preso em regime aberto, mas que, se eu conseguisse que Emil fosse libertado, de fato ele o aceitaria. Liguei para o meu trabalho de uma cabine no parque e lhes disse que chegaria tarde. Tomei o bonde para South Melbourne na mesma hora. Toquei a campainha de uma grande fábrica com fachada de tijolos, e uma secretária veio me buscar. Ela me levou através do imenso saguão de entrada do edifício; passamos por enormes armas semimontadas sobre bancadas mastodônticas, os homens trabalhando em silêncio em máquinas assustadoras. O calor e o ruído eram intensos. Fui apresentada ao gerente, que se debruçava sobre um livro de contabilidade, e ele ergueu a cabeça, atônito ao me ver.

– Um telegrama seria suficiente, senhorita.

Eu apertava minhas luvas diante de mim.

– Quis vir e prometer que, se confirmar o emprego, farei absolutamente tudo que estiver a meu alcance para que o senhor Becker seja libertado. Queria que soubesse isso, com certeza. Vou mandar sua carta ao Departamento de Trabalho e Serviço Nacional e vou tentar conseguir uma satisfação a seu pedido o mais rápido possível. Não vai se arrepender de nos dar essa oportunidade.

Ele acenou com a cabeça, atordoado, e olhou para a secretária, que se mantinha junto à porta. Ela puxou meu braço com suavidade, levando-me mais uma vez através do chão da fábrica. Abriu a porta de entrada para mim e apertou minha mão. Fiquei feliz com aquele toque, mas não consegui articular as palavras para lhe agradecer. Imediatamente, peguei um bonde para a universidade, de modo a voltar ao trabalho sem ter perdido muito do meu dia.

Mais uma vez, as coisas transcorreram lentas e sombrias. Eu ficava acordada todas as noites, temendo que Emil estivesse mais e mais perto de algum ato desesperado. E ninguém no campo me dava notícias dele ou confirmava que poderiam vir me buscar na estação se eu fosse até lá de trem. Na minha cama, eu pensava: Vou comprar um carro, o mais barato que houver, ou então roubo um, e vou dirigindo até lá. Gente muito menos capaz do que eu dirige o tempo todo. Mas Emil havia tentado, brevemente, me ensinar. A lembrança dele no carro de Benjamin, em uma estrada de Hampshire, batendo a porta, as costas desaparecendo no retrovisor. *Você não pode ser assim tão ruim. Não é possível.*

Assim, a cada manhã, eu despertava para a realidade e me preparava para outro dia de trabalho e de espera. Comia tudo que Edith colocava na caixa térmica, quer tivesse vontade, quer não. Dava caminhadas muito longas no fim de tarde para passar o tempo. Não tinha escolha, senão sobreviver.

A mudança de estação havia começado. O apartamento adorável passou a ficar às escuras logo depois que eu chegava do trabalho, e tive que afrouxar o controle severo em minhas finanças para comprar algumas roupas mais quentes e botas decentes. Tudo que eu havia trazido da Inglaterra e usado até então já estava puído. Voltei para casa numa sexta-feira, coloquei a chave na porta e pensei: Talvez hoje eu não saia para caminhar. Já está escuro, estou cansada, acho que vou apenas preparar um banho e ir para a cama. Quando ia empurrar a porta, ela foi puxada para longe de mim. Um leve solavanco percorreu meu braço, e lá estava ele, de algum modo dentro de casa, magro e envelhecido, e quase sorrindo. Ficamos diante um do outro na soleira, um espaço estranho entre nós sem a tela de arame. Eu podia ver com nitidez sua silhueta, seu corpo, sua face. Ele estendeu a mão e me puxou para si, e, apesar de sua magreza, ele era puro calor. O calor me penetrou e me envolveu. Não pude resistir.

Emil

Não deixaram que ele ficasse com ela na noite anterior ao casamento. As Hart conseguiram-lhe um quarto em uma das faculdades e, de manhã, o irmão delas, Max, veio com um terno e uma gravata. Ele ficou parado no corredor, segurando o terno com os braços estendidos.

– Não é exatamente um fraque – disse Max. – Mas espero que não se importe.

Emil assentiu com a cabeça e fechou a porta, examinando o terno. Velho mas não gasto. Tinha cheiro de limpeza. Havia perdido a capacidade para conversas ligeiras nos últimos meses silenciosos em Tatura. O mundo parecia barulhento, de um modo imprevisível, e ele não tinha vontade de piorar as coisas. Devia aprender de novo o costume de responder em inglês sem uma longa reflexão antes. Solomon viria em breve, devia chegar a qualquer momento. Conversariam um pouco, ele relaxaria e voltaria a ser ele mesmo.

Gostava do parque vizinho ao apartamento, e ele e Hannah saíam para caminhadas tranquilas, durante as quais ele precisava acalmar a agitação do coração quando ela soltava a mão para procurar os óculos na bolsa ou pegar os fósforos para ele. O rugido da fábrica havia sido um choque. Não tinha conseguido dormir na primeira noite, de tanta dor de cabeça. Mas depois de uma semana daquilo achava relaxante estar trabalhando, fumar um cigarro quando soava a campainha do intervalo, de pé ao sol na rua empoeirada com todos os outros, e começava a reconhecer os rostos, observando as mulheres que levavam os filhos pequenos rua acima até o mercado. O ritmo da rotina, levantar-se cedo para pegar o bonde certo, sair para a rua com todos os demais quando o sol se punha – aquela era a forma correta de passar o dia. Tais movimentos o ajudavam a voltar ao próprio corpo.

Quando Max batera à porta, esperava algum tipo de complicação. Havia aprendido a manter suas esperanças modestas e de curto alcance, e agora devia aprender de novo a torná-las grandes e confiantes, tornar-se ele mesmo outra vez, o homem que tinha esperança por si e pelo mundo, alguém que fazia planos e os seguia com rigor. O garoto sem sapatos que havia se tornado um engenheiro. *Aquele que sempre dá a volta por cima.*

– Vou me casar hoje – murmurou no aposento, olhando para a capela lá fora coberta de hera, e lá estavam Edith, Dorothy e a velha senhora Hart em seus vestidos, luvas e chapéus claros, esperando por Max ao lado de um carro preto luzidio. *Eles vão buscá-la*, pensou. Sentia-se bem, como se estivesse rindo, mas carregava o eco de uma batida à porta: a qualquer momento, haveria um telegrama dizendo que sua soltura tinha sido um equívoco, que os proclamas de casamento não haviam sido divulgados, que ele era o Emil Becker errado e devia voltar a seu lugar no campo. Cerrou a mão em um pedaço de papel no bolso, a autorização que lhe dava o direito de viver, trabalhar, casar.

Fez o nó na gravata diante do espelho e penteou o cabelo encaracolado. Um dos refugiados das Hart tinha cortado seu cabelo no dia anterior no jardim delas, e havia estrias de pele branca diante de suas orelhas e no pescoço, onde a pele ainda estava jovem, com aparência de nua. As linhas em sua testa eram profundas e já não desapareciam quando ele mesmo se forçava a não fechar o cenho. *Ainda é você, Becker*, disse ele a seu reflexo. *Esta noite você vai tirar sua esposa para dançar. Seus pés vão se lembrar do que fazer.*

A batida na porta veio, e sua respiração continuou lenta. Era seu amigo, vindo para levá-lo ao casamento.

Hannah
Melbourne, 1945

Nós nos casamos em um belo dia frio e ensolarado, no jardim das Hart, rodeados de refugiados e de australianos gentis. Falei alemão o dia inteiro e deslizei pelo gramado no adorável vestido de seda cinzenta de Edith sem soltar do braço de Emil, magro mas ainda forte. Quando jovem, nunca tive a intenção de ser uma mulher casadoura. Senti naquele dia que foram aquelas circunstâncias precisas e aquele homem os únicos que poderiam ter me levado àquele momento, rindo no sol de inverno entre pessoas tão maravilhosas. Estava muito, muito feliz.

Dezoito meses depois que ele foi libertado, tivemos nosso primeiro filho, um garoto, Geoffrey, e então, catorze meses depois disso, o outro, Benjamin. Assim, a segunda metade da guerra não foi tão desoladora quanto a primeira. Nosso apartamento (o professor jamais retornou, tendo se casado em Darwin), tão espaçoso e sereno naquela noite de verão em 1942, quando Edith me tirou do meu triste cubículo no Hotel Australia, agora estava apertado, bagunçado e constantemente cheio de fraldas secando. Os bebês tinham cabelos escuros encaracolados e eram deliciosamente rechonchudos. Com certeza não sabiam que havia uma guerra em andamento. Creio que teriam comido o pobre e velho gato se ele não tivesse adquirido o hábito de passar a maior parte do dia no pequeno armário da caldeira. Sendo tão próximos em idade, beliscavam-se, puxavam os cabelos um do outro, mas nós os colocávamos para dormir no mesmo berço para economizar espaço no nosso quarto, e era assim que gostavam de dormir: uma pequena caixa de pele infantil rosada e gorducha, cachos escuros, cílios longos e espessos que repousavam sobre suas faces quando enfim abriam mão do mundo, ao qual se agarravam com tanta força, e se rendiam ao sono.

Da noite para o dia transformei-me em dona de casa. Naqueles primeiros anos, fiquei atônita com o quanto do dia se vai no cuidado com as crianças e com uma casa tão pequena. O despertador tocava às seis para o turno de Emil. Eu me levantava, fazia mingau, e bacon, quando podíamos consegui-lo, alimentava todos eles, conseguia roupas para todos, me despedia de Emil, que pegava o bonde para o trabalho, levava os bebês no carrinho para Fitzroy Gardens se o tempo estivesse bom e os deixava brincar em uma manta sobre a grama, enquanto eu tentava ler um livro ou ao menos parte do jornal do dia anterior. Se permanecesse em casa, ficaria triste e deprimida, e assim eu tinha pavor do mau tempo. No resto do dia, lavava roupa no tanque ao lado da porta dos fundos enquanto evitava que os garotos puxassem o rabo do gato quando ele surgia para comer (lembro-me de que ele acertou o globo ocular de um Geoffrey indignado, deixando uma fina linha vermelha. Aquele gato era muito preciso e sabia como não extirpar um olho, mas ao mesmo tempo fazer valer sua opinião), preparava os garotos para ir ao mercado e os trazia de volta para uma soneca. Então, tentava ler de novo, mas em geral eu mesma adormecia. Acordava depois e tentava fazer alguma coisa com os horríveis cortes de carne que tínhamos permissão para comprar com nossas cadernetas de racionamento.

Foi um período breve, aquele caos indistinto de cansaço e confusão, e estávamos sempre felizes por estarmos juntos, indo exaustos para a cama de noite e nos aconchegando um no calor do corpo do outro, os meninos fazendo seus ruídos no berço, mas eu também me sentia um pouco desconcertada, sem tempo para ler, ouvir música, falar com meus amigos ou escrever cartas. Era necessário aproveitar ao máximo os momentos silenciosos e ensolarados, quando os pequenos brincavam quietinhos no chão, as gralhas cantavam à janela, e era possível sentir o perfume delicioso das flores e das árvores da cidade.

Por algum tempo, tive um emprego na ABC, em um programa chamado *Conversas*. Gravava segmentos curtos nos quais eu falava com gente comum sobre o modo como viviam durante a guerra. Era um trabalho maravilhoso, um presente para mim, de fato. Alimentava minha curiosidade sobre as pessoas, e eu adorava estar na rádio, indo ao estúdio e me aproximando do grande microfone no centro da sala. É um sentimento em particular que aprecio, o de entrar em um mundo profissional secreto, como as cabines dos tradutores nas grandes conferências internacionais, mais tarde, depois da guerra. É algo que tem a ver com todo aquele equipamento especializado, e o clima de um conhecimento especializado, que envolve o fluxo constante de gente inteligente e afável, concentrada em seus afazeres.

Lembro-me, porém, de como me preocupei por ter de deixar os garotos; nunca tinha feito isso antes. Naquela primeira noite, enquanto punha minhas luvas e ajeitava o chapéu, fui para a sala de estar me despedir. Os meninos haviam colonizado o colo de Emil enquanto ele lia o jornal. Estavam escondidos de mim por trás do papel, dando risadinhas, e ainda assim ele conseguia estar tão concentrado no artigo que lia como se estivesse em um clube de cavalheiros ouvindo Mozart (se é que é isto que fazem em um clube de cavalheiros. Quem de nós sabe? É o que *eu* faria se tivesse um momento para mim mesma).

– Muito bem – disse eu para o jornal, trêmulo à frente de garotinhos gorduchos. – Sabe onde está tudo? Eles precisam estar na cama às sete e meia ou de manhã vão transformar nossa vida num mar de sofrimento.

Ele deixou o papel se curvar no alto, revelando os garotos encaixados sob seus braços, enrolados como tatus-bola. Eles não queriam me olhar, para o caso de eu querer removê-los do colo do pai para que ele pudesse ler em paz.

– Estamos perfeitamente felizes – disse Emil. – Vá e fale na rádio.

– Tem mais alguma coisa de que precise?

– Vai perder seu bonde, Hannah. Vá, quero ler para eles histórias assustadoras e lhes dar sanduíches de geleia.

Sacudi a cabeça, o jornal transformando-se uma vez mais em uma tenda, e saí para pegar meu bonde, o peito apertado por deixá-los. E então, quando subi no bonde para o centro no meu vestido elegante e nos sapatos engraxados, as mãos livres de garotinhos, fraldas úmidas e sanduíches semimordidos, sorria com a liberdade e a movimentação.

* * *

Também consegui um trabalho muito interessante aos sábados, no Conselho de Combate ao Fascismo e Antissemitismo. Eu escrevia para apresentadores de rádio e editores de notícias para recordar-lhes da necessidade de não ajudar os esforços de Hitler com a difamação irrefletida do povo judeu. Era surpreendente quanto isso era significativo. Tive algumas altercações adoráveis com um anunciante em Perth sobre o qual havia sido alertada. Vocês deviam ter visto as coisas que fiz com aquela máquina de escrever.

Emil e os garotos gostavam de vir me buscar no fim do dia. Ele tinha que conseguir uma autorização na delegacia de polícia de East Melbourne cada vez que cruzavam a cidade, pois só tinha uma permissão regular para ir ao emprego em South Melbourne. Qualquer outro lugar além de um raio de três quilômetros da nossa casa requeria uma assinatura em um pedaço de papel para ele mostrar se fosse parado. Embora Geoffrey adorasse visitar a delegacia – ele até conhecia alguns dos policiais por nome e usava o chapéu deles –, Emil o fazia a contragosto, e perguntei-me se naquele dia em particular alguém havia dito algo que o incomodara.

Um peso saiu de cima de mim quando os vi à porta de vidro, que ficava diante da minha mesa na recepção, mas, quando Geoffrey entrou correndo, vi que Emil estava de cara fechada. Ele me entregou Ben sem nem uma palavra. Não pude lhe perguntar o que havia acontecido ou se sua perna o incomodava, porque imediatamente atrás dele entraram duas senhoras idosas, adoráveis, do conselho de refugiados, que gostavam de aparecer para fofocar de tempos em tempos. Elas tinham colocado na cabeça que eu era alemã, apesar do meu sotaque inglês. E muitos dos que trabalhavam no escritório eram judeus. Quando viram os garotos no meu colo, brincando com a máquina de escrever, uma das senhoras disse:

– Ah, minha querida, você deve estar tão aliviada por você e seus filhos estarem longe da Europa. Lá não é seguro para seu povo.

Emil disse, em voz alta e sem aviso:

– Não somos judeus. Vocês estão enganadas.

Houve um silêncio profundo entre os adultos, enquanto Geoffrey apertava as teclas. Vi a respiração subir e descer no peito de Emil. As senhoras me olharam, esperando que eu consertasse tudo. Eu o olhava fixamente, também esperando que ele explicasse aquele repente. Quando ficou claro que ninguém ia falar antes que eu o fizesse, disse:

— Emil deixou a Alemanha por conta de sua posição antifascista. Eu sou cidadã britânica, assim como as crianças.

— Bem, sim, claro – disse uma das mulheres. – Nós apenas... imaginamos que poderíamos encontrar o senhor Stern aqui hoje. Ele queria discutir algo conosco...

E elas já recuavam pela porta, dirigindo-se ao corredor. Emil continuava a olhar para fora depois que se foram, o rosto sem expressão, enquanto os saltos dos sapatos delas soavam nos degraus descendo para a rua.

— O que foi aquilo? – perguntei-lhe em alemão; Geoffrey já era bastante inquisitivo. – Que importa se acham que somos todos judeus?

— Não quero ter que explicar toda a história da minha família cada vez que uma velha coroca precisa de alguém de quem sentir pena. E você também não precisa fazer isso. Não somos interessantes para ninguém. Somos britânicos, pelo amor de Deus.

A forma como disse aquelas últimas palavras, *Somos britânicos*, em alemão, fez tudo aquilo parecer irreal. Não sabia o que tinha acabado de acontecer, mas ele já saía para a rua, então juntei minhas coisas, afastei os dedos dos garotos da máquina de escrever para que pudesse cobri-la e esperei até que trancassem todas as portas. Que eu pudesse ouvir, nunca mais ninguém se referiu a nós em público como judeus ou alemães, enquanto ele viveu.

No inverno de 1945, as ruas de Melbourne ficaram repletas de soldados e de voluntários da Força Imperial Australiana que voltavam para casa. Houve aquelas bombas terríveis no Japão, que me tornam para sempre uma opositora das guerras, e então todos saíram correndo para o centro da cidade, uma enxurrada de gente através de Fitzroy Gardens, compelida a estar onde todo mundo estava, para ter certeza, para estar entre os outros que também haviam passado por aquilo. Para se perguntarem se todos aqueles de quem não se tinha notícia poderiam mesmo voltar para casa agora. Enquanto eu saía do apartamento com os meninos, apressada, pensei nos meus irmãos Benjamin e Geoffrey, e na minha mãe, que agora já não seria destroçada pelas bombas, embora, claro, eu já tivesse ficado aliviada por eles desde o Dia da Vitória na

Europa. Depois daquilo, recebera uma carta da minha mãe dizendo que ela havia visto meus dois irmãos, e eles estavam bem *de verdade*.

Meu olhar se encontrou com o da minha vizinha quando eu colocava Ben de cavalinho em meu quadril. Ela regava uma linda magnólia cujos primeiros botões pálidos começavam a despontar. Desviei os olhos, apressando Geoffrey. Minha vizinha do andar de cima tinha me contado que aquela jovem havia perdido o namorado em um desembarque sangrento no Pacífico.

Passei por hordas de pessoas, segurando Ben e agarrando a mão de Geoffrey com tanta força que ele tentou se soltar, e os coloquei no bonde assim que o sino tocou. Estava cheio de gente bebendo das garrafas de bolso ou direto das garrafas de cerveja, e os meninos se apertavam contra mim, os olhos castanhos enormes e sérios percorrendo a estranha multidão. Eu me segurava à alça de couro com a mão livre, e eles se agarravam a mim enquanto o bonde seguia, aos trancos, a multidão dando vivas entusiasmados.

Descemos entre os galpões de South Melbourne e vimos que os operários já saíam da fábrica de Emil. Receei que tivéssemos nos desencontrado, mas ele estava apoiado ao muro de tijolos, fumando, enquanto observava as pessoas passarem. Sorriu ao ver os garotos, e Geoffrey puxou-o pela mão, tentando convencer Emil a levá-lo lá dentro.

– Não posso levar você lá – ele disse, abaixando-se. – As fornalhas usam garotinhos como combustível. Alguém pode jogar você lá dentro. Não posso correr um risco tão sério.

Nós os levamos para tomar limonada do outro lado da rua.

– Acho que daqui a uma ou duas semanas eles vão dispensar os refugiados.

– Acha que vai ser assim tão rápido?

– Hoje já anunciaram que não temos mais proteção. Esta era uma empresa pequena antes da guerra.

Estudei seu rosto do outro lado da mesa do restaurante. Não havia ninguém além de nós, pois todos estavam nas ruas. A jovem que tomava conta do lugar estava de pé à soleira ensolarada, acenando para as pessoas que passavam.

– Bom – disse eu, sorrindo –, você quer continuar por aqui ou vamos tentar conseguir uma passagem para casa? O pessoal dos albergues da juventude nos aceitaria de volta assim que pedirmos. Temos a quantia exata.

Ele fez que sim com a cabeça.

– Mas não para Winchester. Podemos pedir algum outro lugar?

Pousei a mão sobre a dele.

– Sim, claro. Sabe, se quiser ir para a Alemanha... – Ele fez que não com a cabeça. Geoffrey emitiu um ruído forte através de seu canudinho ao terminar a limonada. – Vou escrever já. Vou ver o que podem nos conseguir.

Tive que nos sustentar durante os últimos meses. Eu trabalhava duro para não deixar que as despesas domésticas corroessem o dinheiro das passagens para casa, mas o emprego de Emil de fato desapareceu depressa, e não conseguimos uma passagem até a primavera inglesa de 1946. Perdi o emprego em *Conversas*, na ABC, para o titular que retornara, e consegui trabalho como assistente editorial em período integral no *Age*. Era trabalho duro, mas adequado às minhas capacidades. Podia erguer o olhar depois de um longo tempo e só então perceber que meus olhos estavam cansados.

Voltei para casa na tarde luminosa de um dia de outubro e encontrei um silêncio total. Pensei que tivessem saído. Mas então, quando havia tirado os sapatos no quarto e ido para a sala de estar na frente da casa, eu os vi na poltrona sob a janela. Emil estava absolutamente imóvel, um garoto em cada joelho, abraçando-os com força. Em uma das mãos, tinha uma carta. Vi que era escrita à mão, em alemão. Já estava na sala por vários segundos quando ele ergueu o olhar para mim. Suas pálpebras estavam disformes e vermelhas, e o formato da boca tinha algo errado. Os garotos fizeram força para se soltar dele, depois desceram de seu colo para virem até mim. Levei-os à cozinha para tomarem um copo de leite, dei um chocolate a cada um e voltei. Ajoelhei-me diante dele, e ele chorou em meu ombro, tentando conter os sons para que os garotos não se assustassem. Foi difícil mantê-lo ereto, mas ele se acalmou e ficamos ali por alguns momentos, até que houve um estrondo na cozinha e Ben começou a chorar.

Naquela noite, acordei no escuro e ouvi um som breve, um choro contido, de algum lugar oculto, como se houvesse uma câmara lacrada no centro da casa. Fiquei deitada na escuridão e esperei pela volta dele. Dormi e acordei, uma luz cinzenta invadindo o quarto quando ele voltou para a cama, deitando-se atrás de mim. Suas pernas frias se encostaram às minhas, aquecendo-se, e adormeci de novo.

Emil
Freetown, abril de 1946

Dessa vez, ele andaria pelas ruas. Sabia que nunca viria à África de novo. Já não estava naquele período da vida em que tudo ainda era possível. Ele os deixou em um café no porto, dizendo que queria tabaco e que os encontraria no navio. Ouviu atrás de si o menorzinho iniciar um choro como o de uma sirene de ataque aéreo, mas ele ficaria quieto assim que Hannah pusesse algo doce e melado em sua mãozinha.

Tudo era maravilhoso em sua degeneração naquela terra quente demais, madura demais. Dos montes de lixo entre os barracos brotavam flores coloridas. Caminhos de barro revolvido e escorregadio, cor de laranja, subiam as colinas por trás das casas. O mar leitoso estava orlado de coqueiros. Os dentes das pessoas, quando sorriam e murmuravam para ele, eram grandes e brancos nas bocas escuras. Alguém, em algum lugar, cozinhava milho em um fogo ao ar livre. Talvez não sentisse nunca mais um calor daqueles, um calor pesado, como o de um cobertor sobre a pele.

Fazia semanas que ele não tinha um momento para si mesmo, com todos os preparativos da viagem e ter de lidar com garotinhos que deviam ser forçados a se despedir de todos os amigos da mãe e estavam o tempo todo sendo beijados e erguidos no ar para abraços e palavras sussurradas de adeus. Agora estava sozinho consigo, finalmente. Sua mãe lhe contara na carta sobre todos os que tinham perdido. Eram muitos, demais para uma carta só. O marido da irmã dele, que no caminho de volta para casa tinha sido arrancado da bicicleta e espancado por um trabalhador escravo russo nos dias seguintes à derrota da Alemanha. Inúmeros amigos e parentes esmagados sob suas casas pelas bombas aliadas. Ava estava entre eles. Só desejava que tivesse sido rápido e que ela não tivesse sequer percebido, naquele momento em que ela sonhava com o cabelo lustroso do filho e, no instante seguinte, já não existia mais. Ele não acreditava que ela quisesse continuar vivendo sem seu menino. Somente seus novos filhos australianos tornavam imaginável sua existência em um mundo sem ele.

Tudo que o exército informara, a mãe dele escreveu, foi que ele tinha sido morto em combate ao sul de Viena, em maio de 1945. Naquele mesmo mês de maio, não fazia ainda um ano, Emil havia pegado o bonde para a fábrica todas as manhãs, as cores do outono ardendo nos jardins dos chalés. De tarde, Hannah e os meninos esperavam por ele no próprio pátio, Geoffrey soltando-se de Hannah quando Emil dobrava a esquina na rua deles. Ele e Hannah iam cedo para a cama enquanto a noite avançava, aninhando-se um junto ao outro em sua cama acolhedora. Em qual daqueles momentos aquilo havia acontecido?

Ele se lembrava todos os dias das cabeças loiras próximas uma da outra em um trem inglês, murmurando, acenando, os campos passando como borrões pela janela; aquele tempo em que estavam a salvo, que ele não pôde evitar que passasse.

Em breve, poderia visitar a mãe. Ele não tinha vontade de ir para a Alemanha nem de ver sua cidade reduzida a tijolos no meio das ruas, mas ela não queria sair de lá, tampouco sua irmã. Uma mulher de roupas coloridas sorriu ao passar, carregando pelo pescoço uma galinha morta.

Solomon havia dito antes da partida:

– Em uma viagem, deve-se pensar em todas as coisas pelas quais ansiamos no destino final.

– Você fez isso no *Dunera*? – Emil perguntou, rindo.

– Sim. Passei muito tempo pensando na ausência de oficiais britânicos e na abundância de carne de carneiro.

Ele chegou ao final das casas e não viu nenhuma loja, então deu meia-volta e caminhou pelas ruas de volta ao mar. Tinham visto uma fotografia do albergue. Uma velha mansão nos limites de um vilarejo em Kent, erguendo-se num terreno enorme. Os garotos poderiam correr e encontrar lugares secretos entre as sebes, sem nunca saírem do jardim. Poderiam construir cabaninhas e esconderijos, esconder os objetos secretos que os garotos sempre têm. Hannah poderia ir a Londres de trem e ver a mãe e os irmãos, que, graças a Deus, ainda estavam lá, ir ao teatro e viajar à Europa para trabalhar. Ela andava falando em aprender sueco por conta própria. A Associação dos Albergues da Juventude parecia gostar de dar a ele lugares que precisavam de considerável trabalho de manutenção. Ele teria uma horta e muitos galpões. Talvez pudesse construir um carro ou uma moto, se conseguisse obter as peças na boa e sofrida Grã-Bretanha.

Encontrou, em uma rua transversal, uma loja que não havia visto no caminho de ida. Estava pagando ao vendedor por seu tabaco quando o navio fez soar a buzina. O homem sorriu e acenou-lhe para que se apressasse. Ele acelerou o passo até o cais, escorregando na argila vermelha. Ao emergir das ruas perto do navio, a princípio não tinha certeza do que via, mas depois ficou claro que eram as três silhuetas miúdas deles, recortadas contra o atracadouro iluminado. Hannah, os cabelos revoltos, segurando as malas das crianças, flanqueada pelos garotos, que correram até ele assim que o localizaram, enterrando os rostos contra suas pernas.

– O que é isso? – perguntou a Hannah. – Por que está com a bagagem?

– O navio está para partir. – Ela largou as malas, pousou a mãozinha no peito dele e pareceu recuperar o fôlego por um instante. – Pensamos que você não voltaria a tempo. Não queríamos partir sem você. Receio que os meninos tenham percebido meu medo.

– Vamos, vamos. – Ele fez os garotos irem para a prancha, onde um marinheiro acenava, chamando-os. Pegou as malas e foram depressa para a ponte entre terra e navio, embarcando às pressas enquanto o marinheiro tirava a prancha logo depois.

Parte 5

Hannah
Kent, 1958

Os garotos ficaram mais velhos, e nós, é evidente, também. Eles corriam pelo terreno em busca dos cômodos externos à casa para suas exposições e projetos. Emil caminhava e consertava coisas, falando em alemão, finalmente, com os grupos que vinham. Eu viajava, claro, e tornei-me uma das primeiras tradutoras simultâneas. Na época, havia poucas pessoas que pudessem desempenhar essa função, embora hoje em dia todo mundo esteja acostumado a ver isso na televisão. Um delegado fala e a voz do tradutor aparece por cima em inglês, como se fosse a coisa mais fácil do mundo. Bem, não era, e havia tanto trabalho quanto qualquer um de nós pudesse conseguir. De minha parte, ficava muito satisfeita em não ter que receber os grupos grandes de hóspedes no albergue. Eles se tornaram um pouco demais para mim. Lembro-me de que, naqueles anos, estava sempre tentando achar um canto mais calmo da casa onde pudesse estudar a linguagem especializada antes de uma conferência, ou simplesmente escrever cartas ou ler um livro.

Uma tarde, depois de voltar de alguns dias de trabalho em Londres, encontrei os garotos no ponto de ônibus depois das aulas. Àquela altura, eles já estavam grandes demais para ser necessário ir buscá-los, mas meu ônibus chegou pouco antes do deles, e estava ansiosa para vê-los. Quando nos aproximávamos dos aposentos da administração do albergue, ouvi música. Era Sutherland, interpretando Rossini, um presente enviado pelas Hart, que em todos aqueles anos não tinham se esquecido dos garotos, nem nos aniversários nem no Natal. Música parecia para mim um bom sinal. Quando entramos, encontramos Emil sentado à mesa grande temperando uma lebre e falando em alemão com seu amigo Solomon Lek, que envelhecia de forma muito elegante, os fios grisalhos no farto cabelo e belos óculos de aro dourado sobre o nariz delicado.

Ele agora era professor de Filosofia em Goldsmiths, mas quando vinha visitar-nos falava sobretudo de seu antigo amor, a literatura, perguntando todas as vezes quando eu iria escrever minhas memórias e conquistar o mundo.

Solomon ficou de pé assim que entramos, e os garotos apertaram-lhe a mão. Os olhos dele brilharam por trás dos óculos.

– A irrefreável Hannah Becker.

Ele suspirou, como sempre fazia, e nos abraçamos. Por que você nunca se casou, Solomon?, perguntei-me. Qualquer moça ficaria encantada por ele. Mas Solomon era uma daquelas pessoas cuja vida privada era exatamente isso. Ele se limitava a perguntar como você estava, e eu nunca quis perguntar sobre a vida dele. Quando ele me beijou, cheirava a alecrim e tabaco. Eles haviam fumado, pensei. O médico proibira, mas Emil prestava cada vez menos atenção ao que tais pessoas – ou qualquer uma, de fato – tinha a dizer sobre esse assunto.

Os garotos saíram para trabalhar em seu projeto, um carrinho de mão com um cortador de grama que tentavam transformar em uma espécie de veículo. Eu não vira sinal algum de freio. Emil lhes dera um galpão e deixara que se virassem, tendo construído mil vezes esse tipo de coisa para eles durante a infância, mas estavam grandes agora, e ele insistira que tinham de lidar sozinhos com seus projetos, embora oferecesse ocasionalmente algum conselho ou um breve comentário por cima do jornal.

Emil ficou de pé e me abraçou.

– O que foi? – perguntei. – É meu aniversário?

– Meu cheque de *Wiedergutmachung*[16] mandado pelos alemães chegou. Que frase. *Grande surpresa*.

---

[16] Indenização paga às vítimas do holocausto. [N. das T.]

– Sério? Isso é mesmo verdade? – Olhei de relance para Solomon, que sorria. – Achei que isso nunca iria acontecer.

– Aprendi isso com você. Faço a vida deles difícil até que movam o mundo para se livrar de mim.

Emil tirou o cheque do bolso e me mostrou. Era uma boa quantia de dinheiro, suficiente para usar uma parte e comprar um lugarzinho para nós. Ele estava com 61 anos e tinha algum dinheiro em mãos. Ficamos lá, formando um pequeno triângulo, perto um do outro, como refugiados de novo, olhando para o cheque.

Os meninos vieram para olhar.

– Caramba! – exclamou Geoffrey. – A gente apagou alguém?

– Onde você aprender esse vocabulário? – perguntei.

– Podemos sair de férias? – sugeriu Ben. – Eu gostaria de praticar meu francês.

– Eu também gostaria de praticar meu francês – reforcei.

– Por que não? – disse Emil. Colocou o cheque no bolso e saiu, deixando-nos sentados ao redor da lebre em sua travessa de alecrim e vinho, os meninos olhando de forma macabra dentro de suas órbitas vazias e dando empurrões um no outro por cima da mesa. Vi através das altas janelas hexagonais que Emil fumava um cigarro, sozinho perto dos pés de framboesa, sem se importar com quem o visse ou repreendesse. Olhava para longe, para os campos ingleses, pensando, imagino, no pai, por cuja vida estava sendo compensado. Mas não tenho como ter certeza de tais coisas e prefiro não fazer conjecturas.

Era tão agradável permanecer à beira-mar quando estávamos na França, e isso teve um efeito tão benéfico para o peito de Emil, que decidimos, ao voltarmos, que no próximo inverno iríamos nos aposentar e nos mudar para um apartamento em Brighton. Emil sentiria falta de gente jovem, mas seu peito já não estava mais apto para o trabalho, e eu estava ansiosa por um pouco de paz.

Primeiro, precisávamos esvaziar a casa e todas as edículas. Depois de treze anos criando os meninos, tínhamos que embalar todos os mostruários do museu de fauna e flora de Geoffrey e as várias tentativas de Ben de construir um veículo motorizado. Depois, havia os meus papéis. Supus que teria que cuidar sozinha deles quando chegasse a hora. Meus diários, meus documentos e dicionários de tradução estavam no meu pequeno escritório dentro de casa. Fora dela, porém, eu tinha um cômodo que exalava um leve cheiro de farinha de osso, que escolhera por ter uma janela e uma longa bancada na altura de uma escrivaninha, algo que um morador anterior usava para fazer cerâmica. Coloquei lá minha máquina de escrever de reserva e, quando tinha algum dia livre, com os garotos na escola, os hóspedes passeando e Emil fora, ocupado com alguma tarefa, trabalhava no meu projeto. Não admitia necessariamente para mim ser um projeto secreto, mas ainda assim não contei a ninguém sobre sua existência, dizendo, se acaso me perguntassem, que gostava de escrever minha correspondência lá fora, longe do barulho da casa. Eu estava, como Solomon misteriosamente intuíra, escrevendo minhas memórias, mas era uma memória conjunta, da vida de ambos, uma tarefa frustrante embora compulsiva, que me forçava a fazer a Emil perguntas cuidadosamente formuladas sobre sua infância e juventude. Na maior parte das vezes, ele não respondia, preferindo estreitar os olhos e emitir um pequeno som gutural de desaprovação. Eu não saberia dizer quais eram meus planos para aquele material. Tenho certeza de que não saberia. Sabia apenas que era algo que me sentia compelida a fazer, agora que tinha um lugar onde fazê-lo.

Numa manhã de outono, acordei com o cheiro de uma fogueira, um cheiro que não era usual naquela época do ano; era um odor que combinava com as brumas de outubro e novembro. Mas quem faria uma fogueira àquela hora? Antes mesmo de abrir os olhos, consegui conjurar todo um cenário em que um dos garotos deixara um lampião perto de alguma serragem na noite anterior, e levantei-me esperando encontrar um fogaréu, os cômodos do lado de fora alimentando o fogo que depois consumiria o combustível mais denso da casa principal. Era cedo, o céu ainda estava meio escuro, e a casa parecia estar intacta quando pousei os pés nas tábuas frias e fui até a janela para olhar. Nossas acomodações situavam-se em uma pequena ala da casa, no térreo, e a janela do nosso quarto dava direto para o jardim e as edículas. Na neblina da manhã, ardia uma fogueira, e recortada contra ela estava o vulto de Emil, jogando material de uma pilha que eu não conseguia ver, pois minha visão estava bloqueada pelo cômodo que eu usava. Observei por um momento e vi que jogava no fogo algo retangular, como uma pequena caixa, que então se separou em folhas que flutuaram para cima. Era papel.

– *Emil!*

Eu estava do lado de fora em um instante, correndo descalça pela grama úmida e gelada, vestida com a camisola fina, urrando seu nome antes que conseguisse encontrar a compostura de articular algo mais. Quando cheguei lá, ele terminava de esvaziar uma caixa de papelão, jogando-a, a seguir, no fogo.

– Esses são *meus manuscritos*! O que deu em você?

Ele falou em alemão.

– Não são seus. – Ele se virou para me encarar. Seus olhos eram como brasas.

– São os rascunhos do meu livro. Como pôde fazer isso? – Olhei de relance para trás dele. Vi que tinha terminado a tarefa a que se havia proposto. – Como pode ser tão *violento*? Eu tinha quase terminado. Eu tinha quase tudo pronto.

– Minha vida é só minha.

– Fale em inglês, maldição.

Ele revirava as cinzas pretas com uma pá, reavivando as chamas, só por precaução. Elas subiam, retorcendo-se no céu azul enevoado, irrecuperáveis. Ele jogou a pá no chão e marchou de volta para a casa, como se tivesse sido eu quem atirara dois anos de trabalho ao fogo.

– Logo você! – gritei. – Você, que teve seus livros queimados pelos nazistas!

Vi a silhueta das cabeças encaracoladas dos garotos à janela, a luz na cozinha. Que ele se explicasse sozinho aos filhos.

Mais tarde, quando estava minimamente mais calma, ele veio até onde eu estava, sentada em uma cadeira do lado de fora, ao sol frio. Envolvia a coleção de ovos de Geoffrey com papel de seda, exalando vapor pela boca. Tinha planejado jogá-los fora, mas agora decidira fazer uma demonstração do cuidado que se devia ter com os tesouros alheios.

– Eu gostaria que você tivesse me contado que estava fazendo isso – ele disse, postado atrás de mim.

– Você teria aprovado?

– Eu poderia tê-la impedido, antes que desperdiçasse seu tempo.

Levantei-me. Meus olhos com certeza estavam vermelhos. Eu estava chorando havia horas sem cessar.

– Era minha vida também. Você jogou tudo fora. Você não tinha esse direito, de jeito nenhum.

– Sinto muito por todo o seu trabalho. Mas, se tivesse me dito, eu não teria deixado você começar.

– Nunca teria sido publicado. Era só uma coisa que eu queria fazer.

– Publicar ou não publicar. Dá no mesmo.

– Só queria que não se perdesse. Você não sente o mesmo? Que é coisa demais para se perder?

– Sinto muito, Hannah – ele falou de novo. – Não suportei ver aquilo.

Ele ficou doente depois daquilo, de novo e de novo. O peito dele o mantinha de cama e, quando melhorou, usei cada centavo economizado para mandá-lo à Suíça para se tratar.

Tentei não viajar tanto quanto antes, e não havia tempo para refazer as páginas perdidas ou fazer muito mais além de me preocupar, trabalhar e observá-lo com atenção, como se, ao lançar meu olhar por sua face, cabelos e roupas, eu pudesse afastar qualquer ameaça. Se ele pudesse ao menos ter uma vigilância adequada, eu poderia protegê-lo, e a mim, do futuro.

Brighton, 1963

Numa manhã de novembro de 1963, o telefone tocou quando eu me encontrava à escrivaninha. Estava no meio de uma frase, em uma complicada tradução técnica com vocabulário de economia agrícola, e tentei ignorá-lo. Lembro-me de olhar pela janela por um instante, para os apartamentos em frente, tentando reter o sentido da frase. Não vai doer se você atender, Emil, pensei. Os garotos estavam na universidade. O telefone continuou tocando no corredor. A frase se fora. Lembrei, então, que ele tinha saído para caminhar. Era parte da rotina desde que havíamos nos mudado para cá. O médico exigira que ele caminhasse todos os dias, sob chuva ou sol, e ele ainda não tinha voltado. Olhei o relógio na parede atrás de mim. Eram dez e meia. Já fazia muito tempo que estava fora; não costumo perceber esse tipo de coisa quando estou trabalhando. Saí para o corredor escuro. Lembro-me de ter olhado para minha mão ao pegar o fone.

– Becker – respondi.

– Senhora Becker? – disse uma mulher. – Estamos com seu marido.

Soava como algo que a polícia diria, mas era uma enfermeira. O nome dela era Archer. Engraçado as coisas de que a gente lembra. Ele estava no pronto-socorro. Havia caído à beira-mar, sem conseguir respirar. Um motorista o colocara no carro e o deixara no hospital. Eu não estava com ele; um estranho o tomara nos braços, sentindo sua dificuldade para respirar. Mas eu tinha sorte; ao menos não estava no exterior. Coloquei o fone no gancho, levantei-o de novo e chamei um táxi.

Entrei no quarto de Emil. Sua respiração era ruidosa demais à noite para que pudéssemos dormir no mesmo quarto. Continha só a cama de solteiro arrumada com cuidado, um guarda-roupa num canto, e espaço suficiente apenas para entrar entre a janela e a cama para arrumá-la. Era um quartinho de despejo, um espaço que sobrara entre os outros aposentos. Fiquei à janela por um instante. Dava para vislumbrar o mar deste lado do edifício, colina abaixo, entre as casas. A água estava azul-escuro hoje, sob um céu ranzinza. Tirei sua mala de sob a cama. Era minha velha mala surrada, que ele havia adotado como sua e levado para a Austrália. Eu tinha uma menor no meu quarto, de tamanho mais adequado, mas da última vez em que estivera no hospital e levara a outra mala, tinha recebido uma bronca. Ele queria esta.

Coloquei nela seu pijama, algumas mudas de roupas, sua roupa de baixo, escova de dentes, estojo de barba. Enquanto me movia pelo quarto, tive a sensação de que aquela era uma tarefa grande demais para mim. Senti dificuldade em tomar decisões, a despeito da frugalidade de seus pertences. Será que ele vai querer o pijama cor de vinho ou o azul? Fiquei preocupada com o frasco de pós-barba. E se o vidro se quebrasse e estragasse suas roupas? O perfume não seria intenso demais para o hospital? No fim, fui salva pela buzina do táxi na rua. Joguei as últimas coisas na mala e lutei com o fecho. Meus dedos vinham perdendo a destreza nos últimos anos; parece que herdei a artrite do meu pai, uma maldição para quem depende tanto da máquina de escrever, como eu. Enquanto descia pelas escadas com a mala grande demais, senti a corrente de ar frio entrando por baixo da porta e percebi que tinha esquecido meu sobretudo. Mas agora ele teria que ficar para trás.

Quando o vi, deitado na cama, lado a lado com cinco ou seis homens de idade, percebi que estava pior do que já havia estado. A condição dos demais não era de forma alguma tranquilizadora. Eles estão no fim, lembro-me de ter pensado. Os olhares rápidos que as enfermeiras me lançavam cada vez que Emil tossia deram a toda a cena e ao momento a mesma atmosfera de quando meu pai se fora. É a sua vez, diziam os olhares das enfermeiras. Perguntei a Emil se eu devia chamar os garotos. Geoffrey estava no último ano da universidade, e os exames se aproximavam.

– Pare de tentar se livrar de mim – ele resmungou. – Vou estar em casa na semana que vem.

No começo, preparei-me para ser polida, sutil, mesmo em meio ao odor de corpos se decompondo, acima do cheiro da água sanitária e de comida institucional, amplificados pelo sufocante aquecimento central. Havia longos silêncios durante os quais ele lia os jornais ou me pedia que lesse para ele. Eu me preocupava com isso. Às vezes, eu conseguia apenas o *Express* na enfermaria, e ele com frequência se erguia, sentando-se ereto e gritando, ao perceber que um certo Tory usava o jornal como tribuna. Resolvi a questão fingindo não ter encontrado nenhum jornal e trazendo-lhe algum livro de Conrad. Ele me pedia que lhe trouxesse outras coisas, em geral cigarros, e nos primeiros dias não o fiz. Por fim, quando sua pele assumiu uma palidez estranha, e ele já não falava senão murmurando, cedi.

Em um fim de tarde, o crepúsculo caindo cada vez mais cedo à medida que o inverno se aproximava, fui até a loja de tabaco na High Street. Nunca estivera lá. Sobre a entrada, uma bela placa vermelha e verde com os dizeres SCHWARTZ'S TOBACCO brilhava à luz da rua. Tive uma sensação estranha por um instante, como se tivesse pisado em falso e precisasse me reequilibrar. Entrei, uma campainha tocando, e a sensação continuou. Era maior que a loja do meu pai, mas a mistura de cheiros, os jarros de doces e as estantes repletas assaltaram-me como se eu houvesse sido arrebatada por uma máquina do tempo e deixada em uma versão aproximada da minha infância. O vendedor, um homem arqueado com apenas um pouco de cabelo preto em volta das orelhas e na nuca ornamentando a cabeça em forma de ovo, desceu de uma escada por trás do balcão e voltou-se para mim. Encarou-me por alguns instantes.

– Senhora Becker, não é? – Ele tinha sotaque alemão. – Já vi a senhora passando aqui na frente com seu marido. Ele não tem aparecido.

Não perguntei por que meu marido visitaria uma tabacaria quando oficialmente deixara de fumar havia três anos.

– Ele não está bem, infelizmente.

– Ele não tem tanta juventude quanto a senhora, creio. Nós, os homens velhos, já vimos muita coisa nesta vida.

Ele já pegava algo atrás de si, colocando sobre o balcão uma caixa de tabaco com a tampa verde, além de papéis Rizla para cigarro. Começou a deslizar tais tesouros para dentro de um saquinho de papel pardo e então deu-lhe voltas no ar para que os cantos ficassem fechados. Até aquele movimento parecia ter sido roubado do meu pai.

– Quanto lhe devo, senhor Schwartz?

– Por favor. – Ele ergueu a mão no ar. – O próprio senhor Becker pode vir pagar a conta quando estiver melhor.

– A verdade é que não sei quando isso vai acontecer. Prefiro pagar agora para não ter que me preocupar mais tarde.

Ele me olhou com gentileza. Minha voz estava um pouco mais aguda do que eu queria. Então, ele deu a volta no balcão para abrir a porta.

– Até breve, senhora Becker. Foi um prazer conhecê-la. Por favor, diga ao senhor Becker que estou esperando pela próxima visita. Sinto falta de nossas discussões. Um homem tão interessante, seu marido. Tantas ideias a respeito do mundo.

Naquele começo de noite, empurrei sua cadeira de rodas em silêncio para os jardins, e percorremos o gramado apesar da chuva leve e da escuridão. Era um aparelho volumoso, de antes da guerra, e depois de empurrá-la eu transpirava, ofegante. Coloquei-o atrás de um arbusto, fora do campo de visão das autoritárias enfermeiras. Claro que eu havia me esquecido de trazer fósforos. Ele esperou em silêncio enquanto eu me recriminava. Sua mente parecia estar em outro lugar. Não se vá ainda, eu queria dizer, estou bem aqui, a seu lado.

– Veja, um visitante – disse-lhe por fim. – Vou ver se tem fósforos.

Um homem de casaco escuro, encolhido dentro da gola, caminhava através do cascalho sob a luz da rua, entre o estacionamento e a porta da recepção. Enquanto me aproximava sob a chuva gelada, descobri que era o médico de Emil. Mas agora ele havia me visto, e eu tinha que dizer algo; subterfúgios não faziam sentido.

– Doutor Elliot, teria uma caixa de fósforos para me emprestar por um momento?

Ele olhou para além de mim, vendo Emil em sua cadeira de rodas, no escuro e na chuva.

– Sabe que não é bom para a saúde dele.

– Creio que ele já não se importa mais, doutor.

Ele assentiu e tirou do bolso do casaco uma caixa de Swan Vestas. Sacudiu-a ao entregá-la a mim. Um gesto estranho, brincalhão, como crianças rindo em uma igreja.

– Diga-lhe que pode ficar com ela.

Fiquei observando Emil à luz fraca do edifício fumando seu cigarro, que eu havia enrolado para ele sem muita habilidade. Ele ficava apagando na chuva, que engrossava a cada momento.

– Obrigado, Hannah – ele disse, e sorriu ao jogar a bituca na grama.

Ficamos na chuva por alguns instantes. Segurei sua mão fria e úmida que repousava no braço da cadeira de rodas. Os dedos estavam permanentemente marcados pelos anos de trabalhos manuais. Sentia aqueles velhos sulcos como madeira envelhecida ao tempo. Queria dizer-lhe algo, mas minha mente estava vazia e minha garganta, trancada. O rosto dele estava molhado de chuva, o cabelo encharcado. Seu sorriso havia desaparecido. Tinha sido apenas uma breve interrupção na expressão que ele exibira na maior parte do tempo desde que viera para este lugar, a aparência de ter acabado de ouvir algo que não podia entender direito. Ele parecia... se desintegrar. Olhei por um momento para a face cansada e tentei imprimir na minha memória seu rosto real, como ele era para mim, não o que mais tarde eu veria em uma fotografia. Vi pelo mais breve instante o homem que havia estado sob a janela na Maison du Peuple em suas roupas esfarrapadas. Algo se fechou, como mãos que se apertam, pressionando as juntas, dentro de mim. Vi que ele estava ficando encharcado e empurrei de volta a cadeira de rodas.

Havia uma agitação na enfermaria. A freira corria em nossa direção, uma enfermeira atrás dela.

– Na sala comunitária, irmã! – gritou a enfermeira.

Tive a ideia maluca de que tínhamos disparado algum alarme ao desaparecermos, mas a freira passou por nós correndo, ignorando-nos por completo. A enfermeira nos alcançou momentos mais tarde, o rosto vermelho com a notícia.

– A irmã vai trazer a televisão – disse. – Atiraram no presidente! Kennedy está morto!

Emil emitiu um ruído, que depois percebi ser uma risada, desencadeando um ataque de tosse.

– Mas o que pode haver de engraçado nisso? – perguntei, empurrando-o de volta à enfermaria para esperar a chegada da freira com o televisor. – Acha mesmo que é verdade?

Quando ele terminou de tossir, disse:

– Consegui viver mais que Kennedy! – e então pareceu se perder de novo.

Ele gostava muito de Kennedy, sobretudo depois que ele fora a Berlim. Ouvira-o pelo rádio e escutara as multidões aplaudindo-o, sorrindo para si mesmo.

A televisão chegou, e as pessoas começaram a vir do hospital inteiro, ao que parecia, reunindo-se em volta do aparelho. Ficamos assistindo as notícias, os apresentadores dos telejornais estadunidenses atordoados, os olhos arregalados, duas das enfermeiras do hospital chorando. Quanto a mim, mal podia entender. O que significava tudo aquilo? Era perturbadora a forma como aquilo tornava a vida estranha de repente, instável, pouco familiar.

Fui para casa logo em seguida para dormir um pouco. Mal havia repousado desde que ele fora para o hospital, e a enfermeira me disse que telefonaria se ele parecesse pior. Voltei de manhã com o jornal para ele para ver o que poderíamos descobrir sobre Kennedy, mas estava tudo terminado, claro. Tinham até encontrado o homem que atirara. Quando voltei à enfermaria, tudo estava quieto, um dos velhos roncando baixinho, as bandejas sujas do café da manhã ainda não recolhidas. Os olhos de Emil estavam fechados. Era assim que ele repousava, mesmo que não fosse seu costume cochilar. Era seu modo de ignorar os velhos resmungões, como ele os chamava, de criar privacidade. Desejaria tanto ter podido lhe pagar uma clínica particular, algum lugar silencioso, com paz e tranquilidade. O Serviço Nacional de Saúde é uma maravilha, claro, mas ainda assim...

Sentei-me na cadeira de plástico a seu lado, abrindo o *Times*, lendo o artigo em voz alta para que ele ouvisse. Olhei para sua bandeja na mesa de cabeceira, onde o café da manhã estava intacto. Comecei: *Enquanto os cidadãos dos Estados Unidos lamentam a morte violenta...* e parei. Não sei como a gente sabe essas coisas, mas, quando olhei para o rosto de Emil, esperando que ele abrisse os olhos, vi que o homem que eu conhecia sob sua pele se fora. Chegara o momento em que era demais, enfim, inspirar mais uma vez, e então ele deixou de fazê-lo. O jornal amassou-se no meu colo quando me debrucei sobre ele, deitando a cabeça sobre seu corpo, ainda quente, ainda meu. Você ainda está aqui, Emil, pensei. Não vou dizer adeus.

Mais tarde, senti os dedos de uma enfermeira fecharem-se à volta do meu pulso. Ela sussurrou por algum tempo, até que a ouvi e permiti que me levasse embora.

Em casa, juntei as últimas coisas e as coloquei na caixa que ele havia feito para mim, para que guardasse meu passaporte e meus documentos enquanto não estivesse viajando, de modo que sempre pudesse encontrá-los. Ele guardava suas coisas em uma gaveta em seu quarto. Não era coisa suficiente para servir de testemunho de uma vida. Nenhum documento, exceto o atestado de reparação emitido pelo governo alemão, que declarava que sua esposa tinha direito à pensão como viúva. Um exemplar antigo de Grimm, na antiga escrita alemã. Duas medalhas. Uma bússola. Um prato verde esmaltado com flores pintadas em traços infantis. Um pequeno globo terrestre. Juntei a isso uma fita cassete. Ele havia composto uma música tola para nosso aniversário e a cantara no albergue, todos os jovens rindo e batendo palmas. Não consegui ouvi-la então, e ainda tenho medo de desgastá-la ou de quebrá-la. Quando ela se for, a voz dele vai estar irremediavelmente perdida. Foi nesse instante que eu vi, escapando sob as outras coisas, uma chave prateada opaca. Conheço esta chave, pensei, as camadas de tempo se desanuviando. Eu a vi de novo em minha mão, segurei-a outra vez sob a luz da rua do lado de fora de uma pensão em Bruxelas, e descobri que meu coração batia tão rápido quanto naquele dia, trinta anos atrás.

West Hampstead, 1972

Quando todos se foram, percebi que estava livre para fazer o que quisesse, para instalar meu lar onde quisesse, não onde o destino decidisse me assentar. Encontrei um apartamento pelo qual podia pagar, de onde eu podia caminhar até o parque, e ele é meu lar de fato. Minha escrivaninha está à janela da sala adorável e clara, e me sento e fico olhando o movimento das pessoas interessantes que ainda amam esta parte do mundo. Minha escrivaninha e minha mesa de jantar estão cobertas de papéis e de livros. Gosto de vê-los e de tê-los por perto. Emil teria achado terrível. Há um quarto para os meninos, quando vêm me visitar nos intervalos do trabalho, viagens e em meio à vida agitada deles. Geoffrey está aqui agora com sua nova esposa e sua filhinha, ainda bebê. Ouço-os; a pequenina está chorando, e eles emitem sons suaves e caminham com ela, como fazíamos com ele quando era pequeno.

Hoje de manhã, dei minha caminhada diária no parque. A primavera está bem avançada, e o ar está limpo e revigorante. Estava ansiosa pela chegada de Geoffrey com a nenê, minha primeira neta, enquanto caminhava ao longo do lago e diante da antiga casa da minha mãe, que também se foi, não muito tempo depois de Emil. Passei por uma jovem. Ela sorria enquanto caminhava, quem sabe um tanto avoada ou eufórica depois de alguma nova experiência, talvez algum rapaz. Mas gosto de pensar que ela tenha acabado de conseguir um emprego excelente, para o qual tenha uma qualificação soberba.

Depois que ela passou, e eu pensava sobre aquele sorriso e o que poderia significar, senti o cheiro do sabonete que ela usava, uma marca antiga, um toque de limão bastante peculiar, e fui inundada pelas recordações de uma centena de lugares. Embora fosse o mesmo que eu usava quando era uma mulher jovem e viajava sozinha, foi uma vida inteira que me inundou, e um pensamento: Fiz do movimento o meu lar. É o que eu diria a meu respeito, a respeito da minha vida.

Sentei-me em um banco e olhei Londres, mudada, com aquela estranha torre dos Correios da era espacial. Passei estes últimos meses separando os detalhes da minha vida, elencando-os, e agora, sentada naquele banco, todos eles desabaram sobre mim como uma onda irresistível. Senti-me muito fraca, precisava comer, e assim parei em uma padaria no caminho para casa, devorando um delicioso *croissant* amanteigado.

Assim, penso, acho que terminei. Eu o escrevi de novo. Depois de toda uma vida, enfim escrevi um livro. Não é o livro de outra pessoa que traduzi. É o meu livro. Quando pela primeira vez corri da escola para casa, dizendo *Pai, eu sei o que as letras significam*, e ele colocou um chocolate na minha boca, enquanto via na mente meu nome no quadro-negro, o doce se dissolvendo. Foi ali que comecei. Agora, esta última folha de papel colocada na máquina de escrever será suficiente.

Esta tarde, depois do almoço, sentamo-nos no gramado, na parte de trás dos apartamentos, Geoffrey e sua esposa, ambos com os cabelos compridos e seu perfume estranho, as roupas de cores berrantes, conversando e rindo, o bebê entre nós. Ela rolava em sua manta, fascinada pelo movimento das árvores lá em cima. Fiquei olhando-a, assombrada com seus dedos dos pés e sua risada. Emil disse uma vez que devíamos continuar tendo filhos até termos uma menina, mas dois garotos barulhentos, de curiosidade incansável, foram o bastante para mim.

Se os dois jovens saíssem por um instante para passear pelos jardins, pensei, eu a levantaria no ar, colocaria seus dois pés macios em meus joelhos e falaria baixinho em seu ouvido: Pequenina, eu lhe digo, é uma dádiva viver a vida como uma garota esperta e amada. Eis aqui o que tenho para lhe dar em seu caminho: metade de uma história, a metade que é minha e que posso oferecer. Do resto, faça o que você quiser.

Agradecimentos

Quero agradecer ao Australia Council pela bolsa que tornou possível a viagem inicial e a pesquisa para este projeto. Gostaria ainda de agradecer Varuna, a Casa do Escritor, pelo espaço e tempo para escrever boa parte deste livro.

Embora eu tenha tomado informações de muitas fontes para os detalhes históricos, quero mencionar o uso, nas últimas páginas do romance, da frase "Fiz do movimento o meu lar", de *The Holocaust and the Postmodern*, de Robert Eaglestone.

Ivor Indyk e Gail Jones leram meus rascunhos com entusiasmo e inspiração e sempre me deram algo novo para incorporar à minha escrita. Minha *publisher* Annette Barlow tem sido um modelo de paciência, e minhas editoras Catherine Milne e Ali Lavau trabalharam o manuscrito com incrível cuidado e sensibilidade.

Minha prima Freyja Castles forneceu tradução e companhia durante uma visita crucial a Duisburg, no início do projeto. Naquela viagem, o primo do meu avô, Helmut Schmitz, generosamente compartilhou suas recordações da vida do nosso avô, sem as quais saberíamos muito menos. Ele também fez comentários valiosos a uma versão final do romance. Também naquela viagem, o senhor Dzudzek, da IG Metall, levou-nos até os memoriais aos sindicalistas assassinados, incluindo o do meu bisavô Johann Schlösser, e contou-nos muito sobre esse episódio da história da nossa família e da cidade.

Sou muito grata a meu pai, Frank Castles, e a meu tio, Stephen Castles, pelas recordações, documentos e fotografias, e por me encorajarem a escrever uma versão ficcional da vida de seus pais. Deve ser bem estranho ler algo assim. Obrigada a papai e a Beth pelo uso da casa Moruya. De acordo com Philip Pullman, "Precisamos de livros, tempo e silêncio". Obrigada por tudo isso. Pelo tempo e silêncio, também devo agradecer à adorável Gail Shiach, que tomava conta das minhas filhas regularmente, enquanto eu escrevia.

A Brad Shiach e a Ellie e Olive Castles, pela inabalável paciência e amor: obrigada. Nunca me esquecerei disso.

E, finalmente, a meus avós, Heinz e Fay; espero que tenha me saído bem. Obrigada pela história de vocês.